长篇自传体小说

讲述一个基层公务员平凡而不悔的一生

满子 著

路漫漫

跨越时代历久弥新的记忆

那些干群关系的真实写照

Lu Manman

漓江出版社

·桂林·

图书在版编目(CIP)数据

路漫漫 / 满子著. -- 桂林 : 漓江出版社, 2024.1
ISBN 978-7-5407-9539-9

Ⅰ. ①路… Ⅱ. ①满… Ⅲ. ①自传体小说 - 中国 - 当代 Ⅳ. ①I247.5

中国国家版本馆 CIP 数据核字(2023)第 180391 号

路漫漫

Lu Manman

作　　者 满　子

出 版 人 刘迪才
出版统筹 文龙玉
责任编辑 宗珊珊
助理编辑 潘潇琦
特邀编辑 张立云
装帧设计 云上雅集
责任监印 黄菲菲

出版发行 漓江出版社有限公司
社　　址 广西桂林市南环路 22 号
邮　　编 541002
发行电话 010-85891290 0773-2582200
邮购热线 0773-2582200
网　　址 www.lijiangbooks.com
微信公众号 lijiangpress

印　　制 武汉鑫佳捷印务有限公司
开　　本 880 mm × 1230 mm 1/16
印　　张 21
字　　数 360 千字
版　　次 2024 年 1 月第 1 版
印　　次 2024 年 1 月第 1 次印刷
书　　号 ISBN 978-7-5407-9539-9
定　　价 98.00 元

自 序

看了一辈子家乡的山，喝了一辈子家乡的水，呼吸着家乡熟悉而又清新的空气，走遍了家乡的每一处角落，接触了家乡的无数众生，工作期间，做了该做或不该做的事，见证了家乡的时代变迁……

退休后，与老伴在省城和女儿一起住了一年，总有一种难舍的家乡情结。几经思想斗争，最终决定回到家乡居住。

有人说：退休后，最富有的是时间，最欣慰的是健康，最害怕的是孤独。

新时代，排除老人孤独的办法有多种。

有的跳舞打太极，有的整天钓鱼，有的打牌玩麻将，有的拍抖音、看电视剧，有的当“候鸟”外出旅游，有的相聚，喝酒、唱歌、侃大山，有的上老年大学……

只要自己喜欢，没有谁对谁错。

购买的商品房，位置、楼层挺不错，和老伴常常坐在入户花园，吃饭、聊天，不时远眺耸立云端的山峰，恰似能够看到那旖旎的风光、结队的游人……

退休了，已结婚30多年的老夫妻，依然情趣相投、相敬如宾，一屋两人三餐四季，好不惬意。

突然有一天，我心血来潮：搞点文学创作。

有句很流行的广告词“一切皆有可能”，应该就是我当时的想法。

打开中央电视台体育频道，映入眼帘的是“相信体育的力量”7个大字。我想改成“相信行动的力量”，更符合自己的心意。

退休后的路还比较长，想脚踏实地地走，说不准能遇到更好的风景，享受更多的快乐，收获更丰的果实。

于是，我便打开电脑，开始以创作的形式，描述熟悉的那些人和事：年少时的无知、轻狂与追求，热恋时的喜悦，失恋后的痛苦，家人欢聚时的天伦之乐，工作中的脚踏实地和偶尔的飘浮，春风得意时的妄想，人际交往关系中的真情冷暖，工作失误留下的遗憾……

这条路必然漫长、艰辛，但不言放弃，因为热爱。

2023年5月

目 录

MU LU

第一章　毕业当了技术员

20世纪80年代初，肖海从地区农校毕业了，被分配到常利县D区的农业技术推广站，当了个不起眼的农业技术员。虽然与自己分配到县农业局工作的愿望相差甚远，但能够端上无数农村人羡慕的铁饭碗，心里也挺高兴。

D区农业技术推广站的人不多，只有7个人，4位经验丰富的老同志，另加刚从学校毕业分配来的肖海、余小初、唐辉众3位新同志。骆站长50来岁，高级农艺师职称，负责站里的全面工作；45岁的农艺师老王，对杂交水稻的高产种植研究着了迷，具体负责这方面的研究工作，天天泡在试验田；熟悉旱粮生产，对“麦、豆、棉间种套作高产栽培技术”有所研究的陈大哥，由县农业局局长点名，负责指导县委书记驻点村的试验工作；对农作物病虫防治有所研究的向师傅，负责指导全区各乡的作物病虫防治工作；新分配的3位年轻技术员，负责跑全区各乡，向乡政府的农业技术员收集农作物种植面积、新品种推广、作物长势、病虫发展趋势及防治等综合情况。

一段时间后，肖海对陈大哥负责的“麦、豆、棉间种套作高产栽培技术”产生了浓厚兴趣，一有时间，就与陈大哥一起，到县委书记的试验田进行观察记录，并参与陈大哥关于间种套作高产栽培技术的讨论。

肖海想：小麦是冬春季作物，黄豆是春夏季作物，棉花是夏秋季作物。虽然3种作物的生长旺盛期和收获季节不同，但在各自的全生育期间，又有季节的重合性。用什么样的栽培技术来处理季节性的矛盾，确保3种不同作物在同一亩田获得最大的收成？

肖海一方面深入试验田，陪同陈大哥一起对不同的作物生长和肥水管理情况及作物收成进行详细观察记录，一方面与试验田的农民对投入成本、品种选择搭配及田间管理技术进行分析和商讨。

在对相关问题有了自己的初步认识，形成文字材料后，肖海不满足于陈大哥的某些观点，认为有必要就此问题做进一步的分析探讨。

年轻的肖海或许是不懂世故，办事执着，更不懂礼节，甚至是不知天高地厚。

“梁局长您好，我想打扰您一下，我在工作中有个问题想向您请教。”事先未与县农业局办公室联系，也没有与局长本人预约，一个工作日的下午，肖海从D区农业技术站坐车来到县农业局，直接敲开了梁志民局长办公室的门，开门见山地说。

梁志民局长多次陪同县委书记或单独到县委书记的联系点指导工作时，对联系点技术指导陈大哥经常带着的年轻人肖海已有所认识，加之梁局长每次到区农业技术站检查指导工作，都要与技术站的每一位工作人员见面打招呼。因此，对肖海有印象。

看到一脸稚气、显得有点紧张的肖海认真的样子，梁局长笑了笑，一边递给肖海一杯水，一边问：“今天来的县城？”

“是的，刚从区技术站坐车来，想专程向您请教一个问题。”肖海接过梁局长递来的水杯后回答。

“是什么问题，是不是看上了我们局机关的哪位姑娘，想请我牵线搭桥？”梁局长开起了肖海的玩笑。

“没有，没有，仅仅是工作上的问题。”肖海看到局长开自己的玩笑，有点不好意思。

“工作上的事，说来听听。”听说是工作上的事，梁局长立马认真起来。

肖海急忙把早已准备好的书面材料，恭恭敬敬地递给梁局长，仍显忐忑不安地说：“这是我关于‘麦、豆、棉间种套作高产栽培技术’方面的一些看法，想请领导指教。”

梁局长接过肖海手中的材料，边看边说：“哟，你对这个课题感兴趣？”

梁局长认真看着手中的材料，10来分钟后，点点头说：“总的思路是对的，观点也比较鲜明。但对成本的核算及效益的分析还不到位，对采用什么样的方法来处理3种作物在春夏季节争地的矛盾，需要有明确具体的建议。回去后，你对文章做进一步修改完善，相信能成为一篇好的论文。”

“谢谢局长的指导，我回去后马上进行修改。”得到局长的肯定和指导，肖海很开心。

“不错，年轻人就是要善于观察和思考，只有这样，才能在发现新问题的同时，不断解决新问题，从而达到积累知识、提升自我、服务群众之目的。”

梁局长将材料返回肖海，拍着他的肩膀说：“肖海，继续安心好好干，一定要注重在实践中总结提高！”

梁局长毕业于省农科院，已获得高级农艺师职称，属于专家型的领导。梁局长早在整个农业局工作人员中留下了“严肃认真、平易近人、精通业务、重视人才”的良好印象。

肖海没想到，原本只是抱着试一试的心态，结果却得到了梁局长的肯定和指导，这对今后的工作是极大的激励和鼓舞。

肖海有点受宠若惊，同时也特别兴奋，急忙给梁局长恭恭敬敬地鞠躬说：“谢谢梁局长。”

离开梁局长的办公室，回想领导刚才的一席话，肖海豁然开朗。

乘坐客运班车回到D区农业技术站，肖海迅速拿出自己的材料，看了一遍又一遍，综合陈大哥的意见，按照梁局长的指点，对文章进行了修改完善，并及时将稿件寄送给了县农业局的相关刊物。

没过几天，肖海所写的《关于麦、豆、棉间种套作高产栽培技术要点》的文章，在常利县农业技术刊物上发表了，后来还获得全县优秀论文评选二等奖。虽然是县级部门的刊物，但对于刚参加工作一年多时间的肖海来说，无疑是极大的鼓舞，也足以让他引以为荣，并对未来充满期待。

肖海工作上取得了初步的成绩，成了另两位年轻技术员的榜样，骆站长给予了充分肯定，开始安排他跟随区委领导下基层检查农业生产。

四月的一天下午，区委王副书记打电话给农业技术站长，要求立即带着肖海去自己的驻点村检查棉花种植面积落实情况。

区委王副书记的驻点村，正是肖海的老家。听说要陪区委王副书记到自己的老家检查指导工作，肖海心里特别高兴。

随即，肖海同区委王副书记一起，各自骑上自行车，沿途又叫上了新东乡分管棉花生产的党委杨副书记，骑行一个多小时后，终于来到了驻点村。

顾不上骑车的劳累，抖落身上的灰尘，用冷水洗了一把脸，王副书记、乡党委杨副书记和肖海又在村支部书记的陪同下，察看了相关村民小组棉花生产的整地、育苗等准备工作情况。

根据调查了解到的情况，王副书记认为要完成驻点村的棉花生产任务，还有一定的难度，当即与乡杨副书记商量决定，由村支部书记立马通知，晚上召开村组干部动员会议。

晚上九点钟了，与会的人员才陆续到会。

村支部书记符国昌主持说：“我先给大家介绍一下参加会议的各位领导。

符书记伸手指向中等个儿、留着络腮胡子的王副书记介绍说：“这位就是区委王书记。”

王副书记向大家挥了挥手。

符书记又指着高大个子、年近50岁的乡党委杨副书记介绍说：“这位是乡党委杨书记。”

杨副书记看向大家，点了点头。

符书记最后指着年轻的小伙子介绍说：“这位年轻的帅小伙是D区农业技术站的肖海技术员，也是我们村走出去的干部，相信大家都熟悉。”

村干部和村民小组长们用不同的表情看向肖海。大多数人没有想到，几年前还是被人瞧不起眼的小不点，今天竟然和区委副书记、乡党委副书记一起来检查指导大家的工作了，真是三十年河东，三十年河西，风水轮流转啊。

肖海站起身，笑着向大家点头致谢，内心充满了骄傲和自豪。

“我们对区委王书记、乡党委杨书记和肖技术员的到来表示热烈欢迎。”

符书记的话音刚落，会场响起了欢迎的掌声。

书记接着说：“区委王书记、乡党委杨书记二位领导参加会议的目的，是给大家鼓劲，要我们想尽一切办法，确保我们村今年的棉花种植面积、棉花总产量达到上面的要求。先请各位村民小组长简要汇报一下各个村民小组棉花种植面积完成情况。”

符书记的话音一落，棉花种植面积落实比较好的村民小组长立马汇报说：“按照村分配给我们村民小组的棉花种植面积，到目前为止，已经全部完成了营养钵育苗任务，且棉花苗儿长势较好，领导完全可以放心。”

准备工作做得比较差的村民小组长发言说：“现在田土责任制到户了，农民种什么，种多少，都是自己说了算，我们村民小组长讲话，老百姓根本就不听了。我看村分配给我们村民小组的棉花种植面积，今年可能完成不了。”

“去年的棉花收购价格不太好，加上农药、化肥成本高，投入的人工也比较多，有的老百姓认为种棉花还不如栽水稻、种玉米划算。”

有的村民小组长开始学会算经济账了。

“现在的碳铵、尿素和复合肥都成了紧缺物资，生产所需要的贷款更是难得弄到，王书记在我们村办试点，能否帮我们多争取一些这方面的指标？”

有的村民小组长还向领导提出了要求。

一时间，会场上气氛十分热闹。

各位村民小组长汇报结束后，参加会议的村干部又相继介绍了各包片区域的棉花种植面积落实情况。

看到大家都发了言，时间也比较晚了，符书记接过话题说："听了各村民小组长的发言，虽然个别村民小组长讲了一些困难，但我认为，有区委王书记、乡党委杨书记到我们这里指导工作，我们还是有信心完成今年的棉花生产任务的。下面，我们欢迎乡党委杨书记先给我们做指示。"

掌声响起。

杨副书记轻轻地向大家点了点头，用略显沙哑而又浓重的声音说："我今天是陪区委王书记来检查工作的，主要是听他的指示。开会前，我陪区委王书记到有关村民小组了解了一下棉花生产的准备情况，发现有的村民小组准备工作还不够充分，有完不成任务的可能。因此，我对大家只有一个要求，你们村是区委王书记办的棉花生产的点，首先要确保种植面积，没有面积，哪里来的产量？所以，各个村民小组的种植面积要保证，只有各村民小组的种植面积保证了，全村的种植面积才能完成。总之，大家要想尽一切办法保证种植面积，然后，在培育管理上下功夫，这样才能保证最后的产量，才不会拖全乡的后腿，才能给王书记脸上争光。"

符书记没想到，一向爱讲话、喜欢做长报告的杨副书记，今天晚上讲话内容并不太多，所花的时间也不长。直至乡党委杨副书记的话讲完，会场响起掌声，符书记才反应过来。

符书记清了清嗓子，适当提高了嗓音说："刚才，乡杨书记给大家做了指示，我们一定要按照杨书记的要求去落实，下最大的决心，确保棉花种植面积的完成。下面，我们用热烈掌声欢迎区委王书记给我们做指示。"

包括乡党委杨副书记在内的与会者热烈鼓掌。

区委王副书记并没有立马做指示，而是对在场的人员说："棉花总产量上不上得去，面积是基础，技术是关键。今天，我特地将区农业技术站的肖海技术员带来了。别看肖技术员年纪轻，参加工作的时间不长，但他对棉花栽培管理有所研究，所写论文还在县里获得了二等奖呢！我们请肖技术员给大家讲一讲棉花栽培技术要点。"

会前，王副书记已经对肖海进行了叮嘱，肖海早已做好了发言的思想准备。没想到，区委副书记还会当着家乡干部夸自己一番。这是参加工作后第一次在父老乡亲面前讲话，而且有区委副书记和乡党委副书记在场，一定要展现出自己的水平。

“那好，我就简单地讲一下棉花育苗期间应该注意的几个关键技术。”王副书记的话音刚落，肖海就围绕棉花育苗期的肥水管理、病虫防治等内容，简要地讲了一些注意事项。

从会场秩序能够看出，村和村民小组的干部对肖海的发言还是认可的，肖海有了一种满足和自豪感。

随后，王副书记喝了几口浓浓的猫儿刺泡的茶，清了清自己的嗓子，用洪亮的声音向大家做指示：“刚才，肖技术员讲得很好，大家要按照肖技术员讲的要求去落实，从棉花育苗开始，就注重肥水管理和病虫防治。我要强调的是，棉花保总产，是我们全区今年的硬任务，也是你们村的硬任务，不管有多大的困难都必须完成。开会之前，我到一些村民小组看了看情况，刚才又听了大家的发言，感觉到如果不采取必要措施，就难以确保今年任务的完成。”

王副书记稍做停顿，点上一支烟，吸了一口，接着说：“保总产，先要保种植面积。现在抓农业生产是没有大集体时那么容易了，但区委区公所、乡给我们村下达的棉花种植任务还是符合实际的，是有耕地面积做保证的，而且，你们村原来就是棉花主产区。棉花种植面积能不能保证，我看关键在认识、在干部。因此，我要求村干部先带头，从你符书记开始保证完成任务，所有的村干部都要保证。”

王副书记此时已有一些激动，喝了几口茶，润了润喉咙，继续说：“在座的各村民小组长也要带头完成任务，再要求每一位共产党员完成任务。这样，村干部带动村民小组长，村干部督促共产党员，再将任务落实到每一户群众，我相信种植面积就能保证完成。”

王副书记环顾了灯光较为昏暗的会场，从每位同志不同的面部表情和眼神中不难看出，有的同志对完成任务充满着自信，而少数同志仍然觉得有困难。

于是，王副书记强调说：“我已掌握了你们村任务分解到各村民小组以及到各户的情况，请杨书记你再及时安排干部力量督促抓好落实。过一段时间，我再来重点察看村干部和各村民小组长的棉花种植面积完成情况，抽查共产党员种植面积完成得怎么样。”

最后，又针对大家提出的相关问题给予答复说：“至于大家关心的化肥指标、贷款指标的事，我和杨书记保证有求必应。”

区委王副书记的讲话很有感染力，大多数与会者都专注地倾听着。个别抽着自卷喇叭烟的同志，因过于专注于王副书记的讲话，直至燃烧着的烟烧到了自己的手指，才知道烟已抽没了。

区委王副书记的讲话刚结束，大家再次自觉地、发自内心地报以热烈掌声。

肖海被会场的气氛所感染。看来，群众对领导是很尊重的。

肖海也被区委王副书记骑自行车下基层、深入田间地头查实情、耐心听取基层干部群众的意见、及时有效解决实际问题等对待工作认真负责的态度、脚踏实地的作风及有针对性地解决问题的能力所折服。

此时，肖海的心绪已经放飞，他听不清符书记最后说了些什么，满脑子仍是王副书记讲完话后在场人员那热烈的掌声。

散会后，区委王副书记、乡党委杨副书记由村符书记安排了住处。肖海回家去看望父母。

“爸妈，我回来了，请开门。”

此时，父母已经入睡，肖海敲了一会儿门，父亲听出是儿子的声音，披着衣服开了门。

“怎么这个时候回家呀？吃晚饭了吗？”看到肖海，母亲既惊讶又高兴。

“我不饿，今天陪区委王副书记和乡党委杨副书记来村检查棉花生产情况，刚刚开完村干部和组长的会，所以回来得比较晚。”肖海自豪地说。

“哦，陪领导到村检查工作、开会。不错，不错。”听了肖海的介绍，做父母的觉得幺儿子有出息了，在村干部和村民小组长们面前替肖家长了脸。

母亲不由分说，迅速煮了几个鸡蛋，要求肖海吃下。

肖海感到从未有过的兴奋，洗完澡，躺在床上怎么也睡不着，心中默默地念叨：自己一定要奋发努力，积极工作，争取进步，早日当上乡党委杨副书记甚至是区委王副书记这样的大领导，为父母争光，为老百姓造福！

从哪里寻找突破口？

肖海反复思考，终于下定决心：在“麦、豆、棉间种套作高产栽培技术”试验上，进一步积累经验，干出成就，有所作为，相信付出一定有回报，坚信目的一定能达到。

从此，肖海只要有时间，就去试验田现场观测、指导，力求在技术上有新的突破，工作中取得新的成绩。

第二章　结识中学女教师

肖海一方面继续跟随区委区公所的领导到下面的乡和村检查面上的工作，积累农村工作的经验；一方面谦虚地拜本单位其他有经验的同志为师，进一步学习和掌握作物栽培和病虫防治方面的技术。

同时，肖海突发奇想：能否在D区农业技术推广站附近，联系一家农户，由自己独当一面继续从事“麦、豆、棉间种套作高产栽培技术”试验呢？

肖海把自己的想法汇报给了骆站长。

“想法很好，但你技术上有把握吗？”

得知肖海的想法后，骆站长虽然觉得想法不错，理论上是可行的，但对肖海的实践知识还有一定的怀疑，毕竟肖海参加工作的时间不长。

“技术上行不行，只有通过实践来检验。我想，有您站长的指导和支持，我是能够获得成功的。”肖海对骆站长很佩服。

“万一试验失败了，给农户造成了损失咋办？”骆站长仍然有一丝顾虑。

“我只选择一个农户的1亩面积做试验，即便失败了，损失也不会很大。我个人负责赔偿就是了。”肖海下定了搞试验的决心，准备由自己来承担风险。

“年轻人想学技术很难得，我支持你。你自己先选择一个农户，看他是否愿意给你提供搞试验的土地，如果愿意，你再与户主商定具体事宜。”听了肖海的想法，骆站长表示支持。

通过现场察看，肖海看中了D区农业技术站附近李大叔家的一块土地。通过反复做工作，终于争取到了李大叔的支持，将其1亩面积作为肖海“麦、豆、棉间种套作高产栽培技术”的试验田。

肖海与李大叔商定：试验田生产所需的种子、农药、肥料及其他一切成本由李大叔自己负责，肖海负责品种选择、育苗、播种及移栽方式、栽植密度、肥水管理、治虫防病等一系列环节的技术指导。双方还承诺：如果试验成功，所有的收入归李大叔所有；如果试验失败，则由肖海按李大叔所在村民小组其他农户1亩面积的年最高收入补齐差额部分。

骆站长得知肖海找到了试验田，并与户主谈好了条件后，将李大叔叫到了站长办公室，当着肖海说："协议由我们技术站与你签订，如果给你造成了损失，由技术站负责赔偿，不要肖海个人负担。"

李大叔一听能与技术站签订协议，高兴极了，心想：自己不用承担任何风险，就能确保这1亩面积的收入，何乐而不为？

肖海同样很高兴，开明的骆站长，用单位做后盾，如此支持自己搞试验，让自己没有后顾之忧。

从此，肖海将主要精力放在了试验上。

先是围绕小麦、大豆、棉花3种不同季节生长的作物，肖海思考着如何利用不同的生长期和收获时间，靠科学栽培、精细管理，来获得单位面积的最大收益。然后，与李大叔一起分析成本投入情况、不同作物的关键环节。通过分析，李大叔对试验的成功和收益有了充分的信心。

肖海白天与李大叔一起在田间劳作，晚上认真查看相关作物的栽培管理要点，并对发现的问题及时进行分析、总结。

一天下午，快要收工时，李大叔突然说："肖技术员，今天接你到我们家去吃晚饭，我老婆可能已将饭菜准备好了。"

几个月的共同劳动，肖海与李大叔一大家成了熟人、朋友，去他家里吃饭已是常事。

席间，李大叔与肖海谈论了关于试验田的一些技术性问题，肖海给李大叔交代了当前试验田管理需要注意的相关事项。

饭后正准备离开时，李大叔的爱人黎婶突然用手拍了拍肖海的肩膀，面带着笑容地问："肖技术员，谈女朋友了吗？"

"像我这种情况，有哪个女孩子愿意呢？"肖海说。

"怕是你要求太高了，一般的女孩子瞧不上吧。"黎婶是认真的，在她的眼中，肖海是一位很优秀的青年。

"不是，不是。我家里条件不是很好，父母都是农民，年纪大了都不能劳动了。哥哥姐姐早已成家，父母需要我负责赡养。现在的女孩子很现实，我家里这样的条件，一般的女孩子怕是不愿意与我谈朋友。”肖海进行了比较理智的分析，得出的结论是：家里条件差，自己地位低，选择余地小。因此说出了自己的真心话。

“我看你条件就不错，已经有了稳定的工作，年纪轻轻，积极上进，人长得也帅。现在的女孩子就喜欢你这种类型的。”李大叔的妹妹李小云，是中学的老师，听说肖海没有谈女朋友，插上了话。

“你们中学不是有年轻的女老师还没有找男朋友的吗，看看有没有合适的，如果有，替肖技术员介绍一位。”李大叔和黎婶同时看向李小云，说。

“我们学校好像有几个年轻的女老师没有谈对象，要不我明天回学校再仔细打听打听，然后告诉肖技术员。”30多岁的李小云，已是一个孩子的母亲，任京铺乡中学初中二年级的数学老师，同时兼任一个班的班主任，教学和管理学生很有一套，对人热情、大方。

“肖技术员，你已经参加了工作，今年也满22岁了，有合适的女孩子可以接触一下，说不准人家女孩子就看上你了。”黎婶继续做肖海的思想工作。

“肖技术员，你愿意找女老师不？”李小云进一步试探肖海。

找女老师做朋友，是肖海的优先目标。

肖海笑了笑，说：“那就麻烦李老师先了解一下情况，看有没有合适的人再说吧。”

没过几天，肖海得到了李小云的回复，学校还真有一位年轻漂亮的女老师没有谈男朋友，年纪比肖海小两岁，人非常不错，父母都是国家工作人员。李小云认为女孩与肖海比较般配。

听了李小云的介绍，肖海心情激动，勾勒着女孩子的长相、身高、胖瘦。思索着用什么样的方式尽快与之相见，见面以后说一些什么话，才能引起女孩子的注意。

经过李小云的一番操作，一个春光明媚的上午，肖海骑上自行车来到了中学。李小云先是将肖海安排在她的房间兼办公室稍做休息，然后利用课间休息，找借口将年轻的女老师叫了过来。

“李老师有什么事吗？”未等李小云开口，一口标准的普通话伴随着青春少女的芬芳和甜美，如银铃般清晰而迅速地传入肖海的耳朵。

看到肖海不知所措的模样，李小云笑了笑，指着肖海向年轻的女老师介绍说：“这是区农业技术站的肖海技术员，负责我大哥家里农业生产方面的技术指导，所以我们已经很熟悉。”

然后，又将年轻的女老师向肖海介绍说：“这是我们学校的覃怡琼老师。”

两位年轻人微笑着相互点了点头，算是已经打了招呼和认识。为避免尴尬，李小云随即对覃怡琼老师说：“我们班的吴佳玉，最近语文成绩有所下滑，还得辛苦覃老师多多关照。”

“请班主任放心，我一定多多辅导。”覃怡琼是个聪明女孩，自然明白李小云将教学上的事情，当着和自己从未谋面的小伙子说的用意。

“李老师，还有其他事吗？如果没其他的事情，那我就先走了。”覃怡琼面带腮红，悄悄瞄了肖海几眼，然后，对李小云微微笑了笑，说。

“别急着走，我还想了解一下班上其他同学的学习情况呢。”李小云也笑着说，想借此留覃怡琼坐下来多陪一会儿肖海。

李小云向覃怡琼问了一些班上同学的学习情况，覃怡琼从容地回答。

李小云还想说点什么，这时上课的铃声响了，覃怡琼说马上要上课，匆匆离开。

覃怡琼刚刚离开，李小云又继续告诉肖海：覃老师非常优秀，虽然父亲是区委书记，但从不以书记的女儿自居，工作很认真，性格比较温和，待人也不错。

听说女孩子是区委书记的女儿，一种高攀不上的恐惧感立刻涌上肖海的心头。

人家能瞧上我一个小小的农业技术员吗？我有什么资格去追求区委书记的女儿？还是算了吧。

肖海一点自信都没有。

没过几天，李小云告诉肖海说，覃怡琼的母亲陈老师听说肖海的情况后，要求尽快把肖海带到她家里去见见面，进一步了解一下情况。

敲开陈老师家的门，较为宽敞的房间里摆放简洁整齐。

陈老师正忙着准备午饭，覃怡琼站在客厅看书。

“陈阿姨好！覃老师好！”肖海略有一点紧张地向两位笑着问好。

“欢迎，欢迎，请坐。”陈阿姨微微笑着，请肖海和李小云入了座，覃怡琼礼貌地分别给二位客人递上茶，说：“请喝茶。”

“怡琼，你陪李老师和小肖他们说说话，我去做中饭。”说完，陈阿姨走进厨房准备饭菜去了。

“陈老师，需要我帮忙吗？”李小云站起身，不待陈阿姨回应，人已进了厨房。

两位年轻人相对而坐，相互觉得有点拘束，不知说什么好。

片刻，肖海首先打破沉默，轻声地问：“你教学上挺忙的吧？”

“就那样，已经习惯了，说不出忙与不忙的。”

“除了教语文，还有其他教学任务吗？”肖海继续问。

“除了教2个初中班的语文，我还负责3个班的音乐课。”

“那你唱歌一定很好听。”

“就那回事，自己喜欢而已。再说，学校没有配专职的音乐老师。”

“你们主要的工作是什么呢？”覃怡琼问肖海。

“跑各乡和相关村了解生产情况，陪领导检查指导工作，我还主动在李老师的哥哥家选择了一块田开展试验。”

“看来你挺充实的。”

“还可以吧。”

两人开始轻松自然地交谈。

“怡琼，和小肖一起来吃饭喽。”此时，陈阿姨她们已经做好了饭菜。

覃怡琼向肖海做了个请的手势，两人走向了饭桌。

吃饭时，看到肖海斯斯文文的样子，陈阿姨笑着说：“小肖，你随便夹菜吃，不用客气。”

“谢谢阿姨。”

肖海随意夹了点菜，放进碗里，然后再送进嘴里。

“肖技术员，陈老师家里人都挺随和的，你不用客气，随便吃。”李小云看到肖海仍是那副斯文的样子，也劝肖海随意一点。

覃怡琼随意吃着饭菜，还不停地夸奖说：“妈妈做的饭菜越来越好吃了。”

看到自己女儿对肖海不管不顾的样子，陈阿姨像是有点责怪地说：“怡琼，你别只顾自己吃，给小肖夹菜呀！”

“我的亲妈妈哟，一个小伙子，吃饭还用得着别人帮忙夹菜吗？”覃怡琼偷偷看了一眼肖海吃饭的模样，像是嗔怪着母亲，又像是在戏弄肖海而调皮地说。

“看来，真是我把你宠坏了。”看到覃怡琼的表情，陈阿姨边数落着自己的女儿，边给肖海碗里夹上了一块荤菜，对肖海说：“我家怡琼就是这种个性，你别在意。”

肖海更加不好意思，但心里甜滋滋的。

心想，看来，覃怡琼的母亲陈阿姨是认可自己的。

饭后坐了一会儿，肖海和李小云同时离开了陈阿姨家。

与覃怡琼两次短暂的接触，特别是与她母亲见面后，肖海脑海中时刻浮现着孤傲、正直、善良、上进、漂亮的女孩子形象，真心渴望覃怡琼能够成为自己的女朋友。

但肖海也不无担忧。

覃怡琼的条件太优越了。父亲是区委书记，母亲和本人都是国家教师，一家人吃的是商品粮，端的是铁饭碗。她又是家里的独生女儿，受到父母的百般宠爱。而自己呢，地地道道的农民儿子，普普通通的农业技术干部，双亲已经年迈，家住偏僻的农村，家庭条件十分落后……

这一切的一切，覃怡琼能瞧得上吗？虽然她母亲对自己的第一印象不错，但区委覃书记能同意他女儿与自己交往吗？

幸福的喜悦与担忧的烦恼伴随着肖海的每一天。

过了10天，李小云告诉肖海：明天星期天，覃怡琼想约你到她家里去吃中饭，她爸爸正好有空闲时间，想见见你。

覃怡琼的父亲覃远景是区委书记，区里的各种会议少不了他到会讲话。肖海在几次参加会议时已经认识，但上门去拜访还是第一次，而且还有追求他女儿的这个意思，不免稍显紧张。

第二天，肖海拉上李小云提前来到覃怡琼父母家。

看到肖海、李小云的到来，陈阿姨满面笑容，要自己的女儿给肖海他们让座倒茶，然后就进厨房张罗饭菜。

李小云借口帮忙，进了厨房。

覃怡琼给肖海倒了一杯茶，拿了一本《唐诗三百首》坐在肖海的对面，不时地笑看一眼。

此时，区委覃书记并不在家。

两人说了一会儿话，肖海总觉得应该表现一下自己，于是走到厨房门口，问：“阿姨，我能帮你做点什么吗？”

“不用，不用，我有李老师打下手，不需要帮忙。小肖，你坐，喝茶，多陪怡琼说说话。”阿姨客气地拒绝。

肖海还是觉得不好意思，自己和覃怡琼两位年轻人闲坐，陈阿姨、李老师她们却忙碌着。

于是对陈阿姨说：“阿姨，我帮您择择菜、洗洗菜吧。”

“那行。怡琼老师，你就和小肖一起帮将这几样菜择一择、洗一洗。”看到肖海执意要帮忙，李老师笑着从厨房里拿出几样菜，递给覃怡琼。

覃怡琼接过菜，看了一眼肖海，抿嘴一笑，将菜交给肖海说：“我可不做这些事，这是你自己找的任务，都由你来完成。”

肖海轻轻一笑，接过菜开始熟练地操作起来。

覃怡琼站在肖海的身边，认真地看着肖海的每一个动作。

很快，肖海就将菠菜、五月豆和蒜苗择好洗好，又将莴笋削了皮，自觉地帮助切好，最后还主动地帮助炒了3个菜。

肖海主动帮忙，陈阿姨更加高兴，李小云一个劲儿地笑。

没多久，覃远景忙完公务，回到了家中。

“覃书记，您好。”肖海连忙起身拘谨地向覃书记问好。

“小肖你坐，到了我们家你不必客气，我和你陈阿姨都比较随和。”覃书记一改平日工作时的严肃，温和地对肖海说。

覃怡琼连忙倒上茶，装作恭恭敬敬的样子，双手送到父亲的手上，说：“书记大人，您请喝茶！”

覃远景看了看自己的女儿，开心地说：“你这个调皮丫头。”

此时，陈阿姨、李小云已将饭菜端上了桌，并张罗着大家吃饭。

刚上桌，看到桌上的几个菜，覃怡琼就说：“妈妈，今天的饭菜是不是也有肖海的一份功劳啊。”

覃远景看了看陈阿姨，正想说什么，陈阿姨就笑呵呵地说：“肖海真不错，不仅帮我洗菜、切菜，还帮我炒了几个菜。老覃，你尝尝味道怎样？”

随后，陈阿姨夹了一箸肖海炒的菜，放到覃书记碗里。

“味道不错。”覃远景尝了一口，夸赞道。

肖海反倒不好意思。

“这是你的劳动成果，自己也尝尝。”覃怡琼夹了一箸菜，放到肖海碗里，说。

看到自己女儿的举动，覃远景夫妇会心而笑。

“我女儿不是不给小伙子夹菜的吗，今天是太阳从西边出来了？”阿姨看了看覃怡琼，笑着问。

“覃书记，您给我评评理，讲一句公道话。上次吃饭时，我不给肖海夹菜，妈妈批评我；这次，我主动替肖海夹了菜，妈妈又笑话我。我好为难的。您说，我该咋办？”覃怡琼看向自己的父亲，俨然一副受了委屈的样子。

“我们的女儿已经长大了。从此以后，自己的事情自己做主。”覃远景装出非常严肃的表情，一语双关地说。

“这可是书记大人您说的，李老师可以作证。从此以后，我的事情我自己做主，您必须说话算数！”覃怡琼很开心。

覃书记家庭成员之间平等和谐的关系深深感染了肖海。肖海梦想着能够成为其中的一员。

饭后，覃远景又问了一些肖海的情况。

肖海一一做了回答，并虚心地要求他多多指点。

覃远景叮嘱肖海说：“年轻人，一是要有积极的进取精神；二是对工作要有脚踏实地、认真负责的态度；三是要加强学习、更新知识。同时，还要处处时时严格要求自己。只有这样，才能避免走弯路，不断取得新的进步。”

覃远景能够当上区委书记，自然有着不同的见解，听了他的话，肖海受到了极大的鼓舞。

考虑到覃书记中午可能需要休息，肖海谢绝了陈阿姨和覃怡琼的挽留，与李小云老师一起返回了各自的单位。

肖海认为得到了覃怡琼及其父母的认可，心里美滋滋的同时，也更加希望工作中能干出一番成绩。

除了跑各乡了解情况、应付日常工作，肖海将主要的精力放在了试验田，想通过试验的成功来进一步证明自己的能力，取得大家的信任，特别是能尽快得到覃怡琼的认可。

这天下午，肖海再次来到试验田。

勤劳的李大叔夫妇两人，已将试验田里整理得连一根杂草都没有。想到小麦已经喜获丰收，大豆也丰收在望，试验田里的棉花苗长势旺盛，有的棉株上已经长出了花蕾，肖海心里特别高兴。

正在田间劳作的李大叔和黎婶看到肖海，更是满怀信心地说：“我们这1亩田的收入，肯定比村民小组其他人的收入都要高，真是要好好谢谢你肖技术员。”

肖海一边回应着，一边仔细查看着豆荚的饱满情况及对棉花苗生长是否构成了影响，同时观测着棉花的病虫情况，发现没有大的问题。

随后，又请李大叔帮忙，采取随机取样法，对棉苗的株冠宽度、高度、叶片数量、最大叶片的长宽、第一个长出花蕾的部位、单株花蕾的数量等数据，开展了详细的观测和记录。

做完这一切，肖海仍不放心，对李大叔和黎婶说："你们一定要按照我的要求去做，在收割大豆时要小心，不要打落了棉花的花蕾，也不能随便给棉花试验田里打药、施肥、灌水和随便摘枯叶、打顶。"

李大叔和黎婶满口答应后，肖海才离开试验田。

他高兴地来到覃怡琼在中学的住房，刚好上完下午课程的她，见到肖海到来，并没有表现出平时的高兴和热情，简单地说了句："你坐，自己倒水喝。"

说完，覃怡琼靠在了小木椅上，微微地闭着眼睛。

"怎么啦，是身体不舒服，还是学生惹公主生气了？"肖海关心地问。

"就是全身没力气，不想动。"覃怡琼睁开眼睛看了看肖海，勉强露出一丝笑意。

肖海伸手探了一下覃怡琼的额头，说："头有点发热，肯定是感冒了，我陪你去医院买点感冒药。"

"没事，我平时感冒都不吃药，过几天就好了。"覃怡琼显得很没精神地说。

"那你多喝点开水，先休息一下。"肖海说完就准备给她倒杯开水。

"你和我一起去我爸妈住的地方，那里做饭方便一些。"覃怡琼示意肖海不用倒开水，同时提出要去她爸妈住的地方。肖海以为要去那儿吃晚饭，心里很开心。

两人一起来到了她爸妈住的地方，既没有发现陈阿姨，也没有看见覃书记。正准备问问情况，覃怡琼主动告诉肖海："爸爸去地区党校学习一个月，每个星期回来一次。妈妈今天也去参加县教育局组织的会计业务培训，几天后才能回来。"

吃晚饭的时间快到了，平时一家人都是陈阿姨做饭，今天陈阿姨不在家，肖海主动担起了做晚饭的责任。

"你身体不舒服就先去床上躺一会儿吧，我做好了饭菜再叫你起来。"肖海劝说覃怡琼。

“不，我看着你做饭炒菜更有意思。这样，反倒觉得身体更好受一些。”覃怡琼边说边站在了肖海身边。

不一会儿，肖海便完成了三菜一汤。两个人一边吃饭，一边聊天，显得很开心。

吃完饭，肖海主动包揽了收拾碗筷、打扫卫生的活儿，覃怡琼很感动。

过了片刻，覃怡琼采纳了肖海的建议，及时去学校浴室完成了沐浴。

“你感冒了，别沾冷水，我帮你把衣服洗了吧。”看到覃怡琼放在小提水桶内换下的衣服，肖海执意要帮她洗。

“不行，不行，不能让你一个大男人替我洗衣服。等一会儿，我喊一个女学生来帮忙洗一下就行了。”

“何必去麻烦人家小女孩，我现在也没有什么事，几件衣服，我一会儿就洗好了。”肖海接过小提桶说。

覃怡琼觉得肖海说得在理，红着脸说：“那就要辛苦你了。”

不由分说，肖海坚持为覃怡琼洗完了换下的衣服。

忙完了一切，肖海骑车返回了自己的单位。

就这样，连续3天，肖海白天忙工作，下班后，再去帮覃怡琼做饭、打扫卫生、洗衣服，再返回自己的单位。

肖海忙碌、开心、充实，心甘情愿地付出，甚至希望天天这样为之奉献。

覃怡琼更是感动万分。没想到，肖海竟然这般勤快、细致和关爱自己。今后，若能够嫁给这样的男人，有什么不知足的?

“谢谢你这几天对我无微不至的照顾，我的感冒已经完全好了。”第三天，忙完一切，正准备返回单位时，覃怡琼看着肖海说。

“你怎么感谢我？我真想就这样照顾你一辈子，你愿意吗？”肖海侧过头，心跳加快。

“今后，你能继续对我这样好吗？”覃怡琼低着头，轻轻地问。

“我当然愿意，只要你给我机会。”肖海看着覃怡琼笑，期待她的回答。

覃怡琼一脸的笑容，看向肖海，就是不说话。

突然，肖海双手捧着她的头，准备亲吻。

“别，妈妈回来了。”覃怡琼扭头躲开，用手指向窗外，说。

肖海迅速松开双手，打开门看了看，发现连个人影也没有。

肖海意识到，覃怡琼不想两人过于亲密，同时也在提醒自己可以离开了。没办法，肖海很不乐意地离开学校，返回了单位。

第三章　年纪轻轻转行政

肖海与覃怡琼认识交往两个多月来，发现两人有着许多共同的兴趣与爱好，彼此都感到无比幸福与快乐。

或许是觉得肖海在与区委书记的女儿谈恋爱，大家对肖海有了一些羡慕，不仅单位的领导和同事们更加愿意与肖海一起干工作，谈人生，谈爱情；区委区公所的领导带肖海下基层的次数明显增多了。

此时的肖海，工作干劲更足了，除了一心想在工作上干出一定的成绩，还萌生了创作的想法。

“怡琼，我最近突然有了写一部小说的想法。”一天下班后，肖海来到覃怡琼学校的房间，将自己的想法告诉了她。

“好啊，你准备写哪一方面的内容？”

“我想以自己的亲身经历为题材，写一本关于基层农业技术员与一名中学女教师的工作、爱情的故事。你认为怎么样？”

“那岂不是也要将我列为小说中的人物？”

“不仅要将你列入，还必须是小说中的主要人物！”

“我们刚刚认识两个月，也没有什么可写的。”

“小说本就是来源于生活、高于生活，我们才刚刚开始，今后的路还很长，工作和生活中，相信有许许多多感人的故事可写。”

“书名确定了吗？”

“暂时定为《教室与田间地头的爱》，你认为怎么样？”

覃怡琼想了想，建议道：“我建议改为《期待》。”

“为什么是《期待》？”

“我认为期待有很多含义。如期待我们能够长久幸福、比翼双飞，期待你的小说能够出版，期待……期待……总之，期待现在，期待未来，期待美好，期待成功！”

覃怡琼看向肖海，脸上洋溢出羞涩而幸福的笑容。

得到了覃怡琼的支持，肖海有了更大的动力。白天忙工作，晚上抓紧时间写小说。

一个月后，已完成了2万多字的书稿。

一天，刚吃完晚饭，肖海带着所写的书稿，准备去征求一下覃怡琼的意见，区农业技术站的骆站长却笑着说：“肖海，你等一会儿再去见你那亲爱的。你先到我办公室，我给你说一件好事，可能比你见女朋友更重要、更开心。”

“好啊，站长有什么指示？”肖海一踏进站长办公室的门，就一本正经地问站长。心想，一定是工作上的事，哪有比见女朋友更开心的？

“肖海，我刚刚接到县农业局的通知，要你明天上午9点前赶到县农业局，梁局长要找你谈话。”

“要我去县农业局？还是梁局长找我谈话？这是不可能的事，骆站长您别开我的玩笑。”

平时都是通知站长去农业局开会，哪有站长不去而通知我这个小萝卜头去县农业局的，而且还说是梁局长要谈话？因此，肖海认为是骆站长在拿自己开玩笑、取乐子。

看到肖海迟疑的样子，骆站长收起脸上的笑容，严肃地说：“真的是通知你去，而且强调不得迟到、缺席和让别人代替。据我听到的小道消息，你可能要从农业技术员转为乡政府的领导了。你说，如果是转了行政，是不是比见女朋友更重要、更开心？”

“这样的好事情怎么会落到我的头上？”

肖海听说自己有可能要转行政，心里有了一丝兴奋。但冷静一想，自己一没有向领导提出要转行政的要求，二上面没有任何关系，三是刚参加工作两年多时间，年纪又轻，这等大好事，怎么会平白无故地降落到自己头上呢？

看到骆站长严肃认真的样子，肖海也不好再说什么。

“如果是转了行政，肖海你一定要请我们区农业技术站的全体同志好好撮一顿。”骆站长提前打了预防针。

“没问题，如果我转了行政，就拿出一个月的工资请大家吃饭。”肖海心想，如果真是转了行政，请站里的同志们吃餐饭理所当然。

第二天，肖海准时来到了县农业局办公室，随后由办公室工作人员领进了小会议室。

小会议室内，除了梁志民局长、黄副局长，另外还有3位肖海认识的农业局技术干部，不过年纪都比肖海要长10来岁。

肖海向农业局的领导和其他几位干部点头笑了笑，然后，和另3位干部坐在了一起。

“大家坐一会儿，喝喝茶，我们等县委组织部的领导到了再开一个短会。”梁志民局长对4位技术干部说。

不一会儿，农业局李副局长陪着另一位干部走进了会议室。

梁志民局长站起身，与对方握了握手，并轻声简单地交流了几句话，便向大家介绍说：“这是县委组织部的李副部长。下面，我们欢迎李部长给大家宣布县委的决定。”

肖海一边鼓掌，一边猜测：是什么决定，只请我们4位技术干部来听？难道真的与转行政有关系？

李副部长先喝了一口水，润了一下嗓子，一本正经地说：“首先，向4位年轻的技术干部表示祝贺。根据中央关于干部队伍建设‘四化’的要求，通过县农业局党组的推荐，县委组织部门考察，并报县委研究批准，任黎生伟同志为桑梓乡人民政府副乡长候选人，张云群同志为向阳乡政府副乡长候选人，薛治平同志为三山乡政府副乡长候选人，肖海同志为双溪乡政府副乡长候选人。”

随后，李副部长强调了到新单位报到的时间要求，并告知各位同志，任职之事已电话通知相关区委和所在乡党委。同时明确，县委组织部、所在区的区委及县农业局均不安排人员陪送，由新任职的同志搭乘客运班车直接前去所在的乡党委报到。

真是喜从天降！4位年轻的技术干部，你看看我，我看看你，脸上即刻现出了灿烂的笑容。

肖海心想：自己并没有向农业局梁局长提出转行政的要求，怎么就转了行政，当上了乡政府的副乡长候选人？

他不敢相信：自己年纪轻轻，刚满23岁，就从D区农技站的技术员，一步踏入乡政府副乡长的行列！

如果父母知道这个消息，该有多高兴！

如果怡琼知道这个消息，该有多高兴！

这次赴任前，一定要回老家一趟，到肖家祖坟上上香、烧烧纸、燃放几挂大鞭炮，感谢祖上的护佑。

肖海正想着，李副部长已将决定宣读完毕，梁局长又要求转行政了的4位同志进行表态发言。

肖海年纪最轻，被安排到了最后一位发言。

4位刚刚转入行政的年轻干部，对未来充满了信心。

表态结束后，另外2位副局长，分别对大家表示了祝贺，并提出了新的希望。

最后，梁局长感谢了组织上对农业技术干部的重视。并叮嘱大家到乡任职后，要注意尊重和维护一把手的权威，虚心向其他班子成员学习，注重团结好其他班子成员，时刻严格要求自己，多为群众办实事。同时表示，县农业局永远是大家的娘家，是大家农业技术上的坚强后盾，欢迎大家多回家看看，并祝愿大家取得新的更大的进步。

肖海很快回到了区农业技术推广站，将调到双溪乡任职的消息，第一时间告诉了骆站长及单位的同事们。

“肖海，你年纪轻轻，参加工作才两年多一点时间，就转了行政，并当了乡政府的副乡长候选人，你必须请站里的同事们好好地吃一顿！”骆站长听说肖海转了行政而高兴，要求肖海请大家撮一顿。

“是的，我们3个年轻人同时调来农业技术站，看你多有出息。当了乡领导，可别忘了我们几个哥们儿！”小余、小唐附和着。

“我肯定要请站长您和全体同事吃一顿饭。我能这么早转行政，离不开骆站长您的帮助，离不开同事们的支持，我必须感谢大家。”肖海满口答应。

“那定在明天晚餐，你自己负责买菜，要食堂的大师傅帮忙加工一下，我们就在站里的食堂吃。”

骆站长替肖海考虑得很周全，这样就花不了几个钱，同时还能让大家高兴高兴。

“行，就这样说好了，我负责掏钱，买什么菜，余老弟、唐老兄，你们二位替我做主。我还有一点事，去一下区公所。”

离开农技站，肖海专程来到区公所，想向区委覃书记及王副书记等领导表示感谢，希望从他们那里请教一些工作方法，同时也是向领导辞行。

他到王副书记办公室坐了一会儿，随后来到了覃书记的办公室。

“小肖，首先祝贺你转了行政，并得到了提拔。年轻人不错，继续好好干。”覃书记看到小伙子如此尊重自己，高兴地说。

“谢谢覃书记的关照。”望着身材高大、仰慕已久的区委书记，想到自己已经转了行政，当上了副乡长候选人，并有可能成为他的女婿，肖海满面春风地说。

“谢我就不用了，这次你转行政和提拔我可一点忙也没有帮上。主要是你自己平时的工作表现不错，得到了县农业局领导的充分认可。县农业局向县委组织部推荐干部时，事先并没有征求我们区委的意见，组织部门对你提拔的保密工作做得非常好，我这个当区委书记的事先并不知情，直到昨天，你任职的地方已经确定了，县委组织部才给我打来电话通通气。不然我会建议组织部门将你安排在我们区的某个乡政府任职，条件比你现在去的双溪乡要好一点，至少离你老家近一些。我们D区各个乡的书记、乡长，甚至是不少干部你也见过，大多都是熟人，更有利于你尽快适应新的工作环境。”

看到覃书记如此关心自己，肖海非常感动，情不自禁地起身向他鞠躬致谢说：“谢谢书记的关心。到新的单位后，我一定加倍努力工作，决不辜负您的期望。”

“不过没关系，到偏远落后、条件艰苦的乡里去工作，相信你能得到更好的锻炼。”覃书记对眼前的小伙子寄予厚望。

看了一眼肖海，他又一改严肃的表情，面带微笑地说：“关于你和怡琼谈朋友的事情，我老伴对你很满意，我对你的情况比较了解，表示支持。但能否成功，关键看你和怡琼有没有缘分。”

“请覃书记放心，今后，我一定好好待怡琼，决不让她受任何委屈。”肖海腼腆地说。

“小肖，你很年轻，能这么早转入行政是个难得的机遇。但行政工作比较复杂，特别是当领导的难免需要面对面地处理一些比较复杂的问题。你刚刚上任，经验不足，一定要注意深入基层开展调查研究，掌握真实情况。你上任后的第一步工作是迅速适应乡的工作环境，尽快地与班子成员融为一体，得到大家的认可。同时，在处理具体问题时，要先进行认真思考，考虑成熟后再发表自己的意见。假如和年纪大的同志，特别是老同志在一起处理问题时，一定要尊重他们，尽可能让他们先发表意见，并以他们的意见为准。”

覃远景不愧为区委的一把手，领导经验丰富，或许考虑到自己的女儿正在与肖海谈朋友，希望未来的女婿更快地成熟，对第一次担任乡领导的肖海，给予了叮嘱。

“谢谢覃书记的教导。在今后的工作中，我一定时刻按照您的教诲去做，尽快适应新的工作岗位。”肖海再次向覃书记表示了感谢。

此时的肖海，已感受到自己是世界上最幸福的人。

肖海没有想到，很不起眼的自己，能与区委书记的女儿谈朋友。

肖海更没有想到，参加工作只有两年多时间，就能从一名普通的农业技术干部提拔为乡政府副乡长候选人。

覃远景语重心长的一席话，似乎让肖海看到了转入行政后的一片坦途。

离开覃远景的办公室，肖海骑上自行车返回了农技站，准备第二天和同事们好好地撮一顿。

肖海转行政的消息早已传到了他的家乡。一时间，成了柳溪村父老乡亲茶余饭后热议的话题。

“听说肖海要当双溪乡政府的副乡长了。”

“他参加工作不才两年多时间吗，怎么就当上了乡政府的领导？”

村民小组唐队长既不相信，也极不情愿地问大家。

“他不是区里的一个农业技术员吗？前不久还陪区委和乡里的领导到我们村来检查工作，这么快就成了乡政府的领导？”村干部李卫成一万个不相信。

“肖海当副乡长的资历太浅了吧？”村会计表示怀疑。

“肖海能有那样大的本事，二十几岁就当得了副乡长？打死我都不相信。”村民小组的会计谭大妈也不相信肖海就当上了那么大的乡领导。

“他不才23岁吗？能要这么年轻的人当乡领导？”肖海的亲婶婶梁大玉平时就爱争强好胜，妯娌间原本不和睦，不想侄子比自家的儿女强，从内心极不情愿相信这是真的。

不相信的人纷纷提出了怀疑的理由。

“肖海读书时很用功，成绩很好，初中、高中都是班干部，是一棵好苗子。这次当领导，我看是真的。”肖海家族中最有文化的叔伯八叔平时就喜欢肖海，小时候常对肖海的父母说：肖海这娃子今后一定有前途。

因此，这次听说肖海当了副乡长候选人，他第一个相信。

“这小子参加工作后，做事认真，能吃苦，当农业技术员后就经常深入田间地头搞实验，深得老百姓喜欢，领导也很器重。”儿时的伙伴、高中的同学李化友，从部队刚刚退伍回家，听到其他人的议论，不无肯定地说。

“肖海有孝心，参加工作后，只要回家就给父母做家务，挑水、挖地啥都干。”不识一个字，但为人友善的孟奶奶夸赞着肖海。

“这娃子懂礼貌，看到大家就打招呼，很受大家欢迎，今后一定有出息。”马大妈的几个儿子全部参加了工作，平时与肖海妈妈吴三妈的关系很好，是看着肖海长大的，从小就喜欢肖海，常夸吴三妈的幺儿子不错。

“肖海高中毕业后，想报名参军时我就说过，肖海很不错。如果我们当时让他去了部队，说不定早已提干当了军官。”龚营长对未能把肖海送到部队去，多次表示过遗憾。听说肖海现在当了副乡长候选人，也替肖海感到高兴。

“我就说，当兵不是肖海唯一的出路。你们看，没过几年，肖海已经当上了乡政府的领导！我们应该为村里出了肖海这样的人才感到高兴。”村里的符书记表现出了豁达的胸怀。

相信的人说出了肖海的一大堆好处。

“国家建设正是需要用人的时候，肖海很优秀，我看行！”

“现在需要的是‘四化’干部，肖海年轻、有文化、懂农业技术，到乡任职，最符合条件。”

“肖海都快上任了，你们还不相信，真是信息不灵啊！”一些消息灵通的人发表着自己的高见，嘲笑着他人的无知。

肖海的父母得知自己的幺儿子从农业技术员转了行政，而且直接当上了副乡长候选人，早已喜极而泣。

“终于熬出了头，可以在众人面前抬起头，不用让人瞧不起了。”肖海的母亲高兴地说。

“是啊，我也轻松多了。我一直担心，我们家里的一些事情影响到幺儿子的前程，现在，可以放心了。老婆子，你多炒几个菜，中午我要喝几杯酒。”

肖欣章爱喝酒，今天逢上喜事，正好开怀畅饮。

“好，我多炒几个菜，你去请请八叔、八婶一起来，喊老大、老二和老三他们把媳妇都带来，大家一起陪你喝几杯酒，高兴高兴。”

就这样，在家乡人信与不信的无谓议论中，农民家庭出身的肖海，中等农业学校毕业的肖海，任区农业技术干部的肖海，参加工作刚两年多时间的肖海，年仅23岁的肖海，千真万确地被县委任命为离家80多公里的双溪乡人民政府副乡长候选人。

5月4日，是年轻人的节日，肖海选择这一天赴任，希望从此在事业上朝气蓬勃、不断进步。

肖海转了行政，覃怡琼很开心。

太阳刚刚升起，她已来到肖海的住处，帮助一起打点行李。

其实，除了读高中时用过的一个四方小脚箱，外加布袋内装上的几件换洗衣服，再也没有其他物品了。

“到了就要给我写信，第一时间告诉乡里的情况。”

刚到客运中转站，依依不舍的覃怡琼再次叮嘱，顾不了身边等车的众人，伸手摸了摸肖海的脸。

“你也要多关照自己，别累着了。我到了双溪就写信给你，你一定要及时给我回信啊。工作一段时间后，我就来看你。”

肖海还想说什么，车已到了，上车的人很多，再不上车，就挤不上去了。没办法，只好随着上车的人群先挤上了车。

客车无情地开动了，扬起了一阵阵灰尘，看着仍舍不得离开的覃怡琼，肖海挥动着手，心中有着无限的不舍与祝愿。

第四章　展望未来很开心

双溪乡地处常利县的最西边，自然条件恶劣，交通很不便利，经济十分落后，愿意去那里工作的人很少。

据说，县委的初步方案是将肖海安排在一个条件相对较好的乡任职，而将另一位成了家的张云群同志安排到双溪。后来，张云群找到县委领导说情，要求网开一面，照顾他半边户家庭，提出了与肖海调换。县委领导考虑肖海还年轻，没有成家，离家远一点没啥关系，因此，将肖海安排到了双溪乡。

到双溪工作快一个月时间了，工作繁忙之余，自然少不了对心爱之人的思恋，虽互有书信往来，但仍无法消减两人见面的迫切心情。

一天，借助去县里参加林业工作会议的机会，肖海向乡书记请了两天假，决定到D区中学看看自己的心上人。

肖海心情激动地走近覃怡琼在学校的住房，发现门锁着，抬手看了看手表，现在才下午4点。不用说，肯定还在给学生上课。

要不要到教室去看看呢？肖海站在门口犹豫。

“肖技术员，什么时候到的学校？”

不知何时，李小云已来到了肖海的面前。

“哟，是李老师，我刚刚到，没想到怡琼不在家，不知是否在上课？”

“是的，正好怡琼老师这时有课，还有10来分钟就下课了，你到我办公室坐一会儿，下课了再来看怡琼。可以吗？”

“当然可以呀，给你添麻烦了。”

“什么麻烦不麻烦的，你和怡琼好了，我很高兴呢！”

“你先喝一杯茶，我去跟怡琼说一声，告诉她你来了。”

“不用，不用，我等一会儿就行了，别影响她给学生上课。”

“我是怕你迫不及待地要见怡琼了呢！俗话说：恋人是一日不见，如隔三秋，你们两人不是快一个月没有见面了吗？”

“去了乡工作，事情比当农业技术干部时多了不少，想来看看你们，却抽不出时间。”

“我知道你是想看怡琼，而不是想看我。不过，我可以理解。”李小云看着肖海说。

两人正说着，下课的铃声响了。肖海正准备动身，李老师忙制止说：“我怕怡琼还有其他事情，这时不一定回了自己的住房。我还是先去看一看，我不说你来了，只说找她有事，要她来我这里。你就在我这里等一下，到时给她一个惊喜。”

说完，李小云就去找覃怡琼。

“肖海，你怎么突然来学校了？”走到李老师办公室的门口，覃怡琼一眼看到了肖海，显得特别兴奋、惊喜。

“哟，看把你高兴得。是继续在我这里坐，还是去你自己的爱情小屋啊？”李小云开起了覃怡琼的玩笑。

“不打扰李老师了，我去怡琼那儿了。谢谢李老师！”肖海替怡琼回答，站起身来，随怡琼来到了她的房间。

看到日思夜想的人，肖海激动的心情无以言表。关上房门，伸出双手，紧紧地拥抱着她，想亲吻。

“别，别，外面好多学生呢，看到了多不好意思。再说，看你满脸灰尘的，先洗一把脸。”

覃怡琼看着肖海，面红耳赤，将自己的头转向一边，用力推开肖海，然后将保温瓶中的水倒在了面盆中，递上毛巾，说：“洗洗脸，然后去我妈那儿吃晚饭。”

肖海顺从地洗了脸，依然要求亲吻，同样受到了阻止。

没办法，肖海不能强求，毕竟两人认识的时间还比较短，今后的日子长着呢！

“妈，我回来吃晚饭了。”两人刚走到她妈妈住房的门口，怡琼亲热地大声喊。

“今天怎么回来这么早，提前放学了？”陈阿姨在家里没有出来，随口问。

“我还带回来了一位客人呢，您有没有多准备些饭菜？”怡琼笑着说。

“还带了位客人，是李老师吗？”

阿姨将头探出门，发现是肖海和自己的女儿在一起，忙笑着说：“原来是肖海啊，快进来，快进来！”

“阿姨好！”肖海热情地打招呼。

两个年轻人走进了屋。

阿姨很开心，一边倒茶，一边对卧室喊：“老覃，你出来一下，怡琼和肖海两人来了。”

“原来覃大书记也在家哟！”怡琼顽皮地冲着父母的卧室大声说。

“怎么了，我在家你倒不愿意啦，是不是影响你谈恋爱了！”覃远景走出卧室，装作很严肃的模样，问自己的女儿。

“不是不愿意，而是未先给书记大人请安，我很自责。现在向您表示歉意，再问候一声：书记大人，您好！”怡琼装出虔诚的样子，向自己的父亲恭恭敬敬地鞠了一躬，说。

“真是个调皮丫头。小肖，你坐。今天怎么有时间过来呀？”覃远景一手摸着怡琼的头，抬头问肖海。

“想来看看书记您和陈阿姨。”肖海轻声地回答。

“在双溪的工作情况怎么样，适应了吗？”覃远景关心地问。

“还可以，已经逐渐适应了乡的工作环境。”肖海显得有些拘谨地说。

“你分管哪几项工作，感到有压力吗？”

“党委书记和乡长安排我分管农业、林业和计划生育工作。”

“分管农业，主要是搞好新品种、新栽培技术的推广以及产业结构的调整，你学的就是农业，并且有在农业技术站工作的实际经验，应该不成问题。但现在农村田土已经到了户，村组集体组织的作用已经不明显了，上述工作开展起来，难度不小，效果不佳。只有通过试点示范，让农民感受到实实在在的利益，才有可能达到理想的效果。

“分管林业的事情比较多，既要搞好现有林木的管理，又要搞好荒山的植树造林工作，还要注意森林防火，事情不少啊。

“计划生育工作是基本国策，实行的是一票否决制的考核，你的压力可不小哟！”

覃远景从乡里的一般干部一步一步地干到了区委书记，很明显，农村工作轻车熟路，对肖海分管的几项工作做了到位的分析。肖海听了很高兴，同时也在想，今后工作中如果能够经常得到他的帮助，一定能够有长足的进步。于是敞开心扉说：“覃书记，您说得很对，分管农业我的确相对轻松一些，但任务也很艰巨；分管林业的压力倒不是很大，林业站的工作人员比较得力；计划生育工作难度可就大了，一孩政策不仅老百姓难以接受，单位上的干部职工也有不少人想不通，我们做工作时，常常遇到不小的阻力。”

“覃书记，您就暂时不要给肖海上政治课了，他今天坐了半天班车，已经很累了，让他先休息一会儿吧！”

覃远景只顾与肖海谈工作上的事，没想冷落了自己的女儿，覃怡琼毫不客气地表示了抗议。

“哟，我家丫头何时关心起人来了？好，听你的，我不谈工作，我有一份报告还没有完成，现在继续去写，你妈妈在厨房忙晚饭，现在的时间留给你们两位年轻人。”

覃远景笑着看了看覃怡琼和肖海，走进了卧室。

“我们去厨房看看，帮帮阿姨，可以吗？”肖海想借机献殷勤。

“好啊，你替妈妈去炒菜，我一个月没有吃上你炒的菜了，今天正好饱饱口福！”

听说肖海想去帮忙，怡琼很是高兴，不仅表示自己想吃他做的菜，还立马走进厨房，拽着她妈妈的手，略带娇气地说：“妈妈，您歇歇，肖海说了要替您炒菜，展示一下他的厨艺。”

“肖海，你坐车已经很累了，休息一下，我炒就行了。”阿姨充满了笑容，看着已到厨房门口的肖海，说。

“阿姨，您休息，我负责炒菜。”肖海说着话，人已走进了厨房。

“好，我休息，那就辛苦肖海了。”陈阿姨脱掉围裙，递给肖海。

不一会儿，肖海熟练地完成了炒菜的任务。

刚刚上桌吃饭时，覃怡琼首先尝了一口菜，不停地夸赞道：“不错，不错，好久没有吃上这么可口的饭菜了！”

“怡琼她妈，我家丫头长大了，已经吃厌了你做的饭菜啦，想去别人家里吃香的喝辣的喽！”覃远景笑着说。

“爸，我就说了一句实话，您当领导的也用不着这么批评人，还想着把我赶出家门，您也太残忍了吧？”

覃怡琼突然噘起小嘴，装出一副生气的模样，随手又给她父亲碗里夹了一大箸菜，说：“尊敬的覃书记，您亲口尝尝，肖海炒的菜与妈妈炒的味道是不是不一样？”

陈阿姨看着覃怡琼的举动，觉得很好笑，自己也主动夹了几样菜，品尝着。

“老覃，你别说，小肖炒的菜的确比我炒的好吃多了。看来，我老了，要交班喽！”

“是的，没想到小肖厨艺真不错。”覃远景称赞道。

“看，大家都说你炒的菜味道好，今后，只要来了我们家，做饭炒菜的任务就交给你啦，愿意不？”覃怡琼用手碰了一下肖海，问。

肖海心想，如果你们接受我成为你们家的一员，做饭炒菜这点小事算得了什么！

“只要有这个机会，我一定努力为大家服好务。”肖海一语双关地回答。

“男人要将事业放在第一位，不能把精力花在做饭炒菜这些家务琐事上。丫头，从现在起，你要开始学会做家务。”覃远景看着覃怡琼，严肃地说。

“不光是男人有事业，女人同样也有事业，为什么男人干事业，就非得牺牲家里的女人呢？”

“两人都去干事业，家里的事没有人管也不行啊。”

“所以，您就以牺牲妈妈的事业为代价，成就了您的事业？”

“我可是心甘情愿地替老覃付出。再说，我也有自己的一份工作，并且自我感觉干得还不错，何有牺牲之说呢？”听着父女两人的对话，陈阿姨插话调和着。

“这丫头，就是你这个做母亲的给娇惯的。今后嫁了人，你不会做家务，会挨骂的。”覃远景担心自己女儿今后的生活。

“我就嫁肖海这样会做家务的男人。你说，如果我们成家了，你会因为我不做家务而骂我吗？”

没想到覃怡琼当着她父母的面，拍着肖海的肩膀，大胆地表白，说要嫁给这样的人。

肖海自然愿意。看着眼前年轻漂亮的覃怡琼，心想，能够娶上这样秀色可餐的女人，能够成为区委书记的乘龙快婿，即便她会做家务事，也不会让她去做，两人成了家，一定要包揽所有的家务活，让她过上公主般的幸福生活。

但是，每当认真地考虑两人的未来时，肖海心中总有一些自卑：毕竟两个人家庭条件的差距太大了，覃怡琼真的愿意嫁给自己吗？她的父母能够接受女儿嫁给一个家庭贫穷的青年吗？

肖海看着覃怡琼，笑而不语。

“怎么，是看不上我这个人，还是担心我不会做家务？”看到肖海只顾看着她笑，并没有回答她的问题，覃怡琼显得有些不高兴地质问。

“怡琼，哪有这样逼着人家表态的啊？你们结识时间不长，再说，肖海还没有说要娶你呢，你倒主动说要嫁给他，你不害羞吗？”看到自己的女儿如此表白，陈阿姨用批评的语气劝说。

“不，我就是要肖海当着你们的面表态，到底能否接受我不做家务的现实。如果不能接受，我们也没有必要继续谈下去了。”覃怡琼要起了区委书记家女儿的小脾气，逼着肖海表态。

“我不仅能接受你不做家务，还能接受你的一切！”覃怡琼愿意嫁给自己，肖海自然开心。

“本小姐自认为除了目前不做家务，没有其他缺点。既然你当着我爸妈的面表了态，那你就要说话算话，如果我们今后成了家，一切的家务都由你负责。”覃怡琼既像是开玩笑，又像是认真的样子，但是很开心。

几个人一边说话，一边吃饭，不知不觉，菜已光盘，大家很开心，话也说了，肚子也填饱了。

肖海自觉地完成了收拾碗筷、清理厨房的任务。

天渐渐黑下来，考虑到陈阿姨家没有多余的床铺，肖海提出要去区农业技术站的伙计们那里借宿。

“不用麻烦别人，就在这里住一晚，我们会想办法的。”

可能是出于对肖海进一步考察的需要，覃远景要求肖海就在他家里住一晚。

书记发了话，肖海自然不敢违背。

“家里的情况怎么样，父母多大年纪了，有几个兄弟姊妹？”洗漱完毕后，覃远景当着家人的面开始找肖海谈话。

肖海如实做了汇报。

得知肖海家里的情况后，覃书记笑着说：“兄弟姊妹多，热闹，我们家就怡琼一个孩子，感觉还是太少了。”

“当时完全可以再生一个，还不是你坚持不要再生了，现在知道后悔了吧！”陈阿姨在一旁插话说。

“就我一个最好，没有人与我分享父母的爱。”覃怡琼拉着她母亲的手，开心地说。

“别显得那么自私好不好，如果有个弟弟妹妹，我们也一样很疼爱你的。”覃远景说。

“您和妈妈都只有40多岁，还可以生一个嘛！”覃怡琼开着父母的玩笑。

“没大没小。你别再打岔，我继续问肖海几个问题。”

覃怡琼朝着自己的父亲噘了噘嘴，然后又一本正经地对肖海说：“肖海同志，书记大人给你上政治课，你不仅要认真听，还要如实回答提问，不得说半句假话！”

“去，去，帮你妈妈铺床去，我再占用你半个小时的宝贵时间。”

覃远景支开了自己的女儿，继续问：“在乡政府工作，有什么打算？”

“我才去了一个月，情况不是太熟悉，一边应付着分管的一些日常工作，一边下村开展调查研究，想尽快熟悉全乡的情况。晚上有时也写点东西。”肖海如实说。

“在乡政府工作，一定要先了解下情，这样才能心中有数，也就能做到有的放矢，不说外行话。”对于肖海的回答，覃远景很满意。

“还没有加入党组织吧？”覃远景看着肖海，问。

“还没有呢，不过，乡里书记对我印象不错，已经安排了两名党委成员当我的入党介绍人，对我进行重点培养。”肖海伸手摸了摸自己的头，觉得不好意思。

“在乡政府当领导，一定要加入党组织，否则，你的职位安排会受到限制，对你的成长也不利。”覃远景发出了感慨。

“党委书记说，到今年10月份，我的入党志愿书可以上报到区委了。”

“关键是乡党委的意见，当然，区委的考察也很重要，你一定要注意与身边同事处理好关系，尽可能让身边的人在区委考察时为你多说好话。”覃远景提醒说。

“我今后一定注意，从目前的情况看，大家对我很不错。”肖海回想一个月来的工作，大家对自己是认可的。

“你还年轻，人际关系复杂着呢。特别是到了推荐提拔干部的关键时候，更要处理好同事关系。”

“谢谢覃书记，您的教诲，今后我一定牢记在心。”

肖海真切地感受到，覃远景在帮助自己进步，不由心中生出了一种好好工作、争取进步、不辜负他期待的愿望。

“我只是用自己的经验提醒你，行政工作是比较复杂的，你今后一定能体会到，因此，要千万千万小心。”覃书记再次叮嘱肖海。

“听君一席话，胜读十年书。”覃书记用自己的经验对肖海今后要走的路进行了指导，的确有很好的借鉴作用。

肖海正准备再次说说感谢他的话，覃书记抬手看了看手表，说：“哟，不知不觉10点半了，该休息了。”

随后，喊了一声：“丫头，你出来陪肖海说说话，我现在去区公所。”

陈阿姨和覃怡琼一起从另一间卧室走了出来，相互打了个招呼。

覃远景拿上公文包，准备离开。

“爸，我想求您一件事！”覃怡琼拉着父亲的手，抬头说。

“哟，有什么事，只要能办到的，我一定满足你。”覃远景笑了笑。

“我想借用您的自行车，明天和肖海去月亮岩村看看。”覃怡琼说出了想法。

“没问题，月亮岩村是一个好地方，环境很美，值得去看一看。但你们要早点回来，肖海明天还得去县里报到开会。”覃远景爽快地答应。

“谢谢覃书记。”想到明天能够同肖海一同去月亮岩村看风景，覃怡琼很开心。

“小肖，你就睡怡琼的床，怡琼和我一起睡。”

覃远景去了区公所，陈阿姨安排了肖海的住宿，回过头对自己的女儿说：“怡琼，你再陪一会儿肖海，但别太晚了，大家早点休息。”

“好的，亲爱的妈妈。”覃怡琼一边说，一边将自己的母亲推开。

“走，去我住的房间。”覃怡琼拉起肖海的手，走进了她的卧室。

“本小姐的床是第一次让小伙子睡，你别激动得睡不着啊！”刚迈进她的卧室，覃怡琼调皮地说。

“今天，我不仅第一次睡公主的床，我还要……”肖海边说边双手捧起她的脸，做出要亲吻的动作。

“别，妈妈就在隔壁。”覃怡琼挣脱开来，拒绝了肖海，红着脸跑去整理自己的床铺。

肖海不甘心，趁其不备，从身后抱住了她，将头贴了上去。

覃怡琼急忙转身，再次用力推开了肖海，严肃地说：“如果你爱我，就一定要尊重我！”

“正因为爱你，所以就……”小伙子激动地说出了真心话。

“还得考验考验你！”说完，覃怡琼红着脸，快速离开，去了她妈妈的房间。

第五章　热心老人牵红线

县里的会议只开了半天，主要是做好现有林木管理，杜绝超指标砍伐林木，同时要做好夏季的森林防火工作。

回到双溪乡，肖海及时向党委书记汇报了县里会议的精神，按照县里的会议要求，结合双溪乡的实际情况，党委书记决定召开村干部会议进行传达贯彻。

乡的工作千头万绪，虽然肖海只是一名副职，不像一把手那样需要操更多的心，但想到自己还年轻，担任副职也没有多长时间，需要学习的地方很多，同时，想多干出一些成绩，得到领导的认可。因此，花费在工作上的时间多了，对心爱人的思恋，也只能通过书信来表达。

肖海连续写了两封信，却石沉大海，未能收到覃怡琼的只言片语，也没有收到退回的信件。

没办法，抽时间赶到京铺，想一探究竟。

“你找谁？”敲开覃怡琼原来住的房间，一位中年老师抬头问。

“不好意思，我敲错门了。”肖海十分尴尬。

难道覃怡琼换了房间？对，去问一下李小云不就知道了嘛！

“怎么，覃怡琼调走了没有告诉你？”

得知来意，李老师十分惊讶。随后，告知肖海：前不久，覃怡琼已随她父母调回了老家县里去工作。

得知消息，一万个为什么立即涌上肖海的心头。

正好，县里通知要召开计划生育工作会议。利用这个机会，肖海顺便到家住县城的表哥家里串串门，蹭一餐饭吃，好让自己的心情舒坦一点，顺便打听一些县里的消息。

表哥在县计划局当副局长，表嫂在县里某工厂当工人，是肖海近亲家族中唯一一对夫妻都在县城工作的亲戚。他们不仅生活在县城，条件比大家好很多，而且，信息都比其他亲戚掌握得多，知道得早，大家都非常羡慕和佩服他们俩。

闲谈中，表哥谈及县里干部人事调动时，讲了一些人员的姓名，大部分人员肖海并不认识，因此并不在意，只是对调整的岗位感兴趣。

当表哥谈及D区的区委书记覃远景已经调整时，肖海有了更多的关注。

“覃远景真的调回了老家吗？”

“是的，覃远景一个月前已调到石临县去了，并且当上了县政府办公室的主任。”表哥非常确切地告诉了肖海。

“那他的家属子女都安排好了吗？”

“当然安排好了！”

表哥是消息灵通人士，将一个区委书记调动的事情搞得一清二楚。

“肖海老弟，不对劲啊！其他人员的调动你漠不关心，怎么这么关心覃远景的调动，而且还问起了他家属子女的事？莫不是你在追求覃远景的女儿吧。”

表哥是过来人，比肖海大12岁，是从乡政府乡长岗位上调到县计划局任职的，信息灵通，自然知道覃远景家庭成员的情况。

肖海将在D区农业技术站工作时，与覃远景书记女儿交往的情况如实告知了表哥。

表哥表嫂了解情况后，不无遗憾地说：“看来，你与覃远景女儿谈朋友的事恐怕没戏了哟！”

肖海正在为与覃怡琼分手而苦恼，并在心中埋怨着：即便是分手，你覃怡琼也该将调回老家的事写信告诉我一声啊，就这么不声不响地调走了，也太无情了吧！

表嫂听说肖海和女朋友分手以后，帮助分析原因说：“表弟，看来你还不了解现在女孩子谈对象的要求。”

“有什么要求？表嫂说来听听。”肖海真不了解现在女孩子谈对象有些啥子想法，好奇地问。

“现在女孩子谈对象的口号是：‘一公交，二财贸，文教卫生做参考，实在不行再把乡干部找。’表弟你在偏远的乡工作，我想，女孩子主要是对你工作的地方不满意，如果你在县城附近的乡任职，找对象肯定要容易一些。”表嫂一本正经地说。

“现在参加工作的女孩子不仅对男方本人的工作要求高，对男方家里的条件也有较高的要求。”表哥也参与了讨论。

“有一些怎样的要求呢？”肖海想听听。

“现在的女孩子呀，找对象总结得特别到位。”表哥吸了一口烟，吐出烟雾，继续说，“什么‘找个凤凰男，吃亏在眼前’‘嫁给农民娃，一生就完啦’。”

“那还有既现实又看得远的说法呢。”表嫂来了兴趣，接过表哥的话说，“‘门不当，户不对，总有一朝要后悔’‘嫁给双职工，迟早成富翁’‘男人差点不可怕，关键要有好爸妈’‘嫁到城里吃肉，嫁到乡下喝粥’。”

表嫂说了一大串，看了一眼肖海，说：“表弟你说，是不是总结得很到位？”

听了表哥表嫂的一席话，肖海真的长了见识，觉得在找女朋友的问题上，思想保守，没有入门。

自己待在偏远的乡，消息闭塞，与外界接触太少，完全不了解年轻女孩子的心，又怎么能讨得女孩子的喜欢呢？

再说，自从调到双溪乡工作后，只顾着忙工作，很少主动到京铺去看看覃怡琼，屈指算来，也仅仅去了一次，难怪对方调回了老家都不告诉自己。

县城开会结束后，他坐上最晚的一趟班车，一路颠簸4个多小时后，终于回到了双溪乡，开始了新的工作。

肖海将全部的精力放在了工作中，以此减轻失恋带给自己的痛苦。

3个月后的一个星期天，乡党委成员、武装部部长谢盛世的岳父利用休息时间到乡来看望自己的女婿。

谢盛世的岳父姓胡，50多岁，是桑梓乡中学的教导主任、数学组的组长，大家都尊称他胡主任。

为了表示对岳父大人的尊敬，谢部长做了一桌好饭菜进行款待，并邀请了肖海等几位平时玩得好的同事作陪。

大家入座后，谢部长将陪同的人员向胡主任一一做了介绍。由于其他陪同人员从前已与胡主任多次吃过饭，大家彼此很熟悉，介绍时只是礼节性地握握手，笑一笑。谢部长介绍了肖海以后，胡主任握着肖海的手没有马上松开，而是端详了肖海一会儿，感到有点吃惊地说：“没想到你们乡有这么年轻帅气的副乡长。”

“也不年轻了，今年已经满23岁，更谈不上帅气。”肖海笑了笑，向胡主任介绍自己。

酒足饭饱后，其他陪同人员先后离开了。肖海主动要求帮谢部长收拾碗筷。

“收拾的事不用你帮忙，你陪我岳父说说话，喝喝茶就行了。”谢部长拒绝了肖海帮忙，给肖海安排了新的任务。

肖海领受任务后，给胡主任递烟、倒茶，陪其说话聊天。

看到活泼而又有礼貌的肖海陪着自己，胡主任脸上始终挂满了笑容。

此时此刻，两人已没有代沟，更不像初次相识，俨然是一对忘年交。

胡主任不紧不慢，不停地问了肖海一些问题。

“老家是哪里的？”

“家里有些什么人？”

“父母年纪多大啦？”

“什么学校毕业的？”

“何时调到这个乡来的？”

“之前在哪个单位工作？”

“现在成家了吗？”

肖海耐心地逐一如实回答着胡主任的提问。

“没有谈女朋友？我还认为你成家了呢！”听到肖海没有谈女朋友，胡主任似乎不太相信。

此时，谢部长已经收拾完毕，连忙插话说：“肖乡长调双溪来之前谈了一个女朋友，现在已经分手了。岳父大人，你们学校如果有合适的女老师，给他介绍一位。”

“好啊，我们学校好像是有女老师还没有谈男朋友，但具体情况不清楚，我这次回学校后详细打听一下。”

胡主任满口答应，随后又看向肖海很认真地问：“小肖，你找女朋友有什么具体的要求？”

“女方要有稳定的工作，有孝心，性格比较温柔，长相过得去就可以了。同时，家庭背景不能太复杂。”肖海想了想，对胡主任说。

“家庭背景不能太复杂，是啥意思？”胡主任问。

“家庭成员中没有违法犯罪人员。”肖海认真地回答。

“小肖找女朋友的要求不低呀！好，我就按照你的要求，从我们学校符合条件的女老师中进行物色，有了消息马上告诉你。”

“谢谢胡主任。”肖海礼貌地对胡主任说。然后又对谢部长的招待表示了谢意，回到了自己的房间休息。

工作忙起来，肖海暂时忘记了胡主任答应帮助自己物色女朋友的事情。

没过几天，谢部长告诉肖海说，他岳父已打来电话，桑梓乡中学确有两名女老师还没有找男朋友，看肖海何时能抽出时间，去桑梓乡中学与胡主任商量相关事宜。

得到消息，肖海第一时间向党委书记请了假，并在谢部长的陪同下坐车来到桑梓乡中学与胡主任商量对策。

肖海刚坐下喝了口水，胡主任已开始分别介绍这两位女老师的基本情况。

听了胡主任的介绍，肖海初步认为，两个人都符合自己的标准，但心里又想：没有见着本人，还真是不好取舍。

“要不我现在分别将两位老师叫到我办公室来，你先看看本人再做决定？”胡主任看出了肖海的犹豫，帮助出主意。

肖海也打算先分别见了女老师本人再说。

“肖海是可以先看看女老师本人，但要采取别的办法，不能将女老师叫到岳父您的办公室来。”谢部长发表着自己的看法。

“为什么不能叫到我的办公室来？我教导主任喊老师来了解教学上的情况再正常不过啊。”胡主任看着谢部长说。

“平时您何时喊她们来都可以，但今天有肖乡长在这儿就不妥了。您当着一位陌生男青年的面，将未谈朋友的女老师找来谈工作，女老师自然会明白您是醉翁之意不在酒。您想想，肖乡长一个没看上还好说，如果看上了她们两人中的任何一位，今后谈恋爱甚至成家，都会不利于两个女老师处理关系。”

谢部长分析得有道理，肖海在思索着如何在女方毫不知情的情况下进行选择。

“还真是这个理。那你说怎么办？”胡主任问。

“您看这样行不行？您将这两位女老师今天上课的具体时间告诉我们。在她们上课的时候，我和肖乡长在教室外面随意走动，分别对两位女老师先观察一下，看看情况再说，您暂时不用出面。”

肖海暗暗地为谢部长所出的主意叫好。

“这主意好，你们在教室外面装作无所事事的样子溜达，既能观察到她们的情况，又不容易被她们发现真实的意图。”

胡主任立马看了看课程表，告知了两位女老师即将上课的时间和教室的具体位置。

想到马上能够见到两位年轻的女老师，而且是在对方毫不知情的情况下进行观察、比较和挑选，肖海的心里充满了激动，脸上流露出惬意的笑。

肖海和谢部长首先来到了语文老师教室外徘徊。

望向教室，只见一位身高约1.6米、身材苗条、头发梳成长短适中的独辫子，穿淡黄色的小领子上衣、蓝色中式长裤、红色平底皮鞋的年轻漂亮的女老师，正绘声绘色地给学生朗读课文。肖海情不自禁地驻足停下，刻意多看了看教室里的女老师，并和谢部长一起，在教室外走廊走了好几个来回，直到看清了女老师的面容才罢休。

然后，两人一起来到英语老师教室外面的走廊，如法炮制地对英语老师进行观察。教室里，一位身高约1.6米、胖瘦匀称、五官得体、大波浪式的头发，穿紫色手工编织翻领对开式毛线上衣、黑色大喇叭裤、黑色高跟皮鞋的时髦的年轻女老师，正在全神贯注地给学生在黑板上板书并讲解着“过去进行时”“现在进行时”“将来进行时”等时态的运用。

肖海他们在教室外面的出现，刚开始，英语老师和学生们均没有在意。但肖海他们在教室外来回走动观察几次后，女老师或许意识到了什么，略显不自然地朝肖海他们看了一眼。然后停下自己的讲解，严肃中带着亲切感地对学生说：“我今天就讲到这里，下面的时间请大家对照课文自己学习。”

几个调皮的学生望了望教室外面的肖海他们，再看了看自己的老师，好似明白了什么，扮起了鬼脸。

肖海和谢部长回到胡主任的办公室，胡主任迫不及待地问：“感觉怎么样？有瞧得上的吗？”

“对两人的初步印象都不错，但我还想进一步地了解一下她们各自的情况。”肖海毫不隐瞒地回答。

“教语文的老师叫邹云芳，今年21岁，两年前某某师范学校毕业后分配来中学任教。人长得漂亮，家里只有母亲和一个弟弟，关系不是很复杂。教课的水平比较高，现负责教两个班的语文。缺点是个性比较强一点。”胡主任将邹老师的真实情况告诉了肖海。

肖海思考着没有作声，希望听到另一位老师的情况，将两位老师进行比较后再发表看法。

“教英语的老师叫李秋婉，今年20岁，两年前地区师范学院毕业后，分配到了我们中学。人长得漂亮，爱打扮，穿着比较超前，性格直爽开朗，与学校师生的关系都很好。现担任某某班的班主任，同时负责教两个班的英语。哟，好像与小肖你的老家是一个乡的呢。家庭的情况不是很复杂，姐姐在江汉省云阳市工作，她弟弟也在那边上大学。”

听完胡主任的介绍，肖海思考着，在两位女老师之间比较着。她们共同的优点是年轻漂亮，工作不错，家庭情况不太复杂。

语文老师的缺点在于，个性比较强，自己今后能够适应和承受吗？她能够与自己家里一大帮子亲戚处理好关系吗？

英语老师的缺点是，爱打扮，穿着比较超前，自己寒酸的家庭条件能负担得了吗？父母兄弟姊妹全是地地道道的农民，他们能接受吗？自己是乡政府干部，找个穿着打扮超前的女朋友，合适吗？

“个性强可能是长期养成的，是很难改变的；爱打扮是天性，与家庭条件和个人的观念有关，或许今后能慢慢改变。”肖海反复思考着，比较着，分析着利弊，希望从两位女老师中找到最适合自己的那一位。

“是不是两个都没看上？要不我今天带你去我爱人工作的供销社，看一看她单位的一位售货员？那姑娘长得也挺漂亮的。”谢部长看肖海迟迟没有表态，担心地问。

“我还是选择李老师吧，不知她是否愿意。”肖海经过反复思考和比较，最终在两位女老师之间做出了选择。选择李老师的原因，当然还有其老家与自己是一个乡的因素，既然是老乡，生活风俗相同，交流起来共同语言可能多一些。

胡主任、谢部长和肖海商量一番后决定，肖海今天暂不与李秋婉见面，待胡主任先与她通通气，将肖海的情况如实相告，看李老师的态度再做打算。

“好，我进一步探听一下李老师的口气，如果她愿意接触，我再约定你们见面的具体时间。”胡主任下定决心要将好事办成。

“李秋婉老师，我今天找你来，不谈教学上的事情，专门和你谈一谈你个人的婚姻大事。你看行吗？”一天下午，胡主任将李秋婉通知到自己的办公室，开门见山地问。

李秋婉没想到领导会突然问起自己的婚姻大事。开始并不好意思，但考虑到是自己的领导，只好笑了笑说：“谢谢胡主任的关心。”

“我最近在双溪乡认识了一位年轻的小伙子，人非常不错，通过了解，他还没有谈女朋友，我认为你们两人挺合适的。”胡主任看李秋婉并没有拒绝，又详细介绍了肖海的情况。

“可是我并不想找乡干部。”当听说肖海是乡政府的副乡长之后，李秋婉毫不含糊地表示了拒绝。

“你为什么会有这种想法呢，乡干部有什么不好吗？”胡主任感到很奇怪，李秋婉为何不愿意找乡干部谈对象。

“我在读初中时，教我们班语文的李老师，她的爱人是乡党委书记。书记隔三岔五就带一些干部到她家里去吃饭喝酒，哪怕李老师有课，也会请假为他们炒菜做饭。这些人酒足饭饱后，便扬长而去，将收拾打扫卫生的所有事情全部留给了李老师。李老师经常抱怨说：乡干部的家属真不好当。从那时起，乡干部给我的印象是：吃饭喝酒，不做家务。我也因此下定决心，今后长大了坚决不嫁乡干部。”说完，李秋婉自己忍不住笑了。

听了李秋婉的解释，胡主任哈哈大笑：“看来，我们李秋婉老师对乡干部的印象很差啊。但是，并不是所有的乡干部都是那样的。我女婿就是双溪乡的武装部部长，每次家里去了客人，炒菜做饭打扫卫生，全是我女婿唱主角。”

看到李秋婉没有作声，胡主任继续说：“前几天我去双溪乡，女婿请了小肖等一帮人作陪，小肖还主动帮忙做事。我当时就觉得小肖很不错，一定能找个好对象。”

李秋婉认真听着，好似在思考什么。

“说实在的，前几天我已安排女婿陪小肖在你上课时，从教室外面对你和另一位女老师进行了观察，小肖说相中的是你。现在就看你的意见。”

胡主任看着李秋婉的眼睛，等待她回答。

“可是，我刚满20岁，不想这样早开始谈男朋友。”李秋婉看着胡主任，很认真地说。

“通过我的观察和女婿的介绍，我觉得小肖这个小伙子的确很不错，说话做事比较到位，不仅长相帅，人也诚实，非常尊重人，很有发展前途。你已满20岁了，建议你先接触了解一下，不要错过选择优秀男朋友的机会。”胡主任进一步做起了李秋婉的思想工作。

“让我好好想一想，等几天后再回复您。行不？”李秋婉面带羞涩地回答。

“当然可以，是否愿意与小肖见面，能否看上小肖，由你自己决定，我只牵牵线，希望你能找到自己满意的对象。”胡主任并没有以领导的身份劝说李秋婉，给了她充分的自由来选择男朋友。

第六章　缘分二字难说清

过了几天，肖海再次收到胡主任捎来的准确消息，李秋婉表示愿意与肖海在学校见面。

得知消息，肖海兴奋不已，迅速跑到乡门前拦了一辆货车，爬上货厢，匆匆忙忙赶到桑梓乡。

刚进门，胡主任就笑着对肖海说："我将你的情况向李秋婉老师做了介绍，她表示愿意与你先见面，看来你们两个人可能有缘分。要不，我现在将她叫来，你们就在我这里见见面，互相认识认识。"

"好的。"

胡主任随即安排人去叫李秋婉。

肖海激动而又稍显紧张地迫切等待着。

不一会儿，当大波浪头发上点缀着漂亮的发夹，细腻白嫩的脸上泛着红晕，上穿红色圆领毛衣，左手戴着小巧的女式手表，下穿米黄色百褶裙、白色袜子、咖啡色中跟尖头皮鞋，充满着青春活力和渗透着自然美的李秋婉老师出现在眼前时，肖海已被她深深地吸引，一时面红耳赤，不知所措。

"李老师，这就是肖海，双溪乡人民政府的副乡长。"胡主任的介绍让肖海及时回过神来，但仍是红着脸，并微笑着对李秋婉点点头说："你好。"

"小肖，这是李秋婉老师。"胡主任又向肖海介绍说。

李秋婉面带微笑，朝肖海点了点头，说："你好。"

此时，学校的上课铃声响起，胡主任忙说："我要上课了，你们就在我这里继续谈。"

不由分说，胡主任拿起教案匆忙离开。

刚刚相识的一对青年男女，坐在胡主任狭窄的办公室内，相互显得有些尴尬，一时无所适从，偶尔瞟对方一眼。

此时，李秋婉不断将自己所坐的椅子移向墙边，想尽可能与肖海保持最大的距离，却因房间太小，没法离得太远。

“你喝茶。”肖海站起身，从开水壶中倒了一杯茶，微笑着双手递给李秋婉，总算打破了房间的宁静。

“谢谢。”李秋婉接过茶杯，面似桃花。

“听胡主任说，你老家是新东乡的，是吗？”肖海听出了对方的家乡口音，仍想证实一下。

“是啊，胡主任说，你也是新东乡的，如果是这样，那我们就是老乡了？”李秋婉看了看肖海，大方地问，显然希望两个人是老乡。

“我老家住新东乡柳溪村，你真是新东乡的吗？是新东乡哪个村？”肖海将自己老家的详细地址告诉了李秋婉。

“什么，你老家是柳溪村？我怎么对你一点印象都没有？”李秋婉感到很惊讶。

“难道你也是柳溪村的？我怎么不认识你？”从李秋婉的表情中，肖海猜测，对方有可能与自己是同一个村的人。

“是啊，我老家就是柳溪村的。看来我们两个是一个村的人，却相互不认识。”李秋婉发出了感慨。

“你父亲叫什么名字？”恢复高考以来，一个村在外面参加了工作的年轻人，相互不认识已经很正常，但说起父辈，一般都有点印象。

“我父亲是李卫成，你有印象吗？”李秋婉看着肖海回答。

“什么，你是李卫成的女儿？”一听是李卫成的女儿，肖海感到很吃惊，心情一下子沉重起来。

对于李卫成，肖海不仅有印象，而且印象太差、太深刻了。

肖海立马想起了李秋婉的父亲带给自己家人的伤害。

李卫成担任村干部的10多年间，与村长屈新元等人一起，一直对肖海的父母及全家人看不顺眼，处处设难，因此，肖家人对李卫成也有许多怨恨。

肖海的前途，几次都差一点毁在李卫成等人的手里。

肖海怎么也想不到，胡主任给自己介绍女朋友时，让自己在两位女老师中间选择，自己竟然直接选中了李卫成的女儿。

是天意？是缘分？是巧合？

父母、哥哥姐姐能同意自己与李卫成的女儿谈朋友吗？

李卫成能同意他的女儿与自己谈朋友吗？

“是啊，我就是李卫成的女儿。怎么啦，你好像突然不开心了？”李秋婉觉察出了肖海异样的表情，问。

“没有，没有，我在想，为什么我们两个人以前会不认识。”肖海搪塞说，但难免心里五味杂陈，思考着到底要不要与李秋婉继续谈下去。

“你在哪里读的高中，哪一年毕业的？”李秋婉继续问。

“我高中是在常利县六中读的，77届高中毕业后就考入了中专。你呢？”肖海告诉说，同时问。

“我在新东乡中学读初中，在常利县二中读高中，81届高中毕业后考入了地区师范学院。”李秋婉看了看肖海，回答。

“难怪我们两人不认识，原来初中、高中都不在一个学校，而且你还比我低了几届，是个小妹妹。”肖海应付着笑了笑。

两人正在交谈，胡主任上完课回到了办公室，看到两人的样子，脸上充满了笑容。

“胡主任挺忙的，正好我这时没有上课的任务，如果你愿意，带你到我的办公室去坐。”看到胡主任进来，李秋婉怕影响他的工作，提出了建议。

“没关系，你们就在我这里坐，继续谈。”胡主任热情地说。

肖海怕影响胡主任的工作，同时觉得女同志提出了邀请，没有理由拒绝。再一想，两个人到一边交流，有些话才好说。

于是，起身对胡主任客气地说：“谢谢胡主任，我就不打扰胡主任了，还是到李老师那儿去吧。”

“行，李老师你陪小肖多聊聊，如果有课，我找人代替你上，你不用操心。”胡主任交代李老师说。

“谢谢胡主任。我们去了。”说完，李秋婉带着肖海离开了胡主任的办公室。

跨入她的房间，一股淡淡的芳香即刻扑鼻而来，沁人心脾。

面对近在眼前美丽动人的李秋婉，肖海心想，她要不是李卫成的女儿多好！

“学校就这样的条件，你随便坐。”李秋婉替肖海递上一杯茶，说。

肖海选择坐在她办公桌与床中间的小方凳上，尽可能避免外面的人看见，而李秋婉坐在了门边的小木椅上。

由于房间太小，两人虽未并排坐在一起，但也是近在咫尺，彼此间仍然觉得不自然。

“你今天上午还有上课的任务吗？如果有课，你可以去上课，别影响了你的工作。我一个人在你这里坐一会儿，看看书也行。”肖海没话找话，同时担心自己的到来影响了她上课。

“没事的，胡主任已经帮我调好了课，我下午再补上。”李秋婉面带笑容地说。

肖海站起身来，离开小方凳，一边喝着茶，一边观察着房间的摆设。

说是办公室，其实就是在住的房间里加了一套简陋的办公桌椅，方便准备教案和批改作业，办公室桌椅摆放在靠窗户的一方，桌上整齐地堆放着几大堆学生的作业本，还有一盏简易玻璃罩的煤油灯，以备晚上停电之需。床上的被子、床单进行了简单的整理。一部分衣服放在床上，一部分衣服挂在了床头的木架上。床对面墙角处的木制洗脸架上放着洗漱用具。一辆半新不旧的男式自行车，停靠在床的斜对面靠门的一侧。狭小的房间内，看不到多少物品，但显得比较干净、随意，能够衬托出主人对生活的态度。

“房间太小了，摆放不了多少东西，也没办法整理，加上平时比较忙，显得比较凌乱。”李秋婉发现肖海在观察房间内的摆设，觉得不好意思。

“房间是比较小，能够打理成这个样子已经不错了。”

“你大学毕业后，怎么分到桑梓乡中学了，而没有要求到新东乡去任教?那里中学的条件比这里好，升学率在全县也是靠前的。”

“我开始是要求到新东乡中学去任教，结果，那边不缺英语老师，而桑梓乡中学正好需要，县教育局就将我安排到了这里。”

“原来是这样。不过也好，如果没有将你安排到这里教书，那我们就不可能认识了。”说完，肖海自己也笑了。

“至少，我在这里认识了你这个老乡。”看来，李秋婉对自己这个老乡的第一印象比较好，否则就不会这样说。

“我听说你姐姐、弟弟都在云阳，到时，你是否也会调去呢?”肖海想试探一下李秋婉的想法。

“至少我现在还没有这样的想法。”李秋婉表明了自己的态度。

看着眼前的李秋婉，还真有一见钟情的感觉，但想起肖家与李卫成的隔阂，肖海的心里又不免有些不踏实。

如果父母知道自己想与李卫成的女儿交往，他们会有什么想法?会不会坚决反对?如果父母坚决反对，又该怎么办?

一旦李卫成知道了李秋婉在与自己交往，他能不反对吗?李秋婉能够不顾父亲的反对，愿意继续交往吗？

再说，两人刚刚见面，虽然我已经看上了她，但她不一定看上了我呢。

后面不确定的因素太多太多了，只能走一步看一步。

想到此，肖海鼓起勇气对李秋婉建议道："我们既然是同一个村的，能够在远离家乡的桑梓中学相识，也算是缘分。如果愿意与我交往，你是否能尽快抽点时间回去征求一下你父母的意见？"

李秋婉想了想，说："我们两人先交往一段时间，如果都愿意，再去征求父母的意见更好一些。"

"我看你还是先征求一下父母的意见为好。如果你父母反对，说不准你就不愿意继续与我交往了呢？"肖海想到了前次谈女朋友的经历，觉得父母的态度很重要，看着李秋婉，再次表明了自己的观点。

李秋婉略带笑意地说："那你也要早点回去告诉你父母，看看他们是什么态度。"

"行，无论双方父母态度怎样，半个月后的礼拜天，我再来这里与你相见。但愿都能带来好消息。"

时间过得真快，两人说了一会儿话，很快到了吃中饭的时间。

李秋婉从学校食堂打来了两份饭菜。

这对青年男女，第一次共进了午餐。

饭后，考虑到李秋婉下午要上课，肖海提出准备返回单位。

在李秋婉的目送下，小伙子怀着兴奋而又复杂的心情走出学校，来到车站，搭乘客运班车返回了单位。

第七章　贺匾闹出大笑话

回到乡里没几天，一场连续不断的大雨给农业生产带来了巨大的损失，肖海只好与乡政府的干部一道，将主要精力投入到了救灾工作中。救灾工作结束后，离约定与李秋婉见面的时间整整延迟了一个星期。肖海忐忑不安地来到桑梓中学，准备向她道歉。

情人眼里出西施，再次见到李秋婉的那一刻，肖海惊呆了。

除依然是大波浪发型、红润的脸蛋外，穿着打扮已和上一次相见时判若两人。嘴唇涂抹了淡淡的口红，上穿崭新的女式浅红色格子呢西装，下套齐膝长的黑色短裙，粉红的中长袜子，白色高跟皮鞋，更显得时髦、清纯和漂亮。

肖海目不转睛地看着李秋婉，瞧得她很不好意思。

“怎么今天才来？”李秋婉表情冷漠，看了肖海一眼，说。

“对不起，对不起。前一段时间连续下雨，乡里出现了灾情后，我被派到另一个乡收购马铃薯种，前后花了一个多星期，结果被耽误了。这不，我刚完成任务，就马上来看你了吗？别生气，一生气反倒影响了你这漂亮的形象。”肖海急忙解释。

“这还差不多，上星期不来，我误认为你因父母的反对不愿意和我交往了呢，我好失望的。”李秋婉一边递上茶，一边说。

“不会，不会。好不容易才找到这么漂亮的老乡，我怎么舍得轻易放弃呢！”肖海借接茶杯的机会，顺势摸了一下李秋婉那光滑细嫩的手。

李秋婉如同触电般地迅速挣脱，心跳加快，面含羞色，后退一步，与肖海保持了一点点距离。

“坐班车下来的吧？”稍做镇定，李秋婉又笑着问。

“今天运气不错，正好供销社有一辆双排座汽车到区供销社办事，我搭了个顺风车。”

肖海回答，看着李秋婉问：“你平时礼拜天去哪儿呢，也是这个时间就到学校了吗？”

“有时，我礼拜天去同事家里玩一玩，下午3点以后与同事一起返回学校。如果没有去同事家，我基本上待在学校，看看书，准备一下教案。”李秋婉介绍着。

“看来，今天没有去同事家里玩，是专门在等我哟。”肖海开起了玩笑。

“上个星期天你没来，我既担心你不愿意与我交往了，同时又希望是因为工作忙而耽误了，但我更希望是后者。心想，只要是后者的原因，这个星期天你一定会来。”李秋婉看着肖海，有点不好意思。

“这叫心有灵犀。你一想，我就来了。”看着眼前漂亮的李秋婉，肖海笑起来很开心。

李秋婉微微一笑，抬手看了一下手表，发现时针已指向11点。提议说：“学校晚上才开餐，午餐我自己做，两个人随便吃一点，行不？”

“你还会做饭？”肖海感到惊讶地问。

心想，一般刚参加工作的年轻女同志，很少有自己做饭吃的。

“有时候觉得学校食堂的饭菜不好吃，也自己做。再说，我们学校玩得比较好的年轻老师，也偶尔约到一起打牙祭，改善一下伙食。”李秋婉开心地说。

“说到打牙祭，我突然想到了一个笑话，你愿意听吗？”

“我愿意。”李秋婉感到好奇，打牙祭还能引出什么笑话。

李秋婉愿意听，肖海开始一本正经地介绍前几天发生在双溪乡政府的故事。

乡政府一把手张乡长在符副乡长家中谈工作，无意中发现了他的住房墙上挂着一块腊肉，便动起了心思。

谈完工作，张乡长回到自己的房间，立马叫来了乡政府武装部的谢部长，两人如此这般商量了一番。

谢部长不急不忙地走到符副乡长的房间，递上一支烟，说：“符副乡长，刚刚张乡长说，他有一件事忘记给你说了，专程要我来给你转达，并要你现在就到他的房间去，他再给你交代一下。”

符副乡长信以为真，对谢部长说：“那你就在我这里等一会儿，我去去就回。”

不待谢部长答话，符副乡长立马朝办公楼另一头的张乡长房间走去。

“来，来，来，你先坐下，我有一件事想问问你。今年烤烟种植面积怎么样，能够完成任务吗？今年乡政府的税收，主要靠烤烟呢。”张乡长看着符副乡长，一副严肃的面孔。

“据目前掌握的情况，已经种植了4500亩烤烟，如果你张乡长再重视一下，给有关村的支部书记加点压力，完成5000亩的任务，是没有问题的。”符副乡长一五一十地回答。

“你把没有完成任务的村名单告诉我，今天就给这几个村的党支部书记、村主任打电话。”张乡长拿起笔，在笔记本上记录下了符副乡长所报的村。

“符副乡长，这段时间你辛苦了。今天正好下了雨，要不，我们几个人打打牙祭。”交代完工作，张乡长提议。

“好啊，我正好有一块腊肉。我出肉，你们出酒和其他的菜，要食堂大师傅帮忙加加工。”符副乡长高兴地回答。

“肉不用你负责，你只负责酒，买点豆腐，另外再买一点熟花生米就可以了。前不久，我从家里带来的腊肉还没吃，今天正好派上用场呢。”张乡长说。

“要得，那我负责买几斤糯米酒，再买点其他的菜。”符副乡长愉快地答应。

“你将酒和菜直接提到谢部长房间去，我们在他那里吃。”张乡长叮嘱。

看到符副乡长高兴地去了商店，张乡长忍不住自笑。

谢部长趁张乡长找符副乡长谈工作的机会，早已将符副乡长房间的那块腊肉送到了食堂，交给了大师傅。

不一会儿，饭菜已经做好，6个人一起来到谢部长的房间就餐喝酒。

大家你敬我一杯，我敬你一杯，开心至极。

“今天，符副乡长辛苦了，大家一起敬符副乡长一杯。”

快要散场时，张乡长向其他的人员使了一下眼色，大家一齐举杯，向符副乡长敬酒致谢。

第二天，符副乡长发现自家的那块腊肉不见了，想起昨天大家对自己的热情和尊重，方知上当。

这哪里是打牙祭呀，其实是张乡长和其他班子成员一起将符副乡长戏弄了，要他既出肉，又出酒，请大家美美地撮了一顿。

听完肖海讲的笑话，李秋婉开着玩笑说：“今天，我们两人也是打牙祭，而且，所有的东西由我负责。”

肖海开心一笑。

李秋婉边说边找出了做饭的炊具。

肖海在小土灶里用小块木柴点燃了火，将装了一小半水的小铁皮锅子放在上面烧着。

李秋婉拿出米、新鲜猪肉、白菜，用盛菜的汤碗淘洗了一小碗米，放入锅子中开始煮饭。

肖海帮助洗菜、切菜，准备吃饭的碗筷。

两人边做饭边说话，配合默契，俨然一对幸福的小情侣。

不一会儿，看到煮饭锅子内的水已经沸腾，肖海忙问：“饭马上要沥米汤了，用什么沥？”

“不用沥呀，我每一次都是煮的‘将水干饭’。”

听到李秋婉说可以煮“将水干饭”，肖海感到很吃惊。

肖海记得，自从最小的姐姐出嫁后，家里吃饭的人少了，无须再用大铁锅去煮饭。为了节省柴火，母亲常常用一个小铁锅在火炉子上做饭。到了冬天，就借着烤火的机会，利用小瓦罐在火坑边用火煨那种“将水干饭”。

每一次吃上母亲做的那种饭，肖海都感到特别香。母亲告诉肖海，要煮好“将水干饭”，有两个关键要素。

一是水和米的比例要恰到好处。水多米少，就煮成了稀饭；水少米多，就会煮成夹生饭或根本煮不熟。

二是火力及时间要掌握好。火大了，容易将饭煮煳；火太小，花费的时间太长，煮出的饭不香。

因此，只有经验丰富的人和性格不太急躁的人，才能煮好“将水干饭”。

肖海用疑惑的眼神看了看李秋婉，试探性地建议道：“我们来个小分工，你负责把饭煮好，我负责炒菜，行不？”

“行呀，我保证将饭煮好，你也要把菜炒出好味道。”李秋婉笑呵呵地答应。

由于只有一个小火灶，肖海只能等李秋婉把饭煮好后，再去炒菜。

肖海仔细地观察，看李秋婉今天如何煮好“将水干饭”。

李秋婉先退出灶子里还在燃烧的两块小木柴，将火变小，然后拿了一把长勺子，将锅子里的米搅拌均匀，再将锅子放在灶子上继续用小火慢慢煮；过了一小会儿，又揭开小铁锅的盖子，用筷子在快要煮好的饭上面戳几个气眼；再过一会儿，一股饭香味扑鼻而来，她迅速将锅子搬离了火源。

“我煮饭的任务完成了，该你炒菜喽！”李秋婉笑着看了看肖海，说。

其实，也没有几个菜可炒，只有小炒肉下白菜，另加两个蔬菜。

借着从母亲那儿学来的手艺，肖海熟练地完成了炒菜的任务。

两人品尝着劳动的果实，相互称赞对方的手艺，互相给对方夹着菜，彼此留下了很好的印象。

然而，肖海却有不少的担心：双方的父母能同意两人交往吗？两人能继续这样好下去吗？

由于第二天上午要参加乡政府的班子成员会议，吃过中饭，稍做休息，肖海坐下午的班车返回了双溪乡政府。

前几天，乡党委唐书记被调往B区区公所任区长，算是得到了组织重用。

新调来的党委易书记30多岁，人很精明，办事果敢。

刚上任几天，易书记召开了班子成员会议，对分工进行必要的调整。

易书记考虑到肖海年轻，又有中专学历，就在他原有分管工作的基础上，减去了林业工作，增加了教育这项工作。

刚分管教育工作不久，双溪乡某某村一名学生收到了省某名牌大学的录取通知书。

为了体现乡党委乡政府对教育和人才的重视，肖海给乡党委易书记建议，组织班子成员去这名学生家里祝贺。

乡党委易书记欣然应允，并采纳了肖海关于“以乡党委和乡政府的名义给学生家里送一块玻璃贺匾”的建议，同时明确，贺匾交由乡政府办公室主任落实。

乡政府办公室主任是个老同志，经验丰富，在贺匾上写几个什么字的问题上不愿意一个人担当责任，找来肖海和文化站长一起商量。

“你认为写什么内容好？”肖海问办公室主任。

“我想了个‘鹏程万里’，但又觉得不妥，所以请你们一起来商量。”办公室主任说。

“你觉得怎么样？”肖海问文化站长。

“我认为写‘前程似锦’好一些。”文化站长说。

肖海感觉两个人想写的内容有点俗气，别出心裁地想起了孟郊的一句诗，并在纸上写了下来，觉得将这一句诗写在贺匾上比较适合。

办公室主任和文化站长看了看，认为颇有新意，加上这是乡政府分管教育工作的副乡长的意见，遂表示赞同。

文化站长挥洒笔墨，按照肖海的意思将那一句诗写上了贺匾。

七八个乡里的班子成员，有的抬着贺匾，有的抱着鞭炮，高高兴兴地来到大学生家恭贺。

看到乡党委乡政府班子成员前来贺喜，其他客人无不对主人家表示极大羡慕。主人家更是万分高兴、笑逐颜开，唢呐声声，锣鼓阵阵，鞭炮齐鸣，递烟、倒茶、请人上座忙个不停，随机安排人员将贺匾挂在了堂屋正墙上方最显眼的位置。然后，主人家将乡里班子成员请到一个相对安静的房间，单独安排了一桌酒宴。

事后，乡党委易书记对此次活动表示很满意，并指示肖海，多和乡联校校长联系，探讨如何提高全乡教学质量的问题。

乡党委易书记指示后没几天，肖海来到乡联校校长的办公室，对相关问题进行探讨。

“教学质量高不高，关键看升学率。”得知肖海的来意后，校长首先发表了自己的看法。

“你能说得更具体一点吗？”肖海抱着虚心学习的态度问。

校长耐心地举例说明了相关问题。

“那我们乡的升学率在全区处于什么样的水平？”肖海关心着全乡的教学质量。

“说实话，我们乡的升学率，不仅在全县是落后的，在全区也是落后的。”校长如实回答。

“为什么会这样？”肖海感受到了分管教育这副担子的分量。

“最主要的是乡里位置偏僻，交通落后，学校条件太差，本地优秀的教师留不住，外地优秀的教师不愿意来。”校长诉起了苦。

“看来，提高教学质量的关键在老师啊！”肖海感叹道。随后问校长：“那个考上省名牌大学的学生，是在这里读的初中吗？”

“是的，小学和初中都是在我们乡读的，成绩一直很好，初中毕业升学考试时，以全乡第一名的成绩考上了县一中。”

肖海知道，一个村如果考出来一名大学生，甚至是中专生，对当地的影响都是比较大的。自己是恢复高考以来，村里考出来的第一位中专生，以后，便成了大家学习的榜样。基本上村里每一年都有应届高中毕业生考上大学或中专。

肖海于是深有体会地对校长说：“这是全乡的骄傲，也是你们学校和老师的骄傲，应该以此为典型，做好正面宣传，激发学生刻苦读书的热情，同时增强老师提升教学质量的信心。”

两人正谈论着那位考上大学的学生的事情，校长突然说：“肖副乡长，乡里送给那位学生的贺匾，还是很有新意的。”

“是吗？”

听到校长的称赞，肖海心里很得意，因为是自己的主意。

“不过，有点小瑕疵。”校长看了看肖海，说。

“有什么瑕疵？”听校长说所送的贺匾有瑕疵，肖海开始并不相信。他转念一想，校长不会故意挑毛病，一定是发现了问题，忙催促校长快说。

“诗的最后一个字写成了别字。”校长终于说出了实情。

“不会吧！”校长指出了具体的问题，肖海仍然半信半疑。

“是写错了，将‘疾’字写成了‘急’字。”校长边说边从书架上取出相关诗集，翻出对应的诗句。

当“昔日龌龊不足夸，今朝荡思无崖放。春风得意马蹄疾，一日看尽长安花”的完整诗句展现在肖海眼前时，肖海顿感惊愕：乡党委乡政府送贺匾，竟然将“春风得意马蹄疾”写成了“春风得意马蹄急”，岂不是闹了个大笑话！而且，这个笑话恰好是自己一手弄成的。

“不过没关系，一般的人可能发现不了问题。”校长看到肖海窘迫的表情，安慰道。

这不是自欺欺人嘛！

肖海心想，这位大学生或许已经看出问题，只是顾及乡领导的面子没有当场说穿而已。

肖海更知道，这个笑话闹得有点大，而且根本没有办法弥补。

主人家已经将贺匾当众挂在了堂屋最显眼的墙上，乡里不可能安排人去更换。

或许是城府不深而又个性张扬，或许是才疏学浅而又自视甚高。肖海将自己的错误永远镌刻在了那块贺匾上。

它既作为深刻的教训，随时提醒着肖海，同时也成了他心中久久挥之不去的阴影。

第八章　脱产学习梦成真

20世纪80年代初期，乡政府班子成员中有中专学历的人员并不多，30岁以内的干部基本上没有，而23岁的肖海不仅在年龄上有着明显的优势，在学历上也有其他班子成员不具备的条件，加之谦虚好学，务实肯干，在单位深得领导的信任和同事们的喜欢。转入行政的第二年，在双溪乡人民政府代表大会上，肖海全票当选为副乡长。之后不久，他又光荣地加入了中国共产党。

此时的肖海，工作得心应手，仕途一片光明。

然而，贺匾之事深深刺痛了肖海。

肖海觉得，自己除年轻、能吃苦、虚心好学之外，从知识面和工作经验来说，在乡政府班子成员中已经没有其他优势可言。

肖海清楚，自己知识还比较匮乏，需要进一步提升。

肖海意识到：凭现有的文凭和掌握的知识，别说今后有所进步，自己甚至连副乡长的职位都难以胜任。

“我必须去学习，我要想办法拿一个大专文凭，我要掌握更多的知识，进一步地提升自己的水平。”肖海一次又一次地念叨，希望这能够尽快实现。

用什么办法来实现呢？

他想到了自学。

转念一想，双溪乡的环境条件和氛围，根本没法保证自学。

再说，自学的效果远不如脱产学习好。肖海清楚地记得，刚参加工作时，自学了一段时间的英语，并一度达到了可以用英语写情书的水平。后来，经过测试，他发现自己所掌握的那一点英语知识，仅仅是哑巴英语、聋子英语，除了可以看懂一些简单的英文资料、书写一些简单的英语语句，根本无法用英语同他人进行语言交流。学有何用？一气之下，他主动放弃了英语自学。

他又想到了去参加函授学习。

可是，乡政府繁忙的工作任务、落后的交通条件、微薄的工资收入……一番权衡后，他只好打消了参加函授学习的念头。

正在举棋不定之时，肖海从县计委工作的表哥那儿得知了一则振奋人心的小道消息：省行政干部管理学院正面向全省在职青年干部招收两个班的学员。

消息是真的吗？能否争取到省城去学习？

打听到消息是可靠的以后，肖海又觉得自己难以争取到机会。

是的，肖海没有任何背景，除表哥表嫂在县城工作外，再也没有可以依托的亲戚了。能够带薪到省里去脱产学习两年，并能获得大专文凭，只要想进步的年轻干部都想去，可想而知，名额之少，想去的人之多，竞争一定很激烈！

这等好事情，肖海能争取到吗？有人愿意帮助肖海吗？

想来想去，肖海突然决定要去县里了解具体情况，然后再见机行事。

“书记，我个人有点事情，明天要到县里去一趟。”肖海第一次在乡党委书记面前撒谎请假。

“你平时也没请什么假，你去就是了。”党委书记当即批准。

第二天，肖海起了个大早，坐上第一趟班车赶到了县城。

打听到省行政干部管理学院招收学员的事由县委组织部负责后，肖海想直接找组织部部长汇报，但不巧的是，组织部部长已经出差。既然已经来了，决不能就此放弃。于是，肖海来到了常务副部长的办公室，汇报了自己的想法。

“消息挺灵通的嘛！不过，想去学习的人可多了，名额又很少，竞争肯定很激烈。我可以视为你报了名，但最终的决定权不在我们组织部，你要做好去不了的思想准备。”李副部长笑着说，并在自己的笔记本上记下了肖海的名字。

“我真是想去学习，恳请李部长多关照一下。”肖海想学习的心情很迫切，继续恳求李副部长。

“知道了，我还有点事，你去忙别的事吧。”李副部长下了逐客令，肖海知趣地离开了他的办公室。

难道去省里学习的事情一点希望都没有？

走出李副部长的办公室，肖海思索着。

突然，他想起了一个人，一位自己命运中的贵人，一位将自己从农业技术员一步推到副乡长的大领导——梁志民。

对，就去求他，一定要千方百计地求他给自己帮忙。

此时的梁志民已担任了县委常委，是真正的管“官”的“官”。不管最后的结果如何，不管老领导还关心不关心自己，肖海认为有必要去求一求这位大领导，梁志民就是自己一生中的贵人，是在关键时刻能够影响自己前途和命运的贵人。

肖海抬手看了一下手表，还不到下班的时间，但也不知道老领导是否在办公室。别管这些，碰碰运气吧！

他直接上楼找到县委办公室的工作人员，首先通报了自己的姓名和工作单位，并谎称是梁常委要自己来给他汇报工作的。

工作人员信以为真，带着肖海，敲开了梁常委办公室的门。

“老领导好！”梁常委刚打开门，工作人员正准备给他介绍，肖海先向领导问了一声好。

“肖海，来，进来坐。”看到肖海，梁常委并没有感到惊讶，更没有因为肖海事先未预约而责怪，反而笑着将肖海迎进了他的办公室。

工作人员真以为是梁常委叫他来汇报工作的，急忙倒了一杯茶，随即带上门离开了。

“你怎么有时间来县里的？最近工作怎么样？”

梁常委是肖海的恩人，没有梁常委担任县农业局局长时的推荐，肖海就不可能成为乡政府的副乡长。当了县委常委后，只要到双溪去检查指导工作，梁常委都会要求肖海陪他一起吃饭，这让其他班子成员十分羡慕。

肖海看到老领导依然如此温和，原有的一点紧张感顿时消失，直奔主题地说：“谢谢老领导一直以来对我的培养和关怀。我今天来，主要是有一件事情想求老领导帮忙。”

“自从去了双溪后，你还没有来找我帮什么忙，说明你工作很顺心。今天，有什么困难，说说看，只要不是违反原则的事，我尽可能帮你解决。”梁常委看了看肖海，说。

肖海把自己的想法报告给了老领导。

“想学习是好事，但这事我做不了主。而且，这次学习的名额很少，竞争肯定很激烈，最终哪个去，只有县委书记能拍板。”梁常委听了肖海的想法，在表示理解的同时，流露出了爱莫能助的表情。

“我真是觉得自己的中专文凭和知识水平，还不能适应实际工作的需要，迫切想去脱产学习，提升自己。这次机会难得，还请老领导出面为我争取！”肖海恳求说。

“你已经有了中专文凭，年纪轻轻就担任了副乡长，发展势头很不错。这一次学习名额太少，等以后有了机会，再考虑你吧！”梁常委微笑中带着认真，劝说肖海。

“可是，我真的不想放弃这次去学习的好机会。您看，我年轻，没有成家，无任何牵挂，正是学习掌握知识的年龄。待我学习结束后，也能更好地安心工作。”肖海恳求说。

“看来，这次你是下了最大的决心要去学习。这样吧，你将自己的想法写成书面报告，我再替你转交给县委书记。不过，这次去学习的名额非常有限，符合条件的对象又比较多。为了公平起见，县委已经决定，先要经过笔试，只有笔试过关后，县委最后再研究决定。所以，你回去要抓紧时间复习，保证笔试入围。否则，我找县委书记也没有用。”老领导如此一说，肖海心里有了底。

回到双溪，肖海又将自己的想法报告给了乡党委易书记，得到了他的支持。易书记鼓励他抓紧时间复习，争取考出好成绩，实现去省城学习的愿望。

没过多久，笔试结果出来了，肖海考试成绩全县第一名。经过梁常委的推荐和帮助，肖海终于获得了到省行政干部管理学院脱产学习两年的机会。

“秋婉，告诉你一个好消息，我要到省里去学习两年。”得到通知后，肖海喜出望外，立马乘车来到桑梓中学，第一时间将这一喜讯告诉了李秋婉。

“好事，好事，值得祝贺！”听说肖海能到省城去学习两年，李秋婉很高兴，觉得自己的选择没有错，肖海的确是一位积极追求进步的好青年。

“你愿意去看看我爸妈吗？”肖海刚刚坐下，喝了几口茶，李秋婉突然提出了这个要求。

其实，肖海早就想去拜访未来的岳父母，但考虑到两人接触的时间不太长，加上双方的父母都反对两人的交往，因此没有成行。

现在，自己获得了去省城学习两年的机会，似乎身份一下子提升了不少，有了去拜访李秋婉父母的底气。再说，到省里去学习这么大的喜事，也应该告诉一下双方的父母。

李秋婉的提议，正合此意。

“我也想去看看你父母，就是不知道他们是否让我进你们家的门？”肖海担心地说。

“但你总归要见我父母的呀！这次去省城学习，是一个好的理由。”李秋婉鼓励。

“不会把我赶出来吧？”肖海故意逗李秋婉。

“赶出来了你也不用怕。”

“为什么不用怕？”

“因为你们家距离我们家比较近，被赶出来了你可以回你自己家里去住！”说完，李秋婉哈哈大笑。

“如果把我赶出来了，我就将他们的女儿拐到我家里住，看他们还敢赶我不？”

“你想得美！”

“我不仅敢想，还敢做！”说完，肖海拉起了李秋婉的手，做出了要亲吻的动作。

“说正事，去不去我家？”李秋婉挣脱手，正视肖海。

“去，哪怕是刀山火海，为了心爱的姑娘，也要去闯一闯！”肖海看向李秋婉，一本正经地说。

“那我们明天早点出发，坐第一趟班车。”看得出，李秋婉很想早点见到她的父母。

第二天天刚亮，两人坐上了开往县城的第一趟班车，然后转车到了新东乡，再搭上了一台手扶拖拉机，终于到达了柳溪村。

“第一次去见未来的岳父母大人，我该准备一点什么礼物呢？”到了村部，肖海既是开玩笑，也是当真。尽管囊中羞涩，毕竟是第一次去见未来的岳父岳母，还是准备买点见面礼为好。

“我们认识都还没有多长时间，双方大人都没有表态同意。再说，我也还没有答应嫁给你呢，别自作多情，岳父岳母的这样叫，你也太自信了吧！”李秋婉看了一眼肖海，嗔怪道。

“不管怎么说，我第一次去你们家，不带点礼物怎么好进门呢？”肖海想，如果不带一点见面礼，李秋婉的父母会认为自己不懂礼节，会更加瞧不上自己。

“你不了解我父亲的性格。如果你今天带了礼物，我父亲不会让你进我们家的门，更谈不上同意我们继续交往；如果你今天没有带礼物，说不定我们还有继续交往的可能。”李秋婉一本正经地说。

“那不行，我第一次进你们家的门，怎么能空着两只手？”肖海仍然坚持想买点礼物带上。

“你不信，我就给你讲个故事吧。”

“好啊，讲给我听听。”

“去年，我一个高中的同学，已经参加了工作，想追求我，请了我们村的老书记陪他一起去了我家，还带了烟酒等不少的礼物。刚坐下喝了几口水，父亲便明知故问地问他们有什么事。他们委婉地表达了意思后，父亲毫不留情地说：‘只要丫头同意，你们可以交往。但是，今天，你们带来的礼物必须全部带走。’对方还想说些客套话，父亲已将礼物提在手上说：‘如果你们不带走，我就直接放到门外去了。’对方只得提上礼物，很没面子地离开了。”

听了李秋婉讲的小故事，肖海心中一凉，不仅不再坚持买礼物，而且对她父亲陡生出一种敬畏。

肖海听了李秋婉的意见，空着两只手，忐忑不安地与她一起走进了她家。

李秋婉的父亲60多岁了，3年前从村干部的位置上退了下来，但依然随时随地对所有人摆出老基层干部般的严肃模样。

“爸，妈，我回来看看你们。”进了门，李秋婉先与自己的父母打了一声招呼，随后又指着肖海介绍说，“这是我上次给你们讲的肖海，通过我们学校的胡主任介绍的，我们认识时间还不长。”

“叔叔好，阿姨好。”肖海怯生生地连忙向二位长辈问好。

见到自己的女儿未经允许就将肖海带进了家门，李卫成很不高兴，鼓起两眼，冲着肖海吼叫：“谁是你叔？谁是你阿姨？谁请你来我家了？”

肖海顿时面红耳赤、不知所措，感觉受了极大的侮辱。

“爸，是我请他来我们家的。你当村干部时，不是常常有人来家里吗？现在，你不当村干部了，难道家里不允许来别的人了？再说，既然没有当村干部了，别继续摆出一副老干部的架子，随意吼人家。”

李秋婉没想到，自己好心带肖海来家里，父亲会是这种态度，让肖海很没面子，自己心里也觉得委屈。

“老子不当干部怎么啦，难道还要受你们的约束？”

李卫成想不到自己的女儿会为了肖海而指责自己，火气更足，声音更大。

李秋婉的母亲唐秋娥是个实实在在的农村妇女。看到父女俩当着肖海的面争吵起来，忙劝说：“秋婉，你爸是那个脾气，你忍忍好吗？”

“我看就是村干部当的时间长了，现在没有当村干部了，心理失衡，逮着谁，就向谁发脾气。”李秋婉没有听她母亲的劝说，冲着李卫成说。

眼看父女俩争吵了起来，唐秋娥连忙劝说老伴：“老头子，秋婉好不容易回来一次，你好好说话，别冲着孩子们发脾气！”

“我看这丫头就是你给惯坏的。”李卫成教训着自己的老伴。

唐秋娥没有理睬李卫成，反而露出了笑脸，客气地转身对肖海说：“小肖，别在意。你坐，喝茶。”

随后，倒了一杯茶递给肖海。

看到肖海已经坐下，喝上了茶，唐阿姨看了小伙子几眼，说："小肖，秋婉陪你说说话，我去准备饭菜。"

说完，唐阿姨走进厨房，准备饭菜去了。

第九章　月光之夜许诺言

李卫成闷闷不乐地离开了家门，向村部走去。

看到李卫成离去的背影，肖海突然想起了自己17岁那年，高中毕业后正遇上部队征兵，自己满怀信心地来到李卫成家里，求他在当兵报名申请表上的政审栏中签字，同意让自己报名参加体检。然而，李卫成装出严格把关的样子，硬是以各种理由拒绝签字，甚至连报名表都不接，而是要他的女儿代接。莫非当时接报名表的小姑娘就是眼前的李秋婉？如果是这样，也太有意思了。

想到这些，肖海露出一丝苦涩的笑。

父亲的态度让李秋婉感到意外，肖海是一位积极向上、有着很好前途的青年。两人相识几个月来，通过接触，彼此都有了一定的好感。这么优秀的青年，自己的父亲怎么就看不上呢？到底是什么原因呢？

李秋婉不想就此放弃，心里想着，只要肖海愿意，就一定要和他好下去。她不时悄悄看几眼肖海，觉得他没有什么值得挑剔的，也希望他不要受到父亲态度的影响，能够继续与自己交往。

一个多小时后，饭菜已经做好。

没想到，李卫成去找原来当村干部时的老搭档符昌国书记，将自己的想法进行了倾诉，希望利用他的影响力好好劝劝肖海，让肖海不要继续与自己的女儿交往。李卫成还将他叫过来一起吃饭。

符昌国对于肖海来讲，是有恩之人。虽然在当兵的问题上，他与李卫成的意见一致，最终没有让肖海实现当兵的梦想，但在上高中、当民办老师的问题上，如果没有他的坚持，肖海就不可能成行，更谈不上有今天的进步。

“老书记好，我早就想去拜访您，没想到能在这里见到您！”符昌国的到来，让肖海感到一丝轻松，他站起身招呼道。

“年轻人不错，我没有看错人，你肖海果然是个有出息的人。”符昌国还是那样的习惯，说话时总带着笑意。

“谢谢老书记的夸奖，也感谢您和所有村干部的培养。”感谢符昌国是真心的，感谢李卫成是客套话。

李秋婉的母亲招呼大家准备吃饭。

李卫成依然对肖海态度十分冷淡，甚至看都不看他一眼。

肖海人生第一次感受到了被人冷落的滋味。

此刻，他想起了在覃怡琼家里吃饭时受到的款待，两相比较，反差竟然如此之大。他心想，追求区委书记女儿时，在他们的家里，覃远景待自己都很好，一家人那么热情；而在你一个下了台的村干部家里，却受到如此冷落，李卫成你有什么了不起，难道我现在还配不上你女儿？

“老李啊，我看肖海是个有出息的青年，20岁多一点就当了副乡长，你家女儿秋婉有眼光，两人也很般配。你就不要再反对了哟！”符昌国喝了一口酒，劝说李卫成。

“可我想到肖欣章心里就不舒坦。”李卫成端起酒杯，瞅了一眼肖海，面部表情复杂。

“肖欣章是肖欣章，肖海是肖海，两个年轻人都有工作，今后成了家，也不会住在老家，你何苦给自己找不开心？”符昌国继续说。

“老书记，你吃点菜。”李秋婉看到符昌国在劝说自己的父亲，心存感激，夹了一箸菜送到了老书记碗里。

随后她又夹了一箸菜放进了肖海碗里。

看到这情景，老书记连忙说：“老李啊，你看两位年轻人是多么般配，你相信我，他们一定能成功，而且今后一定会很幸福！”

李秋婉的举动也让肖海感受到了一种无形的力量和坚定的信心。他心想，我今后一定要让事实来证明，李秋婉选择自己没有错。

尽管符昌国不断劝说，李卫成仍然没有完全接受肖海，但从自己女儿对肖海的热情中能够看出，女儿已经爱上这个小伙子了。

李卫成百般无奈，表情严肃。他心想，自己的女儿怎么就爱上了肖欣章的儿子？肖海参加工作还没几年，怎么就从一名农业技术员被提拔成了乡政府的副乡长？

发现父亲仍然不待见肖海，李秋婉干脆开始夸奖起了他。

“爸妈，老书记，我觉得肖海不错。参加工作两年多时间就转了行政，现在已经入了党。这次通过考试，还获得了到省行政干部管理学院脱产学习两年的机会。”

肖海没想到，李秋婉当着她父母和老书记的面表扬自己，感到很不好意思，一边吃着饭菜，一边偷偷瞟着李卫成和老书记他们的反应。

“哟，肖海要到省里去学习两年？”

听了李秋婉的介绍，符昌国感到惊讶，连忙说：“你看你看，我就说嘛，肖海有出息吧，省里学习回来后，保准职务上还有提升。这么好的小伙子，老李你们千万不能错过啊！”

不知是老书记的话启发了李卫成，还是李卫成听说肖海要到省里学习两年，他严肃的表情终于有了些许放松，过了一会儿，开始询问起肖海一连串的问题。

“你怎么不知不觉从农业技术员转行政了？”

“谁帮的忙？”

“何时转到乡政府去任职的？”

“在乡政府主要分管哪几项工作？”

“感到工作压力大不大？”

“年轻人能到省行政干部管理学院脱产学习两年，是一个难得的好机会。”

李卫成能主动问这么多问题，肖海自然高兴，一一如实做了回答。他心想，李卫成是个很要面子的人，自己已经当了乡人民政府的副乡长，配他女儿是可以的。何况自己马上要到省里去学习两年，配他女儿更没的说。

看到李卫成的态度有所转变，肖海连忙点头说：“我觉得掌握的知识还不够，所以才争取去脱产学习两年，不仅能多掌握一些知识，同时还能获得大专文凭，对今后的工作一定有好处。”

听了肖海的回答，李卫成和老书记不断点头。

“何时去省里报到学习？”李卫成关心地问。

“还有20天，就要去学校报到了。”肖海绷紧的心终于放松了。

“省行政干部管理学院是个培养人才的地方，去了要安心学习，尽可能多掌握一些知识，这对你今后的成长会有很大的帮助。”

肖海觉得，李卫成对待自己的态度已经与刚见面时完全不一样了，是否与自己将去省城学习有关联呢？是否已经同意与他女儿交朋友了呢？

吃完饭，李卫成和老书记继续交谈，一会儿对村里的事发表看法，一会儿谈论肖海与李秋婉的未来。

肖海听着，也不言语。

李秋婉帮助母亲收拾着碗筷，厨房里不时传出母女俩轻松、愉快的谈话声。

天快黑了，离开李秋婉的家，肖海回到了父母的身边，首先告知了将要去省城学习两年的喜讯，然后又介绍了去李卫成家的情况。

“不错，不错，我家幺儿子就是有出息，做父母的没有白送你读书，只有你能为肖家争光。”父母听说幺儿子还要到省城去学习两年，毕业后就能获得大专文凭，非常高兴。

但听说幺儿子还是要继续与李卫成的女儿谈朋友，而且李卫成的态度有所缓和，肖欣章心里不无担忧地说：“幺儿子，在谈女朋友的问题上，你是否再好好考虑一下？毕业后，你就能获得大专文凭，你将有更好的未来。一个女人对男人的事业影响是很大的，你必须慎重！”

“爸、妈，我与李秋婉接触也有一段时间了，她人很不错，不仅有知识，人长得也漂亮，还是一个通情达理的人。见了面，你们也一定喜欢她的。”肖海劝说着父母。

“但我一想起是李卫成的女儿，心里有点接受不了。李卫成当村干部这么多年来，他就一直瞧不起我们家，现在下台了，对我们一样不待见。他怎么会同意你与他女儿交往？”吴三妈仍然放心不下。

“这次去李秋婉家里，李卫成还叫来了符昌国老书记一起吃饭，老书记不断劝说李卫成，不要反对我与他女儿的交往。李卫成也表示了同意。爸、妈，你们放心就是了。再说，我们还在交往阶段，能否成功，得看缘分。”

“我看也只能这样了，你们继续交往，如果他李卫成反对，你也没有必要继续同他女儿谈下去。说不定你这次到省里学习，还能遇上更优秀的女孩呢！”父亲的眼光更开阔。

“今后的日子要你自己过，但你要看准人，不能三心二意，今天找这个，明天找那个。认准了的人，你就得好好地待人家，不能欺负人家女孩子。你确定了，再找个机会，带回家让我们瞧瞧，给你参谋参谋。我最大的心愿是，希望你找个好媳妇儿，好好待你，给你带来好运气。”

吴三妈的心很细，待儿媳妇很有自己的一套经验，与已进门的3个儿媳妇关系处理得很好。当然希望幺儿子找个好女孩。

第二天清早，肖海和李秋婉一起乘车返回了单位。

眼看入学的日期就要到了。

肖海心想：双溪既是自己转入行政的第一站，又是腾飞的新起点，如此福地，应该邀请李秋婉前来此地一玩。

李秋婉应约而至，见面就迫不及待地向肖海说了令两人都兴奋的好消息：父母初步同意两人交往了。

吃过晚饭，已是傍晚，肖海提出两人去附近的小溪边散步。李秋婉欣然同意。

双溪乡的旅游开发还刚刚起步，游客并不多，附近的村民们也少有晚饭后散步的习惯。此时的小溪边，空气清新，十分幽静，已然成了谈情说爱的天然场所。

牵着李秋婉的手，慢慢地走着，肖海突然想起了7年前高中刚毕业要求去当兵，拿着报名表到她家求她父亲签字，李卫成叫小姑娘接报名表的情景。他忙停下了脚步，看着李秋婉问：“我们是不是7年前就见过面？”

“不可能，在胡主任介绍之前，我对你一点印象都没有。”李秋婉觉得不可能。

“不，我7年前就去过你家里，如果没有弄错的话，你应该帮过我的忙。”肖海想起了当时的情景。

“7年前，我刚满13岁，我能帮你什么忙？”李秋婉感到奇怪，认为是肖海在编故事哄自己开心。

“7年前，我高中刚毕业，想去报名参军，在民兵营长那里拿了一份政审表，去找你父亲签字，你父亲不仅不同意，甚至连表格都不愿意亲自接，而是要你代而为之。”肖海介绍着当时的情况，心中唤起苦涩的记忆。

“你这么一说，我倒有了一些朦胧的感觉，好像有那么一回事。”李秋婉沉思了一会儿说。

“我就说，我们的缘分是早就注定好了的。如果你父亲当时同意我报名参军，说不准我就能够考上，我们两人就根本不可能认识，更不用说谈朋友。”肖海再次牵起了李秋婉的手，两人享受着美丽的夜景。

圆圆的月亮高高地挂在天空，将宁静的夜晚照得如同白昼。

爱情因为明月而浪漫，女人因为爱情而美丽。

一对幸福的青年男女，漫步在幽静的小溪畔。

流动的溪水传出哗哗的声响，犹如仙女在歌唱。

映入水中的月亮，尽管随着水面的波动，一会儿变扁，一会儿拉长，但始终能发出银色的波光。

动听的蝉鸣声、蛙叫声交织在一起，打破了这难得的夜晚宁静。

溪水两岸巍巍高耸的大山彰显出健康结实的身躯和宽阔的胸怀，给人以坚定的信心和无穷的力量。

好一片美丽的山区夏夜风景，让人心醉，促人遐想。

看到月光下身边美丽动人的姑娘，小伙子心潮澎湃，憧憬着未来的工作和生活，感觉到此时此刻，自己是世界上最幸福的人。

过了好一会儿，肖海终于忍不住再次凝望着李秋婉的眼睛，含情脉脉地说："我入学一段时间后，就接你到省城去玩，好吗？"

"可是，到时你还会记得我吗？"李秋婉内心不免有些担忧。

"你想到哪儿去了？我永远都不会忘记你的。再说，县里领导都给我讲好了，学习结束后，原则上是'从哪里来，回哪里去'，分到县城的机会都没有，更没有可能留在省城。"肖海将李秋婉的手紧握了一下，解释说。

"如果你们班上有别的女同学看上了你呢？"李秋婉半开玩笑半当真地看着肖海笑。

"我，一个偏远山区的土包子，有谁能看得上我？我还担心你呢，没有我在你身边的保护，你这位全区最时髦、漂亮、人见人爱的大美女，是否会被别的帅哥乘机抢走？你姐姐会不会将你调到她那里去，给你在城市介绍一位白马王子？"肖海打趣道。

"别人是无法将我抢走的，因为我的心已被眼前的帅哥俘虏了。"李秋婉羞涩地笑着，然后伸出右手食指，轻轻点了一下肖海结实的胸脯。

肖海乘机抓住李秋婉的手，抚摸着，并低下头想来一个亲吻。

李秋婉迅速用另一只手捂住了肖海的嘴，轻轻地拒绝说："别，别。"

肖海要求着，李秋婉推辞着……

此情此景，此时此刻，肖海感到无比兴奋，灵感涌动。随即哼起了自创的小调：

明月高高挂天上，
和你牵手把歌唱。
即将再次入学堂，
憧憬那美好的理想。
专心学习，
掌握本领，
学成归来，
建设家乡，
要让面貌大变样。
溪水流动哗啦啦地响，
把我们的心带去远方。
比翼的鸟儿展翅飞翔，
携手前进，
让我们的生活充满阳光。
亲爱的人儿，
你别心慌，
到时娶你为新娘；
爱你一生没商量，
幸福生活万年长。

听了肖海的哼唱，李秋婉被深深地打动，将头依偎在肖海的肩膀，喃喃地说：“没想到你还有这样的才华。”

“有感而发，算不了什么才华。希望这次去省里能学到更多的知识。”肖海看了看李秋婉说。

“两年时间，肯定能学到不少新知识。到时，水平提高了，心就不一定还在我身上了哟！”李秋婉仍在担心。

肖海看了看月光下美丽动人的李秋婉，心情特别激动，情不自禁地将双手伸向她的后背，用力将她拥入怀抱，然后将自己的嘴轻轻而又热烈地与她的嘴亲吻在一起。

一对青年男女，幸福快乐地享受着爱恋的时光。

月亮羞涩地想躲在树梢的后面，但又调皮地不时伸出半张笑脸窥探着。

双溪夏天的夜晚，清凉、静谧而又神奇。

第十章　机缘巧合又相逢

省行政干部管理学院坐落在省会城市的名山脚下，校园宽阔，绿树成荫，环境优美，教学楼虽不显气派，但这里的确是一处求知学习的好地方，更是出领导、出人才的好地方。但凡行政干部都明白，经过这所干部学院培养出来的干部，不一定人人都能得到提拔重用，但没有经过这所干部学院培养的干部，还真是少有得到了提拔重用的。

肖海非常珍惜这次来之不易的机会，一心想抓住两年的学习时间，掌握一些真实的本领，为今后的工作打下更坚实的理论基础。

肖海心想，自己来自最基层，刚刚来到学校也不会遇上什么熟人，这也正好给自己创造了安心学习、避免过多与人交往的条件。

谁知，开学的第一天，肖海就收获了一个意想不到的惊喜。

“覃怡琼！”

“肖海！”

刚走进教室，两人同时看到了对方，互相喊出了彼此的名字。

顾不了其他学员异样的目光，两只手紧紧地握在了一起，几乎同时问：“你也来参加学习了？”

两人相视一笑。

此时，班主任已经走进了教室，两人只好按照早已安排好的座位坐在了各自的位置。

在班主任的组织下，全班45名学员，先后介绍了自己的情况。原来，学员中，多为县、市和省直部门有一定职务的人员，来自乡政府的干部只有5人；学员中，大多数人年龄在30岁以上，30岁以下的只有5人，其中，肖海、覃怡琼是最年轻的两位。

“你原来不是当老师吗，何时改行当行政干部了？”刚下课，肖海就主动跑到覃怡琼身边，问。

“怎么啦，我不能当干部？你看，我不像干部的样子吗？”覃怡琼看着肖海，装出一副严肃的表情，问。

“你不仅像干部，而且还像领导干部。”肖海恭维着。

“没想到，京铺一别，转眼间已经快3年了。”覃怡琼一声叹息。

“是啊，你一下子从我的生活中消失了近3年时间。我原本想，以后再也不会有机会见到你了，哪知‘人生何处不相逢’，突然彼此在眼前，还能同窗学习两年。”

再次看到覃怡琼，肖海觉得这个世界上的事情太奇妙。自收不到覃怡琼回信的那时起，肖海想：覃怡琼一定是怕自己纠缠她，有意在躲避，以后，两人不一定再能相见。

肖海觉得，覃怡琼身上一定有许多自己不知道的谜。

刚刚调到双溪时，两人书信往来好好的，怎么突然中断了呢？

在京铺中学教书教得好好的，她怎么举家调回了老家？

她为什么不将调回老家的事写信告诉自己？

之后，虽然肖海从李小云和表哥那里知道了一些情况，但仍想覃怡琼亲口告诉自己，便迫不及待而又好奇地问：“3年前，你们全家怎么会突然调回老家县里去了呢？”

覃怡琼抬手看了看手表，说：“马上要上课了，以后多的是机会，我会慢慢告诉你的。”

由于肖海来自偏远的乡下，他平时与省会的工作人员没有交往的机会，加之说不好普通话，其他地区学员说的话大多又难以听懂，而肖海浓重的家乡话，常常成了班上学员的笑柄。这样，刚上学不久，肖海交往圈子很窄，甚至有种失落的感觉。

好在有覃怡琼这位早已熟悉的人能在一起说说话，肖海也就没有感到特别孤单。

“肖海，这个星期天你有什么安排？”星期五刚上完最后一节课，覃怡琼跑过来问肖海。

“我能有什么安排，只能待在学校里看看书。”刚来学校，在省会也没有别的熟人，学员之间还没有完全了解，加之个人经济条件的制约，肖海真是没地方可去，待在学校成了他最好的选择。

“那好啊，这个星期天我也没有其他安排。要不这样，星期天早餐后，我们一起去爬山？”覃怡琼发出了邀请。

覃怡琼主动相邀爬山，肖海自然高兴。

两人约定，星期天上午9点在学院大门口一起出发。

到了星期天，两人都很准时，见面击掌以示问好。

然而，看到扎着马尾辫、一身浅红色运动服、肩背蓝色帆布包、脚穿白色运动鞋的覃怡琼，击完掌的肖海仍情不自禁地站在原地，从头到脚将覃怡琼看了一遍又一遍。

“怎么啦，不认识了？”覃怡琼看到肖海怪怪的样子，问。

“觉得你更加漂亮了，给了我一种全新的视觉美。”肖海夸赞道。

“别奉承我了，穿成这个样子，完全是为了爬山方便，美在哪里？美在何处？”覃怡琼看向肖海说。

“我觉得，你还是像3年前一样美，而且处处都美。”肖海再次上下打量了覃怡琼一番，笑着说。

“别吹捧我了，我们一起去爬山。”覃怡琼朝肖海说。

肖海伸手接过覃怡琼肩上的帆布包，两人说笑着向山上走去。

走了快一个小时的山路，覃怡琼额头已经渗出了许多汗水，肖海提议两人先休息一会儿。

两人找了一处较为平坦的地方，停歇下来，喝了几口水，肖海问：“我们还继续往山上爬吗？”

“今天我不想再往山上走了，想在这里多坐一会儿，咱们说说话。”肖海看着覃怡琼面部的表情，既发现她略显疲惫，更感觉到有许多心里话要诉说。

“山上温度有点低，你刚刚爬山又出了不少汗，不会着凉吧？”肖海担心地提醒。

“我带了件外套。”覃怡琼从帆布包里拿出一件人工编织的黄色对开式毛衣，披在了自己身上。看了一眼肖海，关心地问：“你自己不会着凉吧？”

肖海拍了拍自己结实的胸脯，笑着说：“我是山里农村娃，刮风下雨全不怕。”

“真有你的。”覃怡琼听了顿感开心地说，并随手挥出一拳，轻轻地击在了肖海的左肩上。

“我想问你几个问题，你愿意告诉我吗？”肖海看到覃怡琼很开心，想进一步打听她这几年来的有关情况，也好解开自己心中的结。

“你还是一个一个地问吧。”覃怡琼大概已经猜到肖海想要问什么，心情稍显沉重地说。

“当时你们一家在D区工作好好的，怎么突然全家调回老家去了呢？”肖海直接提出了问题。

“这个问题说来话长，我慢慢告诉你，你得有耐心哟。”

覃怡琼看了一眼肖海，然后双手扯住自己毛衣的下角，微微低着头说：“我父母都是石临县人，两人是师范学校的同班同学，毕业后，同时被分配到了常利县工作，当上了人民教师。几年后，父亲改行当了乡干部，不久两人成了家，再后来就有了我。我父亲转入行政后，晋升并不快，而与他同时转行政的师范毕业的同学，大多数人的职位都比他要高。父亲有了一种自卑感。正好，石临县的县委刘书记是老爸读师范时的同班同学，多次动员我父亲调回家乡县里去工作，并承诺给他安排一个理想的职位。就在你刚调去双溪乡没多久，刘书记再次给我父亲打来电话告知，正好有个县政府办公室主任的空缺位置，问我父亲是否愿意。如果愿意，马上调回去就可以上任。父亲考虑再三，提出了将全家调回去的请求，得到了县委刘书记的支持。”

“区委书记与县政府办主任没有多大区别啊，这样调回去有多大意义呢？”肖海插话说。

“母亲在父亲面前说过类似的话，但父亲认为是一次机会，甚至是人生向上的一个台阶，坚持要调回老家。”覃怡琼看了看肖海。

“那你怎么不写信告诉我呢？”

没有及时收到覃怡琼的信，并得知她已随同父母调回老家后，肖海情绪低落了很长一段时间，在埋怨她的同时，自己也有了一些自卑。

“父亲的决定，让我感到很纠结。我想，虽然和你认识的时间只有短短的几个月，但彼此印象不错，说实话，我父母也认为你是一位很有抱负的青年，我更加不想就此与你分手。我曾向父亲提出了将你一同调去石临县的要求。父亲觉得不妥，但同意我们两人继续保持联系，今后视情况而定。我想，两个县相距太远，交通不便，光靠写信联系怎么能行？我便赌气地对父母说：‘那我就干脆不和肖海交往了。’从那时起，我没有再与你联系。”覃怡琼觉得对不起肖海，低下了头。

“你也可以将情况写信告诉我呀，再说，我老家的位置离石临县城的距离，比离常利县城还要近20多公里呢！不仅我家的许多亲戚在石临县，我的两个姐姐也嫁在石临县，我的二嫂就是石临县的人。其实，你调过去，并不影响我们继续谈朋友的。”肖海听说了情况后，感到了一丝遗憾。

“对不起，我当时没有想那么多，我也应该写信告诉你。可是，我当时也很希望你及时出现在我的面前，而你却没有，我心里对你也产生了一些埋怨，认为你不关心我，不在意我。加上我们一家调动的事很快就完成，来不及与你商量。”覃怡琼解释说，然后用水灵灵的眼睛望着肖海。

看着覃怡琼的眼神，想起两人分手后很长一段时间对她的相思之苦，肖海想起了两人在月亮岩的约会，真想再一次捧起她的脸，狠狠地吻上去。

但理智最终战胜了冲动。

肖海强烈抑制着自己的情感，将话题变得轻松一些地问：“后来又怎么不教书了？”

“自从我们调回去以后，因为有刘书记的关照，事业上可以说是顺风顺水。我们调回去后刚好一年时间，刘长明就被提拔为地委副书记。我父亲也仅仅在县政府办公室主任职位上干了一年多时间，随后就被提拔为地区人事局副局长。我在县城第二中学教了一个学期的书，转行进入县计划委员会任物资调配股的股长。父亲调入地区人事局工作不到半年，我又被调到地区计划委员会任物资调配科副科长。”看得出，覃怡琼对于自己的工作变动显得很满意，脸上流露出愉悦的表情。

“学好数理化，不如有个好老爸。”听了覃怡琼的介绍，肖海由衷地从心底发出了感叹，并真诚地对覃怡琼说，“看来，你的前途不可估量啊！”

随后直截了当地问起了覃怡琼的个人问题：“现在选中了白马王子吗？”

肖海心想，如此优越的条件，如此漂亮的姑娘，追求的哥们儿一定不少。

“刚调回去不久，就有人给我介绍对象，可我满脑子都是你的身影，任何小伙子我都不见。父母给我做了多次工作后，几个月前，才开始接触某位同志。”

覃怡琼坦承自己在谈男朋友，但肖海能看出，她并没有流露出热恋中年轻姑娘的那种兴奋表情。

“愿意说说男朋友的详细情况吗？”肖海听说覃怡琼谈了男朋友，非常想知道对方的具体情况。

“身高胖瘦和你差不多，年龄比你大几岁。”覃怡琼模糊地介绍着男朋友的情况。

“年龄比我大几岁，不会有30岁了吧？”肖海非常想知道对方的详细情况。

“差不多吧。”覃怡琼看着肖海，并不讲对方具体的年龄。

“年龄比我大几岁，说明比我成熟。莫不是你找了一位领导干部吧？”肖海有些羡慕地问。

“我不能找领导干部吗？”覃怡琼看着肖海，笑问。

“你这么优秀、年轻、漂亮，领导干部喜欢你是自然的。”肖海奉承着。

“我男朋友的详细情况，以后再告诉你。我问你，你是正处在热恋中还是已经抱得了美人归？”覃怡琼不失时机问起了肖海的个人问题。

“我半年前经人介绍认识了一位中学英语教师，两人正在谈。年龄比你小两岁，人长得和你一样漂亮。”肖海将自己的情况如实相告。

“看你高兴的样子，你一定很爱你女朋友。”覃怡琼羡慕的眼神中，似乎隐含了某种说不出的情愫。

“谁成了我的女朋友，我都会很爱她。我曾经追求过一位高傲的公主，视她为美丽的白天鹅。谁知，那位高傲的公主，就像美丽的白天鹅见到了乡下的农民，误认为农民会伤害它，既感到害怕又好生厌恶，嗷嗷地叫了几声，马上远走高飞了。我为此伤心了很长一段时间。”

肖海既像是开玩笑，又像是埋怨，更像是向覃怡琼暗示着：在我心里，依然对你有许多的思念和不舍。

“肖海，你别这样挖苦我，好不好？我不是告诉过你，其实，我内心是很喜欢你的。或许我不应该草率地下决心与你分手。”看得出，覃怡琼仍然对肖海有着情感的寄托。

“从你调回老家开始，我们两人在一起的美好梦想恐怕就已经破灭了！”肖海凝望着覃怡琼，想说我仍爱着你，但忍着没有说出口，心里却有一团火。

肖海抬手看了一下手表，已经中午12点多了。提议说：“我们下山回学校去吧。”

覃怡琼点了点头，两人开始下山。

肖海在前面带路，覃怡琼紧跟在后面。

俗话说：上山容易下山难。

覃怡琼上山时，劲头十足，现在下山了，反而觉得腿脚有些不听使唤，每迈开一步都显得有些吃力的样子。

肖海担心覃怡琼走在后面自己不好关照，提议道："要不你走在我前面？"

"不，只有看到你在我前面走，我才敢朝下走，也才有安全感。"覃怡琼示意肖海继续走在自己的前面。

肖海在前面带路，并一步一回头地看着覃怡琼，提醒她注意安全，别摔倒了。

眼看最后一段陡坡就要走完了。突然，覃怡琼前脚好像踩着了一个小石子，没有完全站稳，后脚又已经松开，整个身子失去平衡地迅速朝前扑来，双眼紧闭，发出了"啊，啊"的声音，肖海急忙迎上去，稳稳地抱住了她。其他登山、下山的人员，看到这一幕，立马驻足观看，有的人同时发出了"啊"的尖叫声。

听到其他人的声音，覃怡琼惊醒般地睁眼一看，发现自己与肖海已面对面地拥抱在一起，感到十分窘迫。她迅速从肖海身上挣脱开来，红着脸，关切地问："你没事吧？"

肖海双手撑在覃怡琼的双肩上，面带笑容地打趣道："我是山里农民娃，天鹅掉落保护她，只要公主身无恙，粉身碎骨也不怕。"

肖海调皮滑稽的回答，一下子驱散了两人的尴尬与覃怡琼的担忧。

从此，两人又成了无话不谈的好朋友。

第十一章　闺蜜帮助出主意

在省行政干部管理学院与覃怡琼邂逅，肖海感到无比兴奋与快乐，甚至对另一半的选择也产生了新的想法。

如果能与覃怡琼重修旧好，毕业后，或许自己的前途会一片光明。但她的父亲能同意吗？她的男朋友能放弃吗？她能不顾一切地选择我吗？

与李秋婉好不容易决定在一起，如果因为到省里学习后就提出与她分手，岂不成了当代的陈世美？怎么向李秋婉交代？怎么和父母解释？

覃怡琼、李秋婉都是很优秀的女孩，到底谁更适合自己呢？

肖海感到很为难。

殊不知，此时的李秋婉，也遇到了幸福的烦恼。

肖海入学一个月后，E区联校组织了一场较大规模的教学比赛活动，将全区初高中的语文、数学、物理、化学、英语5个学科的任课老师集中到区联校，并分组分科开展教学比赛。李秋婉在20多位初中英语教师参赛的这一组中，获得了第一名。

颁奖大会上，当年轻漂亮、穿着时髦的李秋婉上台领奖时，现场所有人的目光都投向了她。E区区公所分管教育工作的副区长给李秋婉颁发完获奖证书，并发给她50元的奖金时，会场响起了热烈的掌声。

李秋婉为自己的成功而高兴，平时的辛苦总算没有白费，真想第一时间将这喜讯告诉肖海，共同分享这份喜悦。

颁奖活动刚结束，几位领导对李秋婉进行了一番评价。

“看这气质、这口才、这知识面，将来一定有更好的发展前途。”分管教育的李副区长说。

“英语课教得这样好，是全区教育系统的一棵好苗子。”E区联校教务主任杨一文评价。

“这么年轻漂亮的女老师，能将英语课教得如此好，我还是第一次发现。”E区联校分管文科类的副校长郑明春，是全区教育系统的女强人，也发出了感慨。

“年轻漂亮，课的确教得好，是一棵好苗子，好好培养，一定有更好的前程。”年近50岁的E区联校校长邹名哲，非常重视教学质量，对有水平的教师特别关爱。在他担任E区联校校长这几年，全区教学质量有了很大提升，综合排名经常保持在全县前两名。因此，邹校长不仅在全区教师中拥有很高的威信，在县教委说话也颇有一些分量。

李秋婉能获得第一名，邹校长特别关注。

“校长，你儿子不是还没找对象吗，我看李秋婉与你家公子蛮般配的。要不，我出面牵线搭桥？”教务主任杨一文显得很热心。

“我可没那个意思。主要是认为李秋婉年轻，教学水平不错，是否能将她调到区里的重点中学来，这样也有利于提升重点中学的英语教学水平。”邹校长为人正直，是教育系统公认的好校长。

“那有什么关系，工作家庭两不误嘛。这事我来安排，在进一步考察李秋婉教学水平的同时，也顺便了解一下其他方面的情况，看她的人品怎么样，找男朋友没有。”教务主任杨一文已经有了自己的主意。

“我是个女同志，方便与李秋婉接触，我陪你一起去。”郑明春副校长主动请缨。

“那你们安排个时间去桑梓乡中学，全面了解一下李秋婉的情况，看是否适合调到区重点中学来任教。”邹校长交代二人。

李秋婉获奖回到学校没几天，E区联校副校长郑明春、教务主任杨一文来到了桑梓乡中学校长庹得胜的办公室。

按照两人事先的商量，郑明春副校长首先向庹得胜说明了来意：“我们E区联校对李秋婉在前几天全区教学比赛中的表现很满意，邹校长特意安排我和杨主任来进一步了解情况，看是否能总结出一定的经验，好在全区推广。”

庹得胜领会了领导的来意后很高兴。毕竟李秋婉是本校培养出来的，结束了桑梓乡中学自全区开展教学比赛以来从未获得过第一名的历史，也算是为学校争了光。如果能将李秋婉的教学经验向全区推广，就能提高桑梓乡中学在全区的影响力，甚至还会为自己增添几分光彩。

想到此，庹得胜很开心，忙建议道：“二位领导，看这样行不行，我将学校的副校长和教务主任一起叫来，共同给领导汇报，你们听到的情况会更全面一些。”

“我看行，干脆就到你们学校会议室去谈，你这地方太拥挤了。”E区联校两位领导简单交流了一下后，郑明春副校长提出了要求。

“李秋婉最主要的特点是勤奋好学。”桑梓乡中学老教务主任刚了解领导的来意，发表了自己的看法，同时举出了不少事例。

“我认为李秋婉的特点在于因材施教，往往能将差生逐步转化过来，提升他们的成绩。”

桑梓乡中学年轻的副校长唐名洲谈了自己的看法，对李秋婉管理学生的能力非常欣赏，同样举了不少事例。

E区联校两位领导对大家的介绍很满意，边仔细听边认真记录。

“李秋婉的经验主要体现在以下几点：第一，教学非常认真，从不上无准备之课。针对学生每次考试暴露出的问题，能够举一反三，让学生得以巩固知识和提升知识水平。第二，特别关爱学生。当班主任这两年，她所带的班级，学生没有出现过任何事故。第三，自我要求严格，作风正派。别看她穿着打扮时髦，但从不和社会上不三不四的人交往，学校老师及学生家长对她评价很好。”庹得胜校长做了详细介绍。

E区联校两位领导听了庹得胜校长对李秋婉的综合性评价，再次交流了一下意见后，杨一文笑着问大家：“你们刚才介绍的全都是李秋婉的优点，能不能谈一谈她的缺点？”

中学的几位领导，相互看了一眼，同时摇摇头说：“李秋婉还真谈不上有什么明显的缺点。”

“个人性格怎么样？”郑明春副校长启示着大家。

庹得胜校长用手摸了一下自己的头，笑着说：“要说性格，年轻人都有自己的个性。李秋婉的个性属于直性子，有啥说啥、事后不记仇的那种类型。”

“那好，与大家的座谈就到这里。得胜校长，你将李秋婉叫来，我们还想单独向她了解一些情况。”

见到E区联校的两位领导找自己谈话，刚开始，李秋婉还有一些拘谨。当听说领导主要是想了解一下自己是如何在全区英语教学比赛中获胜的，李秋婉有些谦虚地表示，或许是自己的运气比别人好一点，抽到的参赛教案正好是自己所熟悉的内容。

随后，E区联校郑明春副校长又问了一些“工作上有些什么想法”“有没有去参加学历教育的愿望”“今年多大年纪”“谈男朋友没有”等问题。

郑明春、杨一文顺利完成了任务，返回E区联校向邹明哲校长进行了汇报。

10天后的一个上午，桑梓乡中学再次迎来了一批客人：E区联校副校长郑明春、教务主任杨一文率领E区重点中学教务主任邹成华等一行5人，前来观摩李秋婉的英语教学。

名为观摩教学，实为突然“袭击”。

李秋婉提前一个小时才得到消息。

好在平时对教案非常重视，每次都是提前一天准备教案，今天虽有区联校领导和外校的同事来观摩，但李秋婉上课时，依然像平时那样表现得从容不迫，将内容描述得栩栩如生，学生们听得十分专注，课堂井然有序，时间拿捏恰到好处。李秋婉的教学给观摩的领导和同仁们留下了非常好的印象。

又过去了一个星期，E区联校副校长郑明春只身再一次来到桑梓乡中学，在庹校长引导下来到了李秋婉的住房，将校长支开，说是要单独与李秋婉谈些情况。

“李老师，我们通过调查走访和上次的观摩教学，认为年轻漂亮的你，工作表现非常不错，区联校认为，如果加以培养，你将来必有更好的前程。我今天来，是受区联校邹校长的委托，听听你个人的想法，包括调整工作单位、提升学历等方面。如果有要求，尽管提出来，我们区联校会尽力满足你的愿望。”郑明春用女人的温柔和领导的关怀，开门见山地对李秋婉说。

“谢谢领导的关心，工作上取得的成绩是领导培养的结果。如果说我个人目前有什么想法，我最大的愿望就是趁自己还年轻，去学习深造。”李秋婉如实说。

“年轻人有去学习深造的愿望很好，我们区联校每年都会推荐1~2名有培养前途的青年教师到省里大学对口学习两年，不仅能更新知识，还能获得本科文凭。我看你还是挺不错的，如果有要求，我们区联校可以向上推荐。”郑明春暗示李秋婉，她想去学习深造的愿望，E区联校是可以帮助实现的。

“那我拜托郑校长，到时也推荐我去学习深造。”李秋婉求学深造的愿望很迫切。

“你就没有想过调到E区重点中学去任教？”郑明春继续试探李秋婉的真实想法。

“我当然想去，但我觉得自己学历和经验还不够，去了不一定能胜任。况且，E区重点中学也不是谁想调去就能去得了的。”李秋婉透露了自己的想法。

郑明春笑看了一眼李秋婉，说：“重点学校嘛，对老师的能力要求肯定要高一些，但你既然能在全区英语教学比赛中获得第一名，说明你还是很有实力的。我们组织了观摩教学，大家都认为你在英语教学方面很有特点。我想，如果调你去E区重点中学教初中三年级的英语，你还是能够胜任的。”

能够调到E区重点中学任教，对提高自己的教学水平，对于自己今后的发展，肯定大有益处。想到这里，李秋婉对郑明春副校长说：“如果领导认为我可以，我愿意调到E区重点中学去任教。”

郑明春副校长对于李秋婉的回答未置可否，突然问：“你今年多大岁数了？”

“已满20岁了。”李秋婉告知了自己真实的年龄。

“很年轻。谈男朋友了吗？”郑明春依然轻松自如地笑着问。

“算是在谈吧。”李秋婉略显羞涩地说。

“男朋友叫什么名字？今年多大年纪？在哪儿工作？两人正式确立了恋爱关系吗？”

听说李秋婉在谈男朋友，郑明春副校长并没有感到惊讶。她心想，这么年轻漂亮的女老师，有人追求是很正常的。因而她表现出很关心的样子，问了李秋婉一连串的问题。

李秋婉一一做了回答。

“小伙子父母是干啥的？”郑明春继续问。

“父母都是老老实实的农民。”李秋婉如实回答。

“乡政府干部，去了省行政干部管理学院学习，看来小伙子不错。可是男孩子父母都是农民，家庭条件也肯定好不到哪儿去。今后，如果你们成家了，无论是物质上还是其他方面，男方的父母都没有能力为你们提供帮助。”

听说男孩子的父母都是农民，郑明春发表了感慨。随后又对沉默不语的李秋婉直截了当地说：“我今天来，是想告诉你，我们区联校邹校长的儿子，也就是前几天来观摩了你教学的、E区重点中学教务主任邹成华，认为你很优秀，想和你谈朋友。邹校长家里的情况你是知道的，邹成华的人你也看到了。如果你能够与他谈朋友，成了家，对你今后工作和生活的帮助，我不说，你也能想得到。李秋婉老师，我建议你好好考虑一下。”

郑明春的话，让正在热恋中的李秋婉的内心陷入了极大的困惑和矛盾之中。

肖海，双溪乡人民政府副乡长，正在省行政干部管理学院学习，两年毕业后，或许他有一个很好的前途。但他农民出身的家庭背景和贫困的家庭条件，能给自己带来事业上的帮助和美好的幸福生活吗？

此时此刻，李秋婉的脑海里交替地浮现出两种不同的画面：

教自己初中语文的李老师的丈夫——某某乡政府的原党委书记，经常带一些干部到家里来吃饭喝酒，李老师再忙，也要请假为他们炒菜做饭，然后收拾碗筷、打扫卫生。

“我女婿就是双溪乡政府的武装部长，每次家里去了客人，炒菜做饭打扫卫生，都是他唱主角。”

“前几天我去双溪乡政府，女婿请了小肖等一帮人作陪，小肖还主动地帮忙做事。我当时就觉得小肖很不错，一定能找个好对象。”

肖海今后会像胡主任的女婿那样，每次家里去了客人，炒菜做饭打扫卫生，都唱主角吗？

肖海今后能像现在这样和自己一起分担家务吗？

邹成华，比肖海更帅气，E区重点中学教务主任，发展势头不错。父母是国家教师，家庭条件不用说，父亲还是E区联校校长，对自己今后的事业发展起着决定性的作用。如果自己拒绝与邹成华谈对象，不仅工作调动、进修学习的事即刻化为泡影，甚至在今后的职称评定等方面还会遇到难以想象的阻力。

可是，肖海爱学习，求上进，今后会有更好的发展前途。而且，两人同一个村，生活习俗相同，性格比较温和，原来反对两人谈朋友的父母好不容易才同意两人交往，难道就这样放弃肖海？

我该怎么办？

应该选择谁？

李秋婉思考着，一时难以做出决定。

彩霞、玉英两个闺蜜知道情况后，随即各自发表了不同的看法。

“我看肖海很不错，年纪轻轻已当了乡政府的副乡长，现在还去了省行政干部管理学院深造，说不准毕业后能当上乡人民政府的乡长，甚至党委书记。”

彩霞的父亲是E区区委唐副书记，母亲是E区供销合作社的主任，自己在桑梓乡粮站工作，正在与E区另一个乡政府的团委书记谈恋爱。干部家庭出身的优越感，让她一直期待着自己所找的对象今后能当上领导干部。因此，也期待自己的闺蜜李秋婉找个同类型的男人。

“我认为邹成华的条件更好些。肖海虽然看起来很不错，但还是个未知数，毕业后，也许能当个乡长或党委书记。可是，一旦组织上将他安排到最偏远的乡政府去任职，结婚以后，你是随他调去还是两地分居？邹成华却不同，父亲是E区联校校长，自己是E区重点中学的教务主任，如果你与邹成华谈对象，工作生活肯定大不一样。”

玉英与李秋婉是同一所学校的老师，很快就要成为桑梓中学副校长的妻子，能在自己丈夫的直接关照下教书，得到的帮助是显而易见的，于是劝自己的闺蜜与邹成华谈朋友。

“唉，真是左右为难！”听了两位闺蜜的不同见解，李秋婉仍然难做选择。

“要不，我做两个阄让你抓，抓到肖海就与肖海谈，抓到邹成华就与邹成华谈。”玉英看到李秋婉犹豫不决的样子，提出了建议。

“谈对象可是大事，哪有靠抓阄来选择的？”李秋婉明确表示不同意抓阄。

“你看这样行不行，肖海正好要在省里学习两年时间，不可能常在你身边，你现在既不提出与肖海分手，但同时又与邹成华谈。将两个人比较比较，到时，你觉得谁合适，再决定嫁给谁。”彩霞出起了馊主意。

“我这不是脚踏两只船，欺骗他们的感情吗？”李秋婉认为不妥。

“要不，你就下决心，与肖海一刀两断，然后一心和邹成华谈。”玉英鼓励李秋婉下决心。

“可我觉得这样太对不住肖海了。”李秋婉想起了在双溪乡小溪畔两个人月光下的海誓山盟。

“我看你还是舍不得肖海，是不是已经委身于他了？”玉英一边用手拽着李秋婉的一只胳膊，一边看着她的眼睛开着玩笑地说。

“别把我看得那么轻浮，我绝对不是一个随随便便的人。”李秋婉显得有点生气地说。

“我要是找到像肖海这样优秀的小伙子，在他去省里学习前，我会主动地牢牢将他拴住，不让他移情别恋。”彩霞毫不掩饰自己开放的观点。

“看样子，你早把自己的小帅哥给拴住了。让我看看，是不是已经怀上小宝宝了！”玉英边说边笑，同时迅速伸出右手，在彩霞的肚子上摸了又摸。

“哟，怕有5个月了吧！”玉英摸完，装出惊讶的样子说。

“我要是有5个月了，那你就快生了。”彩霞毫不示弱。

3个闺蜜哈哈大笑。

“别闹了，我是要你们帮我想法子来的，今天你们两人就在我这里吃晚饭，不帮我拿出好主意来，谁都不许离开。”李秋婉下达了命令。

3个闺蜜不仅在一起吃了晚饭，继续商量对策，还挤在李秋婉的床上睡了一个晚上。

第十二章　春节过得不开心

学校即将放寒假，按照肖海与李秋婉两人书信上的约定，寒假期间，两人一起去看看双方的父母，进一步争取双方长辈对两人关系的认可。

回到老家的第二天，肖海高高兴兴地朝李秋婉家的砖瓦房走去。来到大门外，没想到大门紧闭，家里连个人影也没有。

肖海心想：李秋婉在信中不是说好了，她在家等自己，两人先看她父母，然后再一起去肖家看自己父母的吗，怎么现在家里没有人，还锁上了门？

此时，李秋婉叔叔家的大花狗不停地对着肖海汪汪叫。

听到狗叫声，李秋婉的婶婶开门走了出来，发现了肖海。忙说："哟，原来是小肖，外面冷，你到我家坐一会儿，烤烤火。是来看秋婉的吧？秋婉没有告诉你？她和父母两天前去了江汉省云阳市姐姐家里，打算过了春节再回来，家里都交代我帮忙看管的呢。"

"谢谢婶婶，我不冷，我这就回家去。"谢过李秋婉的婶婶，知道李秋婉已经改变了原有的假期安排，肖海的心一下子凉了半截，甚至有了些许担忧。看来，两人只有待到春节过后才能相见了。

肖海想，假期就那么长，春节过后再相见也没多长时间了，耐心等待吧。

肖海万万没有想到的是，已去姐姐家的李秋婉正身处父亲及姐姐、姐夫精心策划的另一场相亲活动中。

原来，李卫成并没有因为肖海去了省城学习而真正同意女儿与她谈朋友。想到肖家的条件，想起肖欣章的为人，想到肖渊的鲁莽冲动，想到女儿正在与肖海交往，想到一旦与肖家结为亲家后的尴尬，李卫成就如鲠在喉。

不行，一定要阻止这门亲事！肖海再有出息，即使今后当了更大的官，他也决不允许自己的女儿嫁入肖家；凭自己家里的条件，凭女儿的能力和相貌，随便嫁个人，都会比他肖家条件好，都会比肖海有出息。

李卫成将情况和自己的想法写信详细告诉了大女儿李秋爱，李秋爱早就希望把妹妹调到自己身边来工作，如果让妹妹与同一个村的青年恋爱、结婚，这个愿望就没法实现。李秋爱与丈夫一合计，在征得父母的同意后，将三人从老家请来云阳过春节，同时，在李秋婉完全不知情的情况下，安排了一场热闹的相亲饭局。

小年这天中午，云阳市某高档酒店的豪华包厢里，市建设银行郝行长做东，请市人事局杜向前局长一大家过小年。

郝行长偕夫人刘女士、公子郝俊杰早已提前来到了包厢，并点好了菜，静候杜局长一家人的到来。

“杜局长好，欢迎光临，谢谢给我面子。”看到杜向前局长朝包厢走来，郝行长连忙来到门口，握住他的手，笑着说。

“你郝行长请客，我岂有不来之理？我不仅自己来了，我还带来了一大家人。这是我岳父母，这是我老婆，这是我小姨子，这是我舅子。够热闹吧！”杜局长将带来的人一一做了介绍。

“非常欢迎，今天过小年，大家一起吃吃饭，热闹热闹。我也介绍一下，这是我夫人姚敏，在市工商银行工作；这是犬子俊杰，在市委办公室工作。”郝行长对自家人做了介绍。

“叔叔阿姨好，杜局长好，大家好！”郝俊杰向大家打着招呼，特别多看了一眼李秋婉。李秋婉淡淡地笑了笑，稍稍看了看1.8米高、身材结实、面容俊俏的小伙子。

“二位长辈坐上座，我们两个挨着坐，你夫人和我夫人坐一起，几位年轻人坐一起。你看这样安排行不？杜局长。”郝行长做东，提出了座位的安排。

“客随主便，你说了算，今天都听你的。”杜向前局长随和着。

大家开开心心开始了吃饭、喝酒。

“杜局长，你小姨子在什么地方工作？”三杯酒下肚，郝行长开始涉及主题。

“现在还在我老家县的一个乡里中学当老师。”杜向前随口回答。

“你怎么不将她调来云阳？杜局长啊，你现在当人事局局长，非常便利。”郝行长感慨道。

“话是这样说，但小姨子不愿意离开老家。”杜向前看了一眼小姨子，对郝行长说。

“小李，你们老家我去过，交通不便，经济落后，与云阳市的条件没法比。再说，你姐姐、姐夫都在这边工作，你弟弟也在这边上大学，毕业后肯定分配在这里工作，你调过来，一家人在一起多好啊！”行长夫人姚敏看着李秋婉劝说。

“我毕业了，肯定要在云阳工作，不可能回老家去。二姐，你也调过来吧，我们一起多热闹。”李秋婉的弟弟李秋照插话，劝说自己的二姐。

“是啊，我这个妹妹就是一个犟脾气，早就给她做工作要她调过来，她迟迟不答应。”李秋爱借机开始埋怨自己的妹妹。

“小李，我看你还是调过来的好。如果你想继续当老师，我们就将你调到市里的重点中学；如果你不愿意当老师，想改行，要不，你到我们银行系统来工作。”郝行长看着李秋婉也帮着劝说。

“好啊，如果我调来云阳，想改行就找你郝行长，到时你可要说话算数哟！”李秋婉大方地与郝行长开起了玩笑。

“小李今年多大了？找男朋友了吗？”姚敏看了一眼李秋婉，问。

“秋婉今年20岁了，参加工作也没几年，好像还没谈男朋友吧？秋婉是不是啊？”李秋爱看着自己的妹妹，既是明知故问，也是替她回答。

李秋婉笑而不语。

“如果没有谈男朋友，调来云阳更方便。”

行长夫人看了看坐在一块儿吃饭的李秋婉和自己的儿子，儿子还在殷勤地替姑娘往碗里夹菜，真是郎才女貌的一对。

“来，秋爱，我们两人一起敬郝行长两夫妇一杯，今后如果秋婉愿意调来云阳，工作单位的事就拜托二位了。”杜向前招呼自己的老婆，准备敬郝行长夫妇二人的酒。

“杜局长，你先别敬我们的酒，是否愿意调来云阳，你小姨子还没表态，同时，也不知道你岳父母愿不愿意。”郝行长笑着说。

“只要能把秋婉调过来，并安排一个好的单位，我们当然愿意。”被冷落了好一阵子的李秋婉父母终于有了说话的机会，急忙替自己的女儿表了态。

“小李，你父母已经表了态，愿意来云阳，现在看你的态度了。”郝行长的爱人姚敏看向李秋婉，笑着说。

“这个太突然了，我需要好好考虑，现在不能表态。”李秋婉如实说。

“你也不用现在就表态，不急，工作上的事情你也放心。”郝行长再次表了态。

“有郝行长这句话，我们就放心了。这样，我们一大家敬郝行长家一杯，祝大家小年快乐，新年更快乐！”杜向前再次提议。

餐桌上的所有人，共同举杯，有的喝白酒，有的喝红酒，相互祝福着。

“俊杰，李叔叔、李婶和小李他们3个人从老家远道而来，还有李小弟，你是第一次与他们见面，你就单独敬他们一杯。”姚敏提醒郝俊杰。

郝俊杰立马起身，分别为李秋婉的父亲、弟弟倒上了白酒，给李秋婉的母亲和李秋婉倒上了红酒，最后给自己也倒上了一杯白酒，面带笑容、风度翩翩地说：“我祝叔叔阿姨和二位小李节日快乐，预祝你们全家早日在云阳团聚。”

郝俊杰刚刚说完，大家鼓掌给予肯定。

李秋婉的父母心里乐开了花。

“俊杰，你给秋婉单独敬一杯，初次见面，加深一下印象。”姚敏又出了个小节目。

李秋婉面露难色，并不想单独接受郝俊杰敬酒，忙说：“我真不能再喝了。”

“堂堂中学老师，又是年轻人，大方一些，怕什么。秋婉，你只管喝。”李秋爱劝说自己的妹妹。

“对，一回生，二回熟，三回就能成朋友。我爸妈和你姐姐、姐夫是多年的好朋友。我虽然和你是第一次认识，说不定你调来云阳后咱们也就很熟了。”郝俊杰说道。

李秋婉看了看郝俊杰，再看看其他人，也不好继续推辞。

郝俊杰先给李秋婉的杯中倒上红酒，再给自己倒上白酒，端起杯子，轻轻碰了一下李秋婉的酒杯，笑容满面地对她说：“祝我们李老师节日快乐，愿我们有缘下次再相会！”

两个初次相识的青年男女，在大家的一片赞许声中，喝完了杯中的酒。

郝俊杰又陪李秋婉的弟弟喝了一杯。

饭局终于就要散场了，郝行长夫人姚敏坚持给杜局长带来的一大家每人发了一个吉利数字的小红包，预祝大家在新的一年里路路顺利、万事如意。

“怎么样？”刚刚回到家，李秋爱就迫不及待地问李秋婉。

“什么怎么样？”李秋婉明知姐姐问的是啥意思，但装出没听懂的样子。

“你别故意在我面前装糊涂。人家郝行长一家都有那个意思，希望你与郝俊杰谈朋友。小伙子很不错，名牌大学毕业，现在给市委副书记当秘书，不仅人长得帅，有水平，会说话，今后的发展前途更是一片光明。”李秋爱给妹妹介绍小伙子的情况。

“他再帅，再有水平，再有发展前途，与我有何关系？”李秋婉在吃饭时就已经明白，今天的饭局一定是姐姐、姐夫精心设计的。看来，家人还是不同意自己与肖海谈朋友，甚至想将自己调来云阳，在云阳介绍男朋友，达到拆散两人的目的。

“我看你这个丫头就是不开窍。调来云阳工作有什么不好？姐姐、姐夫已在这边工作多年，弟弟也在这边上大学，毕业后，肯定安排在云阳工作。我们迟早也要来这边住，你一个人留在老家工作，一个直系亲人都没有，多孤单。你想过吗？”李秋婉的母亲帮助分析说。

“郝行长的家庭条件比肖家要强一百倍，小伙子的发展前途也比肖海好，这是明摆的事实。丫头，我们都是为你好，希望你今后能够幸福，你好好考虑一下吧。”李秋婉父亲的态度，此时表现得特别好。

“我初中高中都在老家读，在老家县里，我还有好多同学，熟人多了去。如果我调来云阳工作，开始人生地不熟，我会很不适应。我没调过来，姓郝的还愿意与我谈朋友吗？”李秋婉讲出了不答应与郝公子谈朋友的理由。

“你刚毕业参加工作时，还不是没有熟人，到了一个新的单位，大家都会慢慢认识，时间长了，熟人、朋友就多起来了。”李秋爱继续劝说着自己的妹妹。

“我看你根本不是没有熟人不愿意调过来，而是舍不得离开肖海，也不知道肖海给你喝了什么迷魂汤。”听了李秋婉不愿意的理由，李卫成心中有了一点火气。

“即使肖海很不错，难道比郝俊杰还优秀？就算肖海在省城学习，但我已通过熟人向你们县里的领导打听清楚了，毕业后，肖海还是要回到乡政府去任职，既不能安排在县城，更不可能安排到地区或省城工作。而姓郝的小伙子，现在市委办工作，即使领导要他下基层去锻炼，至少也能够安排到县委或县政府去任一个副职，这个起点多高！我搞人事工作好几年了，对干部的调动、升迁的过程非常了解。一个乡政府的干部，要调到县里或市里工作是非常困难的。肖海有可能在乡政府干很长的时间，甚至当一辈子的乡里领导。小姨子，难道你也打算在乡下教一辈子的书？”杜向前认真地分析了两个小伙子的情况，劝说小姨子。

“你看，你姐夫帮你分析得好到位，都是为你好，为你今后着想。听人劝，得一半；不听他人劝，吃亏在眼前。人家郝行长夫妇都表了态，只要你愿意调过来，继续当老师也可以，想改行也行，工作单位随你自己选。如果你能与郝俊杰谈成朋友，你不仅一辈子吃喝不用愁，还会过上人上人的生活。这样的好事，不是任何人可以遇上的。你调过来后，我们两个老人在老家也就没有什么牵挂了，随后就来云阳养老。”李秋婉的父亲再次劝说自己的女儿，并对自己今后的生活做了安排。

“秋婉，婚姻是件大事，不仅关系到本人的幸福，甚至影响到子女的教育和成长。你想想，如果你与肖海成了家，有可能就在乡下工作生活一辈子，小孩也只能跟着你们在乡下读书。现在，乡下的教育与城里的教育差距有多大，你自己当老师，应该比我们更清楚。所以，不为你自己考虑，也该替未来的孩子着想，我劝你在选择男朋友的时候还是要好好想想。”李秋爱从长远的角度劝说自己的妹妹。

“秋婉，我们说了这么多，你也说句话，表明一下自己的态度，别一声不吭呀。”李秋婉的母亲发现自己的女儿低着头不作声，推了她一下。

“我愿意在老家工作，你们非要动员我调来云阳；我找了个男朋友，你们总觉得不合适。我还有选择工作、生活的权利吗？你们是不是把我调来云阳以后的人生道路全部规划好了，我今后只能按照你们设计的路子走？”没想到，沉默了半天的李秋婉会突然发飙，说出的话竟如此伤人，将大家的好心劝说当成了驴肝肺。

“你真是鬼迷心窍，我看肖海就是我们李家的克星。自从你认识了肖海，我们家就没有消停过。你不调来可以，这次过完春节后，我与你娘回去就将老家的房子卖了，然后搬来云阳住，让你一个人待在那里教书，随你怎么搞，我们也不管了。”听了李秋婉的话，李卫成对自己的这个女儿彻彻底底失望了，又一次发了火。

“秋婉，你给我说句实话，肖海到底有什么好，是人长得帅，还是家庭条件好，值得你这么死心塌地爱他？”李秋爱笑着问自己的妹妹，想缓解一下这紧张的气氛。

“肖海不是很帅，家里条件更不好，但我就是认准了肖海，我认为他是我们那个村走出来的最优秀的青年。”李秋婉看着自己的姐姐，说。

“那你的目光太短浅了，我们相信你说的，肖海是村里最优秀的青年，但将他放在全乡、全县，放在云阳市进行比较，他还是最优秀的青年吗？”杜向前启发小姨子。

“乡里的、县里的、云阳的青年再优秀，我不认识他们，他们也不认识我，我没有必要拿肖海与他们比。我这辈子就认准肖海，非肖海不嫁。今后，再苦再累再难的路，我自己走，你们也不用替我操心。”李秋婉很累、很烦，含着眼泪向大家表明了自己的态度。

一家人被李秋婉的话给气到了，你看看我，我看看你，不再说话。

半晌，母亲用手摸着李秋婉的头，既像是对大家，又像是冲着李秋婉劝说：“今天过小年，大家都要开心。秋婉的事情，我们过完年再商量吧。”

“我的事，没有什么可商量的。你们二老想到云阳来，我没有意见，但我坚决不调来；如果你们二老愿意留在老家，我负责照顾你们。”李秋婉的倔脾气又上来了，非得把话说完。

第十三章　李家亲戚受了伤

过完春节，待到李秋婉一行回到老家时，肖海因为需要到双溪乡政府领取工资，已离开了老家，两个年轻人不仅没有实现共同去拜访双方父母的愿望，还不无遗憾地错过了见面的机会。

考虑到省干部管理学院即将开学，而李秋婉所在的中学开学时间相对较晚，肖海来不及与李秋婉联系，直接返回了省城，开始了新学期的生活。

不久，桑梓乡中学也开学了，李秋婉怀着满腹心思回到了学校。

李卫成自云阳返回老家，心里开始琢磨：云阳的确是个好城市，历史悠久、文化繁荣、交通便利、经济发达，从各方面比较，比常利县的条件强多了。再说，郝行长已经答应，只要秋婉愿意调到云阳，工作单位由她挑选，秋婉为何就舍不得教书的工作？况且，郝行长家里的条件如此优越，郝俊杰不仅一表人才，而且现在已经是市委副书记的秘书，前途一片光明。上次在一起吃饭时就能感受到，郝行长一家人对秋婉很满意，只要秋婉答应，就有可能与行长的公子谈朋友。如果秋婉能与郝俊杰走在一起，今后什么都不用操心了！可是，秋婉这丫头怎么这么不开窍，面对如此优越的条件和大好的未来，不为所动，一心要待在老家教书，守着肖海这个穷小子呢？

李卫成越想越感到气愤，将所有的不满归咎于肖家，如果秋婉嫁给了肖海，别的事不用说，肖欣章家里的穷条件，今后就只能跟着肖海一辈子受苦了，岂不毁了自己女儿的大好前程？

秋婉要相貌，有相貌；要人品，有人品；要工作，有工作；要前途，有前途。即使不愿意调到云阳去，不与郝行长的公子谈恋爱、成家，在本县也能找到家里条件好、工作单位好、有更好未来的青年，为什么非嫁给明知现在家里条件差、看不到美好前途的肖海呢？

他咽不下这口气，他要想尽一切办法尽快阻止这门婚事，再不阻止，就来不及了。

“今天亲戚们都来了，我想和大家商量一下秋婉找对象的事情。这丫头不知怎么就看上了肖欣章的小儿子肖海。你们知道，他肖欣章是什么人品，他肖家是什么条件，肖海有什么资格找我们家的秋婉！所以，大家一起想想办法，怎么样才能阻止丫头继续与肖海交往！”趁着亲戚来家里拜年的机会，李卫成喝了一口酒，同大家谈起了关于秋婉找对象的事情。

“做好秋婉的工作，将她调到云阳秋爱那里去，一南一北，见面一次都很难，还谈一个屁的朋友。”李秋婉的叔叔李卫强巴不得李卫成一家全部早日搬到云阳去，这样一来，李卫成的所有家业，包括房前屋后的林果木、菜园地，自然落在了他的名下，多么好的事情。

“你们不知道，我们这次在云阳过春节，本想通过杜向前的关系，将秋婉调到云阳去，甚至有一个银行行长的儿子已经看上了秋婉，愿意与她处对象，可秋婉怎么也不答应。简直气死我们了！”想起春节前的那一幕，李卫成气得心跳加快。

“看到肖家的穷酸样，想起肖欣章的为人，还有肖海二哥肖渊的火暴脾气，秋婉嫁过去了，肯定没有好日子过。”李秋婉的舅舅插话说。

“所以，大家帮助出出主意，有什么办法让肖海主动提出来，不再与秋婉谈朋友。”李卫成端起酒杯，一口喝干了杯中的酒，看着大家问。

“是的，最好的办法是能够让肖家主动提出来，觉得肖海配不上秋婉。”李秋婉的小姨献出一计。

“肖海不是在省城学习吗？借这个机会，给秋婉物色一个条件好的青年，再提出与肖海分手，他有什么理由干涉？”有的亲戚建议。

“秋婉认准了肖海，这个法子肯定不行。”唐秋娥补充说。

“不如这样，我们干脆组织一批人到肖家去闹一场，让肖家对我们李家感到害怕，觉得惹不起我们，知难而退。”李卫强想出了办法。

最终，亲戚们达成了共识：李家尽快组织人去肖家大闹一场，表明李家所有的亲戚都反对秋婉与肖海谈恋爱，然后由肖海主动提出与秋婉断绝往来。

说干就干。

几天后的一个大清早，李卫成带着10多位李家男男女女一众亲友，来到肖家准备兴师问罪。

“肖欣章，快开门。”话音未落，肖家堂屋的大木门已被李家几个人捶得砰砰响。

二位老人刚刚起床，心想，是谁这么早来敲门，有什么急事？

肖大爷好不容易抽掉堂屋大门的两个大木栅，几个人推开大木门，10多个人不由分说拥进了堂屋。

“哟，怎么来了这么多人，有什么事吗？”听到声音，肖海的母亲吴三妈很快从卧室走了出来，没想到家里竟然来了好多人，将整个堂屋都站满了。

“你们不是想娶我家秋婉做儿媳吗，我们今天来看看，你们肖家是什么条件，有什么金银财宝！”李卫成冲着吴三妈大声说。

“哦，原来是李主任。老爷子，你去给他们搬椅子，我去给他们烧茶喝。”吴三妈认出了李卫成，热情地打招呼。

肖海的父亲进卧室去搬椅子，吴三妈走进厨房去烧茶。

李家来的人，左瞧瞧，右望望，心里很不是个滋味。

堂屋的摆设很简单，也很杂乱。

屋里摆放着一个旧风车、一张用于招待客人吃饭的四方高脚大木桌，四条木板凳，一床竹制的晒垫，几只簸箕，几个篾篓子，角落边放着锄头、扁担等工具。

进大门的左边，安放了一个木制大鸡笼，由于来人太多，里面的10多只鸡受到了惊吓，不停地扑腾。看得出鸡笼里面的鸡粪已经很长时间没有清理了，空气中也弥漫着浓浓的鸡粪臭味。

目睹这一切，李卫成更加愤怒，大声说："你们看看，你们看看，这就是秋婉要找的人家，家里穷成了什么样子？"

"是啊，这堂屋里也没啥值钱的东西。我们去其他几间屋子看看。"一行人不由分说，也不管主人家是否同意，分头进入了其他几间屋子。

堂屋后面是矮小的厨房，陈旧的土灶上放着一口小铁锅，木制的锅盖上油渍斑斑；灶门边放满了渣渣草草和用来煮饭、炒菜的柴火，整个厨房已被熏得不成样子，处处布满了灰尘，就连通光用的两片玻璃瓦也基本失去了透光的功能。一个破烂而又黑黑的木碗柜特别显眼，上面堆满了杂物，碗柜的一侧挂着筷篓，另一侧挂着涮锅碗用的老丝瓜瓤子抹布、瓢、勺子之类的东西。秋婉的婶婶打开碗柜的门，想看看里面的情况，腌菜味、已经变坏的剩菜的味，立刻扑鼻而来。碗柜边放着一口大水缸，揭开脏兮兮的水缸盖，里面剩有三分之一的水，水缸底下已有厚厚的一层沉淀物；水缸边放着两只小铁皮提水桶，门边立着一根系有绳索和铁钩的扁担，能够看出，两位老人因为年纪大了，只能用小提水桶从200米外的水井挑水回家。

紧挨堂屋的一前一后的两间屋子，分别被用作了两位老人和肖海的卧室。老人的卧室里，木条窗户上用于挡风的陈旧塑料布已经开始发黄，屋里的光线特别昏暗，除一张旧木床、两把木椅子、两个破旧的衣柜外，没有任何值钱的东西，甚至看不到几件好衣服、一床新被子，连电风扇都没有一台；不仅如此，因为厕所离卧室较远，老人为了起夜方便，就在自己卧室的角落放了一只尿桶，老人已经几天没有将尿液倒掉了，房间里弥漫着难闻的小便气味。

肖海的卧室除了面积宽敞一点，也好不到哪儿去。

木架子床上整齐一点，屋内添置了一个衣柜、几把小木椅、洗漱用的铁皮脸盆、洗澡用的木脚盆。墙上贴了几大幅男女电影明星的画像，床边的一张书桌上，摆满了各种书籍。

李家的另外几个人，还在肖家的房前屋后指指点点地走动了一大圈。

看完了肖家的里里外外，李家人再次聚到了堂屋，个个流露出不满的表情，纷纷替李秋婉鸣不平。

"这家里条件也太差了，土坯房子，屋里啥值钱的东西都没有。父母70来岁，什么也干不了，秋婉如果嫁入这样的人家，除了受穷、吃苦，哪里还有什么幸福呢？”李秋婉的舅舅首先发表了看法。

“是啊，没想到肖家竟是这般条件，秋婉嫁过来连个做新房的地方都没有！这丫头是看中了肖海的什么呢？”李秋婉的舅妈也发出了感慨。

“肖家这样差的条件，怎么娶得起儿媳妇，有哪个姑娘愿意嫁过来？嫁过来就是自讨苦吃。”秋婉的婶婶觉得侄姑娘太没眼光了，连这样的人家都能看得上。

“大哥，我们一定不能容许秋婉同肖海继续好下去。就是今后肖海再有出息，他家里这么差的条件，秋婉嫁过来了，不仅他家什么忙都帮不上，而且，肖欣章众多子女中只有肖海一个人参加工作，说不定肖海的父母还得靠他赡养。秋婉嫁过来可就有吃不尽的苦头喽。”秋婉的叔叔李卫强已经是真心不同意侄女嫁给肖海了。

看到肖家的穷样子，听了亲戚的议论，李卫成心里早已火冒三丈。先后指着肖海父母的脸，几乎是怒目圆睁、咬牙切齿地说：“肖欣章、吴三妈，看看你们家里穷成了什么样子，你们根本就没有资格娶儿媳妇，更不用说娶我们家的秋婉！”

“李主任，你也不用发火。现在是新社会，儿女的婚姻都由他们自己做主，依不了我们做父母的想法。如果你实在反对他们谈朋友，就管好自己的女儿，用不着带上一帮人跑到我们家里撒野。”吴三妈原本就不看好这门子婚事，也想到了李卫成一定会反对把女儿许配给肖海，但没想到李卫成今天竟然带着一帮人来家里闹，心里更加不高兴，大声对李卫成说。

听到争吵声，肖海的哥哥嫂嫂及左邻右舍都围了过来。

吴三妈的几句话，让李卫成心中更加不满。他心想，老子当村干部时，喊你们迈左脚，你们右脚动都不敢动，不仅声都不敢吱，而且连个屁都不敢放。今天，老子不当村干部了，你肖家小东西既想娶我的女儿，你母亲还敢当着我李家众亲戚的面摆出这样的态度。以后，如果女儿真的嫁过来了，她还有好日子过吗？必须找回颜面，必须找回自尊，必须树立权威。

“我是要管好女儿，但你必须管好你家里的小东西，从此不允许你们家的肖海与我们秋婉联系。”李卫成大声吼道。

“李卫成，我幺儿子找不找你家丫头做老婆，是他们两个人的事。如果你反对，你去找你家丫头好了，别在我家里吼。”肖欣章自从幺儿子当上了副乡长，特别是到省里去学习后，知道李卫成不敢把自己怎么样，于是，理直气壮地用手指着李卫成说。

“是啊，管好自家的丫头得了，何必跑到这里来闹事？还是当了多年村干部的，水平哪里去了，真是丢人现眼！”肖家邻居围观的人群中，不知谁说了句公道话。

李卫成听了，恼羞成怒，向李家亲戚一挥手，大声说：“亲戚们，大家一起上，将这屋里的东西全都给砸了。”

李家亲戚听到号令，正准备动手砸东西。

“看谁敢毁坏这屋里的东西！”此时，肖海的二哥肖渊，不知何时拿来了一把劈柴用的大砍刀，高高地举过头顶，站在了堂屋的门槛上，愤怒地对李家的亲戚说。

肖海的三哥肖成也站出来说：“我们肖家的东西虽然不值钱，但也不是你们随便可以损坏的。”

李家亲戚看到肖渊凶神恶煞的样子，没敢动手。

“你还想行凶不成？”李卫成的兄弟李卫强指着肖渊说。

“你们谁敢损坏肖家的东西，我就要谁的脑袋。”肖渊是当地出了名的莽汉，年轻，身高力大，来了脾气时，做事往往不计后果。

“老二，你不用拦他们，我就不相信他们敢砸。”肖海的大哥肖洋站出来说。

李卫强看到大家不敢动手，自己提起一条长木凳用力向风车砸去，并鼓动亲戚说：“只管砸，出了问题我负责！”

瞬间，长木凳断了两根腿，风车也被砸坏。

李家的亲戚看到李卫强开始砸东西，也行动起来。

有的在损坏簸箕，有的在向屋外扔锄头，有的在用脚踩箩筐……

看到李家人动了手，肖渊气坏了。

“我叫你们砸！”肖渊边说边高高举起砍刀，愤怒地迅速冲向李卫强。

见势不妙，肖海的大哥、三哥赶快冲向肖渊，力求阻止。

李卫成等李家的几个男人也立马向肖渊跑了过去。

大家想立即制止肖渊的鲁莽行为。

此时怒发冲冠的肖渊，像一头发了疯的公牛，虽然有几个人扯住了他的衣服，减缓了他的速度，但并没有完全将他拦住。

他快步冲到李卫强的面前，一边吼叫着“我砍你的头”，一边不顾一切地举起砍刀砍向了他的脑袋……

李卫强急忙躲闪，同时伸出双手，既像是去保护脑袋，又像是去抢肖渊手中的砍刀。

李卫成等人想捉住肖渊持刀的手，但没有完全控制住。

李卫强的脑袋虽没被刀砍伤，但左手小臂却挨了一刀，顿时，鲜血直流。

李家的亲戚迅速扑向肖渊，几个男人捉住了肖渊拿刀的手，用力将刀夺下。

肖家的亲戚也围了上去，想将他们手上的刀夺过来。

“砍刀绝不能给他们，这是肖渊杀人的凶器。”

“哎哟，痛死我了。”李卫强开始嚎叫。

看到李卫强被砍伤，且流了血，李家人更加来了气。

“将杀人凶手肖渊扭送到派出所去！”李卫成一挥手，指挥着李家的亲戚。

李家的亲戚抓着肖渊的双手，想将他送去派出所。

“想开溜，没门，把损坏的东西赔了再走。”肖家人一起将李家人围在中间，不许他们离开。

近20个人围在一起，相互争吵着，推搡着，谁也不服谁，谁也不退让，场面十分混乱。

“住手！”村党支部书记乔万军不知被谁接到了肖家，刚进门，看到了这一幕，于是大吼一声。

看到村支部书记来了，大家终于安静了下来。

“大早上的，你们这是干什么？”乔万军责怪大家。

“乔书记，你可要给我做主啊。我们来找肖家商量事情，没想到，肖渊不问青红皂白，跑来就给我一砍刀，要不是我躲得快，可能脑袋已被他砍掉了。”李卫强惊魂未定，举着还在流血的手，来到乔万军身边，流着眼泪说。

“是啊，肖家太猖狂了，我们来讲道理，他肖渊拿起砍刀就开始行凶。”李秋婉的婶婶急忙帮上了腔。

“大清早，你们来了10多个人，未经我爸妈同意就屋里屋外地查看，现在连家里的东西也砸坏了，你们这是来商量事情的吗？”肖海的三哥肖成反问。

“什么都不用说了，治伤要紧。老李，你先去村部卫生室找医生看看伤口是否严重。如果严重的话，你马上去乡卫生院治疗。医疗费用的问题以后再说。”看到李卫强的手在流血，乔万军当即劝他去治疗。

“我去治疗可以，但医药费用要他肖渊负责。”李卫强狠狠地看了一眼肖渊，说。

“你赔了砸坏的东西再走！”肖渊没好气地说。

“你都将人砍伤了，还想咋的？还不允许人家去治疗？是你们的东西重要，还是人重要？”乔万军指责起了肖渊。

“那我就先去村部找医生看看，如有必要，我就去县医院治疗，费用必须由你肖渊全部承担。”李卫强没料到，大清早陪哥哥来肖家出气，反倒让肖渊把自己的手给砍伤了，真是太窝囊。

“我家的女儿就是一辈子不嫁人，也绝不嫁入你们肖家。”李卫强走后，李卫成仍然不服气地说。

“老李，你们既然来了这么多亲戚，想必是因为肖海与李秋婉谈朋友的事情，那我也就当着双方的亲戚讲几句直话。男大当婚，女大当嫁，一家养女百家求，最后能否成功，要看两人的缘分。今天，肖海、李秋婉两个当事人都不在场，而且他们是有知识、有工作的人，婚姻大事只有他们两人说了算，你们做父母的、做亲戚的，何必背着他们在这里瞎操心？”乔书记当着两家人讲的话，不偏不倚，令人心服口服。

“李卫成，你是当过多年村干部的人，应该是懂政策、讲道理的。现在是新社会，儿女婚姻自主，不兴父母包办。再说，如果你实在不同意我家老幺与你女儿谈朋友这档子事，你管好你女儿就是了，有什么理由跑来我们家吵闹？”

肖海的三嫂初中毕业，平时爱讲道理，当着大家的面指责李卫成。

“看不起肖家就算了，都是一个村的人，婚姻成不成，今后也要见面，何必跑来闹事？”二嫂也打抱不平。

“李卫成，你听清楚，我马上写信告诉我幺儿子，不再与李秋婉谈朋友了，你们李家我惹不起，还躲不起吗？”肖海的母亲当着大家的面，向李卫成表明了态度。

“我们有什么躲的？老幺谈朋友的事，由他自己做主，只要两人愿意，谁也别想干涉！”肖渊对李卫成早就恨之入骨，没想到他竟然带着人到家里来闹事、砸东西。

“是的，老幺看上了你们家的女儿，是她的福气，老幺这么优秀，有什么配不上李秋婉的？”大嫂也对李卫成说。

“肖海再优秀，我们李家不稀罕，让他找别人家的女儿去，我家秋婉坚决不嫁给肖家。”李卫成非常生气地说。

“老李，你也别说气话，村子里的人都觉得肖海与李秋婉挺般配的。如果他们成了夫妻，你们两家也能和好，这是多好的事情啊！”乔书记做起了李卫成的工作。

“今天，我家亲戚的命都差一点丢在肖家了，还谈什么般配不般配？秋婉与肖海两人的关系从此一刀两断。”李卫成气愤至极，大声吼叫。

“我家侄儿肖海很不错，今后一定有出息，能与你女儿谈恋爱，是你修来的福气。”肖海的八叔，也一语双关地说。

“如果我家老幺硬是看上了你家丫头，不管你们愿意不愿意，我都支持老幺把你家丫头娶来做老婆！”看到村党支部书记支持老幺，肖渊更是理直气壮地替自己的老幺出气。

“我们不同意，难不成你们还敢去抢？”李家的亲戚哪受得了这窝囊气，同时对着肖渊吼道。

“只要老幺愿意，肖家一定会将你们李家的女儿娶进门，你们若不信，我们骑驴看唱本——走着瞧！”肖渊狠狠地说。

“不用去抢，你家女儿会主动嫁到我们肖家来的。不过，我要提醒李主任，你今天砸坏了的东西，在准备嫁妆时一定要补上啊。”肖成很得意地说。

“补你个头。”李卫成更加生气。

“老李，我看今天就算了。百年修得同船渡，千年修得共枕眠；儿孙自有儿孙福。你女儿愿意嫁什么人，留给她自己去选择吧！”

乔书记再次劝说李卫成。

此时，肖家门外再次聚满了看热闹的人，人群中，不少人开始指责李家人的不对。

李卫成觉得再待下去更丢面子，在肖家人和众人的嘲笑声中，听了乔书记的劝说，带着李家亲戚灰溜溜地离开了。

第十四章　无意得知小秘密

正月间，李家、肖家上演的这一出闹剧，肖海在省城，李秋婉在桑梓乡，两人全然不知。直到事情过去了一段时间，肖海才从父母捎来的家信中了解到事情的来龙去脉。

得知情况的肖海，心里也产生了一些想法。

到了现在，李卫成不仅没有接受自己，还跑到家里去闹，我们肖家的人对李家一定有了更坏的印象，到底要不要与李秋婉继续交往下去呢？继续交往下去，能有理想的结果吗？如果走到了一起，今后两家的亲戚又怎么相处呢？

自从与李秋婉交往以来，肖海对她产生了很好的印象，甚至有了很深的感情，彼此已经认可，难道就因为她父亲的反对，而放弃这位好姑娘吗？不，不能放弃，或许是好事多磨，只有经过考验的爱情才珍贵、才纯洁、才持久。

家里发生了这样的事情，李秋婉的态度又如何呢？她能不顾家人的反对，愿意继续与我交往吗？

肖海很为难，不知如何是好。

“同学们好，为了丰富教学内容，实现课堂教学与社会实践的深度融合，提升大家的理论水平和解决实际问题的能力，行政学院计划组织开展一次为期10天的社会调研活动。从明天开始，大家回到各自的单位去，深入农村、街道、企业，直接与农民、居民、工人进行面对面的接触，掌握他们的实际生活状况，了解他们面临的主要困难和想法。你们再根据调查掌握的情况，提出有针对性的解决办法，并写出调研报告，返回学院后再以班为单位进行学习交流。学院领导非常重视这次社会调研，对高质量的调研报告，将汇编成册，供全院师生学习、参考。因此，我希望大家认真对待，深入细致地开展调研，争取写出几篇高质量的调研报告。”一个周三的下午，班主任向学员们宣布了关于开展社会调研活动的决定。

听到消息，肖海很高兴。原本想，寒假未能与李秋婉见面，只怕要到暑假了。没想到，新学期开学才两个月，学院就组织开展社会调研活动，明天就能见到李秋婉，听听她对两家亲戚之间发生矛盾的看法，进一步试探她是否愿意继续两人的恋爱关系。

为了给李秋婉一个意外的惊喜，肖海悄无声息地乘坐大巴来到了桑梓乡中学，轻轻地敲响了房门。

“怎么是你？”听到敲门声，打开门，看到肖海，李秋婉没有显现出从前见面时的那种热情，甚至有些冷漠。

“我们好长时间没见面了，心里想你，所以专程请假来看你。怎么，不欢迎吗？”肖海毫不在意，一边开玩笑，一边双手伸向李秋婉，想要来个激情而热烈的拥抱。

“别！我心情不好，而且左手臂也痛。”李秋婉急忙伸出右手制止。

“为什么心情不好？”肖海已经知道了李家组织人员去肖家闹事的情况，故意问。

“你还不知道？别在那里装糊涂。”李秋婉表情严肃地说。

“你的态度呢？”

“我是一心对你好，就怕你变心。只要你不变心，一直对我好，我就不调到云阳去。你能保证一直对我好吗？”李秋婉看着肖海，等待答案。

“知道家里发生的事情后，我已给父母回信说了，我只认你是我的女朋友，不会再找别的姑娘。”肖海边说边挽起李秋婉的左手衣袖，想看看她左手到底怎么了。

仔细一看，只见她左手臂外侧有着多处明显擦伤，其中两处伤口还缠上了纱布。

“摔跤了？没伤着其他地方吧？”看到李秋婉受了伤，肖海非常心疼地问。

“昨天去走访一位学生，下午骑自行车返回学校时摔了一跤，把手给弄伤了，真是倒霉。”

李秋婉看到肖海这样关心自己，暂时抛开了春节期间的不愉快，低着头告诉肖海。

“你骑自行车的技术不是很好的吗？咋就摔跤了呢？”肖海想要探出一个究竟。

“唉，你还别说，提起这事我是又气又怕。”

李秋婉的手好似在发抖，明显还有些后怕地说：“我昨天走访学生后骑车来学校时，刚刚通过连三弯下坡路段，后面突然来了几个小青年，各自骑着一辆自行车，一同跟我骑行。我快，他们就快；我慢，他们也慢；我停，他们也停。几个人嬉皮笑脸，吹着口哨，冲我做出各种下流的动作。我不顾一切加快速度想尽快摆脱他们，谁知，他们竟然前后左右将我围在中间骑行。我想，这下完了，遇上小流氓了，心里一发慌，连人带车摔倒在公路上。”

“后来，几个小流氓为难你了吗？”肖海担心地问。

“看我摔倒了，几个小流氓停下来，围着我看。一个人去扶我的自行车，一个人伸出手想拉我站起来，还有一个人阴阳怪气地说：‘美女，摔伤了吗？要不，我背你去医院？’我冲着他们吼了一声：‘臭流氓。’他们不但没有离开，反而继续围着我，其中一个染了黄色头发的家伙还将头凑近我，假惺惺地说：‘美女摔伤了，我们几个都很心疼的，马上送你去医院吧！’他们故意为难我，导致我骑自行车摔倒受伤，我本来心里就很生气，同时也觉得很丢人，没想到还被几个小流氓戏弄。当时的我，感到特别委屈和无助，眼泪都快出来了。但转念一想，大白天的，在公路上，几个小流氓也不敢把我怎么样。于是，我装出毫不害怕的样子，再次对着他们大吼：‘我要你们管了吗？赶紧滚！’几个小流氓还想继续纠缠我，正好过来一辆客运班车，并在不远处停下，有几位乘客下了车。几个小流氓又朝我做出了一些怪样子，然后扬长而去。我忍痛扶起自行车，骑车返回了学校。”

“好了，你也别气了，更不用怕了。今后，我会好好保护你，决不允许别人欺负你。”肖海双手握住李秋婉受伤的手，低下头，用嘴轻轻地吹着她受伤的部位。

“现在又不是节假日，你怎么会在这个时候回来？”得到肖海的关心，李秋婉心情好多了，觉得伤口也不那么痛了，问。

“月亮姐姐昨天晚上捎信给我说：肖海，你亲爱的秋婉在骑自行车时把手摔伤了，你还不快点回去看看她。于是，我今天大清早就坐班车赶回来看你了呀。”肖海轻轻地拿起李秋婉受伤的左手，放在自己的胸前，看着她的眼睛，继续逗她说。

“那好，从现在起，你就侍候我，等我手完全好了，才允许你离开。”明知肖海是在编故事哄自己开心，李秋婉还是用右手挽住肖海的左臂，将头靠在肖海的肩膀上，感到无比幸福地说。

肖海真想这样多待上一段时间，帮助李秋婉做一些力所能及的事，让她安心养伤。

可是，自己的调研任务又怎么完成？

想了想，肖海如实告诉了她这次回来的原因。

“我不能影响你开展调研，明天你就回双溪乡去做你的事。”李秋婉抬起头，对肖海说。

“可你的伤咋办？你这样子，需要有人照顾才行呀。”肖海不放心。

“问题不大，我右手还可以做事。实在不行，我就喊几个女学生帮帮忙就可以了。”李秋婉是认真的，她不想因为自己需要照顾而影响肖海的工作。

要是有个两全其美的法子，既能待在学校照顾秋婉，又能完成调研任务多好啊。肖海思索着。

突然，肖海灵机一动，有了主意。看着李秋婉说：“你看这样行不行，你不是担任一个班的班主任吗？我将调研所需要的内容简化成调查表的形式，你再发给你们这个班的学生，要求他们带回家里去，向自己的父母问清情况后如实填写，星期天返回学校时再将调查表交给你。你一个班有40多位学生，相当于我一下子调查了40多个农户。”

“这样能行吗？我担心，一方面，学生或家长所填写的内容是否能满足你调研的要求。另一方面，如果学校领导知道了，会不会认为我增加了学生的负担。”李秋婉有些担心。

“我看行。学院这次要求我们每位学员，至少对100个农户或居民开展入户调查，掌握真实情况。再说，你班主任了解学生家庭情况，不是天经地义吗？说不准学校领导知道情况后，还表扬你创新工作方法呢。”肖海为自己的主意感到兴奋。

“如果是这样，那你马上将调查表设计好，我找人帮你刻字油印出来，并要我的闺蜜玉英老师，安排她的那个班照此进行。明天就是星期六了，我们让学生带回家去填写。”

“知我懂我者，秋婉也。”刚说完，肖海迅速抓起李秋婉的右手，低头轻轻地吻住了她那白嫩的手背。

有人替代了部分入户调研的任务，肖海高兴至极，安心地待在李秋婉学校照顾她，并主动承担起了做饭、洗衣、打扫卫生的一切事务。这不仅让李秋婉改变了过去对乡里行政干部不做家务的印象，更让学校的女老师、特别是李秋婉的闺蜜羡慕不已。

星期天晚自习的时间到了，李秋婉照例去班上清点学生人数，然后收回了发给学生们的调查表。

调查表填写得怎么样？符合要求吗？肖海期待能达到预期目的，但始终有些不放心。

“肖海，你看看收回来的这些调查表符合要求吗？”不一会儿，李秋婉推开房门，将一摞调查表递到肖海面前说。

肖海接过正准备翻看，传来敲门声的同时，李秋婉的闺蜜玉英老师已经站在门外大声喊：“李秋婉老师，我给你送调查表来了，可以进来吗？”

李秋婉打开房门，玉英走了进来。李秋婉接过调查表，笑着说：“谢谢，你真是我的好闺蜜。”

肖海连忙给玉英倒上一杯茶，同时说了一声：“谢谢你的支持。”

玉英笑着点点头，然后将目光转向李秋婉，装出严肃的表情说：“李秋婉老师，我现在正式通知你：从今天晚上开始，不允许你去我那儿睡觉了。”

“为什么呀？那我去哪儿睡觉啊？”李秋婉迅速拽着玉英的胳膊问。

“这几天，学校的老师都在议论，说李秋婉找了个好对象，不仅长相帅，尊重人，见了学校的老师就打招呼，还很勤快，将李秋婉照顾得特别周到。我好羡慕，特向我那位副校长为你求情，并获得批准，要你今天晚上就好好慰劳慰劳肖海。”玉英如此一说，肖海和李秋婉都不好意思。

李秋婉挥起右手拳头，轻轻地捶向玉英的左肩膀，红着脸说：“我今晚不仅要睡在你那里，还要将你赶走，让你晚上去好好慰劳慰劳你的那位副校长。”

闺蜜两个哈哈大笑。

“不许超过10点半，要不，我就不给你开门。”玉英说完就离开了。

肖海数了数调查表，共收回90份，虽然有几份调查表填写不够完整，但总体还是不错的，有一定的参考价值。肖海心想，再将调查表修改一下，回到双溪乡后，自己另外开展100户左右的调研，然后将所有的数据整理分析，一定能为调研报告提供翔实的数据。

肖海把准备明天回双溪乡政府，然后自己再调查一些农户的想法告知了李秋婉，得到了她的理解支持。

看看时间比较晚了，肖海倒好了热水，催促李秋婉洗了脚再去玉英那儿睡觉。

等李秋婉洗完了脚，考虑到她手受了伤，不太方便，肖海提出要帮她擦擦脚。

“不用，不用，我自己慢慢擦。”李秋婉拒绝。

“没关系，我帮你就是了。”在肖海的一再坚持下，李秋婉终于不好意思地点头应允。

肖海轻轻地替李秋婉擦着脚，突然，发现了她右小腿外侧有一处比大拇指头还大的凹痕。联想到几天来，只要她洗脚时，总是以各种理由将自己支开，原来是不想让人发现这个小秘密。

肖海连忙停了下来，看着凹痕处，关心地问：“亲爱的，你这里是怎么了？”

“唉，别提了，说起来就心酸。”李秋婉长叹一口气，流露出悲伤的表情。

肖海一只手掌轻轻地抚摸着凹痕处，一只手扶着她的肩膀，用渴求的眼神看着她说：“你就讲给我听听吧。”

“那是10多年前，我还在村里小学读3年级。一天放学后，因为老师课堂上的几次表扬，我走在回家的路上，心情特别高兴，一路唱着、跳着，只想将受表扬的情况告诉母亲。谁知，我刚刚经过叔叔家大门口时，他家的一条大黄狗就张开血盆大口径直向我猛冲过来，我来不及做出任何反应，右小腿已被大黄狗死死地咬住。我哭喊着，用书包打着大黄狗的头，大黄狗不仅没有松开口，反而用力地撕咬着。听到我的哭喊声，叔叔急忙跑出来呵斥着，想让大黄狗松口，但大黄狗仍然咬住我不放。最后，叔叔拿了根粗木棍，用力敲打大黄狗的头，大黄狗才松开了我，哀嚎着跑开。此时，我的右小腿已是血肉模糊，我瘫坐在地上，号啕大哭。”

说到这里，李秋婉仍然感到后怕，微微眯着眼睛，将头靠在了肖海的肩膀上。

“后来呢，怎么会留下这么明显的伤痕，难道没有及时治疗吗？”肖海抚摸着李秋婉的头发，继续关切地问。

“然后，几个人将我送回了家，并找来了当地的一位土郎中，为我进行了简单止血包扎。10天过去了，半个月过去了，伤口不仅没有长好，反而开始发炎溃烂，连小腿内面的骨头都清晰可见。土郎中继续用些简单的消炎药处理，仍没有明显的效果。20天后，母亲又从邻村找了一位老草药郎中。经过一个月的治疗，伤口才最后愈合，但从此就留下了这个明显的疤痕。”李秋婉指了指自己小腿上的疤痕，不无惋惜地说。

“治伤期间你上学怎么办？”肖海仍关心地问。

“我痛得连下地走路都不行，但又不想耽误学习，两个月时间，上学全靠母亲接送。”能够感受到，李秋婉对自己的母亲有着比一般儿女更深的感情。

“自从那次被狗咬了以后，在近半年的时间里，我几乎天天晚上做噩梦。以后慢慢好了点，但从此我就特别怕狗，只要看到狗，甚至听到狗叫，我就毛骨悚然。”看来，李秋婉还真是被狗咬怕了，说着说着，右手紧紧地抓住了肖海的左手。

“从现在开始，你再也不用怕狗了，我会好好保护你。”肖海说完，又用自己的左手掌轻轻地抚摸着李秋婉的疤痕处，并将她的右腿稍稍抬高，突然俯下身，将嘴对准她右小腿的疤痕吻了又吻。随后，不顾她左手的疼痛，弯下身子，双手捧着她的头，对着她的嘴疯狂地亲吻着。

李秋婉回敬着。

片刻过后，李秋婉又主动告知了自己春节期间在云阳发生的一切以及最后的决定。

肖海听后很受感动，再次紧紧地抱着她亲吻，并表示一定要好好爱她一辈子。

10天的社会调研很快就结束了。

回到学院，肖海对调查表中的数据进行了核对、统计和分析，以此为依据，形成了调研报告初稿。在此基础上，他又对调研报告进行了多次修改、补充和完善。

由于肖海准备工作充分，入户调查细致，数据分析准确，问题切中要害，建议客观合理，调研报告在班级交流时获得了大家的一致好评。

班主任当即决定：将肖海的调研报告，作为班级的三篇优秀调研报告之一，向学院进行推荐。

第十五章　父亲病重催成家

时间过得很快，再过一个多月就要放寒假了，这是在省里学习的最后一个假期，肖海希望利用这个假期好好陪陪秋婉，看能否将两人结婚的事情正式确定下来。想到两人从认识到恋爱这两年多时间的点点滴滴，肖海既感到幸福又觉得来之不易，觉得这些点滴值得好好珍惜和回忆。

成家以后，一定要很好地疼爱秋婉，不让她受到一丁点儿委屈。

肖海正憧憬着美好生活之时，突然收到了一封“父亲病重”的电报。

肖海眼含泪水，迅速向班主任请了假，然后直奔汽车站，希望能够赶上最后一趟客运班车。

5个多小时后，肖海终于回到了老家。

看到父亲痛苦的表情，握着他那粗糙、干瘦的手，肖海心如刀绞。

“幺……幺……儿子，你……你……回……回……来了。”父亲努力睁开眼睛，用微弱的声音说，看到幺儿子从省城回来看自己，感觉精神好了许多。

在父母的心目中，肖海就是他们的骄傲，就是他们的希望和寄托。

“爸，您好好休息，我明天就找医生给您治病，您一定能好起来的。”肖海安慰道。

“幺儿子，这次你爸只怕不行了。”吴三妈将肖海拉到一边，流着眼泪说。

“爸爸平时身体还可以的，怎么一下子就重病了呢？相信爸不会有事，一定能挺过去。”肖海安慰着母亲，为之擦去泪水。

此时，3个哥哥和嫂嫂也围拢在父亲的床前看了看，担心父亲活不了太久，然后到一边商量着父亲的后事。

肖海简单吃了点母亲做的饭菜，坐在父亲的床头，抚摸着他的身子，尽可能减轻老人的痛苦，好不容易熬到了天亮。

天亮后，姐姐姐夫们也先后再次来看望父亲。

然后，大家一起聚在大哥家商量对策。

“还是送医院去治疗吧。”肖海坚持说。

“前几天送去了县医院。医生说，已是癌症晚期，活不过半年。并说没有很好的药物治疗，只能回家慢慢养。”大哥肖洋告知了父亲的病情。

怎么就得了癌症，还是晚期，老天对父亲也太不公平了吧?

肖海听说了父亲的病情，实在难以接受。

“可算命先生说，如果家里热热闹闹地办一场喜事，还能让老头子多活几年。”肖海的母亲没有文化，对算命很相信。特别是算命先生关于肖海不会待在农村的预测成为现实后，老人家对那位先生已经佩服得五体投地。从此以后，儿女的婚姻大事、家里人的健康兴衰等，她总是找那位先生算算。

“办什么喜事?”二哥肖渊问。

“妈不是快70岁了吗，我们就摆几桌酒席，庆贺庆贺。”大嫂提议说。

“老幺也二十四五岁了，不如让老幺结婚，这是更大的喜事!”三哥肖成发表了自己的看法。

“不行，不行，我还在学习，不能成家。再说，春节期间李家到肖家闹腾后，我很长时间没去秋婉的父母家了，怎么好突然提出结婚，李家的人一定会反对。”肖海认为还不到结婚的时候。

“要不，你与李秋婉联系一下，告诉她父亲病重，很想见她一面。等她来了以后，你们两个人再好好商量商量。”

暑假期间，肖海曾悄悄带上李秋婉到家里与父母见过面，给两位老人留下了很好的印象。吴三妈得知李秋婉的生辰八字后，又专程找从前的那位算命先生算过，算命先生说：这姑娘与你幺儿子八字相合，姻缘相配。吴三妈从此就认定了李秋婉是未来的幺儿媳妇，早就催促肖海结婚。

“过完年，还有一个学期你就毕业了。不如利用今年寒假结婚，待你毕业安排工作后，再安心好好干你的工作。”三姐也和大家一起劝说肖海。

“要她来一下当然可以，但结婚的事最好暂时不提。”肖海答应大家，将父亲生病的情况告诉李秋婉。

随即，肖海骑上自行车，跑了10多里路，来到乡政府所在的邮政所，向李秋婉发去了电报，告知因为父亲生病，自己已回老家，希望她尽快前来，共同商量有关事宜。

接到消息，李秋婉迅速向学校领导请了假，从桑梓乡挤上了双溪开往县城的过路班车，中途下车后，又在京铺乡下车中转，挤上了从县城开往新东乡的过路班车。新东乡车站下车后，并没有开往柳溪村的班车。没办法，李秋婉只好花了5元钱，搭了一辆手扶拖拉机，一路颠簸坐到了肖海的老家。

李秋婉的到来，让一大家喜出望外。

顾不了身上的灰尘和一路坐车转车的劳累，在肖海的陪伴下，李秋婉来到了父亲的床前，看到躺在床上病重的老人，眼眶浸满了泪水。

“爸，秋婉看您来了。”肖海叫醒了昏睡中的父亲。

听说李秋婉来看自己，老人精神一下好了许多。想自己用手撑着坐起来，但明显没有力气。

肖海忙扶着父亲坐在床头。

“秋婉，你……你，怎么……有……时间……来了？”老人面容消瘦，但很慈善，说话没有力气。

“肖海说您生病了，我专程请假来看看您。您放心，只要您坚持吃药治疗，您的病会好起来的。”李秋婉安慰着老人。

“这次……只怕……只怕……不行了。不想……吃……吃……东西，全身，没……没……力气。”老人表情显得很痛苦，边说边喘着粗气。

“那您少说话，多休息。”李秋婉劝说老人。

肖海的母亲也来到李秋婉的身边，拉起她的手说：“老头子有一个心愿，他想亲自对你说。”

“您有什么要求，尽管说，我一定尽力办好。”李秋婉再次看向老人，并将自己的头向老人靠近了一些。

“我……我……最，最大……大的……心……心愿，就……就是……想……想看，看到……你和……和幺……幺儿子，快点……快点，成……成家。”老人说完，咳嗽得更厉害了。

肖海想要父亲躺下来好好休息，老人坚决不同意。咳嗽刚刚停止，老人又看着李秋婉说：“我看……看不……不……到你……你和……和幺……幺儿子……成……成家，我……我死……死……不……不瞑……目啊。”

听到老人的心愿，李秋婉的脸一下变得绯红，不知如何回答才能更好地安慰老人。

“是啊，老头子就是想看到幺儿子和你尽快成家。我找算命先生也算过，说是如果我们用家里办喜事来冲冲，老头子还能多活几年。秋婉，我求求你，你还是答应尽快和我幺儿子结婚吧。”肖海的母亲一手拉着李秋婉，一手拉着肖海。

“我看你们就在春节前将婚礼办了，也好让父亲放心。”哥哥、嫂嫂，姐姐、姐夫们，一齐劝说李秋婉。

此时，李秋婉内心很乱。

她是听到老人病重才赶来看望的，没想到刚见面，肖家就劝说自己与肖海结婚，一点思想准备都没有。对老人深表同情之时，免不了对肖海产生了一些误解，认为是肖海在事先没有与自己商量的情况下，已经答应了父母及亲戚的要求。

对于老人的要求和亲戚的劝说，李秋婉没有说什么，只是抬头看了看大家，有点不太高兴地把肖海拉到了另一间屋子。

“你不是说，等你毕业后，我们成家。怎么现在突然要求结婚了？你说，我父母能同意吗？”李秋婉看着肖海的脸，明显有点生气。

“我并没有答应现在成家，只是父亲的这种情况，他们催得急。这不正和你商量吗？”肖海觉得有些委屈。

“离春节只有一个多月了，我什么都没有准备。再说，到现在，我父母还没有同意我们两人在一起。此刻，突然提出要结婚，我的父母怎么想，他们是决不会同意的！”李秋婉心里很不高兴。

“结婚是人生的一件大事，也是一件喜事。我们是要好好商量商量。目前，我并没有答应春节前结婚。但父亲的这种情况你也看到了，如果没有满足他老人家的心愿，让他带着遗憾走了，我们成了家也将永远不得安宁。”肖海扶着李秋婉的肩膀说。

“不是我不想与你结婚，但时间太紧了。你总应该先给我父母说一下，得到他们的理解和支持。哪怕我的父母同意我们年前结婚，而你还在省里学习，哪有时间跑来跑去？筹办婚事你更没有时间。”李秋婉仍然有些担心。

“如果年前结婚，你愿意吗？”肖海看着李秋婉问。

“和你结婚我肯定是愿意的，但就是时间太仓促了。我当着父母和学校的老师，都是说要等到你毕业安排工作后结婚。现在突然宣布春节前要结婚，人家还认为我未婚先孕，等不及了呢。”李秋婉有点羞涩地说。

“只要我们两人愿意，别人怎么说都无所谓。”

认识的时间也不短了，肖海早想与李秋婉结婚了。看着眼前心爱的人，突然心生计谋，拍着她的肩膀，对着她的耳朵轻轻地说：“我看不如你假装怀孕，这样，你父母也没有理由反对我们春节前结婚了。”

“如果以这样的理由去说，父母会觉得我给他们脸上抹了黑，不仅会骂我，连你也会一起骂。更严重的是，结婚几个月后，发现是我们两人合起伙来欺骗他们，父母会更加记恨我们，那今后我们更没法子与父母相处了。”

李秋婉为了自己的名声，也为了今后与父母更好的相处，对肖海的想法提出了反对意见。

“你看这样行不？我明天就与你一起去你家里，向你父母如实说明情况，阐明我们春节前结婚的理由。如果他们支持，就不用说你已‘怀孕’的事；如果他们不支持，你再将这个信息透露给你母亲。相信你母亲会站在你的角度考虑，同意我们春节前结婚的。”

“数你坏主意多，以牺牲我的名声做挡箭牌。不过，我父母的工作由你亲自做，挨了骂别怪我。”李秋婉伸出自己右手的一根手指，点着肖海的鼻子说。

“行，我先向你父母提出来，但你一定要配合我演好这出戏。”

肖海将商量的结果同母亲及哥哥嫂嫂、姐姐姐夫们一说，大家都表示理解。

三哥三嫂同时建议：将喜事的日子定在母亲生日那一天，即腊月二十二，婚宴、寿宴一起办。

肖家人一合计，表示同意。但李秋婉仍然不放心，怕肖海说服不了父亲。

第二天，肖海陪着李秋婉来到了她父母的家。

“你们两个人怎么又到一起了？”两人刚进门，李秋婉的父亲满脸不高兴地问。

“我早就说了，非肖海不嫁。所以，我们从来就没有分手。”李秋婉故意挽着肖海的手对她父母说。

“你简直要气死我了，肖海的二哥肖渊都只差杀死你叔叔了，你个死丫头还舍不得肖家。肖海，你是否给我家丫头灌了迷魂汤，她竟然如此死心塌地要嫁给你！”李卫成没想到，自己越反对，女儿对肖海越好，还当着自己的面挽起了他的手。

“肖海的父亲生了重病，他专程请假回来看望。我昨天去他老家看了看，今天一起来看看你们。”李秋婉进一步说明了两人今天在一起的原因。

听说李秋婉去了肖海的家，李卫成更加愤怒，用手指着李秋婉，斥责着：“你，你，简直要气死我了。”说完，又习惯性地赌气走出了家门。

“秋婉，你回来了就好。等会儿，你好好对你爸说话，别惹他生气。”李秋婉的母亲劝说了自己的女儿，又对肖海说：“小肖，我听说你父亲这次病得挺厉害，应该没有大问题吧。”

“医生说，肖海的爸爸得了癌症，活不过半年。我昨天去看了看老人家，今天同肖海一起来与你们商量事情。”秋婉替肖海回答。

“你别着急，我先去做饭。吃饭时，再当着你爸说。”秋婉母亲说完就去准备饭菜。

不一会儿，饭菜做好了，秋婉叫回了父亲。同时，她的叔叔、婶婶也被一并叫了过来。

吃饭时，肖海终于鼓足勇气说：“叔叔、阿姨，我这次来是想同你们商量一件事。”

“什么事？”李卫成看着肖海严肃地问。

肖海如实告知了家里的情况及想法。

“我何时同意你们结婚了？还春节前结婚，你做梦吧！”李卫成感到很突然，脸上的表情更加严肃，语气明显加重了许多，两眼直直地看着肖海，充满了埋怨和愤怒。

“秋婉，你同意和肖海结婚啦？”李秋婉的母亲也责怪起自己的女儿。

“我，我……”李秋婉看了看父母，再看了一眼肖海，不知道说什么好。

“今天已是冬月初十了，春节前结婚，时间太急了吧？你准备工作做好了吗？”李秋婉的婶婶也觉得时间太紧了。

“是啊，这么短的时间，我们能做什么呢？总不能让你光着人出嫁呀！”李秋婉的母亲认为女儿出嫁总得陪嫁点什么。

“有没有嫁妆无所谓，我和肖海是有工作单位的人，没有必要讲排场。再说，肖海还在省里学习，毕业后不知怎么安排，嫁妆多了，反倒没地方放。”李秋婉看着母亲说。

听了李秋婉的话，婶婶感觉有些不对劲，看了看李秋婉，又看了看肖海，心里有了自己的猜测。

李秋婉的母亲认为，男方提出来春节前结婚，实在太突然。

“秋婉，是不是你们已经商量好了？”李卫成将目光投向李秋婉，带着责备的语气问。

“这不在同你们商量吗？”李秋婉看了自己父亲一眼，怯生生地说。

“时间都定了，这是在同我们商量吗？分明就是通知我们一声。在你们心里，还有我们长辈吗？结婚这么大的事，我们不讲男方应该按照风俗，带着礼物先来和我们一起商量，但总得提前几个月给我们说一声吧。你们倒好，提前个把月告诉我们：你们要结婚！”李卫成着实气愤。

肖海更加紧张。

李秋婉觉得委屈。

“秋婉她爸，孩子结婚是喜事，你不用发脾气。我们一起商量商量，看能否将日子推到春节过后，哪怕正月初几也行，我们才有时间做些必要的准备工作。”李秋婉的母亲，一边劝说李卫成，一边征求肖海的意见。

“我父亲担心他的病情加重，活不了太久，想看到我和秋婉早点成家。”肖海进一步阐明了自己的观点。

“你父亲的病真的很严重吗？等到你毕业后都不行？如果真是很严重，你和秋婉又怎么好在家里办婚礼呢？”李卫成对肖海父亲的病情不了解，更不愿意自己的女儿在他病重之时成家，万一举行婚礼时，肖欣章死了，场面多么难堪！

“父亲想在有生之年看到我和秋婉成家，所以希望将我和秋婉的结婚时间定在腊月二十二。”肖海解释说。

“肖欣章真会选时间，还腊月二十二？我看你们肖家从来就没有把我们李家放在眼里。你家里的那种情况，连一间像样的结婚房都没法布置，秋婉嫁过去了，还不知日子怎么过！”李卫成再次憎恨起了肖海的父亲，也担心自己女儿今后的生活。

“先吃饭，结婚日期的事，我们再好好商量商量。”李秋婉的母亲对大家说。

刚吃完饭，婶婶将李秋婉的母亲叫到了一边，两人说了些什么。

“老头子，你对秋婉两人的婚事怎么看？”李秋婉的母亲又将李卫成叫到一边问。

“你说，我现在反对还有作用吗？真是被他们两人气死了。”李卫成心烦至极。

“秋婉快满23岁了，尽管我们从一开始就反对他们两人在一起，实际上也起不了作用，他们不是一直没分手吗。两年多时间了，我觉得肖海为人还不错，丫头也坚持要嫁给他，不如同意他们结婚。只是我觉得春节前结婚时间太紧了点，来不及做任何准备。”

李秋婉的母亲对肖海的印象比较好，对两个年轻人的交往自始至终没有采取过激的反对措施。

“以前好像听丫头说过，要等肖海毕业安排工作后才结婚，现在突然说春节前结婚，我们都很被动，什么东西都没有准备。大丫头和小儿子今年也没有准备回来过春节，时间搞这么急，想想心里就有火。”李卫成当了多年村干部，平时都是指使别人，没想到自己小女儿的婚事，却让肖家人做了主，心里感到很憋屈。

“人家也有人家的难处。肖海的父亲病重，希望看到幺儿子早点成家，心情可以理解。要不，你给肖海说说，春节过后再结婚。”李秋婉的母亲要李卫成给肖海去说。

“以前在亲戚和左邻右舍面前从没有提起过今年秋婉成家的事，现在突然讲要嫁女，人家还不知道咋回事，说不定胡乱猜测。”李卫成担心女儿未婚先孕出了丑，毁了自己一世的名声。

“你别说，刚刚秋婉的婶婶还提醒过我，两人这么急着要结婚，是否秋婉出现了状况。我觉得他们两个人感情很好，说不准早就在一起了。我们还不如送一个顺水人情，同意他们春节前结婚，免得给我们找不自在。”

李秋婉的母亲听李卫成如此一说，想到秋婉婶婶的提醒，还真担心自己的女儿出了状况。

李卫成听了，认为老婆子分析得很有道理。如果真是那样，自己再不允许他们结婚，到时出洋相的就只能是二老自己。

但他仍心有不甘地说：“时间这样紧，我们什么陪嫁都来不及准备。再说，肖家那老房子，实在让人看了心寒。只得让我家秋婉受委屈了。”

“那是她自找的，怪不得我们。”李秋婉的母亲虽有遗憾，但也无奈。

随后，两位长辈把肖海与李秋婉叫到了一起。

当着大家的面，李卫成语重心长地说：“你们年纪都不小了，结婚理所当然。肖海的父亲病重，期待有生之年完成肖海的婚事，也是人之常情。我和秋婉的娘商量决定，同意你们春节前结婚，只是时间太紧了，我们也来不及准备啥子的，就只能委屈你们了。肖海，结婚后，你一定要对秋婉好，如果发现你做出了对不起秋婉的事，我决不会放过你。”

“请二老放心，我一定好好待秋婉，决不让她受半点委屈。”

尽管未来的岳父给自己打了预防针，但还是同意两人春节前结婚，肖海当即向二老表了态。

未来的岳父母同意肖海与李秋婉春节前结婚，肖海自然非常开心，迅速返回自己家，将这一喜讯告知了父母和哥哥嫂嫂及姐姐姐夫们。

第十六章　土砖屋里办婚礼

农历腊月二十二这一天，对新东乡柳溪村坎坡村民小组的肖家来说，真是个双喜临门的好日子，肖母七十大寿、肖海和秋婉结婚同庆。

不到上午9点，肖家40年前修建的几间老土坯瓦房里，早已宾朋满座，热闹非凡。

大门外，乐队不断演奏着欢快的歌曲，前来贺喜的人群已经陆陆续续到来，鞭炮声、礼炮声此起彼伏。

真是人逢喜事精神爽！

娶幺儿媳妇的日期确定后，肖海父亲的身体竟然奇迹般地一天一天好了不少，虽然偶有咳嗽，但次数更少了，间隔的时间更长了。

大喜的日子，按照当地风俗，肖海的父母二老穿戴一新地站在了堂屋大门口，笑逐颜开地迎接前来贺喜的客人。

“肖大伯、吴三妈，今天真是双喜临门啊。祝您二老福如东海、寿比南山，祝您儿子和儿媳妇喜结良缘、白头到老。”有的客人祝福着主人。

“真是您二老的福气啊，昨天还下着雨、飘着雪花，冷得很，今天您二老娶幺儿媳妇，竟是一个大晴天，天气暖和多了。”有的客人羡慕着主人家办喜事遇上了好天气。

“肖大伯、吴三妈，看来你们这个幺儿媳妇是个福星呢。自从确定了娶儿媳妇的日子，肖大伯的病就好了许多。”村民小组的马大妈拉着肖海母亲的手，说。

“是的，我最看得来这个幺儿媳妇，不仅对我幺儿子好，对我们一大家也很尊重，对我们两个老人更是有孝心。为了治好老头子的病，幺儿媳妇从外地寄了不少药呢。”吴三妈说起幺儿媳妇，满脸高兴。

记人情的地方，也开始忙碌起来。

“稻谷50斤。”肖海家的舅舅送来了谷子。

“玉米60斤。”肖海的姑姑嫁在山区，只好因地制宜送人情。

“人民币5元。”

“面条10斤。”

肖家相好的邻居们送来了人情。

“毛毯1床，人民币160元。”

“人民币100元。”

“人民币100元。”

……

肖海的5对姐姐、姐夫都上了比较大的人情。

其中，一对家里条件比较好的姐姐姐夫，还将32张5元的钞票组成了一个“囍”字，贴在毛毯的中央，然后，将毛毯展开，挂在堂屋大门的上方，名叫“送彩”，寓意“双喜临门”。

“人民币20元。”

“人民币10元。”

……

亲戚、朋友、邻居们在抓紧时间上人情。

已经上了人情的和想看完热闹后再去上人情的客人，都在翘首盼望着新娘能够到来。

“新娘什么时候能到哟？”人群中，已经有人问起了管事的人。

“应该快到了，老幺昨天就去了的。”大哥大嫂宽慰着大家，其实心里也在担心。

按照两人的约定，肖海在结婚前一天的晚饭前赶到了秋婉家里，参与了新娘出嫁前的“贺郎酒”活动。

“贺郎酒”，就是女方的亲戚、朋友和左邻右舍，在新娘出嫁的前一天晚餐时，大家一起敬新郎酒，并千方百计地想把新郎灌醉，看新郎的笑话，让女方家的亲戚朋友开心。

“肖海，这次你给我侄女准备了什么彩礼？”刚上饭桌，秋婉的婶婶明知故问。

肖海羞涩地笑了笑，两手一摊，表示两手空空，什么彩礼也没有准备，不好意思地低下头。

“难道你还想空着手把秋婉娶走？俗话说：新娘新娘，全身新装。结婚这么大的事，你总得给秋婉买一身新衣裳吧！”婶婶显得很不高兴，数落着肖海。

“你别为难肖海了，秋婉和他都商量好了，我们也同意：他们两人结婚，打破传统风俗，树立新的风尚。男方无须准备彩礼，女方也不安排嫁妆；接亲、送亲人员从简。男方由肖海亲自来接，不再安排其他接亲的人员；女方送亲的人员控制在10人以内。两家相距只有几公里，肖家也不用安排车辆接新娘，送亲人员都陪着新娘走路去肖家。”秋婉的母亲及时进行解释，替肖海解了围。

“我家这么优秀的侄女，要工作有工作，要人才有人才，要贤惠有贤惠，是我们这一带人人夸赞的好姑娘。你肖海就这么不花分文彩礼将她娶走了，也太便宜了你小子。”婶婶继续替秋婉鸣不平。

“要不要彩礼，是秋婉和她父母的事，我们管不了。但今天晚上的贺郎酒，你肖海是跑不了的，我们敬多少，你必须喝多少。”同桌的其他亲友，想用灌醉肖海的方式，来发泄对肖海不送彩礼就将新娘娶走的不满。

“好，我就先给肖海敬一杯，祝你和秋婉美满幸福。”婶婶第一个举杯，敬了肖海一杯酒。

肖海无法推辞，只好一口吞下。

婶婶带了头，其他男性长辈们，一个接着一个地敬酒；再接着，村里的书记、村长敬，同辈的叔伯舅子们也敬；同桌的、同屋的，凡是能喝白酒的男男女女，都强行敬了肖海的酒。

不一会儿，肖海已经败下阵来，醉趴在饭桌上，嘴里还在不停地说：“喝，继续喝，喝酒，谁怕谁？”

其他人员看到肖海的样子，满意地离开了……

眼看快中午了，新郎新娘还没有出现。

如此从未有过的迎亲安排，虽然秋婉同意了，但亲家同意吗？女方的亲戚朋友同意吗？肖海能顺利将新娘娶回家吗？

肖海的父母、哥哥嫂嫂、姐姐姐夫，一个一个地担忧着，焦急地等待结果。

此时的肖海，正和新娘及送亲的客人，一同走在通往肖家的土石公路上。

“新娘到了，新娘到了。”眼尖的小孩们，刚刚看到新娘一行人，就发出了欢呼声。

此时，从公路通往肖家那条不足1米宽的土路上，没有铺设红色地毯，与平时别无他样，不同的是，挤满了看热闹的人群。

此时的新娘，没有穿漂亮时髦的婚纱，甚至没有刻意化妆打扮。梳理得体的两条小辫子，末端分别用块花手帕扎了个花结。红色的呢子风衣，蓝色的呢子包裙，咖啡色的高筒皮靴，无不彰显出新娘的高雅气质和清纯之美。

新娘脸上洋溢着幸福的微笑。

剪着小平头，穿着浅灰色西装的新郎，笑嘻嘻地挽着新娘的手，慢慢地朝肖家屋子走去。

爱看热闹的亲友们，早已将通向肖家大门外80米的小路堵了个水泄不通。

“新郎要将新娘背着才允许通过！”

“新郎要将新娘抱着才能通过！”

“新郎新娘要接了吻才能通过！”

人群中，年轻人不断地发出各种喊声，向新郎新娘提着要求。

新郎新娘幸福地相视而笑。

“吃喜糖啦！”突然，新娘一把又一把从自己口袋里掏出事先准备好的喜糖，抛向人群，大家争先恐后地哄抢着。

待大家反应过来，新郎新娘已经冲出人群，来到了大门口。

婚礼仪式终于按计划在上午11点18分准时进行。

“下面，请新郎新娘相互交换礼物。”主持人按照议程宣布着。

随后，又走向新郎问道：“幸福的新郎，你为美丽的新娘准备了什么礼物？”

肖海从上衣口袋内掏出一支钢笔，向主持人示意。

“为什么会想到给新娘送一支钢笔？”主持人问。

“我想让新娘一笔一笔记录下我们从此美满幸福的生活，同时培养出更多优秀的学生。”肖海一边说一边将钢笔亲手交给了新娘。

婚礼现场自发地响起了掌声。

“你对新郎送给你的礼物满意吗？”主持人问新娘，并紧接着又问，“美丽的新娘，你给帅气的新郎准备了什么礼物？”

“我对新郎送我的礼物非常满意。同时我也准备了一份礼物，要送给我帅气的新郎。”新娘调皮地迎合主持人，拿出一块崭新的上海牌男式手表说。

现场人员看到新娘将如此珍贵的礼物送给新郎，无不感到惊讶。

“你怎么会想着用手表作为礼物送给新郎？”主持人看着新娘问。

“因为我要新郎从此以后分分秒秒、时时刻刻地记着我。”新娘不假思索地回答。

“好，祝愿这对新人比翼双飞、事业有成、早生贵子。”主持人对新郎新娘的回答表示很满意。

之后，将肖海的父母叫到新郎新娘身边，开始进行另一项议程。

“一拜天地，二拜高堂，夫妻对拜！”

随后大声宣布：“婚礼仪式结束，新郎新娘入洞房。”

大门外，再次响起乐队洪亮的鼓号以及震耳欲聋的鞭炮声。

在肖海的老家，还有一个风俗，即婚礼那天吃完宵夜，新娘要在新郎嫂子或姐姐的陪同下，到男方居住的整个村民小组的家家户户给每个人敬一杯姜糖茶，寓意喜进万家，也好今后相互关照。如果新娘不进行这一步，则表明瞧不起人家，日后与左邻右舍的关系也将受到影响。

此时，新郎的大嫂、二嫂、三嫂早已将煮好的姜糖茶装了三大暖水壶，茶盘、茶杯也已准备就绪，并三番五次催新娘去上门敬茶。然而，新娘却不为所动，甚至流露出极不情愿的表情。

肖海及其母亲前来劝说，新娘仍坚持不去上门敬茶。

整天好好的，怎么这个时候来了倔脾气，谁的话都不听了呢？

吴三妈有点生气，突然觉得这个幺儿媳妇脾气太大了，甚至担心以后难得相处。

汪，汪，汪汪……

夜色中，不远处突然传来了一阵阵的狗叫声。

肖海一下子意识到，秋婉原来是因为害怕狗，才不同意去上门给村民小组的人敬茶。

怎么办？想起秋婉小腿上的疤痕，想起对秋婉的承诺，肖海便同母亲商量，看能否取消这个项目。肖海的母亲开始不愿意，认为这是驳了肖家的面子，今后会让人讲闲话，说娶了个有工作单位的儿媳，就瞧不起农村的人。

后经反复做工作，并征得秋婉的同意，仅限于给在场的人敬茶。同时告诉大家，今天晚上，只要村民小组的人来了，都会由新娘亲自给大家敬茶。

小小的不愉快，终于化解。

敬完了茶，进入了晚上的最后一个项目，“闹洞房”。

当地的风俗是：闹洞房时无大小。

意思是说，只要愿意参加的，不论是长辈还是晚辈，是大人还是小孩，是男人还是女人，是亲戚还是朋友，都可以“闹洞房”。

肖家是大户人家，因此，“闹洞房”的人特别多，屋里屋外挤满了人。

新郎给大家递上烟，新娘给大家倒上茶，新房中间的两个小方桌上摆满了糖果、花生、枣子。“闹洞房”的人将新郎新娘围在新房的中间，肖海的同事、高中的同学、儿时的伙伴、姐夫及表哥们，先后向新郎新娘提出一个又一个问题。

有的要求讲两人谈恋爱的经过，到底谁先爱上谁。

有的要新娘回答，是想要一个男孩子还是女孩子。

有的讲起了低俗、下流的故事。

几个同事还将苹果拴在绳子上，让一个人提在空中，要求新郎新娘面对面同时啃苹果，然后，突然再将苹果向上移，其他人员则将新郎新娘用力朝前推。结果，苹果没啃着，新郎新娘却当众吻上了。引得在场人员哄堂大笑。

晚上11点了，终于，“闹洞房”的活动圆满结束，大家开开心心地离开了。

客人刚刚离开，肖海就饥渴难耐地吻了吻新娘的嘴，双手替新娘解开衣扣，不顾一切地将柔软的新娘，抱上了挂着粉红色帐幔、铺着大红被褥的婚床。

一对相亲相爱了两年多时间的青年男女，一对曾经受到过双方父母反对的恋人，一对让村里人既认为两个“仇人”家的儿女不可能走到一起，而在真正结合后又让大家无比羡慕的新人，终于冲破了各种阻力，经受住了种种考验与诱惑。此刻，这对幸福的人儿，无拘无束地融合在了一起，心心相依、如胶似漆，享受着无与伦比的人生快乐。

第十七章　班级活动展才能

五一节即将来临，过完这个五一节后再有两个月，学员将毕业各自奔赴新的岗位。两年时间，大家相识、相交，建立了深厚的情谊，眼看要分开，总有一种难舍难分的感觉。在大多数学员的倡导下，班上决定组织一次有意义的五一文艺晚会，由学员自导自演节目。

一切都在有条不紊地进行。

能力强的班干部在自觉组织筹划方案。

省直单位的几位处长、副处长们，积极主动承担起了活动所需要的全部经费。

爱好文艺的学员，在各自认真准备节目。

四月三十日，班级欢庆五一文艺晚会，终于在学院外的某宾馆舞厅进行。

舞厅虽然装饰不算豪华，但一踏进门，变幻着的或暗或亮、或开或关的五颜六色的灯光，已让学员们抛开了学习时的紧张，迅速放飞了心情。

大家吃着水果、小食品，喝着啤酒，心情无比愉悦。

班主任声情并茂地完成了开场演说，随即进入了活动的主题。

首先是诗朗诵，紧接着是表演相声，然后是二胡独奏。

有拉小提琴的，有小组合唱的，有跳独舞的……

节目丰富多彩。

班主任和学员们个个喜笑颜开。

“下一个节目，由我们的班花覃怡琼同学，给大家献上一首爱情歌曲，大家掌声欢迎！”

主持人的话音未落，现场立马响起了热烈掌声和“好，好”的阵阵欢呼声。

此时的覃怡琼，头发高高挽起，手持话筒，身穿白色连衣裙，脚着红色高跟皮鞋，慢步走上表演区中心，面带微笑，近乎成90度地向大家鞠躬。然后又站直身子，用甜美的声音说：“在即将结束学业的这个五一夜晚，我想借这次活动的机会，给大家演唱一首《我们的生活充满阳光》，祝愿大家事业有成、爱情美满幸福！”

现场再次响起了更热烈的欢呼声。

随后，覃怡琼开始了声情并茂的演唱。

大家被覃怡琼优美的歌声所吸引，心已陶醉，自发地开始围在覃怡琼周围，共同唱起了：

幸福的花儿心中开放，
爱情的歌儿随风飘荡，
我们的心儿飞向远方，
憧憬那美好的革命理想。
啊，亲爱的人啊，携手前进，
我们的生活充满阳光，充满阳光。
并蒂的花儿竞相开放，
比翼的鸟儿展翅飞翔，
迎着那长征路上战斗的风雨，
为祖国献出青春和力量。
啊，亲爱的人啊，携手前进，携手前进，
我们的生活充满阳光，
充满阳光。

无疑，覃怡琼是这个班级五一晚会活动最闪亮的“星星”。

回到学员宿舍，肖海躺在床上，怎么也睡不着，满脑子全是覃怡琼美丽的身影、甜美的歌声。

肖海心想，毕业分配工作后，恐怕再也难以见着覃怡琼的身影，听到她那动人的歌声了，不免有了一丝不舍和伤感。

为了掌握学员的思想动态，班主任特意在毕业的前20天，组织学员开展了一次“毕业以后去哪儿”的大讨论。

讨论会上，省直单位的处长、副处长们，志向高远。

“毕业后，期待到县里去任职，当个县委书记或县长什么的，既能实现自己的志向，又能更好地为群众办一些实事。”

“毕业后，期待负责多修几条公路，解决交通难的问题。”省交通厅一位负责技术的副处长谈了自己的想法。

“毕业后，期待职务由副转正，让自己有更宽广的舞台，更好发挥自己的才能。”一个地区某局的副局长，非常直白而又迫切地谈了自己的毕业志向。

“我毕业后，争取尽快调到地区某单位，让自己的才能得到更充分的发挥。”某县直部门的一位局长谈了自己的理想。

“覃怡琼，谈谈你的毕业志向。”班长马向前平时就喜欢开覃怡琼的玩笑，此时，直接点了她的名，要听她毕业后的想法。

没想到班长点了自己的名，覃怡琼一时没有准备，红着脸推辞说：“我还没有想好呢！”

“快说，美女，你是我们班上最亮丽的一道风景，我们都想听听你的毕业志向呢！”爱美之心，人皆有之。平常，班上的男同学们就喜欢与覃怡琼一起说话，开玩笑。此刻，班长点了名，覃怡琼羞涩地推辞，大家更不愿放过她，不约而同地起哄。

“我，我，毕业后，要继续回到地区计委干好自己的本职工作，并争取几年内调到省计委来。”没想到，覃怡琼既直白又毫不隐瞒地讲出了自己毕业后的打算。

“争取早日调到省计委来当处长，当了处长把学院的班主任和在省城的同学，请到高级酒店好好撮一顿！”马班长的提议，得到了大家的拥护，座谈会上响起了热烈的掌声。

听了其他学员的毕业志向，特别是覃怡琼的打算，肖海既羡慕不已，也更加感到自卑。同是一个班的学员，毕业了，有的将从此青云直上，前途一片光明；而自己与这些学员相比，却不得不再次回到偏远的家乡。为什么他们走的是阳光大道，而自己只能选择走上这座独木桥？

来省里学习前，县里领导交代过：是地方党组织送你去学习、深造，学习结束后，一定要回到家乡来，为当地经济发展贡献力量。

再说，自己没有什么后台，学习期间也没有去跑关系，不能有不切实际的想法，只能老老实实地回到原单位去，为改变家乡贫穷落后的面貌，尽自己的一份力量。

肖海宽慰着自己。

“肖海，你的调研报告，是我们班学员中写得最好的。你是来自基层乡镇政府的学员代表，你的毕业志向是什么？和大家一起分享分享吧。”

班主任的提议让肖海收回了自己的思绪。看到全班学员投向自己的目光，肖海走上前台，向班主任和同学们分别礼貌地鞠躬。然后，镇定自若而又发自内心地说出了自己毕业后的志向：

毕业我要回家乡，
家乡情谊永难忘，
父老乡亲在盼望，
还有我那爹和娘。
毕业我要回家乡，
家乡是个好地方，
清晨太阳照山岗，
夜晚看山去找月亮。
毕业我要回家乡，
听那泉水叮咚响，
看那阿妹洗衣裳，
推开门窗闻花香。
毕业我要回家乡，
扎根穷乡与僻壤，
立下愚公移山志，
像那雄鹰展翅飞翔。
毕业我要回家乡，
引水修路架桥梁，
尊师重教建学堂，
促成家乡变模样。
毕业我要回家乡，
知识用在实践上，
不畏千难与万险，
一颗红心献给党。
毕业我要回家乡，

奉献智慧与力量，
家乡的巨大变化，
是我最大的梦想。
毕业我要回家乡，
放开手脚干一场，
十年以后再相会，
不负青春好时光。

肖海的毕业志向，是责任与担当，是家乡党组织的召唤，是家乡父老的期盼。

肖海的毕业志向，是发自内心的肺腑之言，是对学院老师的庄重承诺。

肖海的毕业志向，无论内容还是表达方式，都已深深地感染了班主任和在场的每一位学员。

继调研报告之后，班主任和学员们，无不对肖海刮目相看，大家发自内心报以热烈掌声。

活动结束后，覃怡琼来到肖海身边，伸出自己右手的大拇指称赞说："肖海，你真是我们班上的才子，我好佩服你。能给我个面子吗？明天星期天，我单独请你到外面吃中饭。"

"你上次的歌唱得那样好，班上的同学都很羡慕你。要不，明天我请你吃饭，地方你来定。"

肖海本来想拒绝，但既然人家女同志已经发出了邀请，也不便推辞。再说，自己几个月前已经结婚成家了，还没有向同学们公开，不如借这个机会，请她吃一次饭，顺便公开一下结婚的消息，避免她产生不必要的误会。

第二天临近中午，天空黑云密布，像要下大雨的样子。两人相约来到了校外酒店二楼的小包厢。

"想吃点什么？"刚坐下，肖海问。

"只有我们两个人，少点几道菜，别浪费就行了。"覃怡琼很开心。

"那也不能委屈了你，不然会说我太抠门。"肖海装起了大方。

"要不，你们各为对方点两道最喜欢吃的菜？"年轻女服务员的建议，既解决了肖海的点菜之难，又确保两人都能吃上自己喜欢的菜。

"那我先给你点两道。"覃怡琼迅速从服务员手中接过菜单，看了看，点了盘青椒炒肉片、嫩南瓜丝。

再将菜单递给肖海，笑着说："看你能否点上我最喜欢吃的菜。"

"来一份蒸鸡蛋，来一份爆炒黄牛肉，再配一盘青菜。"

"不是说就给我点两道菜吗，怎么点了三道？"覃怡琼看着肖海，问。

"前两道菜是你最喜欢吃的，后一道菜是我们两个人都最喜欢吃的。"肖海回敬了覃怡琼一个微笑。其实两个人各自所点的菜，相互都爱吃。

"帅哥、美女，需要喝点什么酒水吗？"服务员准备为酒店推销酒水。

"不用，我们自己带了酒。"肖海正想征求意见，覃怡琼从自己提的塑料袋内拿出了一瓶红葡萄酒，对服务员说："等菜上齐了，你替我们把酒打开就可以了。"

酒店的客人不多，不一会儿，菜已上齐。

"来，为了你的毕业志向，也祝你早日干出成就，敬你一杯。"两人相对而坐，覃怡琼主动举杯相碰，说。

"马上就要回到从前的偏远乡镇去了，能够顺顺利利工作就烧高香了，哪能奢望干出什么成就哟。"肖海一边举杯相碰，一边有点谦虚地说。

"你别灰心，我看你很有发展前途。哟，我突然想起来了，你在京铺工作时写的小说完成了吗？"覃怡琼看着肖海，突然提起了肖海写小说的事。

"别提了，调到双溪工作后，生活很不规律，没有精力写了。加之得不到你的消息，也没有了写作的心情。"提起写作之事，肖海很不好意思。

"这次学习结束后，你再挤时间去写，相信一定能够写出好的小说。"覃怡琼鼓励说。

"谢谢，写作是我的爱好。今后，我一定抽时间，以我们两人为原型，写一本爱情小说。"肖海开玩笑说。

"我们有过相识、相恋，也有过相思，我也希望有爱情！可是，你不接受我嘛。"覃怡琼有点伤感。

"我们的故事已经够丰富的了，待我分配新的工作岗位后，在干好本职工作的前提下，我一定挤出时间继续完善小说内容，尽可能写出一部感人的小说来。"肖海谋划着未来。

"如果有一个完美的结局多好啊！但不管怎样，我祝你成功，相信你也一定能够成功。"覃怡琼看着肖海，真诚地祝愿。

"怡琼，我敬你一杯。祝你事业有成，同时希望你尽快步入婚姻殿堂，过上美好幸福的生活。”覃怡琼未来一片光明，肖海发自内心羡慕，希望她工作一帆风顺的同时，早日完成个人的婚姻大事。

“你打算什么时候成家？确定了时间告诉我一声，如有可能，我还想前去喝你的喜酒呢！”覃怡琼喝完杯中的酒，看着肖海，不知道是试探还是说的真心话。

“对不起，我在今年春节前已经结婚了，一直没有对班上的同学说，也没有告诉你。”

“什么，你已经结婚了？”听说肖海已经结婚，覃怡琼感到非常惊讶，两眼直直地看着他，脸上流露出无比复杂的表情。

沉默了约一分钟，她站起身来，走到肖海身边，给两人杯中满满地倒上酒，举起酒杯说：“来，我这个小妹妹祝你婚姻美满幸福。”

然后，仰起头，不待肖海回答，自己一口气喝完了杯中的酒。

肖海知道，自己结婚，没有提前告知覃怡琼，肯定会引起她的伤感。

这次见面前，肖海也想不透露自己结婚的消息。心想，只要毕业后，两人各奔东西，随着时间的流逝，一切都会变得淡然。

思来想去，又觉得不能继续欺骗覃怡琼。否则，她会产生某些不应有的想法，甚至给彼此增添不必要的麻烦。

“我知道隐瞒了你不好。但只有我结了婚，你才会下决心去成家，才会安心经营你的家庭。或许，这样对我们两个人都是最好的交代。”肖海安慰道。

“你不要安慰我。此时此刻，我的心已经死了，我的婚姻已经死了。今后，我也不想结婚了。”覃怡琼已经泪流满面，赌气地说出了心中的不快。

“别犯傻，马上要毕业了，美好的前程等着你。你的白马王子正期盼着娶你这位美丽的女神呢！”肖海为她擦去泪水，轻轻地拍着她的肩膀，说。

“其实，我一直梦想着要当你的新娘。我曾经想过，毕业后，我马上提出与男朋友分手，然后想办法把你调到我的身边来工作，与你结婚，我们一起好好地过日子。现在可好，你结婚了，我与你在一起的梦想彻底破灭了。肖海，你难道不明白我的心思吗？你怎么就这么狠心，将我抛弃了呢？”覃怡琼两眼望着肖海，寻求答案。

肖海不知如何解释，没想到，自始至终，覃怡琼都没有放弃对自己的追求。可是，自己对秋婉的爱是真诚的，虽然覃怡琼是一个好姑娘，但两人家庭的巨大差距，让肖海清醒地认识到：两人不可能在一起，更不会有美好的未来。

“或许，我这样做，才能让你过上更加美好的幸福生活。”肖海看着覃怡琼，真诚地说。

“不，不怪你，是我自己错误的决定才导致不能与你在一起，也有可能铸就了我一生的遗憾。今天，我要好好为你醉一回。肖海，我们继续喝酒。”

肖海把覃怡琼扶在座位上，紧挨着她坐下，给她夹上几箸最喜欢吃的菜，然后将杯中倒满酒，说：“你吃几口菜，我自罚酒一杯，表示对你的歉意。”

“你也吃点菜，我愿意陪你一起喝。”覃怡琼将每份菜都夹了一点放在肖海的碗里，再给自己杯中倒满了酒。

“你少喝一点吧，别把自己喝醉了。”肖海劝说。

“喝醉了最好，要让你真正伺候我一回。”覃怡琼用头磨蹭着肖海的肩膀，红红的两眼看向肖海。

不一会儿，两人将一公斤装的一瓶红葡萄酒喝了个底朝天。

看起来，覃怡琼稍有点醉意，脸上绯红，大胆地挽着肖海的手臂，快到学校大门口才松开。

“我醉了，送我去寝室。”进了校门，环顾了一下周围，并没有发现其他人，覃怡琼再次挽着肖海的手臂，命令式地说。

肖海好不容易将覃怡琼扶进了寝室，覃怡琼顺势斜躺在自己的床上，两条修长的双腿留在了床沿。

然后，半睁半闭双眼，似醉非醉地口中不停念叨：“肖海，结婚了，结婚了。你好狠心，你不要我了，不要我了！”

泪水浸满了眼眶。

肖海探身为其擦去泪水，正想安慰几句。

突然，轰隆，轰隆……

道道闪电穿透窗户的玻璃及其薄薄的窗帘传入房间，随后震耳欲聋的阵阵雷声让人感觉到房间在震动，好似房屋都要被推倒，紧接着，瓢泼大雨开始拍打着窗户的玻璃。

“肖海，这电闪雷鸣的，我好害怕！”覃怡琼突然坐了起来，双手搂住肖海的脖子。

“别怕，有我在。”肖海用手拍了拍覃怡琼的肩膀，感觉到她的身体因为恐惧而不停地颤抖，宽慰道。

不知为什么，从来都不怕打雷下雨的肖海，此时待在屋里却对这闪电和雷鸣感到阵阵恐惧。

轰隆，轰隆……

一道闪电过后，再次响起了一声惊雷，覃怡琼感到更加害怕，闭着眼睛，迎面紧紧地抱住了肖海，口中不停地说："亲爱的，我好舍不得离开你，我真的需要你，就现在！"

小伙子已经无法克制了，再次用力地拥抱着她的身子，已经能够感受到她柔软的皮肤、火热的体温和内心的渴求。

突然，再次一道闪电，紧接着就是惊天的雷声。

从雷声中，肖海好似听到了与秋婉拿了结婚证时，她对自己的忠告："亲爱的，从今以后，你只属于我，我只属于你。但你要保证只对我一个人好，如果发现你拥有别的女人，任何时候我都不会原谅你，都将离你而去。"

是的，自己对秋婉也做出过承诺，结婚才几个月，我怎么能背叛她？

不仅如此，自己对覃怡琼也说过："从今以后，我只能像哥哥对待亲妹妹那样关爱你……"

想到这些，肖海终于克制住了情感的冲动，轻轻地将她从床上扶到椅子上坐下。低着头，抱歉地说："对不起，我真的不能伤害你、毁了你，你还有更加美好的未来。"

对于肖海的举动，覃怡琼无法理解，生气地不说话。

"你喝点热水，解解酒，好好地冷静冷静。"肖海递给她一杯水。

"我没醉，我真是从心里舍不得你！"覃怡琼再次抬头看向肖海。

"时间能够冲淡一切。毕业了，等你开始了新的工作，特别是你结婚成家后，我们所经历过的一切就会成为美好的回忆。"肖海控制着内心的情感，继续劝说。

"毕业了，不许忘记我，我们要多联系。"

不一会儿，雨停了，在覃怡琼的目送下，肖海离开了女学员宿舍。

第十八章　毕业分配当乡长

两年的脱产学习终于结束了。

回到常利县的第二天，肖海走进了县委大院，向老领导梁志民报告了情况，表示了感谢之意，同时想探听一下组织对自己的工作安排。

“肖海，这次县委给你压了点担子，安排你去担任一个乡的乡长。不过，没有满足你回到双溪镇去任职的愿望。没意见吧？”

老领导还是那样平易近人，看到肖海，非常开心，开门见山告知了组织上对于肖海工作的安排。

“我服从组织安排，更谢谢领导对我的关心。到了新的岗位，我一定好好工作，恳请领导继续关照。”

没有回到双溪镇去工作，虽有一点遗憾，但能担任一个乡的乡长，实属组织给予的恩惠，其中，肯定少不了老领导梁志民的作用。想到这里，肖海向老领导表示了真诚的谢意。

“对你的具体工作安排，由县委常委、宣传部王部长负责与你谈话。小石，你送肖海去王部长的办公室。”老领导安排自己的秘书小石，将肖海带进了王部长的办公室。

看到年纪轻轻、斯斯文文的肖海，王部长一边看着桌上摆放的肖海的档案资料，一边略显惊讶地问：“你叫肖海？还不满27岁？”

“王部长好，是的，我就是肖海。过了年，我就满27岁了。”肖海如实回答。

“真是年轻有为、后生可畏啊！”听到王部长发出如此感叹，肖海一时不知道如何回答。

过了几秒钟，肖海望着王部长说：“谢谢领导的夸奖和鼓励。”

“今天，我代表县委正式找你谈话，县委研究决定，安排你到桑梓乡担任乡党委委员、乡党委副书记、乡长候选人。”王部长郑重其事地向肖海宣布了县委的决定。

肖海突然明白：王部长是因为自己年轻，不满27岁，就被任命为乡党委副书记、乡长候选人，所以才发出“年轻有为、后生可畏”的感叹。

“谢谢县委的信任，谢谢王部长。我一定好好工作。”肖海向王部长表示了谢意。

走出王部长的办公室，肖海内心既高兴又稍感遗憾。

一个农民的儿子，脱产学习两年，刚毕业，不到27岁，马上将担任乡政府的乡长，而且，爱人李秋婉正好在这个乡的中学当老师。夫妻二人能在一个乡里工作，生活中可以彼此关照，好事情哟！

遗憾的是，组织的安排与自己的想法大相径庭，没有被安排到正在搞旅游开发的双溪镇去任职。

这或许就叫美中不足吧。

细细想来，自己何德何能，年纪轻轻，县委就委以自己乡党委副书记、乡长候选人的重任，还有什么不满足的呢？

县委王部长找肖海谈话的那一刻，肖海在心底由衷地对自己说：“一定要尽其所能为老百姓多做好事，不辜负党的教育培养和桑梓乡人民的期待！”

桑梓乡党委书记黎生伟，4年多前，与肖海同时由县农业局技术干部转为乡政府副乡长。当时，肖海被安排到双溪乡，黎生伟被安排到桑梓乡，所以说，黎生伟和肖海，可谓师出同门，黎生伟比肖海年长11岁。

黎生伟虽然个头不高，但人十分精明，办事有魄力，经历也比较多。

到乡任职前，已先后在县农业局作物栽培股任过股长，在B区农业技术推广站任过站长。调到桑梓乡任副乡长仅一年多时间，换届时，又被选举为桑梓乡乡长；任乡长不到两年，再次获得组织重用，担任了桑梓乡的党委书记，差不多是两年上一个台阶。

在乡镇，党委书记是绝对的一把手。

黎生伟有着肖海没有过的丰富阅历。

黎生伟在桑梓乡根深蒂固的人际关系及威信和地位，肖海无法可比。

肖海清楚地意识到：在黎生伟面前，除了仰慕、臣服、低调、执行，还能有其他所求吗？

一个多月后，经过乡人民代表大会的选举，肖海顺利当上了桑梓乡人民政府的乡长。

“黎书记，我将全县‘三冬’工作会议精神先向你汇报一下。”刚参加完全县“三冬”工作会议的肖海，及时返回了桑梓乡，并择机向黎生伟汇报会议精神。

“好的，你将会议主要精神讲一下，然后谈谈你的想法。”黎生伟坐在办公椅上，边看文件，边说。

“这次县里的‘三冬’工作会议的主要精神，是要在今年秋冬季掀起水利整修、人工造林和秋冬农作物种植的高潮。”

肖海看到黎生伟在认真听自己的汇报，接着说：“县委书记对这次水利整修的要求特别高，提出了‘三个所有’的要求，即所有的病险水库都要除险加固，所有的山塘都要清淤加深，所有的排灌渠道都要畅通无阻。”

“哟，还真有点新板眼。你有什么想法？”黎生伟了解县里会议精神后，抬头看向肖海，问。

“我的想法是，先召开乡里全体班子会议，统一思想，然后召开村党支部书记和村主任及相关部门负责人、政府干部参加的动员大会，贯彻县里的会议精神，部署安排今年全乡的‘三冬’工作，并提出明确的目标任务和要求。”肖海发表了自己的意见。

“想法很好，你先与相关部门负责人联系沟通一下，将具体的任务分解到各个村，我们再开乡党委乡政府班子成员会议，研究具体的措施，并确定召开村干部会议的具体时间。不过，村党支部书记就没必要参加会议了。他们在我面前提了多次意见，大大小小的事情都要求来开会，他们根本没有时间去落实。这次村主任来开会就行了，县里的‘三冬’工作会议，也只通知乡镇长参加。今后，这类生产性的会议，由村主任参加就行了。”黎生伟发表了自己的看法，同时也对肖海提出了一些要求。

几天后，黎生伟主持召开了班子成员会议，重点强调了各位班子成员要在自己的联系村办个点，以点带面，推动全乡的“三冬”工作顺利开展。

按照黎生伟的要求，肖海有条不紊地开展相关工作。

黎生伟隔三岔五地请假回他的老家忙碌着私房建设事宜。

没过多久，乡里接到了区委关于召开“三冬”工作流动现场会议的通知。

通知明确要求，各乡镇的党委书记、乡镇长参加流动现场会，每个乡镇看一天，各乡镇上报5个拟察看的现场，具体看哪个点，由区委带队领导临时决定。

黎生伟接到区委通知后，及时召开了乡党委乡政府全体班子成员会议。会上，他对如何迎接这次区委流动现场会议，做了具体的安排，提出了明确的要求。

安排了这一切，肖海根本没想到黎生伟最后向大家宣布：“我自己正在老家建房，已经到了关键时候，需要我在现场指挥。因此，从明天开始，我请假10天，区委主要领导已经批准。我请假期间，乡里的工作由肖海乡长全权负责，希望在座的各位班子成员全力维护、积极支持配合肖海乡长的工作。”

关于黎生伟休假的事情，事先也和肖海有过沟通。肖海当时建议他待区委流动现场会议结束后再休假，但他反复强调家里房子建设到了关键时候，而且天气很好，必须抓紧时间。自己不在现场指挥，怕影响到房屋建设的进度和质量。

听了黎生伟的一席话，肖海心里很不是滋味。

心想，书记迟不请假，早不请假，在距区委召开“三冬”工作流动现场会只有5天时间的关键节点请假，将这副重担临时性地压给我，我纵然有三头六臂，也无法提供理想的现场，弄不好还会出洋相！

对于全乡“三冬”工作的进展情况，肖海心中还是有数的。这项工作还没有真正掀起高潮，少数村的水利整修和人工造林工作才刚刚开始，没有几个好的现场能拿得出手，可供区委领导和兄弟乡镇书记、乡镇长们参观的。

肖海知道，自己再有能耐，在这短短的5天时间里也变不出什么新花样来。

但书记发了话，作为乡长，这些事情理所当然要牵头，没有任何理由推辞。

怎么办？

那只好临时抱佛脚。

肖海及时集中乡政府干部力量，对公路沿线几个村的“三冬”工作进行重点督导，想尽可能打造出几处可供参观的现场。

没过几天，参加区委流动现场会的全体人员直接到达了桑梓乡政府的会议室。

还没等乡政府的工作人员给大家倒上茶，带队的区委领导就笑着说：“大家刚刚参观了桑梓乡迎丰村的山塘清淤现场，下面，请肖海乡长介绍他们乡

‘三冬’工作进展情况。”

看到区委领导的笑容，肖海心想，大家看了迎丰村的山塘清淤加深现场肯定是满意的。况且，这个现场自己3天前已到场督促开工，后又交代分管水利工作的副乡长和水管站站长蹲在村里，监督村干部抓好任务落实，并提醒了相关人员，区委流动现场会的人员有可能来看这个现场。

肖海信心满满、口若悬河，从党委政府领导如何重视、班子成员如何办点示范、全乡“三冬”工作已经掀起高潮、迎丰村和其他几个样板点已基本完工等方面，向与会人员进行介绍。

肖海介绍到迎丰村等几个样板点基本完成时，有个兄弟乡镇的党委书记不时地向肖海使眼色。

肖海觉察有点蹊跷，迅速话锋一转地说：“我们桑梓乡‘三冬’工作虽然取得了一定的成绩，但距县委、区委的要求，同各兄弟乡镇相比较，肯定还有不少差距。我们将以区委此次流动现场会议为契机，按照区委领导的指示，对‘三冬’工作再部署，确保全面完成今年的‘三冬’工作任务。”

带队的区委副书记，听了肖海的情况介绍和表态，仍然笑着对与会的人员说：“大家看了桑梓乡迎丰村水利冬修的样板点，刚才又听了肖海乡长的情况介绍，你们说说，桑梓乡‘三冬’工作开展得怎么样啊？”

全体与会人员沉默不语，一齐将目光投向了肖海。

此时，区委副书记突然严肃地说：“我们工作中难免会有落后的时候，但落后了不可怕，怕的是已经落后了，还自认为很不错、飘飘然。”

区委副书记停了停，将目光投向肖海，继续说：“肖乡长，你是我们全区各乡镇最年轻的乡长，任职时间也不长，没有工作经验，加之乡党委书记黎生伟关键时候休假了，工作没有推动，我们能够理解。但你错就错在在没有认真开展调查研究、掌握实情的情况下，凭你自己的想象，给我们来了一通完全不符合实际的胡乱汇报。我希望你这次吸取教训，今后注重工作的布置与督促检查，确保工作能够落到实处。”

在全体与会人员的面前，受到了区委副书记看起来委婉、实则是毫不留情的批评，顿时，肖海面红耳赤，觉得颜面尽失、无地自容。然后，肖海强装笑脸，对区委副书记和在座的同志们点着头说：“领导批评得对。今后我一定努力改正，决不再犯此类错误。”

事后，肖海调查得知，迎丰村的山塘清淤工作，区委现场会查看时，基本就维持了肖海启动工作时的原样，乡政府分管水利工作的副乡长和水管站负责人，仅满足于到村党支部书记家去督促了一下，与党支部书记喝了几次酒，根本没有到现场检查。而肖海问其进度时，二人总是打包票说，没有问题。从而导致了如此被动难堪的局面。

区委“三冬”工作现场会议发生的事情，对肖海来说，不仅是一次深刻的教训，也对及时转变工作作风、抓好桑梓乡的各项工作落实，起到了积极的促进作用。

事后，回想起区委副书记会议上的笑容以及批评人时严肃的神情，肖海才真正弄懂“笑官打死人”的确切含义。他既将这一次的经历作为人生成长过程中的宝贵财富，也为江湖险恶而担忧。

黎生伟建好自己的房屋，随即又及时赈了新房落成酒。

乡政府的干部、部门的负责人，一个不落地前去恭贺。

看到黎生伟满面的笑容，参观着他气派的楼房，听着一阵又一阵震耳欲聋的鞭炮声，回想起自己在全区“三冬”工作流动会议上，受到区委副书记批评的情景，肖海心里很不是滋味。

几天后，黎生伟忙完了家里建房的一切事务，终于带着满满的收获，返回了桑梓乡。

了解到他休假期间，桑梓乡在区委“三冬”工作流动现场会上的情况，黎生伟很不高兴。他没有想到，安排肖海在单位主持工作，竟然闹出了如此笑话，简直是出了桑梓乡的丑，让他这个当书记的脸上也不光彩。

第十九章　班子调整有争议

黎生伟的工作能力的确没的说。

据说，黎生伟刚担任桑梓乡党委书记时，乡政府办公的场所与通县公路之间，仅有一条宽5米、长约400米的弯弯曲曲的砂石道路连通，车辆和人员进入乡政府很不方便。

上任不久，黎生伟决心改变这种状况，计划在乡政府前面修建一条长2000米、宽15米的砂石街道。但在召开班子会议研究时，包括前任乡长在内的多数班子成员提出了反对意见。认为，一方面占用农田太多，接近100亩；另一方面，乡财政太困难，政府干部的工资都无法按月发放，哪里还有钱搞街道建设？

黎生伟力排众议，果断拍板。采取减免订购粮、订购油、核减农业税等一系列措施，做通了土地持有者的思想工作，调整出了近100亩农田。同时，指挥各村支部书记，调动全乡的劳动力，开展运砂石、平整场地、挖排水沟等行动，为街道建设进行义务投工；乡政府有关部门也按编制人数多少进行了资金筹措。

半年时间后，砂石路面的街道基本建成，不仅改变了桑梓乡集镇所在地窄小和脏乱差的状况，还为全乡人民提供了比较理想的农副产品交易和赶集的场所，有力地促进了乡里经济的发展。

黎生伟对桑梓乡电力建设的贡献，肖海尤为深刻。

利用县电力局一位副局长在桑梓乡挂职副乡长的机会，一次班子成员会议上，黎生伟提出了在桑梓乡建设一座35千伏变电站的设想。

“我们乡里的电站所发的电怎么办？”分管水电工作的副乡长首先提出了问题。

“建设变电站需要占地多少面积？所需费用怎么负担？”肖海因为街道建设的一些遗留问题还没有解决，加之乡里的财政实在太困难了，有些担心地问。

“建设这样一个变电站，对我们有多大作用？”乡人大主席也提出了问题。

“街道建设的许多遗留问题还没有解决好，乡财政已无法按时给大家发出工资，如果建设变电站又需要政府出钱，恐怕我们承受不起。”党委副书记同样发表了反对意见。

针对大家提出的一系列问题，县电力局的卓副局长围绕大家担心的一些问题进行了解释。

听了大家的发言，黎生伟心生不悦，但尽量克制自己的情绪，说：“我们要用发展的眼光看问题。我们虽然有自己的小水电站，丰水期勉强还能满足全乡用电的需要，但到了枯水季节，我们基本上只能保证乡政府所在地这一小范围的用电，各村都是黑灯瞎火。甚至到了农作物需要抽水抗旱之时，我们都不能保证电力供应，只能眼睁睁地看着农民受损失。今后，随着社会的发展，人民生活水平的提高，对电的需求会更多。所以，我认为，抓住县电力局卓局长在我们乡挂职的有利时机，为桑梓乡建设这样一座变电站是很有必要的。”

书记拍板了，其他人也不好再反对。

事后，黎生伟又亲力亲为，完成了协议签订、选址征地、资金筹集、小水电并入大电网等各方面的工作。

3个月后，随着35千伏变电站的建成投产，长期困扰桑梓乡的电力不足问题从根本上得到了解决。事实再一次证明，黎生伟具有较强的超前决策意识。

集镇街道和变电站建设的成功，不仅提升了黎生伟在桑梓乡干部群众中的威信，同时，也引起了上面领导的关注。

不久，桑梓乡传出了黎生伟将被提拔重用的小道消息。

没过几天，县委组织部安排干部来桑梓乡开始了干部考察。

“肖乡长，你与黎生伟同志搭班子已经一年多时间了，你应该最有发言权，对他的评价怎么样？”

召开了民主测评会，并找了部分班子成员个别座谈后，县委组织部考察组的两位同志，最后找到肖海进行交谈。李组长向肖海问起了黎生伟的情况。

“是的，我与黎书记共事已经有一年半的时间了。我认为他是一位有超前意识、有办事能力、敢于担当、善于协调的领导。”肖海概括性地介绍道。

“你能谈得更具体一点吗？”李组长继续问。

“乡里35千伏变电站的建成就是最好的例证。当时召开班子会议研究时，包括我自己在内的不少班子成员都认为时机不成熟。但黎书记大胆拍板，并在工程实施过程中多次出面，解决了不少问题，最终建成投产。事实证明，他看得比我们要远，变电站建设很有必要。”肖海举出了具体事例。

“你说他善于协调，有具体的事例吗？”李组长又问道。

“我们乡农电站长的调整，本来县里的主管部门不同意，但黎书记根据实际需要进行了调整。后来，通过他出面与上面进行协调，上面的主管部门最终接受了调整的结果。”

“你觉得黎生伟同志的主要缺点是什么？”李组长带着考察干部的套路，习惯性地问。

“我还真没有发现黎书记的主要缺点。”肖海看了李组长一眼回答。

肖海在组织部考察成员面前，不断替黎生伟唱着赞歌。

当组织部的考察人员征求黎生伟关于桑梓乡新书记人选的意见时，他始终认为，桑梓乡现有的班子成员中，没有人具备胜任党委书记的能力。

县委组织部考察结束不久，黎生伟被委任为E区区委副书记、区长。虽然不是提拔，但也是重用，成了能够管理7个乡镇的区公所主要领导。

同时，组织上从县直部门选派了一位同志，担任了桑梓乡的党委书记。

上任的第一天，新任党委杨书记在与乡干部见面时，用“尽心、尽力、尽职、尽责”表达了干好工作的决心，给干部职工留下了“为人实在”的印象。

新任书记怎么样，能挑起桑梓乡党委书记这一副重担吗?

大家拭目以待。

杨书记在部队干了20年，转业后直接进入县直部门工作了5年，1.75米的个头，身体结实，43岁，正是年富力强、干事业的黄金时期。

俗话说，新官上任三把火。

几个月过去了，除了到县里、区里开会，除了召开班子成员会议、召开乡里和村里干部会议，除了下村调研，却迟迟找不到开创工作新局面的突破口。

此时的肖海，也处于两难的境地。

乡里的情况比杨书记熟悉，农村工作经验比杨书记丰富，抓工作的思路比杨书记清晰，在干部群众中的号召力比杨书记突出。

人心是杆秤，能称重和轻。

很快，桑梓乡就传出了书记能力差的各种声音。

为了顾全大局，肖海在维护书记威信、干好本职工作的同时，也曾主动替书记出主意、想办法。

然而，班子成员中一位年龄比肖海长几岁的副乡长，本就对肖海成了他的上司而不服，想借机挑起乡长与书记的矛盾。

“杨书记，你是一个大好人，但我给你及时提一个建议。”一天晚饭后，副乡长主动跑到杨书记的房间，说。

“好啊，有什么好的建议，说说看！”

“我觉得你当书记就应该处处时时树立自己的权威。”

“怎么个树立权威?”

“你知道大家怎么议论吗？”

“有什么议论？”

“大家都在说：书记被乡长架空了，大事小事都要同乡长商量。”

“肖乡长情况比我熟悉，多听听他的意见未必不是好事。”

“开会前，你多征求一下乡长的意见是对的，但最后怎么决定，你是乡里的党委书记，应该你说了算，不能被肖乡长的意见所左右。”

“这样一来，肖乡长岂不有想法？”

“你是书记，他再有想法，也应该服从你。”

“理是这个理，但弄不好，班子内部的团结就会出问题。”

“你怕什么，我们不少人都站在你这一边。”

事后，杨书记果真听从了这位副乡长的建议，对肖海的意见采取了不反对、不采纳的态度。

肖海明显感受到了这种变化。

心想，出了成绩，光环戴在书记的头上，出了问题，板子也要打在书记的屁股上，自己何苦要吃力不讨好呢？

当时，正值20世纪80年代末期的特殊时期，人们的思想更加活跃，传递的各种信息让乡镇干部感到无所适从，桑梓乡的各项工作受到了严重影响：应该收缴的农业税收不上来，应该做手术的计划生育对象没有人去及时做工作，本已有所好转的社会治安秩序开始变差，乡干部已有两个月没有领取工资了。

肖海看在眼里，急在心上。

组织上了解这种情况吗？

需要向上面反映吗？

如果自己向上面领导反映情况，会不会落下“不支持书记的工作、想当书记”的骂名？

想来想去，肖海最终还是将桑梓乡的情况以实名方式，向他的老领导、县委书记梁志民写了一封信，详细反映了桑梓乡的现状，并汇报了自己的一些想法。

面对乡里的困境，杨书记已是一筹莫展、回天乏术。随后，以身体有病为由住进了县医院，同时向区委、县委提出了辞职请求。

谁接任桑梓乡的党委书记？

首先，区委班子成员中已经产生了分歧。

区委唐副书记首先发言说：“我推荐肖海。肖海已在桑梓乡担任了2年多的乡长，虽然年轻，但他勤奋好学，思路开阔，廉洁自律，在乡村干部中，树立了较高的威信，具备了担任乡党委书记的能力。”

“是的，肖海很不错。桑梓乡今年的工作如果不是靠肖海顶着，不知道会出多大的乱子。我们不能让能够干事、敢于负责的干部吃亏。”区委组织委员向明生推荐肖海。

“肖海22岁担任副乡长，后来又在省行政干部管理学院学习了2年。现在，在桑梓乡乡长的职务上已经干了2年多，得到了充分的锻炼。以肖海的学历和能力，我认为他完全可以担任乡党委书记。”肖海在双溪乡任副乡长时，区委委员、副区长范一成认识了肖海，当时就觉得小伙子不错，现在更是极力推荐。

“我与肖海搭档过一年多时间，比在座的各位更了解肖海。我认为，肖海太年轻，当一把手的经验不足，果断决策能力不够，难以驾驭桑梓乡复杂的社情民情。”区委副书记、区长黎生伟表示反对。

“那你认为谁是担任桑梓乡党委书记的理想人选？”区委姚书记看了一眼黎生伟，问。

“我个人推荐由熊副区长去担任桑梓乡的党委书记。”黎生伟提出了自己理想的人选。

包括县委组织部考察人员在内的所有人员，听了黎生伟推荐的人选，都感到愕然，因为熊副区长曾经在生活上犯过严重的错误。

“熊副区长在担任乡党委书记时犯了男女作风方面的错误，组织上给予他处分的时间刚刚一年，现在又让他去担任乡党委书记，恐怕不妥。”区委委员龚清明提出了反对意见。

“肖海是比较年轻，但已经在乡镇干了好几年，当过副乡长、乡长，经历已经比较丰富了，能力也得到了认可。我认为由他去担任桑梓乡的党委书记，是能够胜任的。”另一位区委副书记发表了意见。

“大家还有没有更合适的人选？”区委姚书记城府很深，对大家推荐的二位候选人不置可否，而是轻松地问大家。

班子成员中明显有了不同的意见，大家也不便再给区委书记添堵，纷纷表示没有新的人选。

“关于桑梓乡党委书记的人选，我们区委也只有建议权，最后由谁去担任，决定权在县委。”

区委姚书记对县委组织部的两位同志看了看，以征求意见的语气问：“我们能否把肖海、熊副区长同时作为候选人向上级进行推荐呢？”

县委组织部的两名干部相互看了一眼，笑了笑。

带队的一名领导说了一句：“区委最好是形成一个书面材料让我们带回去，我们再给领导汇报。”

区委会议留下了悬念。

第二十章　几多欢喜几多愁

年底，县委对桑梓乡党委政府的班子成员进行了调整。肖海幸运地接任了乡党委书记的职务，成了这个乡说话算数的一把手。

花儿红，有人捧。乡政府院子里的干部及其家属，已经相识相知的村干部、部门负责人，爱人所在学校的同事、小孩上幼儿园的老师，见面就是“肖书记好”。

“小朋友，你是哪个家的孩子？你爸爸是谁呀？”肖海两岁多一点的女儿肖潇在乡政府院子里面玩耍，乡党委涂副书记故意逗她。

“我爸爸是肖书记呢。”肖潇抬起头，看着涂副书记，带着稚气，骄傲地回答。

“哟，是肖书记，是哪个肖书记，我认得吗？”涂副书记牵起肖潇的手，继续问。

“就是肖海书记，你一定认得！”肖潇看着涂副书记，一脸认真地说。然后，迅速跑开，找小伙伴们玩去了。

替肖海带孩子的母亲，顾不上晕车，坚持请了几天假，孤身一人返回老家，一定要将幺儿子当了乡党委书记的喜讯，第一时间告诉肖海的父亲和邻居们，特别是想在亲家面前炫耀一番。

肖海当了乡党委书记，对于肖家来讲，的确是一件大事、一件喜事，一件让亲戚们都高兴的事。

父亲心里也得到了一丝宽慰，自己性格坏，在村干部的心目中印象差，已经影响了几个儿女的前途，对幺儿子的考学、参军也造成了一些阻碍，但肖海终究还是抓住了机会，当了乡党委书记。

母亲更加高兴，利用与邻居们在小溪洗衣服、到别人家里吃酒席、村里赶集等机会，无不炫耀地说："幺儿当书记，扬眉又吐气！"

哥哥嫂嫂、姐姐姐夫、侄儿侄女、外甥们，都替肖海当了乡党委书记而高兴。

岳父母听说肖海当上了乡党委书记，自然对女婿另眼相看，李家的亲戚也为肖海感到自豪。

然而，事物总是一分为二的。

随着乡长到乡党委书记的职务变化，肖海的烦恼也随之而至。

"肖海，我们明天一起和肖潇到水电站附近去玩半天，那里的景色很不错，你把文化站胡站长的相机借上，一家人拍几张照片，行吗？"吃了晚饭，李秋婉当着孩子的面，提议。

"好呀，我们明天去照相喽！"肖潇扯着自己的花裙子，高兴地说。

"好，我们明天带着漂亮的肖潇到水电站附近去照相。"肖海自从当了乡党委书记，工作的确忙，已经很长时间没有带孩子去玩了，明天是个礼拜天，正好一家子玩个半天，自己也放松放松。

第二天，吃过早餐，一家三口正准备出门，岳父和秋婉的舅舅、舅妈已经来到了门外。

肖海很诧异，事先并没有打招呼，他们怎么这么早就从老家过来了？

"爸、舅舅、舅妈好！"

肖海、秋婉招呼三人进屋坐下。

"姥爷！"肖潇热情地跑过去抱住了姥爷的腿。

秋婉连忙给几位倒了茶。

"到这么早，肯定是赶第一班车来的，一定还没吃早饭。我马上给你们做。"肖海显得很热情。

"我们在京铺转车时，在路边买了几个馒头吃了，现在还不饿。"舅舅说。

"你别客气，我随便炒几个菜，很快的。"肖海知道舅舅性格有点古怪，在别人家吃饭非得要主人家一请再请。记得去年，舅舅也是有事上午来到家里，肖海问他吃饭了没有，他说已吃过了。肖海再没有多问，心想，自己刚吃过早餐，你说已经吃了，就算了，免得我再给你做。谁知，过了一段时间，秋婉接到了父亲从老家打来的电话，对自己和肖海两人进行了批评，说对舅舅不热情，来了连早饭都不安排吃，让舅舅饿了整整一个上午，到了中午才吃上早饭。

“那你随便炒几个菜，我们多少吃一点。”岳父说出了实情，证明他们还没吃早饭。

肖海如释重负，幸亏多问了几句，否则，又将背上待舅舅、舅妈不热情的骂名，岳父大人也会觉得怠慢了他们而不高兴。

肖海不得已只好另外炒了几个菜，秋婉也从外面饭店里买来了两大碗米饭。

“肖海，我们祝贺你当了乡党委书记。”刚刚吃了几口饭菜，舅舅、舅妈就笑着说。

“其实也没什么值得祝贺的，他身上的担子更重了，更没有时间管家里的事，累的就只能是我哟。”秋婉接过话题，高兴中带着担忧。

“书记与乡长肯定不一样，书记的权力更大一些，是乡里真正能够说话算数的一把手。”岳父当了多年的村干部，与乡里的干部打交道比较多，党委书记与乡长的区别看得很清楚。喝了一小杯酒，看着肖海，说。

“我们村里人听说你当了党委书记，都感到高兴。我们做亲戚的也脸上有光。”舅舅接着说。

“当个乡党委书记，确实没有什么了不起，只是多担当一些责任而已。”肖海知道，岳父和舅舅、舅妈从老家跑这么远来到家里，绝不是为了恭贺自己当了乡党委书记，肯定另有所求。

“今天来是有什么事吧，直说就是了。”肖海端起酒杯敬岳父和舅舅喝了一口，笑了笑说。

“肖海，你到乡政府当乡长的这几年，我们李家的亲戚从来没求你帮过什么忙，你和秋婉是知道的。这次你当了乡党委书记，我和你舅妈商量，也得到了你岳父的同意，想在老家村里当个村干部。我们当了村干部，保证工作比现在的几个村干部干得要好。肖海，你放一万个心，我们不会给你脸上抹黑的。”舅舅信誓旦旦。

“是的，我从村干部的位置退下来多年了，我们李家都没有人在村里当干部了，对两家的亲戚没有任何关照。如果能够让舅舅或舅妈当上村干部，两家的亲戚办事也方便一些。”岳父帮着说起了好话。

“哟，你们还有这样的想法。农村实行责任到户后，都说村干部不好当，许多有能力的人都出去打工或经商去了，根本不愿意留在村里，你们为什么还主动要求当村干部呢？”

肖海平时与村干部接触比较多，听到不少村干部发牢骚，说是村干部难当，甚至有能力的人，根本不愿当村干部。有时候，乡里还为有的村难以挑选出满意的村干部而犯愁呢。没想到，舅舅、舅妈还自告奋勇当村干部。

“肖海，你不要听一些村干部说村干部如何如何不好当。可是，真正主动辞职不干的村干部有几个？其实，当村干部是有许多实惠的。”看来舅舅在村干部问题上有自己的一些看法。

“当村干部有哪些好处，您说来听听。”肖海也难得有这样的机会，比较深入地了解村干部真实的工作和生活状况，好奇地问。

“比如我们质量相同的烤烟，村干部总是比我们要高半个等级，半个等级的烟叶，1斤相差几毛钱，100斤烟叶就相差几十元。一季烟叶下来，村干部要比我们多几百元甚至上千元的收入。”

这种现象的确存在，凡是人为定级定价的农副产品，在收购时都存在类似的问题。当乡长时，肖海询问过有关部门的负责人。他们解释说：部门的工作需要依靠村干部支持，在不违背原则的情况下，适当照顾一下村干部也在情理之中。

“当村干部的好处还多着呢。如困难救助、灾害补助、农业税退补等，主要是村干部的亲戚享受了，普通老百姓根本没有份。还有，年轻人参军，都会优先考虑村干部家的人。”岳父也帮助讲起了当村干部的好处。

听岳父如此一说，想到他当村干部时对自己一家造成的伤害，特别是未能去当兵给自己留下的终身遗憾，肖海心里仍然有一些不悦，甚至对岳父有了一丝埋怨。

“农村建房，好的屋场只有村干部能办得到手续，一般的群众根本办不了；木材砍伐指标也是如此，村干部需要砍多少就能批多少，而给老百姓的指标却很少，老百姓砍的树超过了指标数，自然就有林业站的人上门来罚款。”舅舅继续列举当村干部的好处。

“可是，村干部也有得罪人的地方呀。如计划生育工作就要动员人家引产、结扎，农业税、特产税、牲畜屠宰税、统筹提留款的收缴。这些工作不都是挺得罪人的吗？”肖海一边认真地对舅舅、舅妈说，一边瞟了岳父一眼。

“肖海你这就不知道了，现在有些村干部狡猾得很，他们将老实的、听话的对象工作都做了，而将调皮的、难缠的对象留给了你们乡干部，让你们来得罪人。比如计划生育工作，哪个妇女是计划外怀孕，村干部很清楚，他们不仅不报告乡计生办，甚至在乡政府要搞计划生育突击行动前2~3天，有意识地先给手术对象通风报信。乡政府来人了，又装模作样地积极配合你们的工作，带你们去上计划生育对象的门。你们想想，有几个计划外怀孕的对象是你们乡干部从手术对象家里找到的，不都是花了好多精力从外面找回来的吗？”

听了舅舅、舅妈的一席话，肖海联想到几年来收农业税、收统筹提留款和计划生育等几项令人头痛的工作，还真是这么回事儿。难怪，有些村里的工作推不动，换届选举时村干部却能继续连任，原来是一些村干部两头做好人。

“你们想过当村干部的责任是什么吗？”肖海问。

“当村干部有多大责任呢？不就是负责上传下达配合你们乡里干部的工作吗？”舅舅、舅妈几乎同时回答。

“村干部还是有责任的，如怎么把村里的公路修通；怎么解决老百姓的饮水困难；怎么改善村里的办学条件；怎么引导村民调整农作物种植结构，提高单位面积的产量和增加群众的收入；怎么做好计划生育、维护好社会治安；怎么动员群众完成农业税、上交提留款。事儿多着呢。”肖海耐着性子说。

“你说的这些，是村里书记、村长考虑的事，我们又不想当村里的头儿，想那么多事干嘛？前几天，村里的支部书记还主动找到我们，希望我们两个人中有一个人能够进村委会的班子，说如果我们进了村里的班子，对整个村的发展会更有利。肖海你相信我们，我们当了村里的干部，村书记、村主任叫我们干啥，我们就干啥；他们叫我们怎么干，我们就怎么干。”舅舅自信地笑着说，好似自己当村干部已是板上钉钉的事。

“村里的事主要由村书记、村长去考虑没有错。但作为其他的村干部，也要根据分工去认真履行自己的职责，并为村里的发展多提出一些好的建议呀。

只有这样，村里几个干部的心才能想到一起，村里的工作才能干好。”肖海继续对舅舅、舅妈说。

“肖海，你放心，只要让我们两个都当上了村干部，我保证同村里的书记、村长搞好团结，也一定能干好分配给我们的工作。”舅舅、舅妈同时表了态。

“那你们在村里能担任什么职务呢？”肖海把话锋转到了他们最关心的话题上。

舅舅、舅妈认为肖海答应了他们的要求，心里特别高兴。

“我能写会算，完全能够胜任村里的会计职位。”45岁的舅舅自信地说。

“肖海、秋婉，你们两个也是知道的，我能说会道，当个妇女主任没有一点问题，保证要比现在的妇女主任工作干得好。”刚满40岁的舅妈，个子高挑，身材苗条，五官姣好，无不衬托出年轻时的风韵。

“村党支部的成员由党员大会选举产生，村委会的成员由村民大会直接选举产生，并不是乡党委书记一个人说了就行。再说，我又不在老家当乡党委书记，怎么能决定谁去当柳溪村里的村干部呢？”肖海说出了实情。

“我们都打听清楚了，你与我们乡的党委王书记关系很好，只要你替我们在他面前打个招呼，王书记还会不买你的面子吗？”舅舅看出了肖海的意思，显得有点不高兴，建议道。

“肖海在E区的桑梓乡任书记，我们老家是D区的新东乡，两个乡都不是一个区，人家王书记为什么要买肖海的面子？”秋婉也觉得舅舅、舅妈的要求有点过分。

“秋婉，你就不要替肖海推脱了，给家乡的党委书记打个招呼，要求照顾自己的亲戚当个村干部，还不是他王书记一句话的事，他有么子理由不买肖海的面子？”

李卫成看了看秋婉，觉得这丫头自从与肖海认识后，处处时时只替肖家考虑，从不顾及李家的感受，心里显得很不高兴。

“我觉得你们还是有点为难肖海。我和肖海两人的亲戚都在一个村，而且亲戚都比较多。帮了我这一方的亲戚，他那一方的有意见怎么办？你们想当村干部，肖海帮了忙，另外的亲戚提出了新的要求怎么办？肖海是帮还是不帮？如果给你们开了这个头，今后不好收场。”

没想到秋婉会看得这么远，而且愿意挺身而出，不怕得罪自己的父亲和舅舅、舅妈，主动替自己解围，肖海非常感动。

谁知，听了秋婉一席话，舅舅、舅妈更加生气了。

“我看你秋婉从来就没把我们的事放在心上。两年前，我想将我家丫头转到桑梓乡中学来读初中，你怕麻烦，不同意转过来，害得我家丫头连高中都没考上，只得外出打工。今天，肖海当了乡党委书记，我们想要他帮忙跟家乡王书记打个招呼，让我们当个村干部。肖海没说什么，而你秋婉首先站出来反对。”舅妈直接说出了对秋婉的意见。

“我就想不明白，当个村干部有什么好的。老爸，你不是当了多年村干部吗？你好处没捞着，倒是得罪了不少人，现在全村不知有多少人还在记恨着你，弄得我们见到有些人都不好意思打招呼。”秋婉也是直性子，有啥说啥。

“你有什么不好意思的，你这不跟肖海结婚了，肖潇都这么大了吗？”李卫成对女儿的婚姻已经完全认同，甚至对当时的反对有了些许后悔。

“那还要感谢你过去对肖海家的伤害，否则，我还不会对肖海这么好，我是在给你还债。”

自从嫁给肖海后，秋婉多次在肖海面前提起过她父亲，希望用自己对肖海的百倍关爱和对肖家亲戚的照顾来弥补她父亲从前的过错。而肖海则尽可能避免在她面前谈及往事，不给秋婉增加心理负担。

眼前这个样子，肖海也有一些为难。

不答应吧，他们跑这么远的路，求自己办事，不仅没有达到目的，反倒当着岳父的面受了秋婉的气，岳父的面子也没地方放。说不定，不仅亲戚关系就此恶化了，而且自己也一定会在所有的亲戚中落下个不讲人情的骂名。

答应吧，秋婉说的问题的确存在。

先不说家乡的党委王书记买不买自己的面子，一旦买了面子，两方亲戚一大群，这个要当村干部，那个要进乡办企业，张三想到部队去，李四想要借贷款，我肖海能管得过来吗？

思来想去，肖海决定来个缓兵之计。

“你们两人的想法我知道了，但现在还没到换届的时候，不可能随便调整村干部。再说，我也刚当乡党委书记，虽然家乡的王书记我认识，但交情不是很深。既然你们有当村干部的想法，我到时给王书记打个电话说一下你们的情况，你们也可以直接去找他，加深一下印象。”

“他们不认识王书记，见面了不太好说话。肖海，你也不用打电话，干脆给王书记写一张字条，把舅舅的想法向他说明白，可能效果更好一些。”岳父真会出主意，向肖海提出了要求。

听了岳父的话，肖海与秋婉对视了一下，有些不可思议。

“爸爸，怎么还不带我去玩？”肖潇看到肖海迟迟不带自己出去玩，满脸的不开心，跑过来扯着肖海的手，催促道。

“我们马上就带你出去玩。乖，你去妈妈那儿等等我。”

肖海尽力掩饰舅舅带给自己的不悦，对他说：“你们的事急不得，只能一步一步地来。我先给家乡的王书记打个电话，字条是绝对不能写的。你们回去时，直接到乡政府去找他就可以了。”

“肖海、秋婉，我们亲戚一场，不求你们别的什么，我们只求当个村干部，你们一定要想办法满足我们的愿望啊！”舅妈叮嘱说。

“肖海，你一定要将舅舅、舅妈的事放在心上。”岳父再次对肖海进行了叮嘱。

秋婉客套地劝说三人住一天再回去。舅舅、舅妈当村干部的心情迫切，说要马上赶回去找家乡的党委书记。李卫成本想住一天再走，但看到秋婉舅舅、舅妈执意要回去，也只好随他们一起返回了老家。

望着三人离去的背影，回想刚才与他们的一席对话，肖海心里很不是滋味。

舅舅、舅妈只看到当村干部带来的好处，没有想到当村干部的责任。这样的人又怎么能当村干部？如果这样的人当了村干部，村里的发展能有希望吗？群众能有希望吗？如果自己给家乡的党委王书记打电话，要求将这样的亲戚弄成村干部，岂不是害了家乡的党委书记，害了村里的老百姓？岂不是对党的事业不负责任？

肖海在心里谋划：既然岳父出了面，给家乡党委王书记的这个电话就必须打，既要将舅舅列入村干部候选人名单参加选举，又决不能让他当选。

第二十一章　历经艰辛建砖厂

“无农不稳、无工不富、无商不活。”

20世纪90年代初期，中国农村大地进一步掀起了大办乡镇企业的高潮。

而前几年，桑梓乡却在建设乡办企业的过程中，不断出现“热热闹闹开业、冷冷清清经营、凄凄惨惨倒闭”的状况。

“头顶同一个太阳，共享同一个月亮，为什么结果却不一样？同是E区管辖的几个乡镇，其他乡镇的企业能够办成功，有的乡镇办起了小煤矿，有的乡镇办起了小石灰矿，有的乡镇建设了页岩砖厂，有的乡镇有建筑公司，唯有我们桑梓乡现在没有一家成功的乡办企业。在座的每一位都需要好好思考思考，究竟原因何在？当然，首先是我应该主动做检讨。”听了滕副乡长关于全县乡镇企业工作会议精神汇报后，肖海针对桑梓乡近几年来的企业发展状况，谈了自己的感想。

“我们也曾经努力过，先后建设了苎麻厂、编织袋厂、藤椅厂，谁知，厂子开业没几个月，就因为产品没有销路而垮了，人也散了。”原分管企业的唐副乡长接过了话题。

“前几年，市里给我们派来的科技副乡长葛某某，曾信心百倍地在我们乡办过金针菜加工厂、小型红砖厂，同样是热热闹闹开业，灰头土脸倒闭，最后让乡里背了一身贷款，葛副乡长也只好灰溜溜地走人。”已在桑梓乡政府工作多年的乡党委涂副书记说起乡办企业，心里很不高兴。

“要想办好乡办企业，需要做好两件事。一是选准人，既要选准企业办主任，更要选准企业厂长。二是选准项目，生产的产品要有销路，不能产品生产出来了却又卖不出去。”乡党委成员、纪委书记通过对前几年有关企业厂家的财务清理总结了两条经验，并以此向党委政府提出了建议。

“办乡办企业我支持，但一定要慎之又慎，乡政府已经在办企业方面有了多次失误，欠下了不少贷款，我们再也折腾不起了。”文学章已经由副乡长提拔为乡长，对乡办企业和财政的状况一清二楚，谈起乡办企业就感到头痛。

看来，乡党委乡政府一班人在创建乡办企业的问题上已经心灰意冷。这也怪不了乡镇干部。长期以来，乡镇干部，除了向农民催要农业税、统筹提留款，除了组织农民搞水利建设、植树造林，除了安排人员抓计划生育、社会治安，有多少干部去学习研究企业管理，懂得如何办好乡镇企业？加上前几年乡里办企业失败的现实还历历在目，谁又愿意去再次冒失败的风险？

肖海思考着。

“我非常理解大家的心情和担忧，但我们不能一朝被蛇咬，十年怕井绳，不能前几年乡办企业失败了，从此以后，乡里就再也不办企业了。”肖海看了看大家的表情，神情严肃地继续说，“我们一定要下决心把乡办企业办起来，也一定要树立起办好乡办企业的信心。理由有以下几点：一是县委县政府有办好乡办企业的要求，刚刚分管企业的滕副乡长已经传达了全县乡镇企业大会的精神；二是全区其他乡镇都有乡办企业的成功经验，我们可以向他们学习、取经；三是我们可以吸取前几年办企业失败的教训，尽可能避免犯同样的错误；四是我们坚持以本地资源为主，围绕有市场销路的产品去生产；五是加强对乡办企业的领导，由我牵头，再组织一批人员抓新办骨干企业的创建。”

看到党委书记已经下了决心，其他班子成员不好再反对。

于是，肖海又对乡办企业的班子成员提出了调整意见，对准备创办的新项目谈了自己的想法。

经过反复思考和调查研究，并请有经验的同志实地考察后，肖海和一班人最终决定创办乡办红砖厂。

没有资金，没有技术，没有人才，乡办红砖厂建设之初就面临着一系列的难题。

怎么办？

没有钱，肖海就找到乡信用社解决了5万元的企业贷款，并向几个有条件的村预借了6万元资金。

就这样，靠筹措的11万元的企业启动资金，肖海和一班人开启了建设乡办红砖厂的艰难历程。

没有技术，肖海又慕名来到全市知名的金鑫砖厂，找到村党支部书记兼厂长褚新国，请求支持。

“我当了多年的村支部书记，接触过不少乡党委书记，很少发现有像肖书记这样重视乡办企业的。你有这份诚意，我深受感动。我立马通知村里的干部开会研究，听听大家的意见，看如何支持你们乡里建砖厂。”

褚新国是个雷厉风行的人，听完肖海的情况介绍，褚厂长当即表明了态度。

很快，村干部集中到了他家。

了解情况后，村干部一致认为，支持桑梓乡建砖厂是好事，但应该先派人实地考察，详细了解土质、资源量、地形地貌等情况，看是否适宜建砖厂，然后再做决定。

褚新国采纳了大家的意见。

第二天，他就带领村里的几个村干部、砖厂的部分技术骨干，骑着摩托车赴70多公里外的桑梓乡现场，对黏土的质量、资源储量进行了认真的考察，并将样品土带回村里的砖厂进行烧制。

得知样品土的质量符合标准后，褚厂长再次赴桑梓乡与肖海围绕厂址的选择、制砖机的购置、砖窑的建设、资金的筹措等方面进行商议，并承诺，一定帮助桑梓乡生产出高质量的红砖。

有了褚新国的支持，肖海建砖厂的信心更足了。

没有人才，就从全乡的村党支部书记中挑选了赵兴军同志为砖厂的负责人，具体负责行政管理；从全乡的村主任当中推选谭雨国同志负责砖厂的技术工作。然后将这两名虚心好学、综合素质较高的年轻人先送到褚厂长所在的砖厂进行跟班学习，要求褚厂长安排专人手把手地教，帮助他们掌握基本要领和关键技术，直到他们能独立开展工作。

在肖海的指挥和参与下，桑梓乡的砖厂建设按部就班而又极其艰难地向前推进。

土地租用、办公厂房建设、砖窑建设、职工培训等一系列工作都在比较顺利地进行，规模较大的红砖厂的轮廓正一天一天地展现在人们眼前，肖海也在憧憬着第一窑红砖烧制成功后欢庆的情景。

然而，不经风雨，哪来彩虹！

令肖海没有想到的是，经历风雨的过程竟如此痛苦艰难，他感到一天一天的时间是那么漫长、难熬！

桑梓乡空白的乡办企业底子和前几年连续办企业失败欠信用社巨额贷款的残酷现实，导致乡政府的信誉尽失、借钱无门。而购置制砖机、建砖窑的人员工资、烧砖所需的燃煤、砖厂专用配电设施的购买等许多地方正亟须用钱，先期筹措的11万元启动资金早已分文不剩，而且还到处欠了不少的款。肖海和砖厂的厂长、会计一起仔细算了一下账，若要保证砖厂正常建成投产，至少还要60万元的资金。

俗话说，一文钱逼死将军。

60万元，对于肖海而言，简直就是一个天文数字。一个贫困乡的党委书记，一个农村走出来的娃儿，到哪里去弄60万元？

办砖厂前，肖海也想到过资金是最大的难题，但没有想到会需要如此大的投资。

“主任，砖厂建设已经到了关键阶段，希望你能给砖厂追加一些贷款。否则，砖厂办不起来，以前借的贷款也就没法还上了！”得知砖厂建设的资金缺口后，肖海第一时间找到了乡信用社万主任，希望他看在自己这个乡党委书记的面子上，网开一面，再给一点贷款。

“书记，不是我不看你的面子。近10年来，乡里办企业是建一个，倒闭一个，新增信用社一笔贷款，我们信用部门也被害苦了。现在，已累计有400多万元的企业贷款无法偿还，利息都收不回来。”万主任翻出历史的旧账进行搪塞。

“过去是过去，现在是现在，自我到桑梓乡任职这几年来，乡办企业先后到你信用社借的贷款累计还不到80万元吧。俗话说：三十年河东，三十年河西。如果这次砖厂建成功了，你们信用社不也就跟着好起来了吗？”肖海看向万主任，启发着。

“书记真认为砖厂能建成投产？”

“你万主任别用老皇历看人，我坚信砖厂一定能建成！”肖海没有想到，乡信用社主任仍在怀疑砖厂能否建设成功，难怪对砖厂借贷款持消极态度。

“有书记坐镇，我相信砖厂能够建成。你还想向我们贷多少款？”

“砖厂的资金缺口还有60万元，我也不想借那么多，你借一半，剩下的我再想办法。”

“我这里没有权力给你借那么多，需要县信用联社主任审批才行。不过，我给你提供一个信息，过几天，县联社的章主任要来我们这里检查工作，你能否请章主任到砖厂建设的现场看一看。如果章主任满意了，贷款的事就能搞定。”

“谢谢你提供这么重要的信息。章主任来了，你一定要告诉我，我千方百计也要将章主任请到砖厂去看一看，相信能够感动他。”

离开万主任的办公室，回想刚才万主任提供的信息，肖海如同在波涛汹涌的大海中游泳，已经精疲力尽、奄奄一息之时，终于抓到了一根救命的稻草，借此可以安全到达岸边。

他心里很清楚，不尽快解决资金问题，砖厂建设必然马上停下来。

他心里更明白，如果桑梓乡这次办砖厂失败，干部群众受到的心理伤害可能比经济损失更难弥补。

合作方的褚厂长也没有想到，桑梓乡竟然如此困难，举全乡之力还难以建好一个砖厂。现在自己村里已经投入了不少资金，如果不能将砖厂尽快建好并立马投产，收回投资，就有可能出现半拉子工程，让村里的投入打水漂。当初是自己力排众议，坚持扶持肖海建这个砖厂的，如果失败了，自己这个支部书记兼厂长也就没法向群众交代了。

想到此，褚厂长也着急起来，主动拉着肖海去给县长汇报，恳求给予桑梓乡砖厂建设的资金支持。

县长委婉地予以了拒绝。

两人不死心，又去了县农业银行找行长，请求给一些贷款支持。

然而，一切的努力都是白费的。

几天后，砖厂建设因为资金问题暂停，肖海面临的压力更大了。

“不是你肖海坚持要上的项目吗？”

“你肖海不是保证能将砖厂建成吗？”

“你不是说其他乡镇能办成的事，你肖海也一定能办成吗？”

“肖海砖厂没办成功，反而又要给乡政府欠一屁股债。”

政府干部的种种议论和猜测如同一只只高高举起的巨大手掌，在不停地狠狠抽打着他的耳光，肖海已感觉不到肉体的疼痛，但内心却无比难受。他身心疲惫，甚至彻夜难眠。

看到肖海为筹措砖厂建设资金而憔悴的模样，妻子秋婉心疼不已，一再劝说：“实在不行就放弃，别把自己的身体累坏了。”

“就此放弃，我不甘心！今后还怎么在桑梓乡开展工作？已经形成的债务怎么办？”

肖海不想放弃，却也无能为力。

“要不，我手中有3000元钱，你先拿去让砖厂周转一下吧。”

肖海知道，家里并没有什么积蓄，是岳父母悄悄给了秋婉3000元钱，说是给家里添置一台洗衣机、一台电视机，秋婉还没有来得及购买。

肖海也清楚，3000元钱，对于60万元钱的缺口来讲，只是杯水车薪、沧海一粟。

肖海更明白，此时3000元钱的意义，已远远大于其本身的价值，它代表着妻子对自己事业的理解和支持，代表着妻子对自己的信任与关爱。

但肖海此时的心情，就如同欠了很多赌债的赌徒，有钱就会要，既不会考虑钱的来源，也不会对给钱的人表示感谢。

接过妻子递过来的3000元钱，肖海没有表示任何谢意，立即离开自己的家，向几公里外的砖厂快步走去。

一路上，一幅幅肖海借钱碰壁和别人向肖海催要资金的画面，反复在肖海的脑海中浮现。

“不是我不给肖书记面子，实在是你们乡政府欠信用社的贷款太多了，而且没有还款的能力，所以，区信用社研究，坚决不同意给砖厂继续贷款了。”肖海找E区信用社罗主任求情，罗主任毫不留情地予以拒绝。

“褚厂长，我这边资金的筹措出现了一些问题，你能不能多宽限一些时间，有了钱，我一定及时给你们。”欠人钱，矮三分，身为乡党委书记的肖海，也只能向合作方的村党支部书记求情。

“我们协议定得很清楚，你已超过付款时间20天了，村里的干部非常担心你们的钱到底能否到位。因此，也请你理解我的难处，若再不按协议给我们支付资金，我只能视作是你们违约，不仅要将技术人员撤回，而且你们还需要按协议支付违约金。”合作方不断向肖海施加压力。

“肖书记，我已到制砖机厂家5天了，厂家说，如果3天之内再不将资金汇过来，制砖机就要卖给别人了。若是没钱提货，我是否现在回来？但厂家说了，下次提货就要再等20天。”派出去提制砖机的人员，如实向肖海汇报工作进展情况。

此时此刻，钱，不仅成了乡办砖厂成败的关键，也将肖海逼到了寝食难安的处境。

难道自己多方考察、反复调研、日夜操劳、处处求人才刚刚筹建的砖厂，要在大有希望获得成功的情况下，就因为钱的问题而继续停工，最终半途而废？

难道我肖海真的就办不成这件事？

难道老天爷就如此捉弄人？

走着、想着，肖海突然想起了自己小时候家里常常发生的“怪事”。

母亲在家里养了10多只母鸡，有的母鸡下蛋前，看到鸡窝里面没有鸡蛋，便会围绕鸡窝飞上飞下，并不待在鸡窝里。此时，母亲会毫不犹豫地从家里装鸡蛋的罐子里拿出一个鸡蛋放入鸡窝。然后，想下蛋的这只母鸡就会安静地待在鸡窝里，不一会儿，就顺利地产下了鸡蛋。

肖海感到很奇怪，问母亲：“为什么您在鸡窝内放了一个鸡蛋，母鸡就会安静地待在那里下蛋呢？”

母亲告诉肖海：有的母鸡下蛋前，要先看看鸡窝里是否有鸡蛋，如果鸡窝里有鸡蛋，母鸡就会认为这是自己经常下蛋的地方，便会老老实实待在那里下蛋；如果发现鸡窝里没有鸡蛋，母鸡就会误认为这不是自己经常下蛋的地方，便会到处乱飞，去寻找自己以前下蛋的地方。因此，遇到这种情况时，就必须在鸡窝里放入一个鸡蛋，母鸡看到鸡窝里有了鸡蛋，才会待在那里顺利产下蛋来。而放入的这个鸡蛋就叫“引窝子蛋”。

“妻子给的这3000元钱，要是‘引窝子钱’就好了。”

第二十二章　风雨过后是彩虹

肖海开心地笑了笑，突然觉得精神振奋、信心倍增。

是的，砖厂建设的确遇到了资金严重不足的问题，但办法是人想出来的，只要大家动脑筋、想办法，一定能渡过眼前的难关。

肖海顾不上白天的劳累，再次利用晚上的时间召集乡长、分管企业的副乡长、乡企业办公室的负责人、砖厂厂长等相关人员开会，分析砖厂建设面临的主要困难，研究资金筹措方案。

“能否再次动员各村的支部书记和村主任想想办法，每个人负责筹集

5000元，全乡共40多位村书记和村主任，除去少数人没办法筹集到资金，至少也能筹集到15万元。”乡企业办公室主任周新华率先提出了自己的想法。

“砖厂建设之初已经进行了动员，只筹措到6万元，现在继续动员他们去借钱，且想要再筹集到15万元，怕是不现实。”分管企业的滕副乡长听说又要向村支部书记、村主任压担子借钱，满脸的不高兴，首先泼起了冷水。

“砖厂没有筹建之前向村干部们借钱，大家看不到希望，所以许多人肯定不愿意借钱。现在，砖厂建设已经动工，如果钱能及时到位，投产是指日可待的事情，只要我们多做一些村党支部书记、村主任的工作，估计效果会比第一次好。”年轻的文学章乡长已经几次去砖厂建设工地，早已被大家的建设热情所感染，对砖厂建设充满了信心，表示可以再给各村的村书记、主任、会计压担子，减轻肖海的压力。

“燃煤的事情，我可以出面找相关煤矿谈谈，看能否赊一些燃煤给砖厂，先周转一个月，以减轻资金压力。”赵兴军围绕砖厂如何运转，已经多次主动找肖海汇报了他的想法，并做了不少前期工作，此时他提出了自己的看法。

“燃煤需求量并不大，一个月也就3万元，不解决根本问题呀。兴军厂长，你能否动员砖厂的员工继续想办法集一点资金，或许还能筹集几万元。”肖海听了砖厂负责人赵兴军的发言，插话说。

“我们已经在做这方面的宣传工作了，但由于砖厂还没有正式投产，员工不能全部到位，就不好具体落实。”赵兴军回答。

“职工能集多少资金还不好说，而且集资的钱只能作为砖厂流动资金来考虑，是不能解决现阶段困难的。否则，即便砖厂开业了，也会因为流动资金不足难以正常运转。”砖厂的会计兼技术人员谭雨国发表了自己的看法。

大家围绕钱的问题你一言我一语，不断发表着自己的看法，转眼已经晚上10点多钟了，但如何解决砖厂资金缺口的问题仍然没有找到很好的办法。

尽管如此，肖海已经非常感激。在砖厂建设的关键时期，大家能够围绕砖厂资金缺口想办法出主意，就是给了自己战胜困难、夺取胜利的坚定信心。

肖海非常清楚，即便向村主任再筹措15万元资金，砖厂建设也仍然还有40多万元的资金缺口，如果这40多万元资金不能尽快到位，砖厂建成投产仍将是一句空话。

但肖海已经看到，砖厂建设最困难的时期即将过去，现在正是爬坡过坎的关键阶段，只要再坚持坚持，就一定能雨过天晴，迎来彩虹。

“向村干部筹措资金的事情请文乡长去抓落实，要保证15万元，争取达到20万元。”肖海理了理头绪，继续向大家交代任务说，“乡企业办公室的行管人员和砖厂的管理人员，每人至少要再集资5000元，争取总额达到5万元，此项任务由滕副乡长负责落实。”

肖海看了看大家为难的表情，继续说道：“不仅给大家压了担子，我自己的任务更重，大家的任务全部完成了，也还有40万元左右的资金缺口需要我想办法，而且时间和大家一样，都要在10天之内落实到位。”

肖海在砖厂建设过程中的辛劳和奉献，大家有目共睹，也由衷地佩服。听说书记还要继续筹措40万元的资金，大家没有理由再讲什么困难和价钱了，纷纷表示会尽全力落实。

砖厂建设到了关键时刻，但乡里的其他工作也不能放弃。

根据分管林业的副乡长的建议，乡政府决定召开加强林业管理的工作会议，文学章乡长提出要求村支部书记也一起参加。

“林业管理，纯粹是行政上的事，村主任参加会议就行了，支部书记就不来了吧？”肖海发表了自己的看法。

“我看还是通知村支部书记和村主任一起来，你党委书记也要到会讲话，这样显得重视。同时，你也好进一步落实让村里给砖厂借款的事。”文学章乡长建议。

肖海心想，乡长的建议还真是不错，让村里书记和主任两个人都来参加会议，既能体现对林业工作的高度重视，又能借此机会面对面地督促有条件的村给砖厂借款。

“就这样定，村书记和主任一起来参加会议，会议地点在林业站，相关费用由林业站负责。”肖海采纳了乡长的意见。

这次乡里的林业工作会议标准之高是多年少见的。

乡长主持了会议，分管林业的副乡长做了报告，党委书记到会讲了话。

会前会后，肖海有意识地找有关村的书记和主任谈了话，既谈了加强林业管理的重要性，也谈了砖厂建设正处在关键期，希望有条件的村能在资金上给予大力支持，尽可能多借一点钱给砖厂。

林业工作会议结束后，林业站为参会的人员安排了比较丰盛的午餐。

吃饭时，肖海有意识地要求和几个经济条件好的村支部书记坐在一起。

大家心知肚明，党委书记是想这些村能够带头多给砖厂借一些钱。

“肖书记你放心，我们明天就将你分配的任务完成，把钱送到砖厂去。”

几个支部书记表了态，肖海感到了一丝宽慰。

其他桌的书记也纷纷跑过来说：“我们也将尽最大的努力完成书记交办的任务。”

听到村里支部书记们表态如此干脆，肖海似乎看到了砖厂投产开业的红火场面，心里踏实了许多。

自从砖厂开建以来，肖海已多日没有得到很好的休息。此时，他实在太累、太需要休息了，听着支部书记们的表态，心里一高兴，顾不了大家还在吃饭，竟直接靠在饭桌上睡着了。

看到肖海如此之累，所有人都不忍心打扰他休息。

沉睡中的肖海，梦见独自一人驾驶着一条小木船，在波涛汹涌的河水中逆流前行，两只手不停地用力划桨，但木船不仅无法前进一步，偶尔还被迎头的波浪冲转了方向，几次差一点被掀翻。肖海只好用尽全身的力气划着桨，将船头再次摆了过来，一次一次地向前划行。眼看就要冲过去，又一个巨浪扑面而至，肖海已是全身湿透，划桨的双手稍一减小力度，船头就再次调转了方向，后退了10多米，船内已涌进了不少浑水。真是逆水行舟，不进则退。没办法，肖海用尽全身力气，紧握双桨，不断地调整方向，然而，小船却不断地在原地打转，船头摆不正方向。小船真的能划过去吗？过去了，前面就是风平浪静的宽阔地带，就能顺利到达目的地。一定要想办法冲过去，一定能够冲过去。肖海分析着，上次是因为太累，力量不够，加上正好遇到了迎头浪，才会失败。这次，不如休息休息，积攒一些力量，选准时机，相信一定能够成功。稍做调整和休息，肖海一边慢慢地用双桨调整了船体的方向，一边观察浪涛的大小，测算速度，然后，使出全身的力道，双手划着木桨，驾驶小木船，再一次迎着浪涛冲刺前行。小船每前进1米，肖海都感到无比吃力，双手已经十分酸软，眼看就要坚持不下去了，还有10米，还有5米，还有3 米。终于，肖海驾驶小船，冲了过去，来到了开阔的平水区域，身体一阵轻松。此时，汗水、浪花已湿透了他的全身，他感到特别冷，全身瑟瑟发抖。他立马将小船靠了岸，跑回家中。看到肖海狼狈的样子，妻子埋怨道：“看你把自己弄得像个落水狗一样，快换上干净衣服，别感冒了。”接过妻子递给他的一身干净衣服，肖海开心地换了起来。

睡了半个多小时，肖海终于醒了。

睁眼一看，除了林业站站长陪坐在一旁，参加会议的其他人早已离开了。

回想刚刚做的梦，看看眼前的情景，肖海不好意思地笑了笑。

皇天不负有心人，诚信自有贵人助。

10天之后，由文学章乡长牵头负责的向各村主干筹措资金的事获得了理想的效果，共筹措了17万元资金。

乡企业办公室和砖厂管理人员也凑齐了6万元资金。

大家想办法的钱先后到了位，砖厂建设现场又开始热闹起来。

但是，自己承诺想办法的几十万元，还没有着落，怎么办?

“肖书记，县联社的章主任今天来我们乡，已经在路上了，你有时间陪同一起去看看砖厂吗?”正在一筹莫展之时，乡信用社万主任跑来说。

“我求之不得呢，章主任来了，我必须陪!”等了没多久，章主任就来到了乡信用社。

用不着客气，肖海陪同章主任一行来到了砖厂建设现场，详细介绍着情况。

听了肖海的介绍，看到砖场即将完工，章主任对砖场的还款能力已深信不疑，当即命令乡信用社万主任安排午餐，想和肖海等人一起好好喝几杯酒。

“章主任，我敬您一杯酒，感谢您对我们乡的大力支持。”酒杯刚满上，肖海就举起酒杯与章主任碰杯说。

“好，我就不客气了。”两人兴致都很高，同时举杯，一饮而尽。

在场的其他陪同人员也相互敬了酒。

还有37万元的资金缺口没有落实，肖海心里始终不踏实。借着再次敬酒的机会，肖海恳求说：“章主任，您今天看了砖厂的建设现场，进度还是挺快的，还有点资金缺口，求您鼎力相助，给予支持。”

“看了现场，我比较放心了，是可以再给你们砖厂发放一定的贷款。不过我有个要求。”章主任看了看肖海，笑着说。

“您有什么要求，只要我肖海能做到，坚决满足您。”肖海以酒壮胆，不假思索地回答。

“说话算数?”章主任依然笑问。

“君子一言，驷马难追!”肖海拍着自己的胸脯，大声地说。

“不反悔?”

“如果我反悔，大家把我的名字倒过来念。”

“倒过来就是海啸（肖）了，就要受灾了。”章主任反应很快。

酒桌上的人哈哈大笑。

“其实，我的要求很简单，肖书记喝酒，我章某人给钱。”章主任点明了主题。

“我酒怎么喝？您钱怎么给？”只要给钱，喝酒怕什么。肖海准备豁出去。

“你喝1杯酒，我给你贷1万元，你喝2杯酒，我给你贷4万元……反正我给你贷款的数等于你喝酒杯数的平方。你看行不？”

章主任开出了条件。

肖海心想，砖厂也就差30多万元钱，再看看桌上的酒杯，一杯酒倒满才2两，喝6杯酒只有1斤2两，30几万元的贷款就到手了，只要能解决资金难题，自己醉了也心甘。

肖海于是满口答应，并向章主任提出要求说：“我喝了酒，您贷款必须到位。”

“你放心，这点钱算什么？只要企业有希望，我们信用联社就一定大力支持。现在，乡信用社主任和你们砖厂的负责人都在场，只要肖书记按我的要求喝完酒，你们下午就办贷款手续。”章主任现场表了态，并给乡信用社主任进行了交代。

“章主任，我这次也只向你申请30几万元的贷款，我喝6杯酒，你必须给我贷款36万元。不过，我一个人喝酒，大家都看着也不好意思。您看这样行不行，我每次喝一杯时，桌上必须有两个人陪着我喝一杯。一轮陪完了，还剩多少杯，我再一口干完。”

“好，就按肖书记说的办。为了表示我的诚意，第一杯由我陪你喝。从第二杯开始，你左边我右边，各一人轮着陪你喝。”章主任说完话，站起身，两个人的酒杯就碰到了一起，然后两人仰起脖子，张嘴一饮而尽。

肖海干脆也不坐下，喝一杯酒，吃一口菜，再喝一杯酒，又吃一口菜。

在大家的轮流陪同下，肖海很快就喝完了5杯酒。

肖海红着脸，醉意明显，结结巴巴地对章主任说：“我，我，表现还，还可以吧！章，章主任，您，您满意不？”

“肖书记好酒量。至于我满意不满意，你才喝完第5杯，要不，你也不用喝了，我就给你25万元贷款算了？”看到肖海已经有了醉意，章主任开着玩笑地用起了激将法。

“您，您，章，章大主任，太，太，太瞧不起人了吧。我，我，我，继续喝！”

章主任拿起酒瓶，替肖海杯中倒满了酒，想到肖海只要再喝一杯必然大醉，这也有失雅兴，于是提议说：“我们在座的人，能喝白酒的人喝一杯白酒，不能喝白酒的人喝一瓶啤酒，大家陪肖书记一起喝。而且，都必须一口干完。”

“好，我们都赞成。”众人一齐喝彩。

待大家都有了酒，肖海勉强撑起身子，杯中的酒已洒落了不少，肖海红着眼说：“我，我，肖海，感谢，感谢，章主任，瞧得起。感谢，感谢，大家作陪，我先，先，先干，为敬。”然后，毫不犹豫地将杯中的白酒倒入口中。

“看在肖书记豪爽的情分上，我批准给你们砖厂贷款40万元。万主任，你明天就与砖厂办好手续，钱由你们信用社先垫上，我回县里后，立即将指标下达给你。但你们信用社要加强对砖厂资金使用情况的监管，确保贷款的正常使用并发挥效益。”章主任先是拍了拍肖海的肩膀，表了态，然后，交代了万主任。

“请章主任放心，我们一定加强监管，保证资金正常合理使用。”

砖厂40万元的贷款终于到手了，肖海也喝了个酩酊大醉。

章主任带着满脸的笑容刚刚离开桑梓乡，肖海就被人扶回了乡政府的驻地。

“怎么喝这么多的酒？”看到醉醺醺的肖海被人扶进了家门，李秋婉毫不客气地埋怨道。

“李老师，肖书记今天为了砖厂贷款的事情喝多了，请你多原谅。我们马上去卫生院喊医生来给他打醒酒的针。”

通过院长的精心治疗和妻子的耐心陪伴，打了一个晚上的点滴后，肖海终于清醒了。

阳光总在风雨后。

资金落实了，工作进程进一步加快。

经过3个多月的日夜奋战，桑梓乡年产800万块红砖的砖厂终于建成投产了！

第二十三章　家家有本难念经

砖厂建成投产，带给肖海的不只是成功的喜悦，烦恼也伴随而至。

“肖海，我去年想当村干部，你给家乡的党委王书记打电话，让我参加村委会的换届选举，害得我没被选上，在村里丢人现眼；这次，你们乡里建起了砖厂，安排进一个人，应该没问题吧？”舅舅的信息挺灵通，桑梓乡的砖厂刚建成投产，他就马上要求到厂子里上班。

“没问题呀，砖厂正差劳动力呢，但您这身体情况，只怕吃不了那份苦。”肖海心想，舅舅肯定又谋上了砖厂会计的位子，故意说。

“做砖坯、装砖窑、出砖的重体力活，我肯定不行，但我可以当个行政管理人员，比如会计、出纳什么的。”舅舅说出了自己的真实想法。

“您从前当过企业会计、出纳，懂得做账吗？”肖海铁了心，不可能满足舅舅的要求，尽可能找出他的短处。

“我能写会算，一个砖厂的会计、出纳，不就是几张票据、一些钞票吗，有什么难当的？我相信我能够胜任。”舅舅充满了自信。

“您说得轻巧，企业的会计、出纳，与村里的会计、出纳完全不一样，不仅要面对原材料的费用、内部人员的工资、机械设备的维修、场地的补偿等一系列经费支出，还要面对工商、税务、银行、职工的集资和合作单位的债务处理等一大摊子的事，您能理得清楚吗？”为了办好这个砖厂，肖海专程去褚新国他们的砖厂学习过，对砖厂的套路已经比较了解，故意对他说。

“我不懂，我可以学嘛，没有哪个生下来就会当会计、出纳的。”舅舅认定自己可以胜任砖厂的会计或出纳，也相信，只要肖海点了头，自己就能够走马上任。

说实话，搭建砖厂班子时，肖海也曾经想让舅舅来当会计或出纳，但考虑到他的心计太多，私心过重，实在不放心。征求秋婉意见时，秋婉坚决反对让她舅舅来当砖厂的会计或出纳，甚至不同意将双方的任何一位亲戚安排进砖厂，以避免给两人带来不必要的麻烦。

砖厂的几个行管人员都是由肖海提名，经党委班子成员集体研究后，从全乡在职的村干部中精挑细选产生的。厂子刚刚投产，管理人员到位还没几天，仍处于磨合期，不可能对行管人员进行调整，更不可能将舅舅安排到砖厂当会计或出纳。

“砖厂的行管人员都是经过党委会班子成员集体研究的，而且考虑到砖厂刚刚建成投产，一线人员缺乏，现在根本没有专职的行管人员，包括厂长、会计在内，都必须参加制作砖坯、运砖坯装窑、高温条件下出砖等一线的劳动。”肖海如实介绍砖厂的情况。

“我们想利用你的关系当村干部，你出主意要我们参加选举，结果我落选了，让村里人看我的笑话；我想当你们乡砖厂的会计或出纳，你也不同意。说到底，你就从来没把我当亲戚看，或者说，根本就瞧不起我们。”舅舅听到当砖厂的会计或出纳无望了，不由火冒三丈，冲着肖海发起了脾气。

“村里的干部您选不上，与我有什么关系？只要您有能力，真心为村里老百姓办事，您不是我的亲戚，他们也一定会选您当村干部；否则，就算您是我的亲戚，您不为群众办事，他们也不会选您当村干部。至于您想到砖厂来当会计的事，我也给您表明态度，我在桑梓乡工作已经好几年了，组织上随时都有可能将我调走。俗话说：人走茶凉。我不是桑梓乡的党委书记了，接我位子的人，还能继续把您留在砖厂当会计或出纳吗？”肖海耐心解释。

“我在砖厂干一天是个单的，干两天是个双的，能干一天算一天，大不了你调走了我就不在砖厂干了。”舅舅缠着肖海不放，一心想当砖厂的会计或出纳。

“在我没有当党委书记之前，您既没有当村干部，也没有当砖厂的会计或出纳，你们一家子不是生活得好好的吗，何必想了一出又一出，一会儿想当村干部，一会儿想来砖厂当会计或出纳？”肖海没能忍住性子，心里有点火，毫不客气地说。

“好，好，你也不用给我们讲那么多的大道理了，你当你的官，我们权当没有你这个当官的亲戚。我们今后再也不会求你了。孩子他爸，我们走，不求肖海了。”舅妈非常生气，边说边拉着舅舅的手，头也不回地出了门。

俗话说：家家有本难念的经。

有一段时间，肖海年过七旬的母亲帮着带肖潇，家务事少了许多，夫妻二人也少有争吵。

后来，老人因为年龄大了，没有能力再管肖潇，加上生病的父亲一人长期在家不放心，秋婉提出要将父母一同接来政府大院住，方便照顾老人，但二位老人不愿意，说是老家住着方便。最后，肖海只好将母亲送回了老家，与父亲一起生活。

肖潇还小，需要人照顾，两人都忙于工作，无暇顾及，家里只好请了个小保姆。

两天前，小保姆因为家里有事，临时请了几天假，肖潇由父母二人带几天。

已经晚上10点了，妻子还没回家，肖海一心想哄劝女儿肖潇早点睡觉休息，但不知何故，一向听话的肖潇，不仅不听哄劝，还一个劲儿地哭喊着要妈妈，闹得肖海没法准备第二天全乡党员大会的讲话稿。肖海心烦至极，平时对妻子没时间处理家务事的不满终于爆发。

“怎么搞的？晚上10点了，你才回家！”李秋婉一进门，肖海就大声对她抱怨，弄得她不知何故。

李秋婉抱起肖潇，一边哄劝，一边毫不示弱地回敬：“肖海，你什么意思？我刚进门，就冲我吼。是不是当了几天乡党委书记，看不起自己的老婆了？如果是这样，你明说，看上了谁，我成全你，明天我就去与你办离婚手续，你用不着这样待我。”

“你现在的个性越来越强了，我都不敢说你了，一说就认为我吼了你，还说与我办离婚手续。”

肖海虽然觉得自己说话的声音有点大，态度可能不是很好，但并不认为是在吼妻子，更不用说是故意找茬。

“你自己想一想，没有当书记前，对我是什么态度，当了书记后，对我又是一种怎样的态度？我看你自从当了党委书记后，就觉得自己了不起，高人一等，每一次说话都是一种指责别人的口气。肖海，你弄清楚，我是你老婆，不是你手下，嫁给你是想得到你的爱，让你心疼关照的。你不爱我、不疼我就算了，但你也别在我面前摆出一副高高在上的样子，动不动就吼我、烦我。”李秋婉是个服软不怕硬的女人。

“你还来劲了？我讲你两句，你给我弄出一大通。你天天清早6点就去了学校，晚上10点才回家，像住旅馆的，根本不管我们这个家了。”肖海对妻子发泄不满。

“你没有资格说我。我礼拜天还有时间做些家务，而你一年365天，基本上都在忙你的工作，何时和肖潇外出玩过？何时帮忙做过家务？”李秋婉进一步数落自己丈夫的不是。

“我的工作，你又不是不清楚，乡里一大摊子事，我每天忙得不可开交，还有时间和精力管孩子、做家务吗？”肖海觉得妻子有点不懂得心疼自己。

“你有工作，我就没有工作？我教两个班的课，担任一个班的班主任，一天忙下来，也是累死累活的，晚上回到家，还得管肖潇。我容易吗？”李秋婉认为自己也不容易，每天回到家，总是身心疲惫。

“如果太累，班主任就不要再当了。”肖海虽然对妻子没有时间做家务、辅导孩子的学习有些不满，但内心其实挺关心她的。

“你说得好听，班主任既不是你想干就能干得了，也不是你想不干就能推脱掉的。我在中学当了好几年的班主任，已经得到了学校领导、老师和学生的认可，再加上是一个毕业班，我能随便撂下这一副担子吗？”李秋婉说的是实情。

“我们总得有一个人做出牺牲，都这样只顾忙工作，孩子没人管，家务事没人做，也不是个办法。”肖海早就想让妻子少承担一些教学任务，尽可能多管一管孩子。

“我看你少去村里，尽可能在政府多待一待，也能够挤出一些时间管管孩子，做做家务。”李秋婉教学上有自己独到的见解，是中学的骨干老师，更不愿意因为老公是乡党委书记而影响自己的教学。

“身为乡党委书记，不可能为了照顾孩子和做家务而成天待在乡政府不去村里。为了支持我的工作，你倒完全可以减少一点教学任务。”肖海想让妻子不再担任班主任，或少教一个班的课，这样也能空出一点时间管管孩子，相信学校领导也能够理解。

“我真是后悔嫁给了你，总是说你的工作重要，要我做出牺牲。你们乡政府是些什么狗屁工作，非得经常去村里。我看，你是在专门找茬欺负我。”说完，李秋婉已经流出了眼泪。

每一次夫妻拌嘴，李秋婉常常拿两件事来说，肖海早就心烦。

一是说原本就不想嫁给行政干部，特别是乡镇领导；二是说肖海仍然在记恨她父亲，时不时要找茬有意识报复她。

“你讲点道理好不好？我做的是狗屁工作，你做的工作就高尚，就伟大！”身为乡党委书记，肖海不容许包括妻子在内的任何人污蔑和瞧不起自己的工作。

“我的工作，不高尚，也不伟大，但光明正大，不像某些人。”李秋婉也不示弱，开始含沙射影。

“我有什么不光明正大的？”肖海很不高兴。

“你当然光明正大。你以为我不知道，只要下村里去，你就常常邀请年轻的女干部陪同你一起，朝去晚归，出双入对，把酒欢歌！”李秋婉平时最看不惯的就是肖海和乡政府的年轻女干部一起下村，哪怕还有其他男同志在一起也会吃醋。

李秋婉的看法是：乡党委书记单独与年轻女干部下村，有没有亲热的举动没人知道；哪怕有其他的男性干部一起去下村，有了亲密的行为，别的干部碍于书记的面子也不会说；所以，我家里的男人下村、出差，不能有年轻漂亮的女干部陪同。

因为与年轻女干部一起下村的事，李秋婉已多次同肖海产生过争执，无论肖海怎么解释，她总是听不进去。只要两人一拌嘴，李秋婉首先就会提及这样的话题。

妻子又一次无中生有、难听至极的指责，使肖海更加生气，声音提高了一个八度：“大白天的和女干部一起下个村又怎么了？你们学校不同样有男老师？男女到一起就是出双入对，下村喝了一点酒就把酒欢歌。你不愧为老师，真会想象！”

“我就是看不惯你和某某某在一起下村！”李秋婉越说越不像话，直接说出了乡政府某某某年轻女干部的名字。

“请你尊重别人，也尊重自己。堂堂中学教师，又是班主任，无凭无据，随口乱说，不像样子！”

乡政府院子不大，党委书记与老婆争吵是新闻热点，干部及家属都在关注，虽然不会直接前来围观，但窥探是必然的。如果让人探听到了书记与老婆吵架，是与某某某女干部有关，第二天，就会在政府院子里传开，那他党委书记的面子往哪儿放，还怎么做人？

肖海不想让其他干部听到，尽量压低嗓门劝说。

“怕人说，就别做！”谁知，好心劝说，被李秋婉视为理亏，反而寸步不让。

“我做什么了？就你整天疑神疑鬼。我身正不怕影子斜，反正我对得起你，对得起自己的良心。”肖海感到很委屈。

“妈妈，你们别吵，我想睡觉了。”看到爸爸妈妈在吵架，肖潇很委屈，流着眼泪劝妈妈。

“今天我不想跟你吵了，你爱咋想就咋想，你爱咋说就咋说。你想找别的女人我也成全你，大不了和你离婚后我带上肖潇去云阳。”李秋婉气呼呼地站起身，抱起肖潇去睡觉。

肖海心里很不是滋味，起身来到客房的书桌旁，拿起笔，铺开稿纸，准备第二天的讲话稿。

然而，心绪纷乱，词不达意，半个多小时过去了，已连续撕碎了七八页稿纸，仍未写出令自己满意的讲话稿开头。

干脆不写了，明天开会时随口去说。

肖海躺在床上，翻来覆去睡不着。

想起了与李秋婉冲破家庭的重重阻力，坚持走到一起，两人海誓山盟，婚后的生活多半是幸福甜蜜的，但今天是怎么了？

李秋婉或许是爱自己太深，或许是觉得两人好不容易走在一起，应该更加珍惜，故而在自己与其他女同志的交往方面极为敏感。

肖海也因此觉得李秋婉将自己束缚得太紧了，自己不仅感到很压抑，有时还认为她是不给自己面子。

仔细想想，父母对李秋婉是认同的，也给予了高度的评价，她平时对自己的关照和对肖潇的爱，更是无私的。从这种意义上讲，李秋婉称得上是孝顺的儿媳妇、贤惠的妻子、慈爱的母亲。

第二天，凭借对全乡情况的熟悉，凭借良好的口才，肖海按照提纲去发挥，在全乡党员大会上做了让大家满意的报告。

夫妻吵了嘴，生活得继续。

然而，生活中总会有一些曲折和坎坷。

几天后，远在江汉省云阳市工作的姐姐李秋爱查出患了大病。考虑到她丈夫工作繁忙，儿子正在上高中，弟弟弟媳刚添小孩，父母年老多病自顾不暇，病人身边急需亲人关照等实际情况，大家商量着以谁为主照看李秋爱。

“我想秋婉过来照料。”李秋爱向大家谈了自己的想法。

“秋婉能来照料你当然很好，可是，她的工作怎么办？再说，肖海怎么办？难道将他们夫妻分开？”姐夫杜向前感到为难。

“你能否想办法将他们两个人一起调过来呢！云阳是经济较为发达的地级市，他们在贫穷县的乡镇工作，只要能够一起调过来，我想他们是愿意的。”李秋爱发表了高见。

“秋婉是中学老师，调过来比较容易找到接收单位；可肖海是乡镇党委书记，这样跨省调动，职务不好安排，如果降职任用，肖海恐怕不太愿意。”杜向前考虑比较周全。

“能不能先把秋婉调过来，等她的工作安排好了以后，你再想办法把肖海调过来。”李秋爱非常想自己的亲妹妹来到身边。

“只要他们夫妻两人同意，我可以尽快把秋婉调过来，并尽量两年之内把肖海也调来。”杜向前担任云阳市人事局的一把手，具备这样的能力。

“我今天就打电话告诉秋婉，让她同肖海好好商量一下。你这边抓紧替秋婉联系工作单位，只要她愿意调过来，立马就办调动手续。”李秋爱是个急性子，决定了的事就要尽快办好。

接到姐姐的电话，知道姐姐的病情和想法后，李秋婉有些犹豫不决。

不调去吧，姐姐患了重病，身边需要人照顾，从情理上说不过去；调过去吧，肖海怎么办？夫妻两地分居，彼此都没了照应，小孩子的教育管理也有可能受到一定的影响！

“姐姐的病情和她的想法，你也知道了，你有什么想法？”李秋婉看了一眼肖海，希望听听他的想法。

“你有时间去看一下，甚至多请几天假照顾一段时间是可以的，想把你调到她身边去，我的确不愿意。”肖海发表了自己的看法。

肖海心想，岳父岳母和舅子夫妻二人都在姐姐身边，为何要把李秋婉调过去照顾？太不近人情了吧！同时担心，是不是前几天吵了嘴，李秋婉想借机调去云阳，然后提出离婚？以前两人不顾双方父母的反对坚持走到一起，不仅有了女儿肖潇，感情也一直很不错，如果因为照顾姐姐将两人分开，即使现在没有离婚的想法，但两地分居时间长了，感情会越来越淡薄，说不准就真的分开了。如果是这样的结局，也太残酷了！

“姐姐患的是大病，能否治好很难说，现在她最大的愿望是希望我能照料她。如果这个忙我们都不愿意帮，今后，一旦姐姐出了事，我一辈子不会心安。”李秋婉说的是真心话。

“我也觉得有些为难。姐姐患重病，希望身边有你照料，可以理解。但让我们两地分居，我一下子还没有这个思想准备，不知道今后能否适应。再说，我的父母亲都快80岁了，二老肯定不会同意我们分开，让你调去云阳。”

肖海感到很矛盾。知道李秋婉与她姐姐的感情很深。姐姐生了病，调她到身边去照顾的确在情理之中。但让一对年轻夫妻就这样两地分居，一南一北，不仅对小家庭和孩子的成长不利，而且对年迈的父母也是一种不负责任。

“如果我不去照顾姐姐，我不会心安。我看你要做出一些牺牲，同时给你爸妈做好工作。”看得出，李秋婉已经下定了调去云阳的决心。

李秋婉是个性情中人，认准了的事从不会改变。

“你要调过去，我有什么办法？我父母能有什么办法？”肖海虽然极不情愿两人分开，但知道现实已经无法改变，有点生气地说。

“我这次过去，要把女儿肖潇带去。肖潇还不满6岁，刚读二年级，你在乡里工作，生活不规律，不是下村，就是开会出差，哪有时间管她？”李秋婉不仅自己要去，还要带走女儿肖潇。

“把肖潇带走了，我怎么给父母做解释工作？”肖海心有不甘。

“你不是还留在他们身边吗。而且，哥哥、嫂嫂们都在农村，都在身边，还怕没有人照顾他们？”李秋婉说。

“哥嫂是哥嫂，怎么能代替我们的孝心呢？再说，父母一定舍不得肖潇。”肖海心里既不乐意李秋婉调过去，也更舍不得肖潇。

“那你说怎么办？我也不能因为要照顾公公婆婆，而置生病的姐姐于不顾啊。女儿不在身边，我也不放心。”李秋婉感到为难。

“看来，只能让你和肖潇先过去。不过，你调过去后，肯定很辛苦，既要工作，又要照料姐姐，还得管肖潇上学。”

夫妻虽然吵了嘴，但感情还是很深的。考虑到了妻子调过去后，将遇到不少困难，肖海不免有些心疼。

“我先调过去，一边工作，一边照料姐姐，同时催促姐夫早点帮你联系工作单位。如果有你满意的单位，你调过去说不定是件好事，对你今后的发展更有好处。”

“我的事情，到时再说吧。”

第二十四章　平调他乡任书记

肖海心想，有了乡办砖厂的支撑，乡里经济肯定能逐步活起来，有钱好办事，其他工作也将更加顺畅。

计划赶不上变化，令人没有想到的是，就在肖海为砖厂的建成投产而高兴时，这年11月上旬，县委研究决定，将肖海从E区的桑梓乡调到D区的吴家湾乡担任党委书记。

对于工作的调整，肖海刚开始有一些情绪，主要是考虑到砖厂刚刚建成投产，乡政府的企业状况已有了明显改善，还没有来得及享受到乡办企业带来的任何好处，就这么调走了，真有一些不舍。但转念一想，老婆和孩子即将去外地，自己继续留在桑梓乡也没有多大意义了。人们常说：人挪活，树挪死。换一个新的环境，说不定对自己今后的发展、进步有好处。

再说，党的干部是块砖，哪里需要哪里搬。乡镇一把手的调动太正常不过了，既没必要纠结，也无济于事。

想到这些，肖海不再纠结。

恰逢此时，杜向前及时完成了秋婉跨省转行调动工作、肖潇转学等一切手续。

肖海与李秋婉从此开始过上了牛郎织女般的生活。

肖海也坦然接受了组织的安排，调入了新的乡工作。

赴任那天，按照程序，肖海在E区区委领导等相关人员的陪同下，先到D区区公所报到。

“肖海年轻，在桑梓乡的工作干得很不错。这次乡党委书记调整前，我们向县委的建议是：把肖海调整到我们区的另一个大镇担任党委书记。没想到，组织将他来了个跨区调动，把肖海调来了你们区。”E区区长贾真富介绍了肖海的情况。

“我首先感谢你们送来了一位优秀的乡镇党委书记，同时，热烈欢迎肖海到我们区的吴家湾乡任职。吴家湾乡，人口众多，山水相依，环境优美，是个好地方。只是近两年来，由于乡党委班子自身的原因，工作有些被动。但我相信，肖海上任后，一定能够尽快扭转这种局面。”D区区委书记蒋孝明简单介绍了吴家湾乡的情况，对肖海寄予厚望。

“我感谢E区区委领导对我在桑梓乡工作期间给予的指导、关心和支持。桑梓乡是我担任党委书记的第一站，由于工作经验不足，肯定有许多工作没有做好，请区委领导多多包涵。今天，组织把我调到吴家湾乡工作，既请E区区委领导放心，我肖海决不给E区区委领导丢脸；同时，也请D区区委领导相信，上任后，我一定身先士卒，开拓创新，勤廉务实，团结乡党委乡政府一班人，脚踏实地，尽力而为，努力开创吴家湾乡工作新局面。”两位区委领导讲话后，肖海既向E区的领导表示了感谢，又向D区的领导表明了干好工作的决心。

吴家湾乡来了新的党委书记，乡里的大多数干部群众看到了新的希望，自然是高兴的。

然而，从外面派来了一位党委书记的现实，无疑超出了乡党委、乡政府班子内部极少数人的预料。

乡长李湘元，退伍军人，人很精明，身体瘦弱，很想办事，到吴家湾乡工作的时间不到四年，担任党委委员也仅有两年多时间。

乡政府换届选举时，不知何故，李湘元竟然被列为乡长候选人，并经乡人大代表选举为乡长。

同事们心里有想法，但李湘元已经走马上任。

与李湘元一起工作，原来职位排在他前面的党委副书记、常务副镇长、组织部部长等几位干部，心里不服气。

但有乡党委书记压着，也不好直接发泄。

好景不长，李湘元上任刚刚一年时间，原党委书记因经济问题，被县里来人带走接受审查。

乡里没了书记，组织上只能宣布由乡长暂时主持全面工作。刚开始，大家还有一些消极怠工、看笑话的想法。后来，几个人一合计，何不送个顺水人情？把李湘元推上书记的位置，相关班子成员就有可能顺理成章再前进一步。

就这样，乡党委书记出事后的一年时间内，乡长李湘元工作热情很高，几位副职也进行了配合，乡党委乡政府的工作能基本维持，没有出现太大的问题。

李湘元已经在心里有了小九九，甚至托人在上面进行了活动，并给乡里的干部做起了思想工作，只待上面组织来人考察。

分管党群工作的党委副书记想：你乡长接了党委书记，论资排辈，乡长就该落到我头上了。

另一位党委副书记想：我排位也该靠前，分管党群工作了。

党委委员、常务副乡长想：我怎么也应该当个党委副书记了。

排在常务副乡长后面的副乡长想：我也应该当个党委委员、常务副乡长了。

谁想到，人算不如天算，组织上竟然从E区将肖海调来吴家湾乡担任党委书记。

肖海的到来，让几个班子成员层层递进的美好愿望成为泡影。

接任乡党委书记的计划落空了，李湘元心里实在想不通：我拼死拼活地干了一年，既当爹又当妈，吃的苦头没处说，将吴家湾乡的摊子守成这个样子，不就是想在职务上再前进一步吗？没想到让你肖海捡了个大便宜。

分管党群工作的副书记也有气：我给大家做工作，一切维护你，为的是支持你李湘元当上党委书记，大家好跟着进步。哪知，你李湘元稀泥巴扶不上墙，我也跟着你倒了霉，一年的辛苦白费了。

其他人员也都有着同样的想法和埋怨。

大家的目的没有达到，将对组织的不满情绪，通过一系列的方式转嫁到了肖海的身上。

肖海报到的第三天，李湘元以一年来没有得到好好休息、身体吃不消了的名义，向肖海提出要休息一个星期。

肖海满足了李湘元的要求。

心想，我刚来，需要时间调查研究、掌握情况，既不想开会，也不想搞大的决策，观察观察大家的动静也好。

上任几天后，肖海终于知晓，这个乡实际上已成了一个乱摊子。

班子表面团结，其实口是心非。乡长没威信，人员派不动，说话没人听。班子成员各行其是，政府干部人心涣散，部门负责人和各个村的党支部书记感到无所适从，全乡各项工作处处被动，计划生育工作已多次受到县里的点名批评……

新到一个地方，不了解情况，工作千头万绪，不知从哪里下手，肖海感到从未有过的压力。

上任后的第二天晚餐后，肖海邀请乡政府分管城镇建设的施东辉副乡长和党委办公室向政民主任两人一起，走在坑坑洼洼的集镇街道上，有意识地看一看集镇状况。

向政民边走路边向肖海介绍全乡的基本情况和有关人口重点村的情况，肖海不时地插话问一下有关村的班子状况；施东辉重点介绍集镇街道情况。肖海边听介绍边仔细询问街道的长度、乡直单位和居民户临街的分布情况、群众赶集的热情等问题。

当3人经过一家私人小商店时，一位70来岁的店主奶奶看到了平时就熟悉的施东辉副乡长，主动地喊了声："施乡长好。"

施副乡长随口回了一声："张奶奶好。"

肖海看着奶奶笑了笑，说："奶奶您好！"

大家正准备继续往前走去，张奶奶拉着施东辉的手问道："施乡长，听说我们乡新来了一位党委书记，麻烦你向新来的书记转达一下我这个老人家的心愿，只要新书记将街道建设好，不让老百姓大晴天的还要穿着雨靴在街道上走就行了。"

施东辉看了看肖海，回过头对张奶奶说："您放心，我一定将您的话转达给新来的书记，相信新来的书记会带领大家尽快将街道建设好的，您就等着走平坦的街道吧。"

几个人继续朝前走，距离张奶奶有了近百米远，肖海动情地对身旁的施东辉和向政民说："你们听听，老百姓是多么容易满足啊！我们这些当乡镇干部的，有什么理由不去为老百姓多办一些实事呢？这条街道，在我的任期内，一定要将它建设好！"

"是的，吴家湾乡的人都很纯朴，也非常热情好客。只要你能在任期内将这条街道建设好，全乡人民绝不会忘记你。"施东辉扭头看向肖海，眼神中带着信任。

为了尽快掌握全乡的情况，早日进入角色，肖海白天下村调研，晚上分别找班子成员、乡干部和政府部门负责人进行座谈，了解情况。

经过一段时间的紧张工作，肖海已对全乡的情况有了一些基本了解，对党委政府工作面临的主要困难、党委政府班子成员中存在的突出问题、产生问题的主要原因、扭转被动工作局面的突破口等都有了比较清晰的认识。

为了更充分地调动班子成员的工作积极性，肖海根据班子成员的不同特点，对原有班子的分工进行了适当的调整，重新明确了班子成员的工作职责、目标任务和基本要求。

为了规范机关管理、依靠制度管人管事，肖海组织干部职工，讨论完善了机关各项制度，强化了干部的纪律意识。

为了转变干部作风，肖海从会风抓起，改变了乡政府部门单位少数负责人和村干部开会迟到早退、随意缺席的情况。

通过广泛与班子成员、干部职工谈心谈话，交流思想，进一步掌握了大家的所思、所虑、所求，也让大多数班子成员和干部知道了肖海的想法和要求。

通过督导检查和召开讲评会、现场会的形式，保证了乡党委乡政府安排的工作能落到实处。

功夫不负有心人，干部的汗水没有白流，不到半年时间，吴家湾乡老百姓对乡干部的工作给予了充分的肯定，乡党委乡政府的威信明显提高。

党委政府班子成员中，除极少数人安于现状、工作敷衍塞责外，绝大多数同志干事创业、担当奉献的意识重新树立，干部职工的积极性得到充分调动，各条战线焕发出新的气象，全乡上下看到了新的希望。

区委蒋孝明书记看到了吴家湾乡几个月来发生的明显变化，对肖海的表现给予了充分肯定，并在全区干部大会上对他进行了表扬。

肖海更加坚定了开创吴家湾乡工作新局面的信心。

第二十五章　街道建设分歧大

其他工作基本走上了正轨，但集镇街道脏乱差的问题尚未得到解决，群众迫切希望新来的书记早做安排。

街道建设怎么搞？何时启动？肖海想征求一下李湘元乡长的意见，尽可能避免因为书记、乡长两人的意见不统一而导致不必要的麻烦。

上午刚上班，肖海安排办公室向主任打电话叫李乡长到自己的办公室来商量工作。

“李乡长，我想街道建设已经到了非抓不可的时候了，你有什么想法？”李湘元刚刚坐下，喝了一口向主任递上的茶，肖海就直奔主题。

“我们乡里的街道是整个D区各乡镇中最差的，也是群众对乡里领导意见最大的。前几届党委政府想办而没有办成功，肖书记来了想把街道建设好，当然是好事，我表示支持。但街道建设面临不少的困难，至于街道建设怎么搞，我心里没有底，听书记的安排。”李湘元习惯性地笑着回答。

经过半年时间的观察和了解，对于李湘元的能力和为人，肖海已经很清楚。

“正因为是乡里当前最大的事，也是群众最希望早一点办好的事，所以，我们两人要商量着办。”肖海看了看他，耐着性子，想听听李湘元的真实想法。

“我也想将集镇街道建设好，但乡政府的财政状况书记是知道的，巧妇难为无米之炊。现在哪有钱去搞集镇街道建设呢？”李湘元说的倒是实话，乡里的财政状况，保正常运转都困难，更不用说拿出钱来搞街道建设。

“我初步估算了一下，集镇街道建设是需要不少钱，但并非所有的钱都必须由乡政府来承担，更不能因为搞街道建设影响干部职工发工资和党委政府机关的正常运转。我们可以拓宽思路，想一些其他的办法，尽可能减轻乡政府的资金压力。”肖海启发道。

“讲到钱我就头疼，如果要我去筹集街道建设的资金，我真是一点办法都没有。”肖海知道，要他去组织街道建设资金，他的确没有这个能力。

“我们先不谈钱的问题，我想和你商量的是，街道建设方案怎么定。是只在现有路面的基础上，开挖排水沟，然后将路基碾平压实，铺上沥青了事，还是下决心，拆除乡供销社影响街道建设的门面房屋，将集镇街道拓宽、延伸，一步到位，彻底解决集镇街道脏乱差的问题？”看得出，李湘元不仅被乡里的穷财政捆住了手脚，而且还限制了自己的思维，肖海忍不住首先抛出了自己对街道建设的初步想法。

“只在现有路面的基础上搞硬化都没有钱，你还想拆除乡供销社影响街道的门面房屋？供销社能同意吗？工作难度太大了吧！资金投入太多了吧！书记想干，可我想都不敢想。”听了肖海的方案，李湘元很惊讶。

“那你的想法呢？”肖海看向李湘元，问。

“在书记面前，我阐明一下自己的观点。我认为搞集镇街道建设的时机并不成熟，因为乡政府穷得连干部的工资都发不出去，根本拿不出钱来搞建设。再说，街道差不是一年两年了，也不急于现在就着手去改变，今后有了钱，再去搞街道建设也不迟。如果书记坚持现在就要搞集镇街道建设，我也只同意在现有路基的基础上，开挖两边的排水沟，然后将路基整平，铺成沥青路面就可以了。”李湘元说出了自己的真实想法。

“按照你的想法，工程量是小不少了，资金投入也肯定要少很多，我们也减少了不必要的麻烦。但这样的街道，一段的路面宽是16米，而另一段路面宽只有7~8 米，一头宽，一头窄的，很不像个样子呀。到时老百姓会骂我们的。”肖海说出了李湘元所提方案的弊端。

“那你的想法是，街道建设要一步到位？”李湘元似乎猜出了肖海的意思。

“是的，街道建设要么不动，动就要下定决心，拆除乡供销社影响街道建设的门面房屋，建设一条宽敞的吴家湾乡集镇街道，从根本上解决集镇脏乱差的问题。”肖海表明了自己坚定的态度。

“说实话，我佩服书记的勇气和能力。但你的方案已经远远超出了乡政府财政的承受能力，有可能给乡里财政带来更多的负债。我担心，资金到不了位，工程会半途而废。你不知道，你提出的街道建设方案，前几任乡党委书记也曾考虑过，都是因为资金投入大，特别是拆除乡供销社影响街道建设的门面房屋的阻力太大，而最终没有实施。”李湘元乡长交了底。

提出的街道建设方案到底行不行？是自己好大喜功、脱离了吴家湾乡的实际吗？是一时的头脑发热、缺乏深入细致的调研和科学的规划吗？

肖海经过反复思考，总觉得街道建设的方案没有错，只要下决心，只要组织好，只要给供销社的同志做好思想工作，街道建设的目标就一定能实现。

但是，街道建设需要的资金量确实大了一些，乡供销社影响街道建设门面房屋拆除的困难和阻力一定不小，必须得到班子成员中绝大多数人的理解和支持。

乡长有不同的意见，其他的班子成员有什么想法呢？

在与其他班子成员进行个别交流时，大多数同志赞成肖海的意见，但也有少数人与李湘元的看法相同。

没办法，肖海采取召开班子扩大会议的方式，共同研究群众盼望已久的集镇街道建设问题。

“集镇街道全长2000米，其中，1550米长的路基宽度为16米，另有约450米长的路基宽度只有7~8米，其余为乡供销社经营的门面。如果要建成一条高标准的集镇街道，乡供销社门面房屋的拆除是最大的难点。”分管街道建设的施东辉副乡长按照肖海书记的安排首先发言。

“门面房屋是乡供销社几十名职工的主要收入来源，门面房屋拆除了，供销社的那些职工怎么办？乡政府是否给供销社必要的拆迁补助？”分管财贸工作的刘副乡长迫不及待地接过话题。

“集镇街道建设是全乡人民盼望已久的大事，乡供销社门面房屋拆迁的确是最大问题点，这也是前几届党委政府想解决而没有成功的关键所在。”长期在本乡工作的年近50岁的汤副乡长不紧不慢、不冷不热地道出了实情。

“乡供销社门面房屋的拆除是街道建设的拦路虎。如果肖书记不能想办法清除这只拦路虎，就没有必要召开这样的会议研究街道建设问题。”分管党群工作的乡党委黎副书记表明了自己的态度，同时，也给了肖海一定的压力。

“吴家湾乡的街道建设应该下决心了，D区几个乡镇的街道，数我们乡最差。我们乡里的干部走出去都没脸见人。”分管综治工作的党委卓副书记发表了看法。

“我个人认为这次必须拆除乡供销社影响街道建设的门面房屋。如果供销社有要求，乡武装部可以组织民兵义务帮助拆迁。”退伍军人出身的乡武装部长伍远兴，说话依然带有军人的气质。

“乡供销社门面房屋的拆除，涉及职工的切身利益，处理不好，会引发很大的不稳定。因此，我个人建议先与乡供销社主任谈好补偿，签订协议，避免产生不必要的麻烦。”乡党委委员涂成清发表了看法。

“乡供销社有近30名职工，现在效益也不是很好，门面房屋是他们经营的主要场所，更是职工收入的重要来源。乡政府是否确定一个补偿标准，按门面房屋的面积计算，给乡供销社补点钱？这样去做供销社职工的工作会更加容易一些。”再过几年就要到退休年龄的乡人大石主席，提出了自己的看法。

“钱，钱，钱，真是不当家不知柴米油盐贵。这个月乡干部的工资都是财政所从区财政组那里借钱发的，哪里还有钱给乡供销社门面房屋拆迁补偿？有钱能使鬼推磨，无钱寸步都难行。搞街道建设当然是好事，但要量体裁衣，有多粗的腿，就做多大的裤，不能好大喜功，追求政绩，搞面子工程。更不能搞强行拆除。”

肖海没想到，李湘元竟然将集镇街道建设看成了好大喜功、搞面子工程，而且在这种场合将矛头直接对准了自己，内心很不高兴，真想批评几句。但转念一想：我又何必与你一般见识？说白了，在集镇街道建设问题上，你李湘元支持也好，反对也罢，我已经下了决心，是一定要搞成功的。至于供销社房屋，拆除是肯定的，但不一定非要用强制的办法。

肖海一方面尽力克制自己的情绪，一方面严肃地对大家说："我知道，没钱的家的确很难当，我更知道，我们当领导的，保证干部职工的工资按时发放是最基本的职责。但作为最直接与群众打交道的乡镇一级党委政府，如果我们只是为了给干部职工发工资，而对老百姓所盼望解决的其他问题不问不管，还需要我们这些干部做什么？我们常说：为官一任，造福一方。过去，有的地方官还奉行'当官不为民做主，不如回家卖红薯'的为官之道。难道我们这些共产党的干部连过去的那些官吏都不如？建设好街道，是吴家湾全乡人民的心愿，我们将集镇街道建设好了，就是为吴家湾乡人民造福，就是替吴家湾乡的老百姓做主！"

肖海的话，让在场的人员受到了震撼。

会场鸦雀无声，大家低头沉思。

此时，李湘元的脸难看极了。

"我个人认为集镇街道建设应该搞，而且要借这个机会将乡供销社影响街道建设的门面房屋一次性拆除到位。乡供销社的房子占了半边街道，不拆除不像个样子，这次不拆除，今后想要再去拆，难度就更大了。"过了片刻，乡党委委员、组织部谭部长发表了看法。

"我也支持街道建设，更支持拆除乡供销社影响街道建设的门面房屋。我仔细地想了想，供销社现有的门面房屋拆除后，后退10米就可以继续沿街道建设门面房。这样，对乡供销社今后的发展反而更加有利。我们可以与上面的国土部门进行协商，争取按照拆、建相等的原则，对乡供销社新建房屋的土地免征一切费用，以此减轻资金压力。"乡政府分管国土工作的李副乡长表明了态度。

"我是坚决支持集镇街道建设的，也十分赞同拆除乡供销社影响街道建设的门面房屋，将集镇街道建设一步到位。如何筹集乡供销社的门面房屋补偿款，我个人有几点建议：一是乡政府适当补贴一点；二是乡政府有关部门从政策方面优惠一点；三是由政府领导出面，带领乡供销社的领导积极主动向上级有关领导汇报，多争取一些资金支持。”分管教育和计划生育工作的袁副乡长，是吴家湾乡政府班子成员中唯一的一名女性，年轻能干，思维敏捷。此刻，她不仅表明了自己支持街道建设、同意拆除乡供销社影响街道建设门面房屋的态度，同时，还给乡党委乡政府提出了很好的建议。

袁副乡长的意见，肖海觉得很有道理，对如何拆除供销社的门面房屋，心里有了底。

大家充分发表了自己的意见，肖海没有对大家的意见加以评价，而是安排乡建筑公司的吴经理发言，让他向与会的人员介绍集镇街道建设的路面用什么样的材料为好，是用水泥还是用柏油，以及两种不同材料的利弊。

“我们乡建筑公司也借这个机会给各位领导表个态，党委政府搞集镇街道建设，我们建筑公司义不容辞，除了只收水泥或柏油及砂石等材料费用、工程机械费用，公司不再收取其他任何费用。至于水泥路面还是柏油路面，各有各的好处，最终如何确定，我们公司听从党委政府的安排。”吴经理在简要介绍了两种不同材料的利弊后，借机表明了对集镇街道建设大力支持的鲜明态度。

吴经理的发言，无疑更加坚定了肖海建设好集镇街道的信心。

肖海炯炯有神的目光环顾了一下参会的每一位人员，略带微笑地说：“对于集镇街道建设，大家都发表了各自的看法，大多数同志认为，集镇街道已经到了非开工建设不可的时候。班子成员中，有支持的，也有反对的，这都很正常，而且，持反对意见的同志出发点是好的，并不是真心反对搞街道建设，主要是担心钱从哪里来，供销社的房屋能不能够拆除以及怎么拆。”

停了停，肖海看了看身旁满脸不高兴的李湘元，充满自信地继续对大家说：“关于集镇街道建设我有以下几点想法：一是要建成一条长2000米、宽16米的水泥或柏油街道；二是乡供销社影响街道建设的门面房屋必须拆除；三是采用向上争取一些资金，有门面的单位和个人按照门面的长度交纳一部分集资款，动员本乡国家工作人员、能人大户和在外地工作的能人捐助一部分资金的办法，尽可能多筹集一些资金，减轻乡政府的压力；四是以村为单位组织发动全乡劳动力，义务投工投劳负责完成建设。我坚信，采取这些措施后，街道建设的资金缺口应该不会太大了。”

“乡供销社门面房屋如何补偿呢？”肖海话音未落，分管财贸工作的刘副乡长就迫不及待地提出了乡供销社门面房屋的补偿问题。

“我完全同意肖书记关于集镇街道建设的构想。我还建议书记是否可以考虑申请砍伐乡林场的部分成材的树木出售，用于弥补集镇街道建设的资金不足。”乡政府分管林业的张副乡长献上一计。

“关于乡供销社影响街道建设的门面房屋拆除及补偿问题，我要强调五点：一是在座的各位同志，特别是班子成员必须统一思想，教育和动员乡供销社的干部职工服从集镇街道建设大局，自觉地、无条件地拆除影响街道建设的门面房屋；二是乡供销社的领导要主动作为，积极向上级主管部门汇报，争取上级的最大支持；三是乡政府只能从政策方面对乡供销社给予支持，请国土、城建、财政等相关部门抓好落实；四是免除乡供销社应交纳的街道建设的相关费用；五是如果乡林场获准进行木材砍伐，政府可以向乡供销社无偿提供100立方米的木材，支持乡供销社重建。”肖海非常严肃地提出了明确的要求，然后抬起头继续对大家说，“大家还有没有更好的意见？”

“我同意肖书记的意见！”

“我完全同意肖书记的意见！”

“我没有不同意见！”

大多数班子成员表明了支持街道建设的态度。

肖海侧过头，再次征求李湘元的意见。

“大家支持街道建设，我没有理由再反对。但我也要提醒一句，既然你们下决心动工，就一定要把街道建成，不能搞成半拉子工程。同时，我个人有一个要求：我不负责街道建设的资金筹措。”

李湘元知道，肖海已经下了决心要将街道建设搞好，自己再怎么反对也起不了作用；李湘元更知道，集镇街道建设的资金缺口一定很大，如果要自己牵头筹措资金，将会弄得焦头烂额。再说，集镇街道建设还涉及乡供销社的门面房屋拆除，难度可想而知，能否成功还很难说。搞砸了，责任由你肖海承担；成功了，功劳也全是你肖海的。我何苦为了给你肖海脸上贴金而劳心费神？

想到这些，李湘元表情很不高兴地表明了态度。

“集镇街道建设的班子怎么确定，如何分工，我们下次召开班子会议时再研究。”

肖海很清楚，只要李湘元乡长不明确反对集镇街道建设就烧高香了，要让他挑起筹措街道建设资金的重任实在太奢望。至于是否会形成半拉子工程，只能让事实去证明。

街道建设的方案，最终按照肖海的想法确定了下来。

第二十六章　联系点村搞调研

万事开头难。可开了弓，就没有回头箭。

街道建设的方案确定以后，为了趁热打铁，乡里迅速成立了“街道建设指挥部”，明确了相关人员的职责，让大家各司其职。

很快，街道建设已开始了宣传发动、筹措资金、开挖排水沟、动员乡供销社拆迁房屋等工作。

乡里的干部群众看到街道建设正式动工了，在表示大力支持的同时，也对能否拆除乡供销社影响街道建设的门面房屋，给予了极大关注。不少人担心街道建设再次出现“轰轰烈烈开始、冷冷清清收场”的结局。

肖海深知街道建设能否成功，关键在于乡供销社的房屋能否拆除。既然房屋拆除是难点，那就从易到难，将难啃的硬骨头放在最后，一边从其他路段开始施工，一边继续给供销社的干部、职工做工作，动员他们自己拆迁。

街道建设已经动工10多天了，其他工作进展比较顺利，而乡供销社房屋拆迁却没有任何进展，尽管班子成员轮番给供销社的负责人做工作，但他们仍坚持不同意拆迁。

怎么办？难道真的又要步前几届党委政府的后尘，因为乡供销社房屋拆迁受阻，导致街道建设不了了之吗？

晚上10点了，开完指挥部成员的会议，肖海回到自己的房间，仍然在思考：能否做通供销社领导的工作，让他们主动拆迁？

次日早上7点多在食堂用早餐时，肖海仍在想街道建设的事情，党政办向主任来到身边说：“肖书记，向家坪村的向书记打电话问，说你答应到他村里参加村组干部、党员会议的，看你何时有时间，他好下通知。”

“哟，你不说，我还忘记了。你告诉他，我明天去，上午到各组转一圈，下午开会。你不是向家坪村的吗？你和我一起去。”

向家坪村是肖海两个月前明确的联系村，因为街道建设的事，仅仅去过3次，最近已有20多天没有到村里去了。

第二天，肖海、向政明各自骑上自行车，半个小时后，来到了向家坪村部，几个村干部已在等候。

“我们抓紧时间到各组去看看吧。”喝了口茶，休息了几分钟，肖海提出了要求。

在向云清等几位村干部的陪同下，几个人开始步行到各组看看农作物的长势情况，听听群众的呼声。

听着向云清的介绍，看到部分农户住进了砖瓦小楼房，肖海心情舒畅。每到一个组，都要到一两户已住进楼房的或正在建设楼房的农户家看一看、聊一聊，问一问建房子花了多少钱，现在还欠账不，家里有些什么人，一年收入有多少。当得知是乡党委书记来看自己的房子，户主们显得十分高兴，热情地请坐、递烟、倒茶，如实地介绍情况。

肖海来到一个仍住在低矮的土砖房屋的农户家了解情况。50多岁的女户主显得很不好意思地说：“我家条件太差了，委屈干部了。”

“有建新房的打算吗？”肖海笑着问。

“今年不行，钱不够，争取明年下半年动工。”女户主告知了家里的安排。

“她家里有3个人在外面务工。一年能攒几万元，准备明年建一栋全村最好的小楼房。”向云清插话说。

“到时我们建房差了钱，找书记借，你别不答应呀。”

“只要你们开口，多了没有，万把块钱还是可以的。”向云清笑了笑，随口答应。

可以看出，向云清与群众的关系很好。

很快，一上午的时间已经过去，13个组也跑完了。

肖海被向家坪村群众的热情所感动。心想，这个村是全乡的缩影还是典范？如果全乡其他村的群众，都像向家坪村的群众如此勤劳纯朴，自己在这个乡一定能顺利开展工作。

下午两点，村里会议准时开始。

会前，经过与向云清商量，肖海决定在向家坪村，围绕水利设施、道路建设、产业结构调整、农民增收、改善干部群众关系等相关问题进行试点。

“今天召开村支两委干部、组长和党员会议，重点讨论我们村的发展问题。党委肖书记从百忙中抽时间参加我们村里的会议，先请肖书记为我们讲话。大家欢迎。”向云清说明了开会的目的。

在大家的掌声中，肖海起身向大家鞠躬致谢，面带微笑说：“我在你们村办联系点时间不长，但也来了几次，大多数人已经认识，也不用客套。今天开这个会的目的，主要是讨论村里的发展。也就是说，我们村主要做哪几件事，如何通过为群众做好事、办实事，得到群众的理解、支持和拥护。”

与会人员认真听着，一齐看向肖海。心里觉得有点奇怪：以前乡里领导给我们开会，主要是强调村组干部和党员要如何在完成农业税、上交统筹款、执行计划生育政策等方面起带头作用。而今天，肖书记则要和大家一起商量，怎样为群众做好事、办实事。

看着大家的表情，肖海喝了口水，继续说：“过去，我们乡村干部和组长，将主要精力都放在了向群众索取上，群众意见很大，基层干部与群众的矛盾越来越尖锐，村组干部也更难当。我们是否有办法解决这个问题呢？我想来想去，和你们村向书记商量，想先在你们村办点试试。希望得到大家的支持。”

“肖书记能来我们村里办点，争取为老百姓办几件实事，非常好，我们表示热烈欢迎。我们村组干部的确感受到，现在的工作越来越难做了，我们不能为群众解决任何困难，但总是向群众要这要那，把左邻右舍都得罪了。”村组干部纷纷表示理解支持。

“所以，我们要共同想办法解决这些问题。今天会议的开法是，先请各位组长发言，然后请几位党员代表发言，村干部再发言，最后请肖书记做指示。”向云清接过话题。

“我们组亟须解决不通公路的问题。”

“我们组最主要的是解决灌溉问题。”

“我们组主要问题是地理条件差，产量低、收入少。”

“我们组群众最想解决的是饮水困难的问题。”

“我们组主要是解决农民负担过重的问题。”

村党支部书记的话音刚落，组长们就根据各组的实际情况踊跃发言。

组长发了言，向云清先后点了4位党员代表发言。党员们充分发表了自己的意见，表示要带头参加村里组织的义务劳动，带头实行产业结构的调整，带头完成乡里下达的各项任务。

紧接着，各位村干部对明年的工作提出了针对性的建议。

听了大家的发言，向云清喜笑颜开，然后综合大家的意见说：“总结归纳大家的意见，我认为，我们村的工作重点是4个方面。首先，要解决灌溉问题。由于渠道年久失修，涉及5个组约400亩水稻不能旱涝保收。每年到了干旱缺水的季节，群众为了争水抗旱，常常发生争执甚至打架。其次，要解决3个组不通公路的问题。再次，要解决产业结构不合理、群众收入低的问题。最后，要解决2个组的群众饮水比较困难的问题。”

向云清停了停，看了看肖海，继续说：“同时，我认为，解决这些问题的最大困难是缺资金。因此，希望肖书记尽可能从资金上给予支持。”

村党支部书记的发言切中了要害，农村发展慢、农业条件差、农民生活苦，最主要的是缺少资金，缺乏上面的资金支持。

肖海心里很清楚，自己联系的点村能否办好，能否产生一定的变化，能否让群众得到一定的实惠，从某种意义上说，关键在于你能给多大的资金支持。肖海同时也明白，乡财政实在太困难了，乡干部基本工资发放和政府机关正常运转的资金都已经没法满足，街道建设还需要大量的资金，又哪有钱来支持联系点村的建设呢？

看到与会人员期待的表情，肖海站起身勉为其难地对大家说：“我认为大家的发言很好，符合各个村民小组和向家坪村的实际；云清书记的总结很到位，我完全赞同。我还有个建议，就是村支两委干部对这几个项目进行一个初步概算，看看最少需要多少钱，分析和想想办法，钱从哪里来。至于大家希望我给支持的事，我这里也当着大家的面表一个态：尽管乡财政困难，街道建设也到了花钱的关键时候，但我一定尽最大的努力给予资金支持。”

肖海话音刚落，会场上顿时响起热烈掌声。

这次会议很成功，向云清等村干部非常高兴，坚决要求肖海、向政民留下来吃晚饭。

晚饭安排在离村部不远的一户人家，几个人走了约5分钟即进了一户两层砖混结构的楼房院落。

“屈桂玲，晚饭做好了吗？我们已到了。”

“菜都上桌了，就等贵客到。”

屋内传出年轻女人甜美的声音。

人还未进门，浓浓的菜香味已扑鼻而来，大家急切地想尝一尝这美味佳肴。

热情的女主人已在大门前的水泥晒坪上摆好了几盆热水，每个盆子里面都放好了新毛巾。大家洗了把脸，用不着客气，按照向云清安排的座位，围坐在了餐桌周围。

“今天的晚餐安排在妇女主任屈桂玲家。”

参加晚宴的有10来个人，除肖海、向政民和几个村干部外，屈桂玲的公公、婆婆一同在座。

大家刚坐下，向云清就做了介绍。

“肖书记到我们村办联系点几个月了，第一次来我们家吃饭，我们也没有什么可招待的，公公婆婆随便弄了几个菜，还不知肖书记是否满意。”屈桂玲大大方方地说。

“我们乡干部是吃百家饭的，随便得很。我只有两项东西不吃。”肖海开玩笑说。

“哪两项东西不吃?”屈桂玲信以为真，看向肖海。

“水中淹死的鱼，地上摔死的鸟。”大家听了，哈哈大笑。

肖海的玩笑更加拉近了与在座人的距离。

“正式开餐喽。肖书记到我们村里办联系点，是我们全村1700多人的荣幸，今天的动员会很成功，相信一定能产生好的效果。我提议，大家一起敬书记一杯酒。”刚动筷子，仅仅吃了一口菜，向清云已端起酒杯，号召大家共同给肖海敬酒。

大家起身，端起酒杯与肖海碰杯，然后一饮而尽。

大圆桌上摆满了十几个菜，彰显主人家的能干与热情。

吃了一口菜，肖海主动端起酒杯，站起身，说：“我借主任家的酒，敬在座的各位一杯，感谢大家的热情款待，祝在座的各位一切顺利，祝向家坪村的工作更上一层楼。”

大家起身，再次碰杯，又是一口吞。

过了一会儿，看到没人敬屈桂玲公公婆婆的酒，肖海有点过意不去。忙端起杯酒，主动来到大叔大婶两人身旁说：“二位老人家，我敬您二老一杯酒，辛苦二位弄这么一桌子菜，也感谢二位老人家理解和支持屈桂玲的工作。”

两位老人看到肖海如此敬重自己，正准备起身，肖海急忙制止说：“二位老人就别站了，我一口喝完，二老随意，喝茶也行。”

大叔将杯中的酒一口干了，大婶将茶杯中的半杯茶也喝了个一干二净。大婶连声说：“谢谢书记，谢谢书记。听桂玲说，乡里调来了一位年轻有能力的党委书记。今天一见，没想到既年轻，又平易近人。真是我们老百姓的福气啊！”

听了两位老人的话，肖海很不好意思，同时也感觉到了全乡人民的期盼带给自己的无形的、巨大的压力。

“是的，我们许多村干部都觉得肖书记有水平，特别爱听你做报告，不仅政策性强，而且很接地气，非常符合农村的实际情况。同时决策果敢，我们都很佩服你。”向云清借机奉承肖海。

“乡政府的干部和乡里单位的负责人都这样认为，肖书记不仅理论水平高，而且实际工作经验丰富，对自己要求严格，深得大家好评。”向政民附和着。

“喝酒不谈工作。大家都喝了不少酒，要不，云清书记你提议大家一起喝一杯团圆酒。”肖海心想，大家共同敬酒的敬了，单独敬酒的敬了，该回敬酒的也敬了，酒应该都喝得差不多了吧。

向云清没有回答肖海的话，给妇女主任使了个眼色。

屈桂玲心领神会，端着一杯酒，轻轻地走到肖海的身边，两眼带笑地看着肖海说：“肖书记，我还想单独敬你一杯酒，你接受不？”

屈桂玲，30来岁，身高1.6米多，体态匀称，性格大方，笑容可掬，说话讨人喜欢。

“肖书记喝不喝，看我们妇女主任会不会劝酒。”

桌上的其他人一齐将目光投向了肖海和屈桂玲。

肖海站起身，对屈桂玲说：“妇女主任敬酒我肯定喝，但总得有个理由。”

屈桂玲依然笑着，说：“书记来到向家坪，老乡敬酒行不行？”

桌上的人员同时拍手叫道：“这个理由好，肖书记你必须喝！”

“我们在座的不都是一个县的老乡吗？”肖海看向屈桂玲说。

“我说的是一个村的老乡。”

“一个村的老乡，我怎么不认识你？”肖海感到有点好奇。

“看来，肖书记不愿意认我这个老乡啊！”

“你娘家真是柳溪村的？我为什么不认识你，你父亲是谁？”

“肖书记真的不认识我？”屈桂玲看向肖海。

“至少我是调来了吴家湾乡工作后才认识你的。”肖海认真地说。

“真是贵人多忘事。我娘家和你是一个村，我的父亲叫屈新元。”屈桂玲说完，显得有些不好意思。

其他的村干部没有想到屈桂玲的娘家和肖海竟然是一个村，更不知道屈桂玲的父亲屈新元与肖海一家有些小的恩怨。所有在场的人显得都十分高兴，甚至连屈桂玲的公公婆婆也一齐说：“真没想到，你们还是一个村的人。肖书记，桂玲应该敬你的酒，而且，这杯酒你也必须喝。”

肖海家里与屈新元有一些恩怨，主要是肖海的父亲和二哥引起的。

肖海的父亲肖欣章，在村林场上班时，顺便将山里一棵死了的杉树砍回了家。屈新元发现后，对肖欣章进行了严肃处理，不仅将他背回家的杉树退回了村部，而且罚了他半个月的工分，还将他开除出了村办林场。谁知，这事还没完，一个月后，在社办企业当搬运工的肖渊，休息时与几个工人玩扑克牌，屈新元13岁的亲外甥席小雄围在旁边观看。席小雄发现肖渊出错了一张牌，导致输掉了不应该输的一局，随口说了一句“猪都不会那样出牌”。

输掉牌的肖渊正好没处发火，顺手给了席小雄一巴掌。挨了一巴掌的席小雄不服气，随即开始大骂肖渊。

年轻气盛的肖渊哪容得让一个小孩欺负？

席小雄每骂一句，肖渊就抽他一巴掌。

几个来回，席小雄已被打成了八戒嘴，号啕大哭地跑到舅舅家告知了实情。

当晚，肖渊被派出所的人带走，被要求承担席小雄的医疗费并罚款100元。

后来，肖渊被开除出了社办企业。

从此以后，屈新元、李卫成等村干部，对肖家没有好印象，肖海也因此受到一定的影响。

村干部开会推荐肖海上高中时，屈新元第一个反对。

肖海想报名参军，屈新元、李卫成他们一万个不同意。

提起屈新元，肖海就气不打一处来，一点酒兴也没有了。

但在这种场合，又不好发作，只得强装笑脸地看着屈桂玲，说：“你娘家真是新东乡柳溪村的？你父亲是多年的村长屈新元？我怎么对你一点印象也没有？”

参军之梦破灭后的一段时间内，肖海曾将主要的怨恨记在了屈新元和李卫成两人的头上，甚至在心中咒骂过屈新元、李卫成不得好死，他们的子女都没有好结果！

可上天捉弄人，自己娶了李卫成的女儿李秋婉做老婆，今天下村又被村党支部书记安排到了屈新元的女儿屈桂玲家里吃饭。

“老乡见老乡，两眼泪汪汪。感情深，一口吞；感情浅，舔一舔。”

向云清和其他人员，看到肖海与屈桂玲原来是一个村的人，凑起了热闹。

“肖书记如果不再记恨我父亲，就将我敬你的这杯酒一口干了。”

话音未落，屈桂玲端起酒杯，扬起脖子，将杯中的酒一饮而尽。

“大家一起喝，喝完这一杯，都别再喝了。”此时，肖海的脑海浮现出上高中、参军受阻的种种画面，心里十分纠结。

“好，我们就听肖书记的。”向云清附和说。

待大家碰了杯，肖海将自己手中的一大杯酒一饮而尽。

然后，迅速放下筷子，向大家示意准备离席，不再给村干部继续劝酒的机会。

村干部意犹未尽，但看到乡党委书记已经离席，也就不好意思再继续喝了，大家随后也离开了饭桌。

酒足饭饱后，大家一边喝茶，一边围绕如何落实今天的会议精神、加快向家坪村的发展进行了一番讨论。

不知不觉，已到晚上10点多了，大家一个个流露出了浓浓的倦意。

肖海婉拒了支部书记要其住在屈桂玲家里的安排，坚持去了向政民家住宿。

几天后，肖海及时安排乡政府有关部门负责人到向家坪村完善相关方案，确认资金支持额度。并与乡党委乡政府的班子成员商量，同意从每年上缴农业税后的返还款中确定资金指标，由向家坪村想办法先行借款进行项目建设，待农业税返还款到位后再归还。

不久，肖海建议向云清邀请乡里一位副乡长和几个村干部一同赴外地考察药材生产情况，购买药材种苗，推动向家坪村的产业结构调整。

一系列措施的实施，极大地调动了向家坪村组干部、共产党员和广大群众的积极性。

挑土、挖沟、平路基、背石块、抬水泥等能够用义务劳动解决的活儿，村党支部一声号召，男女老少齐上阵，各尽所能显神通。

调整产业结构，药材种植面积下达后，不用动员，无须强制，玉米、棉花全让路。

农业税、提留款，提前自觉全额上缴。

全村无一例计划外生育。

肖海联系点的工作取得了很好效果，这是后话。

第二十七章　筹措资金出车祸

街道建设始终是肖海最关心的事。

一天下午，肖海来到党政办公室，找向政民了解一些情况。事后，向政民一个劲儿地向肖海介绍全乡在外面工作的、经商的一些有影响的人物。

听着听着，肖海从心底发出了感叹：吴家湾乡真是一个出人才的地方！何不动员这些人为家乡的街道建设做点贡献？

稍做思考，肖海马上对向政民说："向主任，你最近几天就干一件事：以村为单位，将各村在外工作、经商当老板人员的名单弄出来，要有他们的具体工作单位和联系方式。我再执笔，以乡党委、政府的名义给这些人写一封信，汇报乡里的情况，动员他们给予家乡街道建设资金支持。"

给向政民安排工作的同时，肖海给自己也明确了任务。

说干就干，肖海不断充实和完善信的内容，直到自己满意为止。

20天后，向政民也完成了肖海交代的任务，基本收齐了各村在外工作人员及有经济实力人员的名单和联系方式。然后，将肖海执笔完成的信，分别寄给了吴家湾乡在外的相关人员。

效果不错，信发出去不久，乡政府陆续收到了不少个人的捐款，有200

元、300元、500元的不等。

为了筹集更多的资金，肖海已不满足信汇的这点小钱，决定上门去拜访几个有钱的大老板，争取他们给予更多的资金支持。

第一站去了外市某国营煤矿，矿长是吴家湾乡新市村的人。家乡党委书记来了自然很高兴，除了好好招待，还当场表态给予2万元的支持。

尝到了上门筹措资金的甜头，肖海继续去了外地的几个大老板处，同样收到了比较理想的效果。

一天，向政民建议道：向家坪村有一位搞建筑的向永兴老板，在双溪的生意很不错，如果书记能登门拜访，说不定他也会给予一定的资金支持。

经过向政民联系商定，9月上旬的一天下午，肖海带着向政民和乡财政所的于所长，搭乘租用的一辆四轮车，去了双溪。

两个多小时后，肖海一行人到达了向老板公司所在地。

向老板听说家乡党委书记要来公司，自然很高兴，早已等在公司门口。听了向政民的介绍，向永兴老板紧紧握着肖海的手，连连笑着说："肖书记，你是我的父母官，应该我去拜访你才对，但公司的事情太多没有成行，没想到书记倒先来公司看我，让我受宠若惊。"

"你是吴家湾乡走出来的经济能人，是家乡人民的骄傲，我这个乡党委书记理所应当前来拜访。"肖海恭维着向老板。

"经济能人不敢当，我只是比一般人胆子大一些，早几年走出来闯荡，赚了点小钱而已。"然后，向老板又和大家分别握手问好，将肖海一行安排到了建筑公司的接待室。

接待室早已倒好了茶水，摆上了香烟、水果。

能够拥有自己的公司，且接待室相当气派，看来，向永兴这几年的生意的确做得还不错。肖海心想。

稍做休息，向政民便对向永兴说明了来意。

"春节回老家过年时，听亲戚们说，乡里调来了一位年轻、有水平、有能力的党委书记。我当时就对他们讲：能在1~2年内，将吴家湾乡政府所在的集镇街道建设好，才算有能力。看来，肖书记还真是这个。"向永兴向肖海竖起了大拇指。

"建设好集镇街道，是吴家湾全乡人民的共同心愿，也是乡党委政府的职责所在。但街道建设的确面临着许多难题，其中，最大的困难就是资金缺口太大。这不，我初次与你向老板见面，就在你面前哭穷。”肖海无可奈何地看着向永兴笑着说。

“建设集镇街道是好事。我是吴家湾乡的人，每次回老家经过集镇街道时，都要感叹街道太乱了，希望政府尽早整修。只要肖书记下决心将街道建设好，我一定大力支持。”

向永兴听说乡政府正在筹措资金，准备动工建设集镇街道，很是高兴，当即表示将给予资金支持。

“街道建设怎么搞，路面能够扩宽吗？”向老板关心地问。

“肖书记下了决心，正在向供销社的领导提建议，希望能够拆除乡供销社影响街道建设的门面房屋，建成一条宽阔整齐的集镇街道。”向政民替肖海回答。

“看来，肖书记是个干大事、办实事的好干部。前几任书记想修建街道，都因为乡供销社门面房屋拆除问题而不了了之。”

向老板既像是鼓励，又像是在提醒肖海：乡供销社的门面拆除，是街道建设面临的最大阻碍。

“乡供销社影响街道建设的门面房屋拆除肯定有难度，但只要统一思想，下定决心，再大的困难也能够克服。”肖海始终对街道建设充满信心。

“那你们路面准备铺什么材料，是搞柏油路面，还是水泥路面？”向老板继续关心地问。

“我们区的另一个乡正在搞街道建设，他们计划铺柏油。因此，我们也准备铺柏油。”肖海如实说。

“如果是一般的道路，我当然主张铺柏油路面。可是，这是一条集镇街道，街道两旁要么是开店子的，要么是住户，他们会习惯性地将生活用水泼向街道。柏油路面最怕的就是水，时间长了就容易损坏。而水泥路面则不存在这个问题。因此，我建议你们下决心搞成水泥路面。”向永兴从事建筑行业的时间较长，积累了不少经验，不但耐心地向肖海进行了解释，还提出了自己的建议。

“如果这样的话，建设成本要高许多，资金缺口将更大。”肖海无不担忧地说。

“建设水泥街道的成本比柏油肯定要高一些，但从工程使用寿命来讲，也是划算的。”向永兴极力推荐水泥街道。

“那行，我们就按向老板的建议办。回去后，我再给班子成员做做工作，力争将街道建成水泥路面。”肖海想了想，也倾向于将街道建成水泥路面。

向老板不仅表态给予资金支持，还从技术层面提出了很好的建议。肖海觉得此行收获不小，心里特别高兴。

向永兴认为自己的建议被家乡的党委书记所采纳，也很高兴，于是立即叫来公司财务人员，当场给家乡街道建设捐出了1万元现金，并许诺：供销社的房子拆除后，再支持1万元。随后，又盛情款待肖海一行吃了晚饭，同时再三挽留大家住下来，第二天再返回乡政府。

考虑到第二天上午要主持乡里的会议，肖海婉言谢绝了向老板请他们留宿的盛情邀请，不顾天色已晚和雨天路滑，坚持连夜返回乡政府。

一路上，带着向老板捐赠的1万元钱，肖海一行四人有说有笑、高高兴兴地谈论着街道建设的未来。

“向主任、于所长，你们说，如果全乡多几个向永兴这样的老板有多好，我们还用担心街道建设的资金来源吗？”坐在前排副驾驶座位的肖海，不时回头对后排的两人说。

“只要书记出面，一些有钱的老板是愿意为街道建设捐款的。”向政民因为给书记推荐向老板收到了理想的效果而高兴。

“有肖书记高度重视，我们大家都相信集镇街道一定能够高质量地按时完成。”财政所于所长也在恭维肖海。

大家一路说笑，时间过得很快，已经晚上10点多了，再有半个多小时就可以回到乡政府了。

此时，雨越来越大，路面有了明显的积水，汽车经过低洼积水的路段时，车上的人明显感觉在漂浮前行。

“今天要是在向老板那里住一晚上，明天回来就好了。你们看这鬼天气，下这么大的雨，我都看不清前面的路了。”司机流露出些许焦虑。

雨刮器开到了最大挡，但挡风玻璃上的雨水仍然严重影响到了司机的视线。借着汽车大灯的光线，肖海朝前望去，因为雨水的影响，的确只能看见10多米远模糊的路面，不由有了一丝担忧和害怕。

“慢点开，安全第一。要不，你找个地方停下来休息一会儿，待雨停了再走！”肖海提醒司机，同时建议道。

“我慢点开就是了，再有半个小时就到政府了，早到大家也好早点休息。”

司机想早点到家，并没有采纳肖海的建议，继续小心地开着车，同时放慢了车速。

有道是：是祸躲不过，躲过不是祸。

可能是肖海的人生必然要经历这次劫难。

车辆行至距乡政府不到30公里路程的峭壁路段时，肖海发现了前方迎面而至的车辆灯光，再次提醒司机“前面有车，慢点开”。

不知是雨水影响了司机的视线，还是对方来车的灯光干扰了司机的正常判断，就在两车即将相会的一瞬间，司机在向左稍稍打了一下方向盘的同时，又采取了紧急制动措施，希望将车停在路边让对方车辆先过去。但为时已晚，车辆不听使唤地连人带车直接撞向了左边岩壁，车头的挡风玻璃瞬间被撞得粉碎。坐在副驾驶位置的肖海顿时满脸鲜血，雨水和着鲜血浸湿了他的全身。

肖海一时双眼模糊……

对方的车辆长鸣几声，消失在茫茫的雨夜中。

雨仍在不停地下，一道道闪电偶尔照亮一下漆黑的夜空，右侧高高的悬崖峭壁，伴随着闪电惊雷似乎就要被撕裂、被摧毁；公路右侧20多米下的河水湍急地流淌着，不停地发出咆哮和怒吼，像要吞噬这风雨之夜的一切生灵。雨夜中的几个人一齐感到了阵阵恐惧。

司机已被这突如其来的事故吓得魂飞魄散。

随行的向政民和于所长急忙打开右边的前车门，冒雨把肖海抬进了尚未受损的后排座位。

两人一边用自己白色的衣袖在肖海的头上、脸上轻轻地擦着血水，一边不停地叫喊着：“肖书记、肖书记……”

肖海蜷缩在座位上，觉得头晕目眩。他浑身哆嗦，不言不语。

“肖书记，肖书记……”两人继续呼唤。

“怎么办？”向政民自言自语。

“我打120。”于所长掏出手机，但是处于盲区，没有信号。

过了片刻，肖海感觉到了伤口的疼痛，左手更是无法动弹。他身上发冷、身体很累，但头脑却十分清醒。

“这下完了，深更半夜，风雨交加，无人救援，莫非我34岁的生命今夜就要终结？莫非受伤的眼睛将会失明？左手已经骨折？莫非刚开始的集镇街道建设就此中断？我有未完成的事业，吴家湾乡的父老乡亲还等着我把街道建成。我决不能现在死去！我上有年近八旬的父母，自己参加工作后就一直忙于事业，很少尽到幺儿子的孝道。我不愿意死去！我还有远在外省工作的年轻漂亮的妻子、正在妻子身边上小学的活泼可爱的女儿，我们已有一个多月时间没见面了。”肖海用坚强的意志和对亲人的思念支撑着自己。

天无绝人之路，肖海命不该绝！

在等待了20多分钟后，于所长终于拦停了路过的一辆小车，小车司机热情地协助几个人，将受伤的肖海送向10公里外简陋的片区诊所。

因为雷雨大风造成的故障，整个片区已经停电，诊所早已关门，医生已经休息了。

“开门，开门。有病人需要紧急治疗！”于所长用拳头捶打着诊所的门。几分钟后，一位年轻的女医生极不情愿地打开了门，用手电照看了一下门口的于所长，睡眼惺忪地说：“这大半夜的，有什么事？”

“有人受伤了，需要治疗。”不由分说，向主任背着肖海就挤进了诊所。

女医生用手电照了照，发现病人满身是血，忙推辞说：“看来病人伤得不轻。我们这里是个小诊所，条件有限，加上停了电，只怕我没办法处理，你们还是赶紧送病人去县医院吧。”

“受伤的是我们乡党委书记，你必须想办法先给他止住血。然后，我们再想别的办法。”

向政民、于所长不顾一切地把肖海扶坐在了诊所的长条座椅上，逼着女医生治疗。

听说是乡党委书记受了伤，诊所房间里又迅速走出一位40多岁的女医生，她打着手电来到肖海的身边，边向于所长他们问情况，边仔细察看伤情，发现肖海的几处伤口还在流血。

“小翠，你马上准备一下，我们要给病人的伤口缝几针，不然没办法止住血。”年长的女医生说。

两位女医生借着手电筒的光亮，对肖海的伤口进行了简单的清理消毒，并给几处大的伤口缝针止血，但对左手的骨折毫无办法。

向政民、于所长陪着肖海在诊所里度过了几个小时。

第二天清早，肖海被转入了县人民医院。

医生替肖海进行了全面检查，看到面部4处伤口的处理，主治医生笑了笑，然后，又给肖海胸部未做处理的两处伤口做了缝针处理，并安排医生对肖海的左手腕进行了复位手术。

因为这次车祸，肖海额头缝了5针，左眼角缝了4针，左脸部缝了6针，上嘴唇缝了4针，胸部伤口缝了12针，左手腕形成了骨折。

肖海因筹措街道建设款出车祸受伤住院的消息不胫而走。

县委书记百忙中在县委办秘书的陪同下，第一时间到病房探望了肖海。

D区区委区公所的有关领导，也前去医院表示慰问。

李湘元率领班子成员到医院进行看望时，肖海当着大家的面交代说："李乡长，我这次受伤住院可能需要一段时间，在这期间由你全面主持乡里的工作，所有的班子成员要服从李乡长的指挥，确保工作正常运转。"

"你放心，一般性的事务，我和大家商量着办，遇到重大的事情，我及时向书记请示。"李湘元说。

"书记你就安心住院养伤。我们一定维护李乡长的领导，确保乡里工作不受影响。"几位班子成员共同表了态。

"你们表了态，我也放心了。相信在李乡长的带领下，在大家的共同努力下，一切工作都能顺利推进。"

肖海想，患难见真情，自己住院了，说不准班子成员更齐心，工作也好开展了。

远在云阳的李秋婉得到肖海受伤住院的消息后，心急如焚地赶来医院。

刚进病房，看到穿着医院病号服的肖海靠在病床的床头，额头、左眼角、左脸和上嘴唇刚刚缝了伤口，左手腕缠着绷带，打着点滴，她不禁心头一热，泪水夺眶而出，走过去用手轻轻地抚摸着肖海的脸，哽咽着关心问："怎么弄的，都伤成这个样子了。其他地方还有伤口吗？伤口还疼吗？能下地走路吗？"她一边说，一边掀开床上的被子，搂起肖海的上衣查看。

看到妻子如此关心自己，肖海深受感动，连忙伸出右手拿出纸巾，为她擦去眼角的泪水，说："都是皮外伤，没什么大事，放心吧！"

肖海的意外受伤，在吴家湾乡，既有人担忧，也有人高兴。

"街道建设才刚刚起步，肖书记就出了车祸。只怕街道建设又要半途而废了。"希望建设好街道的人们感到有些沮丧。

"风水先生早就讲了，乡政府办公楼的位置有问题。自从建了那栋办公楼，不仅乡党委乡政府的班子不团结，而且乡政府的干部接连出事。"

"还真是的哟。前年，政府一名干部晚上起来上厕所，结果，从政府的四楼掉下来摔死了；去年，前任党委书记犯错误被撤职；现在，肖书记上任只有一年多时间，就出车祸住进了医院。”

几名迷信的干部，把吴家湾乡3年来一连串的事联系在一起，认为是政府办公楼的选址有问题。

“肖书记只受了一些外伤，问题不大，应该很快就能出院，不会影响到街道建设。”去医院看望了肖海的政府干部，宽慰着大家。

“真是老天有眼，这是老天爷在提醒肖海，叫他不要拆我们供销社的房子！”

“就是的，如果肖海强拆了我们供销社的房子，老天爷对他的惩罚会更重一些！”

“这次车祸，他脸上留下了疤痕，还差点弄瞎眼睛，手也骨折了。我想，出院后，他再也没有心思搞街道建设、拆你们供销社的房屋了。”

乡政府刘副乡长和乡供销社的几个职工聚在一起议论着，认为肖海出了车祸对他们而言是一件好事，街道建设不再继续，供销社的房屋也就不用拆除了。

老天爷是神灵，不仅有一双火眼金睛，还有一把尚方宝剑。

火眼金睛能明辨是非，尚方宝剑则惩恶扬善。

只要为老百姓谋利益，就能得到神灵的保护；如果作恶多端，必将遭受神灵的惩罚。修路建桥，为民造福，理所当然能得到神灵的保护。

尽管坐在前排副驾驶位置，尽管挡风玻璃被撞得粉碎，尽管头部遭受了一定的撞击，尽管玻璃碎片划伤了上眼皮和眼角，伤口离眼球仅仅差之毫厘，尽管导致了左手骨折……肖海却是不幸中的万幸，车祸虽然给他的身体造成了一些外伤，在他的面部留下了几处明显的伤痕，影响了外在形象，左手腕也骨折了，但头部和内脏并没有受到损伤。

住院治疗了半个月，未待身体完全康复，肖海就带着脸上、身上的伤痕，不顾骨折后的手尚未完全康复，强烈要求出院了，坚持回到了吴家湾乡，继续开展工作。

第二十八章　集镇面貌大变样

书记出院回到了乡政府，尽管还需要继续养伤，但并不影响主持工作，班子成员又有了主心骨，全乡上下重新看到了希望。

“肖书记，你回来了好，我对不起你，交给我的任务没有很好地完成。前几天，因为资金不能按时拨付，材料供应商不愿意继续赊账，街道建设只能暂时停工。”召开班子会议时，李湘元第一个发了言。

“没关系，街道建设停了也无妨，大不了推迟十天半个月竣工。”

肖海心想，自己住了半个月院，大家一直在忙工作，没有功劳有苦劳，如果此时随意批评人，反倒让大家不开心，对今后的工作推动不利。

但想起自己住院期间，县发展改革局胡主任打电话告知的一件事情，肖海对李湘元感到不可理解。

“肖书记，你们乡的李乡长架子挺大的，县直单位的负责人去了你们乡，他都不出面打招呼！”胡主任打电话告诉肖海。

“不可能吧，科局长们能到我们乡里指导工作，书记、乡长求之不得，还有李乡长不出面的道理？”肖海半信半疑。

“昨天，我到你们乡检查工作，想了解一下有什么项目需要县发展改革局支持的。谁知，李湘元打电话告诉你们办公室的人说：你给胡主任解释一下，说我不在家，由一位副乡长给他汇报。我也是从乡镇上来的，知道乡里两个头儿都挺忙的，也没有强求。只好耐心听了你们一位副乡长的汇报。谁知，我的司机在街道上溜达时，看到了李乡长和几个人从馆子里喝完酒出来。司机给我说了后，我实在有点生气。既然李湘元这么不待见我，你们街道建设的事情，也用不着我支持了！”胡主任生气地说。

“别，胡主任你大人大量，何必计较李乡长的不是？等我出院了，我再专程请你喝酒！街道建设的事，你一定要多多支持。”

刚刚听了班子成员的工作汇报，了解到街道建设的现状，联想到胡主任告知的情况，肖海不知说什么好。人家送钱上门，你乡长找借口不见；机关单位的筹款，你又不积极做工作。难道街道建设是我肖海一个人的事，与你乡长一点关系也没有？

肖海努力控制自己的情绪，耐心听取了大家的汇报，认真思考着下一步的对策。

殊不知，供销社的房屋拆迁事宜已被推到了风口浪尖。

肖海出车祸住院期间，一些反对拆迁的人实实在在地高兴了一阵子，认为肖海可能会借机要求调离吴家湾乡，即便没有调离，也不会再提拆除乡供销社门面房屋的事了。但令他们没有想到的是，肖海出院上班后，仍然没有改变原有的街道建设方案，继续坚持要拆除乡供销社门面房屋。

一时间，乡供销社的房屋是否能够拆除，成了全乡矛盾的焦点和舆论的热点。

“看来，这次乡供销社的房屋又没法拆除了，街道建设有可能半途而废。”不少居民开始担心。

“我看不一定，肖书记已经下了决心，听说准备组织强大的队伍，强行拆除乡供销社的房屋呢。”有的居民也在谈论听到的小道消息。

“我还听说，乡党委乡政府班子成员之间，意见不统一。大多数班子成员同意拆除乡供销社的房屋，但也有少数班子成员反对，这次要看肖书记能不能下决心了。”一些消息灵通的人士开始了议论。

街道建设的未来，特别是乡供销社房屋的拆除，不仅给肖海带来了相当大的压力，而且引起了多方的高度关注。

一天，在乡供销社主任的陪同下，区供销社主任再次走进肖海的办公室，求情说：“肖书记，乡供销社现在的效益本身不是很好，门面收入是乡供销社职工收入的主要来源，你高抬贵手，不要拆除那几间门面房屋吧！”

“我已经给你们说了多次，拆除影响街道建设的那几间门面房屋，不仅有利于街道建设，对于你们乡供销社今后的发展也更加有利，就相当于将你们现在的门面朝后退了几米。街道完工后，群众去你们供销社购物更方便，相应的，供销社的效益一定会比现在更好。这个道理你们为什么就听不进去呢？”肖海再一次耐心地解释。

“道理我们当然懂。问题是，新建门面需要一段时间，这期间的损失怎么办？书记总得给我们一个说法。”两位供销社主任同时看向肖海。

肖海明白了，他们不是不想拆除门面房屋，而是想借此要求乡政府多给一些补偿。

“怎么补偿的问题，政府早已告诉了你们，不可能再增加了。”肖海有点生气地说。

“政府不增加补偿，我们的门面房屋就不能拆除。”区供销社主任看到肖海没有增加补偿的意思，回敬了肖海一句，拉起乡供销主任离开了。

区供销社主任求情无果后，乡供销社主任又及时搬来了县供销社李主任和县政府分管财贸工作的范副县长，想拿县里的领导向肖海施压。

“从长远来看是更有利于乡供销社的发展，但拆除和重建必然带来一些损失，而这些损失全部由乡供销社来承担，就很不合理了。你们乡政府能否尽可能多给一些补偿？”范副县长也并不是阻止房屋拆除，说白了，还是想替供销社多争取一些利益，作为分管财贸工作的副县长，这也是他的职责。

“我们已经尽最大的努力给予乡供销社补偿了，我也想多给乡供销社一些补偿，可是，钱从哪里来？街道建设仍有不小的资金缺口，我还想向县长你求助呢！”肖海一副可怜巴巴的样子。

“街道建设是好事，但你不能由乡供销社一家来承受如此大的损失，应该尽可能给予乡供销社一些补偿。”县供销社李主任同样在为乡供销社争取利益。

“也请李主任和范县长多理解我们乡里目前的难处，替我们做做乡供销社的工作，最好让他们主动将影响街道建设的房屋拆除。街道建设的情况你们也看到了，其他地方的路基已经完成，大部分个体户的门面已装修一新，而供销社门面低于街道路基1米多，顾客购物很不方便，且房屋陈旧不堪。你们想一想，顾客是愿意到那些方便的、新的个体户门面购物，还是愿意到乡供销社来购物？再说，如果抓住了这次街道建设的机遇，政府能从多个方面给予你们一定的支持；假若失去了这次机会，以后什么时候、能否还有机会翻修供销社的房屋，就难说了哟！”

肖海不仅没有听进范副县长和县供销社李主任的意见，反而给他们讲了一通道理，同时要求他们给乡供销社的领导做工作。范副县长很不高兴地离开了吴家湾乡，返回了县城。

街道建设的进度因为乡供销社的房屋没有及时拆除慢了下来，甚至暂停了施工，从而引发了更为广泛的关注。

过往的客运班车经过乡供销社门前的那一段路程时，司机有意将车辆停下来观望观望。

面对种种议论和压力，是前进还是退缩？

一天早上7点钟，洗漱完毕的肖海关着房门，坐在自己的办公室，努力思考着街道建设的下一步方案。

正在思考，门外突然传来咚咚的敲门声。

“是谁这么早就来敲门？”肖海边猜边打开房门。

原来是那位最大的心愿是“不让老百姓大晴天还要穿着雨靴在街道上走就行了”的70岁的张奶奶，站在了门外。

“张奶奶，您这么早？快，进屋坐。”肖海边说边让老奶奶进了屋，并搬了一把椅子要她坐下。

张奶奶并没有坐，而是将手中的一个保温盒，送到肖海面前，揭开盖子说：“肖书记，我年纪大了，街道建设我帮不上忙，但我知道你为街道建设操碎了心。我煮了几个鸡蛋送给你，你趁热吃了吧，好补补身子。这是我老人家的一点心意，你千万不要推辞。”

看到张奶奶保温盒中热气腾腾的鸡蛋，肖海顿时饱含热泪，双手紧紧地握住张奶奶的手，说：“使不得，使不得。”

张奶奶用力抽出自己的手，生气地说：“肖书记如果想将街道建设停下来，就不吃我送的这几个鸡蛋。”说完，离开了肖海的办公室。

张奶奶对于肖海的期盼与寄托，无不代表了吴家湾乡大多数人的心愿。

此时，肖海看到了来自群众的力量，认准了街道建设对集镇面貌带来的变化和影响。肖海想到了乡供销社门面房屋拆除重建后更好的经营环境：营业员站在舒适的柜台里面，热情地接待各位顾客。

想到这些，肖海增添了战胜一切困难、建成集镇街道的勇气和信心。

肖海决定，再次出面给乡供销社的领导和职工做一次深入的思想工作，争取动员他们主动拆迁。

或许是看到了政府的决心，或许是被肖海的诚意所感动，或许是县里的领导帮忙做了不少工作，经过肖海一个多小时的劝说，乡供销社主任终于同意了拆迁，但提出了增加50方木材和组织劳力帮助他们义务搬迁货物的要求。

“增加50方木材我现在就给你表态，但搬迁货物还是由你们自己组织人员好一些，人多了，容易出差错。只要你们主动拆迁，时间可以向后推3天，但必须在规定的时间内完成。否则，给予追加的50方木材就没法给你们了。”

供销社主任向肖海多争取了50方的木材，心里开心了不少，随即表态：“肖书记请放心，我表态了的事，一定做到。15天之内，保证将供销社的房屋全部拆除，绝对不影响街道建设施工。”

“我认为供销社要和街道建设指挥部签订一份自愿拆迁的协议，这样给你们木材也有了依据。”肖海提议。

“这样也好！”

肖海、供销社主任，这两个男人的手，终于紧紧地握在了一起。

半个月后，影响街道建设的门面房屋，由供销社组织劳力全部拆除。

一时间，全乡干部职工和广大群众自觉投入街道建设的热情被再次点燃。

集镇街道建设的专业施工队抓住有利的天气日夜奋战，当年年底，吴家湾乡集镇一条长2000米、宽16米、厚25厘米的高质量的水泥路面街道终于建成通车，吴家湾乡的集镇面貌得到了很大改观。

第二十九章　妇女主任找耳环

群众期盼已久的街道建设，终于在这一届党委政府任期内完成，广大群众走在宽阔、平坦的集镇水泥街道上，心情特别舒畅，对党委政府充满了敬意，尤其是对肖海的工作给予了高度赞许。

借助街道建设成功的东风，吴家湾乡的绝大多数工作也有了新的起色。

计划生育工作考核，改变了全县乡镇排名靠后的被动局面，一跃成为全县一类乡镇而获得县委县政府的表彰。

文化教育、卫生、社会治安综合治理、林业、国土等方面的工作也有了新的进步，得到了上级主管部门的充分肯定。

由于成绩突出，肖海被县委评为“优秀乡镇党委书记”，在全县三级干部大会上受到了表彰，披红戴花地上了领奖台。

为了及时贯彻县委三级干部会议精神，进一步促进全乡工作，乡党委乡政府决定召开全乡村组干部大会。

多年乡镇工作形成了习惯，肖海所有的讲话稿、工作报告，从不要求他人代笔，而是亲力亲为。

一天上午，离通知开会的时间还有一个小时。经过大半夜的辛苦和清早的冲刺，肖海终于完成了报告的最后定稿。

他简单地用冷水冲了一把脸，到政府食堂随便吃了一点早餐，然后将党政办公室的向主任叫到自己的房间，询问大会会场的准备工作落实情况及人员到会情况。

两人刚谈了几分钟，门外传来几个村妇女主任的说笑声。

“肖书记，开会时间还没到，我们几个村妇女主任到你这里坐一会儿，可以吗？”

几个人刚到门口，已传来了屈桂玲熟悉的声音。

自从上次在她家里吃饭后，屈桂玲只要到乡政府开会，总是到肖海办公室坐一会儿。但从不单独来，或许是怕别人说闲话。

看到党政办公室的向主任在场时，急忙说：“不会打扰领导谈工作吧！”

“没事，我只有一点事给向主任交代一下就可以了，你们随便坐。喝茶自己倒。”

肖海抬头看了一眼，发现来了5位村妇女主任，显然，房间里的椅子不够用，便不好意思地说：“我这里只剩两把椅子了，你们5个人，只好坐的坐，站的站了。”

“不要紧，没椅子坐的人还可以坐你床上。肖书记，可以吗？”屈桂玲大大方方问。

“当然可以。只要你们不怕脏，我的床单已经一个多月没洗过了。”肖海开玩笑说。

“我看还挺干净的。肖书记，如果你觉得有必要的话，我现在就抓紧时间去帮你把床单、被套洗一下。”屈桂玲翻开被子看了看，说。

“不用，不用，我自己抽时间洗就行了，不用麻烦你。”前几天，乡计生办的工作人员方芳，已经把肖海的被套、床单、枕巾全部都洗了，但他不便当着大家说，只得推辞着。

十四五平方米的屋子里，1张1.5米宽的床，1张办公桌，1个文件柜，1只高中时用过的四方小木箱，3把小木椅，加上肖海洗漱用的铁皮提水桶和面盆，已经将空间占得所剩无几。

有两位妇女主任坐在了小木椅上，屈桂玲和另两位妇女主任只好坐在了肖海的床沿上。

俗话说：三个女人一台戏。

肖海小小的房间里，同时聚了5位村妇女主任，这些村妇女主任个个都是能说会道的泼辣角儿，戏更加热闹了。

她们全然不顾肖海在给向主任交代工作，开始谈论彼此的身材、皮肤、衣着、发型和首饰。

“屈桂玲，你这副金耳环在哪里买的，看起来好漂亮。”大家谈论了一会儿，北山村妇女主任方玉看到屈桂玲所戴的耳环挺不错，伸手摸了摸，问。

“老公去年年底前，专程带我在县城买的，连同我这条金项链和手上的金戒指，一共花了近两万块钱呢！”屈桂玲伸出戴着金戒指的手，摸了一下自己的金耳环，抖了抖脖子上的金项链，满脸的幸福，有点炫耀地说。

看着屈桂玲高兴的样子，几位妇女主任很羡慕。有的摸着她的金耳环，欣赏着造型；有的用手掂了掂她金项链的重量；有的看着她手指上金戒指的花纹。

“屈桂玲，你老公对你真好，一下子花这么多钱打扮你。”东风村的妇女主任陈金枚，一边摸着她的项链，一边说。

“她老公主要是怕屈桂玲耐不住寂寞，所以愿意花钱哄着她，免得她找别的男人。”北山村的妇女主任方玉说。

“我在家里管小的管老的，老公为我花点钱不是天经地义吗？”屈桂玲抬头说。

看着屈桂玲得意的样子，坐在她身旁的幸福村妇女主任万琳琳突然站起身，双手撑着屈桂玲的肩膀，看着她漂亮的眼睛，开玩笑说：“屈桂玲，你年轻又漂亮，老公还给你买了金耳环、金项链、金戒指的，你这么打扮，他常年不在你身边，难道不担心你红杏出墙？”

“出你个头。”屈桂玲点着万琳琳的额头说。

东风村的妇女主任陈金枚更是开玩笑说：“屈桂玲，你五官这么漂亮，身材这般苗条，皮肤细嫩，胸大、腰细，一定能讨你老公喜欢。”

“妻子讨老公喜欢不是天经地义嘛！难道你老公不喜欢你？”屈桂玲回敬道。

“当然喜欢！”

陈金枚看向屈桂玲，趁其不备，迅速双手捧住她的脸，亲了一口。

“我们也要和屈桂玲亲一个。”

其他几位妇女主任效仿陈金枚，有的亲她的脸，有的隔着衣服挠起了屈桂玲的痒痒，然后不顾一切把屈桂玲推倒在床上，摸她的头，揉搓她的身体。

屈桂玲觉得受到了大家善意的欺负，不断求饶。

肖海和办公室向主任回头看了她们一眼，露出了不可思议的表情。

“开会了，开会了，请参加会议的同志马上进入会场！”此时，大喇叭里传来会议主持人催促参会人员进入会场的洪亮声音。

肖海、向主任和大家一起离开房间向会场走去。

乡长传达贯彻了县里三级干部大会的主要精神，宣读了县委的表彰决定。与会人员对县委给予肖海的表彰，自发用热烈掌声表示了祝贺。

围绕如何落实县委三级干部大会的精神、做好吴家湾乡的工作，肖海做了专题报告。

肖海的报告，逻辑性强，内容非常符合吴家湾乡的实际，提出的相关措施具有很强的可操作性。由于是自己写的讲话稿，做报告时，他常常既能脱稿自由发挥，又不偏离主题，且洪亮的声音辅以恰到好处的手势，始终为受众提供听觉和视觉的享受。大家认真听着，有的还不时记着笔记，近200人的会场，秩序井然。

会议中场休息时，会前和屈桂玲一起去过肖海房间的几位村妇女主任又聚集在一起说笑。

突然间，陈金枚看到屈桂玲左耳垂上没了耳环，忙问：“屈桂玲，你还有一只耳环呢？”

屈桂玲双手迅速摸向自己的双耳垂，发现左耳上的耳环不见了。

掉到哪儿了？

会前几个人在肖书记房间时，不都还在的吗？

哦，肯定是几个人打闹时，将耳环弄掉了。

屈桂玲猜想。

看到肖海正在会场外和乡里的几个班子成员，还有几个村的党支部书记围在一起，一边晒太阳，一边议论着什么。

屈桂玲找回耳环的心情非常迫切，快步来到肖海身边，未加思索，当着大家的面无所顾忌地直接问："肖书记，我有一只耳环是不是掉在你床上了？"

说者无心，听者有意。

肖海还没有回答，围在他身边的几个人已流露出异样的表情。

一双双眼睛齐刷刷看向屈桂玲，发现她的两只耳朵上，右耳垂上戴着金灿灿的耳环，而左耳垂上的确没有。

在场的人马上产生了浓厚的兴趣。

"屈桂玲，"肖海怕屈桂玲下不来台，立马说道，"话可得说清楚哟，不然我可是跳进黄河也洗不清了。"

接着，肖海叫来办公室向主任，将房间的钥匙交给他，又对屈桂玲说："你喊两个妇女主任做伴，让向主任陪你们一起去找一找。"

向主任和陈金枚、杨柳、屈桂玲等人一起上楼，打开房门，屈桂玲迅速在床上翻找，果真找到了掉落的那一只金耳环。

刚走出房门，陈金枚故意开玩笑说："屈桂玲，这只耳环好像与你耳朵上的式样不一致呢。"

"我看有点不一样。"杨柳也开起了屈桂玲的玩笑。

"要不，我再开门让你们仔细检查一下，是否还有另一只耳环也掉在了床上？"办公室向主任一本正经地说，装作要回去再开门的样子。

"就是开会前我们几个人坐在肖书记床上打闹时，把我耳环弄掉的。我让你们胡说。"屈桂玲在杨柳的屁股上用力地掐了一下，同时一拳挥向陈金枚。

几个人笑哈哈地下了楼，走向了会场。

大会继续进行。

第三十章　回到京铺履新职

和几位班子成员漫步在宽阔的集镇水泥街道，看到街道两旁商户们的笑脸，特别是乡供销社即将完工的新门面房屋，大家谈笑风生。

"集镇街道大变样了，可惜的是没有留下之前的图片资料。如果能够将街道建设前后的图片进行对比多好啊！”施东辉不无遗憾地感叹。

“没关系，吴家湾乡的老百姓心中有杆秤，他们一定记得为街道建设做出贡献的人。”

原想，街道建成后，立一块碑，将为街道建设捐款的单位和个人刻在碑面上，以示纪念。后怕受到诟病，因此取消了。

“大家要以街道建设为契机，团结一心，开拓创新，为吴家湾乡的经济社会发展谋划出更好的蓝图。”肖海开始了新的谋划。

蓝图还没有开始实施，次年3月，按照全省的统一部署和安排，常利县开始了撤区并乡的机构改革。

行政机构改革最大的难题是：领导干部如何安排？

6位区委书记好说，全部调进了县城，有的担任了科局的一把手，极个别的得到了提拔重用。

6位区长也好安排，除2人调进县里当局长外，其余的4位区长被安排到了调整后的相关乡镇担任了乡镇党委书记。

区委区公所的其他班子成员就只能受一些委屈，极少部分人员调到了县直科局任副职，绝大多数留在了新成立的乡镇任副书记、副乡镇长，甚至是一般的党委成员。

原有的41个乡镇调整为17个乡镇后，副职不说，乡镇的书记、乡镇长多达80多人，怎么安排？县委有难度。原有乡镇的党委书记、乡镇长们，个个“十五只吊桶打水，七上八下”的。一时间，在大多数人的意识中，跑跑送送、托关系、找靠山，成了谋取职位的一个路径。但无论怎么安排，僧多粥少的问题摆在那里，最终的结局难免有人欢喜有人愁。

肖海的命运如何呢？

围绕肖海的安排，县委常委们产生了不同的意见。

有的常委建议：这次乡镇调整，书记职数减少，只能将肖海安排在合并后的乡镇担任乡镇长。

也有的常委建议：肖海在乡镇工作了多年，可以安排到县里科局去担任副局长。

还有的常委建议：肖海能力强，可以考虑调到县城所在的镇任镇长、党委副书记。

不少常委建议：合并后的乡镇，摊子更大，任务更重，情况更复杂，更需要肖海这类在几个乡镇工作过、具有乡镇一把手丰富工作经验的人去担任合并后的乡镇党委书记。

最后，县委书记综合大家的意见，拍板说："就让肖海暂时担任合并后的吴家湾镇的筹备组组长，筹备工作完成后再视情况而定。"

不少乡镇党委书记、乡镇长们怎么也没有想到：在乡镇党委书记和乡镇长职数如此少的情况下，肖海竟然成了幸运儿，担任了合并后乡镇筹备组的组长，等同担任了合并后大镇的镇长。

不仅如此，县委安排原D区的区长，担任合并后的吴家湾镇党工委书记，紧接着又安排他去市委党校学习3个月，学习期间由肖海主持工委和筹备组的全面工作。

肖海不辱使命，带领筹备组一班人，科学谋划，认真工作，深入调研，化解矛盾，圆满完成了筹备组的工作任务。肖海的能力再次得到了县委的充分肯定和合并后的吴家湾镇大多数干部的认同。

县委由此决定：肖海调任京铺镇党委书记。

吴家湾镇的大多数干部听到这一消息，都对肖海表示祝贺。

京铺镇是D区原区公所所在地，区公所撤销后，原有的办公场所成了京铺镇的主要办公区域。肖海的住处兼办公室安在了原区委书记生活工作的地方。

走进办公室，肖海想起了许多许多……

12年前，参加工作的第一站，是在这个区的农业技术站任技术员。

10年前，自己从这里的一名农业技术员，一步跨入了行政干部的行列，开始了乡镇任职之旅。

10年前，自己与D区原区委书记的千金相识相爱，虽未能最终成功牵手，但后来两人在省行政干部管理学院学习的两年时间内，再次成为好朋友。

如今，回到熟悉的京铺，身份、责任与10年前离开时大不一样了，他不再是那位不起眼的农业技术员，而是成了受人尊重甚至是羡慕的镇党委书记。

肖海心想，京铺镇或许是自己的福地，是可能飞翔的地方。

他暗下决心，一定要好好珍惜在京铺镇工作的机会，一定要扎扎实实为群众办几件好事，在事业上有一番新的作为。

然而，情况并没有想象的那么简单。

新成立的京铺镇党委、政府、人大的班子成员中，原区公所的班子成员有3人，其中的一位区委副书记担任了人大主任，一位副区长担任了副镇长，区武装部长担任了镇党委委员。

之前在其他乡镇担任过党委书记的4人中，有一位还是肖海后任的桑梓乡党委书记；原担任过乡镇长职务的有3人；在副镇长中，一位是县委常委、宣传部长的公子，一位是县人大常委会主任的公子。

如此复杂的班子成员构成，自己能掌控局面吗？能有所作为吗？

肖海不由有点担忧。

一天下午，肖海在县城开完会议，正准备返回京铺时，接到了任明新副县长的电话邀请，说是请了几位曾经在乡镇一起工作过的老朋友，晚上在县城聚一下，吃吃饭，聊一聊。

肖海在桑梓乡任党委书记时，任明新在E区的另一个乡任书记，彼此熟悉，甚至是好朋友。今年县政府换届，任明新刚被选举为副县长。

任副县长邀请，肖海自然要参加。

走进酒店的包厢，还没来得及喝上一口水，原双溪乡计划生育专干、已任县直某科局一把手的严有聪就直言不讳地说："海子呀，你在乡镇工作已经13年了吧，任乡镇一把手也有10年了，乡镇有多大奔头，怎么还不想办法调进县城来？"

"我当然想调进县城，可组织上没有安排啊。"看着这些和自己资历差不多的人，一个一个地先后调进了县城，有的还得到了提拔重用，肖海心中有些苦涩，笑了笑，说。

"任县长，你现在分管哪几项工作？"严有聪看出了肖海的不愉快，转移了话题。

任副县长喝了几口茶，扫了大家一眼说："我上管天（环保），下管地（国土），中间管生育。"

几个人哄堂大笑。

以前与肖海同在E区，在另一个乡任过党委书记，现已任县政府办公室副主任的汤先发看了看畜牧局的张局长问："你们畜牧局主要做些什么事？"

畜牧局张局长想了想，回答说："我们畜牧局的工作是，管猪管羊管牛马，管鸡管鸭管鱼虾。"

大家觉得畜牧局张局长概括也很到位。

任副县长问和自己搭档过的乡长，已任县科协主席的辛主席："你们科协的主要工作是什么呢？”

辛主席对组织安排给的职位有点不太满意，稍带情绪地说：“我们科协是，一无权、二无钱、全靠一张嘴巴搞宣传（科学技术的普及与推广）。”

听了任副县长和几位科局长对自己分管工作的概括，联想到自己长期在乡镇工作的经历，肖海思绪万千，心里五味杂陈，连带着这顿饭也吃得不是滋味。

俗话说：条条蛇都咬人。乡镇有乡镇的难度，县直也有县直的苦楚。自己还是听天由命，继续安心在京铺镇好好地工作吧。

经过一段时间的调研，对于京铺镇的情况，肖海有了进一步了解，开始系统思考京铺当下的发展问题。

工作的突破口在哪里？

阶段性的工作任务是什么？

长远的发展规划如何确定？

肖海的头脑中已经有了比较清晰的思路。

根据班子成员多、能力水平参差不齐的情况，为了有利于工作的落实，肖海在与镇长汤先朝商量，并在与相关班子成员沟通的前提下，对班子成员的分工进行了适当调整。然后择时主持召开了上任后的第一次党委扩大会议。

“我们今天召开党委扩大会议，邀请镇人大主席、副主席列席会议。会议的主要议题有两项：一是明确班子成员分工；二是研究全镇当前和今后的工作。正式开会前，我提两点要求，请大家共同遵守：第一，不要在会议室抽烟；第二，将手机调整到静音位置或关机状态，确实有重要事情，可出会议室接听。下面先请镇党委委员、办公室主任邹开平同志宣读班子成员分工。”

肖海主持会议，说明了开会的目的和纪律要求。

按照会议议程，邹开平同志宣读了班子成员分工。

“对班子成员的分工，大家有什么新的意见吗？”肖海环视了一眼在座的每一位班子成员后，问。

“没有意见。”其他班子成员，同时回答。

“那好，班子成员的分工就这样决定，希望大家按照各自的职责，在做好本职工作的同时，注重团结协作。下面进行会议的第二项议程，研究当前和今后一个时期的工作。为方便大家有针对性地发言，请汤镇长先发言。”肖海朝汤镇长点了点头。

“好，按照肖书记的提议，我先谈几点看法。我认为当前最主要的任务是要迅速想办法解决群众办事不方便的问题。”汤镇长分析了合并乡镇以后，政府和部分镇里机关集中到了新政府办公，原撤销了的乡里的群众，到现在的镇政府来办事，必须先走一段路到原来的老政府，然后再乘车一个多小时才能到达新政府办公所在地，往返极为不便，个别偏远地方的老百姓甚至要到新政府住上一晚才能办完事情。对此，这部分群众意见很大。

汤镇长看了看肖海，继续说：“撤区并乡以后，撤销了的乡经济发展受到了一定的影响，主要是原政府所在地消费市场明显萎缩，有的小店子因为没有生意都已经关门歇业了。”

汤镇长谈到的两个问题，肖海在与他商量工作时已经涉及，并正在酝酿解决方案。

“我先谈这两个问题，不占用更多时间了。”

由于肖海事先与汤镇长进行了沟通，汤镇长的发言起到了抛砖引玉的作用，达到了肖海想要的效果。

肖海对汤镇长的发言给予了充分肯定，同时对其他同志的发言提出了要求：“刚才，汤镇长的发言很好，切中了要害，我们要认真研究解决方案。请下面发言的同志，结合自己分管的工作，提出当前亟须解决的问题和应对措施。同时要控制发言的时间。”

“我认为，现在工作的第一步是抓班子建设，特别是村级班子建设，只要村级班子建设抓好了，村里有人管事了，党委政府安排的工作才能落到实处。”镇党委副书记陈明忠发表了自己的看法。

“我完全同意明忠副书记的意见。根据我掌握的情况，乡镇合并后，我们镇有6个村的党支部处于软弱涣散状态，如果不进行整顿，镇里布置的工作任务没有办法在这些村得到落实。”镇党委委员、组织部部长唐新发表了自己的看法。

“我认为要围绕统一全镇干部群众的思想搞好宣传工作，让大家明白：为什么要撤区并乡？撤区并乡后能给老百姓带来哪些好处？镇党委镇政府准备为群众办一些什么好事、实事？”镇党委委员、宣传部部长周红英谈了自己的看法。

“有的群众反映，并乡以后，居住在边远山区的部分人，领取困难救助金很不方便，来回须坐4个小时的车。有的时候，因赶不上班车，还需要花费几十元钱在京铺住一晚。”分管民政工作的石长文副镇长发表了意见。

“我认为现在要抓紧将农业税、上交提留款收上来，否则，政府机关就难以正常运转了，大家这个月的工资都是镇财政所从县财政局预借后支付的。”镇党委委员、常务副镇长王小明看了一眼肖海说。

“水利防汛抗旱工作应该引起重视，同时也要准备好组织民兵参加县武装部统一训练的相关工作。”镇党委委员、武装部长围绕自己分管的两项工作提出了意见。

“我看，计划生育工作镇党委要引起高度重视。前不久，全县对各乡镇的半年工作考核，几项主要指标，我们镇都处于下游水平，再不采取得力措施，今年，我们镇的计划生育工作就有可能被‘一票否决’。”分管计划生育工作的刘副镇长发表意见说。

分管教育工作的梁副镇长、分管农业工作的黎副镇长、分管国土工作的谢副镇长、分管镇办企业的施副镇长，围绕各自分管的工作也分别发表了自己的意见。

“人大汪主席，请你谈谈看法。”其他的班子成员都发表了意见，只有镇人大主席没说话，肖海想听听他的意见，也是对他的尊重。

镇人大主席汪承章50岁了，担任过多年的乡党委书记，5年前任区委副书记，这一次撤区并乡，被安排为镇人大主席人选。对组织的安排，他心里正闹着小情绪，认为凭自己的资历，完全能够胜任一把手。为了照顾他的情绪，调动他的积极性，尽可能让他理解、支持自己的工作，肖海处处对其尊重。

看到肖海点名要自己发言，汪主席笑了笑，慢条斯理地说：“对镇里的一些具体工作，我没有意见。但我建议，是否适当安排一点经费，让我们镇人大分别到几个片区，组织召开部分县、镇人大代表座谈会，听听代表们的意见，好让他们充分发挥人民代表的作用。”

“汪主席的这个意见很好，请汤镇长安排必要的工作经费。同时，分片区召开座谈会时，联系各片区的镇政府领导应尽可能参加，虚心听取代表们的意见，必要时，对代表们提出的问题，还要认真做好解释、解答工作。”

肖海当即表态支持，汪承章脸上露出了满意的笑容。

时针快要指向12点，参加会议的同志发表了自己的意见，就等肖海总结。

听了大家的发言，肖海感到了从未有过的压力。

转而又想：桑梓乡建设砖厂时遇到的资金困难都能克服，吴家湾乡街道建设过程中遇到的乡供销社房屋拆除的难题也能够破解，京铺镇纵然有千难万险，我也在所不辞。

有了在前两个乡镇任党委书记的经历，肖海对乡镇工作已是轻车熟路，心想，只要团结和带领一班人务实创新，再多的困难也能克服，自己在京铺镇一定能干出一番新的业绩。

第三十一章　触景生情忆往事

经过一段时间的调查了解，肖海对镇里的有关工作已经心中有数，但对全镇的教育情况还不甚了解。

多年的乡镇工作经历让肖海真正体会到：一个乡镇，老百姓送子女读书的氛围，直接影响这个地方的教学质量；与此同时，教学质量，又直接决定老百姓送子女读书的积极性。从另一个角度讲，要成为一名优秀的乡镇党委书记，得到更多人的认可，教育是万万不可忽视的。

有人说，再穷不能穷教育，再苦不能苦孩子。

京铺镇的办学条件怎么样？

教学质量高不高？

老百姓有没有送子女读书的积极性？

全镇教育工作存在哪些困难？

党委政府应该如何重视教育？

肖海想去镇联校进行调研，掌握一些真实的情况。

“梁副镇长，你打个电话给镇里联校校长，如果他在学校，下午你和我一起去镇联校了解一下情况。我来镇里工作时间不短了，早应该去学校看一看了。”

肖海终于下了决心，推掉了其他工作，准备专门去学校进行一次调研，看看学校的领导，了解一下全镇的教学质量及相关学校的环境。于是，安排分管教育的副镇长先与学校联系。

不一会儿，梁副镇长告诉肖海：联校校长、镇中学校长均在学校，听说肖书记去调研，他们非常高兴。

下午刚上班，肖海和梁副镇长来到了联校校长甄德正的办公室。

喝了几口茶，刚聊了几句，甄德正拿出了早已准备好的汇报材料打算汇报。

“你先不用汇报，我想看看镇中心完小的办学条件，再看镇中学，然后听你和中学校长的汇报。”肖海说出了来学校的安排。

几个人坐车两公里，来到了镇中心完小。

在完小校长的陪同下，一行人围绕校园走了一圈，并简单地听取了镇中心完小校长关于学校情况的介绍。

随后，返回中学校园，察看了教室布局、师生宿舍、中学会场和室内篮球场。

对中学、对中学的老师，肖海有着很深的感情。

与李秋婉谈恋爱之前，她是桑梓中学的老师。在桑梓中学，两人从相识、相恋，到结婚。后来，肖海从省行政干部管理学院毕业后，又被分配到桑梓乡，先后任乡长和党委书记达6年之久。其间，肖海作为乡里的领导，同时又是中学老师的家属，工作之余，还常常带着乡政府一帮年轻的工作人员和中学的老师们一起打篮球。肖海不仅与学校的老师们混得很熟，而且，在老师的心目中留下了较为深刻的印象。

如今来到京铺镇中学，发现学校的面貌有了一些变化，但变化并不大，看到几间陈旧的教室、陈旧的师生宿舍、陈旧的师生生活区域、不太规则而又狭小的学校操场……

肖海百感交集，心情似乎有一些沉重和复杂。

肖海感到了身上肩负的重任。

然而，正是看到了这些10年前的学校部分建筑，又让肖海触景生情。

经过李小云曾经居住过的那间房屋，肖海想起了与覃怡琼第一次相识时的情景：李小云把覃怡琼叫到她的办公室时，肖海第一眼就相中了她，真想与她多待一会儿，和她多说说话，而她好像并不在乎自己，一心想着早点离开……

走近覃怡琼曾经居住过的屋子，肖海有意识地向屋内多看了几眼。

好几次，肖海来到她的房间，覃怡琼只顾专注备课，把肖海晾在一边；偶尔碰上她空闲时，也能看到她开心的笑容。

几个人来到覃怡琼父母居住过的那一套房屋，肖海与她的交往情景更是历历在目。

时间过得真快，转眼10年了，美好的记忆永远不会忘记。

肖海心情特别舒畅，在镇中学走完一圈后，带着幸福的回忆，与梁副镇长、甄德正校长和镇中学校长等几个人一起，说说笑笑向联校会议室走去。

几个人正走着，一位40多岁的女老师，不知是忘记了什么东西还是因为有其他的事情，匆匆忙忙从联校的会议室出来，迎面向肖海一行人走了过来。

“李主任，马上要开会了，你还出来干吗？”甄德正校长喊停了女老师。

女老师抬头正准备回答，肖海一眼认出了这位李主任，原来就是10年前给自己介绍过对象的中学老师李小云。

“李老师好！”肖海主动上前笑着和她亲切地打着招呼。

“肖技术员？”李小云也认出了肖海，保持着10年前的称呼，同时大大方方地主动伸出右手，笑着握住肖海的手。

梁副镇长、甄德正校长及在场的其他人员，感到十分诧异，几乎同时看了看肖海和李小云，问：“你们以前就认识？”

肖海笑而不语。

“是啊，我和肖技术员10年前就认识了。”李小云还是那样快人快语。

“10年前就认识了？”大家感到好奇。

李小云没有立即回答大家提出的问题，朝甄德正校长和大家说了声：“校长，各位领导，我有一点小事先处理一下，然后马上过来，不影响参加会议。”

说完离开了。

镇联校的小会议室内，联校、中学的其他班子成员早已在此等候多时。

“难怪我们肖书记今天特别高兴，主动要求来学校调研，原来是故事多多、意味深长啊！”

会议还没有开始，梁副镇长顾不了有学校其他领导在场，侧身偏向肖海，迫不及待地开起了玩笑。

肖海笑了笑，未置可否。

大家等了一小会儿，李小云已经回到了会场，甄德正校长征求肖海的意见后，开始主持了会议："今天，镇党委肖书记、分管教育的梁副镇长二位领导，在百忙中抽出时间来学校指导工作并看望大家，充分体现了镇党委镇政府对教育工作的高度重视，对教师的关心关怀，让我们用热烈的掌声，对二位领导的到来表示欢迎和感谢。"

肖海立即站起身，向在座的各位鞠躬致谢。

待大家的掌声停下，甄德正校长继续说："刚才，二位镇领导察看了中心完小、镇中学。现在开个小范围的座谈会，先听中学和联校的汇报，再请二位领导做指示。"

镇中学校长介绍了学校规模、师资力量、毕业生升学率等情况，重点汇报了镇中学条件差、与学校的师生规模不相适应、学校改扩建任务重、资金缺口大等问题。

经过刚刚的现场察看，肖海已对镇中学的情况心中有数。

联校校长甄德正先汇报了全镇的教育现状，然后，围绕如何开展教育集资、改善办学条件提出了建议。

肖海一边听一边记，同时思考着如何回答两位校长汇报中提出的问题。

"李主任，我们两个人10年前就认识了，你也算是镇中学的老教师了，对于学校的发展，你有什么更好的建议？"听完两位校长的汇报后，肖海主动点了李小云的将。

肖海心想，10年前，李小云已在这所中学教书，今天已经成长为学校的教务主任，对学校的情况肯定很熟悉，也最有发言权，想听听她的意见。

"两位校长已经汇报得很全面了，我没有新的意见。"李小云没有想到肖海会点名要她发表意见，一点思想准备也没有，只得这样说。

"下面，请二位镇领导讲话。首先请梁副镇长讲话。"甄德正校长向梁副镇长做了个请的手势。

"我分管教育工作也快一年时间了，和大家比较熟悉，想讲的平时都讲了，今天我不多讲，以肖书记的讲话为准。我要给大家介绍的是，肖书记虽然年纪轻，但已在几个乡镇担任过党委书记。在前两个乡任党委书记时，他非常重视教育，极大地改善了所在乡的办校条件，与校长和老师们结下了深厚的情谊。肖书记调来我们镇，是我们全镇人民的福气，也是我们教育战线的福气，一定会为我们镇的教育发展带来新的希望！”

梁副镇长忘不了恭维一番肖海，在给全镇教育带来希望的同时，无形中也给了肖海一定的压力。

“下面，请肖书记给大家讲话。”

甄德正校长的话音未落，大家报以热烈的掌声。

肖海站起身，微笑中带着严肃，向大家鞠躬致谢，然后坐下身子，看着在座的各位校领导说：“梁副镇长刚才的介绍与其说是对我过去工作的肯定，倒不如说是对我抓好京铺教育工作的激励和鼓舞，我感觉压力倍增。我们刚才看了两所学校，听了完小校长、中学校长和联校校长的汇报，对全镇的教育状况有了基本了解，既看到了努力的方向，更感到责任重大和面临的重重困难。全镇今后的教育发展如何搞？当前要解决哪些突出的问题？镇党委镇政府需要认真研究。这里，我先表明一点个人的态度和看法。”

肖海稍做停顿，喝了几口茶，润了一下自己的喉，看了看大家期待的表情，继续说：“一是镇党委镇政府一定会尽全力改善办校条件，并坚持‘统筹兼顾、突出重点、尽力而为、分步实施、稳步推进’的原则。二是学校要以提高教学质量、向初高中输送更多品学兼优的学生为目标，打造一支优秀的教师队伍。三是要确保适龄儿童入学率和在校学生巩固率，在全镇范围努力形成‘有文化光荣、送子女读书光荣’的良好氛围。”

大家认真地听着、认真地记着，不时向肖海投来赞许的目光。

“最后，我就一件具体的事情提一点建议。前几天，梁副镇长向我汇报了镇中学新会场的建筑设计方案。今天到现场看了以后，我认为有必要结合实际情况，将原有的方案适当进行一些调整。”

肖海拿起一张纸，一边用笔简单地在上面画出了会场前后位置的变化情况，一边说：“这样进行调整后，学校的操场面积比原先的设计增大了许多，面对操场的一排教室前面也就没有任何建筑物的遮挡了，学校会显得更加气派。”

听了肖海的发言和他对学校会场的调整方案，大家觉得这位新来的党委书记，不仅重视教育工作，注重具体的细节，而且对全镇的教育有着清晰的发展思路。

肖海的话音刚落，大家由衷地再次报以热烈的掌声。

在甄德正校长的热情挽留下，肖海、梁副镇长答应了同与会的校领导一起吃个晚餐。

席间，梁副镇长依然对肖海与李小云10年前就认识的事很感兴趣，觉得两人之间一定有鲜为人知的故事，于是好奇地问："李主任，10年前，肖海是农业技术员，你是中学老师，你们怎么会认识的？"

"肖技术员在区农业技术站工作时，是我哥哥家的棉花生产技术指导员。他工作认真，深得我哥哥一家人的喜欢，常常请他到家里吃饭。所以我们就认识了。"李小云正儿八经地回答。

"离开10年了，见面如此热情，恐怕不只是在你哥哥家吃饭时认识那么简单，一定有别的原因吧？"梁副镇长借着酒兴，一心想从李小云口中套出一点党委书记的八卦来。

"10年前，肖技术员在D区农技站当技术员时，常来我们学校看一位女老师。"李小云说话显得有点神秘，给大家留下了想象的空间。

"就是来看你的吧。"梁副镇长继续开玩笑。

"你想到哪里去了，我比肖书记大了10岁。那时，肖书记刚参加工作，我已经是一个孩子的母亲了。"李小云解释说。

"那肖书记经常来学校找谁呢？"梁副镇长更加来了兴趣。

李小云笑看了一眼肖海，发现并没有制止的表情或举动，一口气道出了肖海10年前的小秘密。

"我和肖书记两人不仅10年前就认识，我还当了一回肖书记的红娘呢！"

李小云如此一说，其他人员更加急切地想了解真相，异口同声地对她说："赶快说来听听！"

"女孩子是我们中学教语文的覃怡琼老师，也是当时区委书记覃远景的女儿。听我哥哥嫂嫂说，肖书记工作很不错，还没有谈女朋友。我觉得覃怡琼是个好姑娘，两人应该很般配，便介绍了他们两人认识。"李小云介绍说。

"后来呢，两人为何没有走到一起？"梁副镇长认识肖海的爱人，继续追问。

"两人交往后，彼此印象很好，能够看出，覃怡琼的父母对肖海很满意，我们学校的老师也认为他们两个是郎才女貌、天生一对。可令大家没有想到的是，半年后，覃怡琼随她父母调回了老家，他们两个人也就分手了。"

李小云说完，长叹了一口气。

"哦，原来我们肖书记还有这么浪漫的故事。"学校的几位领导也来了兴趣。

“肖书记，是不是你当了乡政府的副乡长后，就瞧不起人家女孩子了？”梁副镇长笑着看向肖海。

“没有，没有。可能是两个人工作的地方相距太远了，见面不方便造成的。当然，关键是两个人没有缘分。”

“是有点可惜，不然肖书记就是我们学校的家属了。”镇中学校长表示了遗憾。

“他们两人成功了，肖书记也称不上我们学校的家属，因为覃怡琼在肖书记转行政不久，就随她的父母调去了老家县里工作。最近，我听说，覃怡琼已当了省里某部门的副处长。”看来，李小云在继续关注覃怡琼。

自从省行政干部管理学院毕业后，肖海与覃怡琼很少有联系，甚至说没有过联系。今天，听到李小云介绍说，覃怡琼已调到省里某部门担任了副处长，肖海打心眼里替覃怡琼感到高兴，她果真实现了毕业几年后调到省里当处长的梦想，而自己却继续在乡镇原地踏步，不免又产生了自卑心理。肖海甚至在心里进行了一些假设：如果自己与覃怡琼结了婚，是事业上能得到很多的关照，还是会因为两人的巨大差异而劳燕分飞呢？

人生只有结果，没有如果。

结果是：两个人最终并没有走到一起；同时在省行政干部管理学院学习的两个人，覃怡琼已经当上了省里的副处长，肖海却继续在乡镇担任党委书记。

想到这里，肖海不免有一些失落。

第三十二章　企业调研拓思路

学校调研结束后，肖海心里有了更大的压力。

虽然当着学校领导的面，他已经表态：镇党委政府将尽最大努力支持学校改善办学条件，但支持是需要钱的，不给学校拿钱，凭一张嘴讲一些空话、套话，算什么支持呢。可是，钱又从何而来？如果说话不算数，支持学校的钱不能及时到位，不仅学校那里交不了差，而且，今后自己表态会没有人相信，在京铺的工作也没法顺利开展了。

“肖书记，想什么呢，不会在想嫂子吧？”

学校调研结束一个星期后的上午，在自己的办公室兼卧室，敞着门，坐在办公桌前，肖海正在为学校资金的来源没法落实而烦恼。

此时，分管企业的副镇长兼企业办主任施东辉走进门来，看到满腹心思的肖海，开着玩笑。

施东辉同肖海在吴家湾乡一起工作过，两人关系很好，调来京铺后，工作配合也不错，相互间说话没有顾忌。

“你说什么呢？我哪有心思想你嫂子！前几天去中学搞调研，看到学校的状况，当着校长们的面表态要给予资金支持，时间过去了一个星期，我却不知道钱从哪里来，正愁呢。”肖海看了一眼施东辉，面有难色地说。

“我看你是自讨苦吃。为了筹措吴家湾乡街道建设的资金，你花了不少心血。调来京铺的时间还不长，你何苦又想起来要替中学的扩建去操心呢？”施东辉关心的语气中又有一丝埋怨。

“我就是这个操心的命。在其位，谋其政，既然组织上安排我来京铺主持工作，哪能闲下来享清福呢？”肖海说出了真心话。

“你看这样行不行，我陪你到几家效益比较好的镇办企业去看看，争取一些资金支持。”施东辉出起了主意。

集资办学，企业出大头，是当时各个乡镇最主要的做法，肖海也曾想要企业多出一些钱。然而，施东辉几次汇报说：镇办企业中，效益好的没有几家，各类税费、摊派负担重，企业负责人有苦难言。

“你不是说，几家企业效益不是很好吗，我怎么好意思伸手向他们要钱呢？”肖海难为情地说。

“企业再怎么没有钱，书记开了口，他们不还得想办法？”施东辉看向肖海，说了句大实话。

镇办企业负责人的任命，全靠党委书记一句话，聪明的企业负责人，常会对书记的话唯命是从。

“到企业去看看可以，但不能一去就叫他们掏腰包、搞赞助。你干脆安排一下，明后两天，你和企业办的会计一起，与我到各家企业去搞一次调研，让我全面了解一下各个企业的现状。至于给学校的赞助，你先不要开口，等我们把调研工作搞完了再说。”

肖海早就想深入企业搞一次调研，全面掌握企业的现状，拓展一下促进全镇经济发展的思路，施东辉的提议，正合此意。但此行调研，决不要提赞助之事。

“好的，时间顺序怎么安排，先从哪一家企业开始？我好通知有关企业负责人做好准备。”

“按照从远及近、不走回头路的原则，安排先后顺序。线路确定以后，直接打电话给企业负责人，通知他们，生活接待上，只安排工作餐，不搞大吃大喝，不得安排礼品、礼金。”肖海强调。

“我们明天吃完早饭出发，车辆我负责联系。”

党委书记去各企业厂家调研，是对企业工作的重视，分管企业的副镇长自然很高兴。

第二天吃过早饭，坐了一个多小时的车，首先来到了镇办茶厂。

茶厂的厂长、会计等管理人员早已笑容满面地等候在门口迎接。

肖海等人刚下车，厂长范一成迎上前来，握住肖海的手，说：“肖书记好，欢迎你来我们茶厂视察、指导工作！”

“肖书记第一次来，你欢迎，我平时来多了，不受你欢迎了啊！”施东辉看到范一成只顾同肖海握手、说话，像是无视其他人存在似的，立马开起了玩笑。

“哪能不欢迎我们施大镇长呢？来，我先给你敬一支烟，再给肖书记敬，可以吧！”企业负责人应变的能力就是不一样，采用敬烟的办法，很快让自己变被动为主动。

肖海没有说话，但心里觉得，这位厂长应变能力很强。

“请领导上楼喝杯茶，我再给你们汇报工作。”范一成想把肖海等人请进自己的办公室休息一下。

“我们先看你的生产和加工车间，再到附近的种植基地，你顺便介绍一下情况，然后，回来再品尝你的茶。你看怎么样？”

肖海有自己的行事风格，下村调查研究时，经常是先看看村里的基础设施、农作物生长情况，甚至与群众交谈，掌握了第一手资料后，再坐下来听村干部的汇报，发表意见时，已有了很强的针对性。

“一年能加工出多少干茶叶？”

“鲜叶收购价格是多少？”

“多少鲜叶才能加工出一斤干茶？”

“销售均价是多少？”

“产品销售市场怎么样？”

“鲜叶是否能够保证供应？”

“工人一天能挣多少钱？”

来到生产加工车间，肖海一边看，一边问着陪同的范一成。

范一成详细地回答。

听着肖海的提问，施东辉、范一成以及一起陪同的企业办会计和茶厂的会计，都在想：书记问得如此仔细，看来，对企业生产经营方面的知识掌握得不少。几个人不免对这位党委书记产生了敬意。

看完生产加工车间，一行人来到附近的茶园。

放眼望去，周围的大山上部被葱葱绿绿的林木覆盖，而不少山的中部，则像穿上了绿色的裙子，且随着山势、地形的变化，裙子的式样各不相同。有的像穿着长裙，有的像穿着短裙，还有的像穿着百褶裙。而脚下平坦的土地，就像铺上了绿色的地毯，一条一条通向茶园的小道，基本被茂密的茶树掩没。人们在茶园辛勤地劳作着，弯着腰，飞快而又轻轻地用双手的2~3个指尖，采摘着嫩嫩的新芽，然后迅速放入挂在腰间的竹篮或身后的竹背篓中。

树林中不时传来阵阵鸟儿欢叫声，突然，在离大家不到2米远的地方，一只松鼠快速地跑过，从茶园蹿进了山林。山脚下是一座中型水库，宽阔的库水，微风吹拂，在太阳照射下，波光粼粼。仰望天空，蓝天白云。

身临其境，呼吸着新鲜的空气，肖海陶醉在眼前这幅美丽的山水画中，竟然一时忘记了此行的目的。

“肖书记，这里生产的茶叶，之所以不愁销路，正是因为这里特殊的小气候。”看到肖海如痴如醉的神情，企业办会计张景元指着远处山坡的大片茶园，说。

“茶叶有品牌名称吗？”如此美好的环境，定能产出好的茶叶，也应该有个好的品牌。肖海收回思绪，忍不住问大家。

“我们叫它‘月桂’。”范一成介绍说。

“名字很不错，为什么叫‘月桂’？”肖海感到好奇。

“肖书记，您看，对面山坡有个村，因为村子里有一块很大的石头，传说是从天上掉下来的，形状像极了大半个月亮，后来人们便将这个村改名为‘月亮岩村’。而以那块形似月亮的大石头为圆心，约有10多亩茶田里种植出的茶叶，与其他地方的完全不一样，不仅口感特别纯，而且泡茶时还会出现一种比较奇怪的现象，即茶叶总是浮在杯子里水的中部，既不上浮，也不下沉，只会随着水的深度而变化。”范一成说得挺玄乎。

听到“月亮岩村”几个字，肖海突然回想起了10多年前与覃怡琼一起来月亮岩村的情景……

肖海用自行车带着覃怡琼，在砂石路面的公路上骑行了半个小时后，开始沿着窄窄的小路步行去月亮岩村。一路上，两人看到小溪沟那些经过山洪无数次冲刷、打磨后出现的各种形状、颜色和大小不一的光滑漂亮的石头，一会儿停下来欣赏，一会儿又捧起清澈的溪水品尝，心情格外舒畅。

两人边看边走，一路说笑，大约一个小时到了月亮岩村，看到了传说中的大石头。

石头有2米多高，体积近50立方米，外形的确像大半个月亮，两人爬上大石头平整宽阔的表面，放眼望去：山脚下不远处是满满库水，被群山包裹，大石头的周围则是梯田式的绿色的茶叶树，不少农户的房前屋后长满了桂花树。如果能够赶上桂花盛开的季节，一定更让人心旷神怡。

“啊，太美了，月亮岩，我爱你！”覃怡琼站在大石头上喊道。风吹拂着她的秀发，阳光照射着她漂亮的脸，显得她的身影更加婀娜多姿。

听到覃怡琼的呼喊，看到她那仙女般的神情，肖海已被深深地感染，随即牵起她的手，面带微笑，两眼看着她，情不自禁地大喊：“月亮岩，我爱你；覃怡琼，我更爱你！”

“别，让别人听见了多不好意思。”覃怡琼迅速用手捂住肖海的嘴。

“我不仅要让大家听到，我还要让月亮岩作证，肖海是如此爱怡琼！”

“怡琼，我真的很爱你，我要永远永远地爱你！”覃怡琼的手刚刚松开，肖海再次一声一声地仰天呼喊。

肖海的举动，让覃怡琼顿时羞涩得一阵阵脸红，再次伸出细嫩的手，准备捂住肖海的嘴。谁知，趁她不备，肖海顺势将她拉入了怀抱，然后捧起她的脸，不顾一切地吻了上去……

覃怡琼，你现在何处？你生活得好吗？

“你们说的月亮岩村，我10多年前已经去过了，的确是个风景优美的地方。”带着幸福的回忆，肖海笑着说。

“原来我们肖书记早就去过月亮岩。”范一成几个人同时看向肖海。

“月亮岩产的茶叶真有你说的那么神奇吗？等会我一定要尝尝。”回到现实中的肖海，注视着范一成。

“正是因为月亮岩村有这个好茶园，我们才想到了用这个品牌。寓意‘月亮上的桂花’。”

“哟，你们挺会取名字的。消费者听到‘月桂’这个名字，一定很感兴趣。”

肖海边说边抬手看了一下手表，时间不早了，按照安排，上午还要去煤矿调研，继续在这里待下去，时间来不及了。忙对大家说：“我们去范厂长的办公室，喝杯茶，看看月桂茶是否有那么神奇。”

回到办公室，范一成先是给大家泡了一杯普通的茶，然后又用月亮村那神奇的茶叶给大家泡了一杯。

“肖书记你比较一下，这两杯茶的口感是否不一样，杯中茶叶的位置是否也不同。”刚刚泡上茶，范一成笑着对肖海说。

几个人慢慢地品尝着两杯不同的茶水，味道到底是否不一样，同时，仔细观看着杯中茶叶的变化。

分别品尝了几口，肖海感觉到，月亮岩村的茶，味道更纯，茶碱的味道较另一杯要淡许多，但又不缺少浓浓的清香和微甜的口感。杯中的茶叶，一叶一叶地朝上立着，且的确随着茶杯中水的高度而变化；而另一杯中的茶叶，则横着沉在了杯底。

长期的农村工作经历，让肖海懂得“河水煮河鱼，好茶好水泡”的道理，但同一个村不同地块所产的茶叶，用同一种水来泡，不仅茶的味道不一样，茶叶在杯中的形状和位置也不一样，肖海感到了一丝惊奇。心想，月桂茶，不仅名字好听，而且品质的确不错，如果再在工艺和包装上做做文章，一定能够将品牌做得更好。

“施镇长，你们到哪里了，情况没有变化吧？我这都安排好了，别放了我的鸽子哟。”煤矿的负责人打来了电话。

“这不还没到时间吗，你急什么。我们马上就从茶厂出发，约12点半到你那里吃中饭。”施东辉安排说。

煤矿负责人的电话，提示肖海，该去下一站了。

“视察了茶厂，肖书记你不做点指示？”施东辉建议。

“是调研，不是视察，更谈不上指示。茶厂有什么困难，有什么新的规划，范厂长你这几天写一个书面材料给我。”肖海本想与范一成进一步探讨茶厂的发展未来，考虑到时间太紧，无法深入交谈，只好另做安排。

拒绝了范一成送茶叶、吃中饭的安排，几个人驱车赶往煤矿。

煤矿已开采了10年，规模不大，年产烟煤8000吨左右。

刚刚进入煤矿区域，看到眼前的一幕，肖海的心开始沉重起来。

堆积如山的矿渣，已将山脚完全包围，附近的约20亩水田，因为受到严重污染无法耕作而废弃。煤矿区域下面的水沟，由于长时间被含硫的水侵蚀，整个水沟已经成了黄色。

难怪前不久，煤矿附近的几位村民，跑到肖海的办公室，向其反映，煤矿对村民生产生活的影响越来越严重，不仅部分田土无法耕种，甚至饮水都有了困难，强烈要求政府出面干涉，给群众一个说法。

当时，肖海还以为是当地群众为了个人的利益，想让煤矿多出一些补偿费用。眼前的事实，已经彻底推翻了肖海原有的认知。

肖海的到来让煤矿负责人吕昌明很高兴，看到时间已到中午12点多，边握着肖海的手，边直接将一行人引到了餐厅。

中餐没有按照要求安排工作餐，而是弄得很丰盛，还安排了白酒。肖海心有不悦，边吃饭，边听吕昌明的情况介绍，拒绝了喝酒。

吃完饭，稍做休息，肖海提出要进矿井工作区看看。

“肖书记，你还是别去了。”听说党委书记要下矿井去，吕昌明有点惊讶，提出了劝阻。

“矿井里面条件太差了，也不安全，你就别进去了。”施东辉、张景元两人也同时劝说肖海别下矿井。

“矿工不是天天下矿井吗，你吕矿长不也经常下矿井吗，你施镇长、张会计难道没有下过矿井？你们能去，我为什么不能去？”肖海坚持要去，其他人没办法制止，只好随同。

吕昌明迅速找来了全套装备，大家换上后，一同下了矿井。

前500米还是比较宽敞和干燥的巷道，过了500米后，巷道的顶部开始向下不停地滴水，越朝里走，水滴的密度越大，地面已有了明显的积水。

巷道的宽窄和高度并不一样，有的地方相对较宽，可以2~3人并排前行，而有的地方很窄，也就1米多一点；有的地方较高，达到了近2米，而个别的地方不足1.7米，个头稍高一点的人，须低着头、弯着腰才能通过。

矿井没有接通电源，几个人也与挖煤运煤的工人一样，依靠头顶安全帽上的照明灯前行。

为了安全，巷道的两侧和顶部，每隔一定的距离，就用粗实的圆木支撑，防止塌方。

煤矿的条件的确很差。

前进的途中，他们不时遇到有人用简易的人力矿车，向外运送着矿渣或者燃煤。

走过约800米的距离，转弯又前行了300米，他们突然隐约听到了左前方传来流水的声音。

肖海感到了一丝紧张，忙对前面的吕昌明说："我好像听到了流水的声音。"

"是的，离我们这里约50米，有一条小小的地下溪流，正好方便我们矿井排水，同时又增加了矿井里面的通风。"吕昌明介绍说。

"应该快到采煤区了吧？"

施东辉个子比同行的几个人高了不少，身体比较肥胖，体重180斤，穿着雨衣、雨靴，戴着安全帽，已在矿井行走了1000多米，感到很疲惫，只想早点到达目的地。

"再走300米就到了主采煤区。要不，我们休息一会儿再走？"吕昌明提议。

说实在的，进矿井之前，肖海并没有想到矿井的条件如此恶劣，甚至充满着危险，现在一心只想尽快返回。但尚未到达主采区，没有看到最真实的情况，怎么能无功而返呢。

"既然只有300米了，我们坚持继续朝前走吧。"肖海说。

书记坚持朝前走，施东辉只能跟着。

又转过了几道弯，终于来到了主采区。

主采区的空间也不大，二十四五个立方米的空间里挤了10来个人。

矿长等人到来，大家并没停下手中的活。

一个领班的人来到吕矿长身边，准备汇报情况。

"你们辛苦了，叫大家休息一会儿再干吧！"吕昌明对领班说。

“矿长来了，叫大家休息一会儿。”领班传达了矿长的命令。

随即，工人们停下了手中的活，围在了吕昌明几个人的身边。

借助采煤区专用的昏暗的照明灯光，肖海扫望了工人们的面容，除了一双双有神而充满活力的眼睛，从衣服到露出的面部，全身都是黑黑的。

“煤层怎么样？开采难度大吗？”吕昌明问领班。

“开始不理想，刚刚好一点，能够见到近2尺厚、1米宽的煤层了，看样子煤质还比较好。”领班很高兴地介绍。

“哟，看来是肖书记、施镇长、张会计给我们带来了福气！”吕昌明很兴奋。

矿工们听说是书记和镇长进了矿井，有些诧异地一齐看向肖海、施东辉和张景元。

“大家辛苦了！挖到了好的煤层，是大家的功劳，但绝不能忽略安全。”肖海本不想亮明身份，没想到吕昌明向矿工介绍了自己，只好客气地同大家打起了招呼，并强调必须注意安全。

“书记、镇长，还有企业办的会计都进矿井来看望我们，我们一定注意安全，同时尽可能多挖煤，为镇里经济发展多做贡献。”

领班没想到矿长身边的几位是镇里的领导和企业办的会计，急忙将手在自己的衣服上擦了擦，然后分别与三人握了握手。

为了不影响大家的工作，几个人停留了约10分钟，开始原路返回。

走出矿井，肖海如释重负，他的衣服已被汗水浸透。

时间已到下午4点，按照行程安排，还有石灰矿要看。

“今天比较晚了，要不我给石灰矿的杨海打个电话，下午不去他那里了，我们直接回镇里去休息，明天再来？”施东辉建议。

“我们抓紧时间，看完了石灰矿再回政府去。”出来一次不容易，如果随意改变计划，说不准明天就有别的事情要处理了。因此，肖海坚持看了石灰矿以后再回政府。

坐车刚刚来到石灰矿，肖海的感官已经受到了严重的冲击：两处灰窑正在烧制石灰，散发着浓浓的刺鼻气味，肖海感到有一些难受；堆积如山的石灰渣，已经把连通与乡之间的道路填埋了约300米长，过往车辆通过时，扬起阵阵白色的灰尘；原本畅通无阻的小溪，由于受到灰渣的严重堵塞，洪水冲刷之后的缺口清晰可见，缺口两侧，灰渣仍在不停地滑落；溪水的颜色，以石灰矿为界，上游清澈见底，下游白色浑浊。

杨海不停地向肖海汇报石灰矿的生产经营情况，表示对石灰的销路、企业的效益很满意。同时，他还介绍了企业对于政府的巨大贡献。

肖海耐心听着，但心中有了些许不悦和不安。

汇报结束了，杨海一再挽留肖海一行人吃了晚饭再走。

肖海拒绝了，他看着石灰矿的场景，闻着刺鼻的味道，不想再多留一分钟，上了车，快速离开了石灰矿。

第二天，吃过早饭，镇里一切正常，并没有其他应急事情需要肖海处理。原班人马，继续开始到其他几家企业调研。

第三十三章　发展大计听民意

通过对几家镇办企业的调研，肖海的思路更开阔了，不仅有了推动全镇经济发展的新想法，而且，社会责任感更加强烈了。

经过与汤镇长商量，肖海决定召开一次诸葛亮会议，邀请相关人员到镇里进行座谈，共同探讨如何促进全镇经济发展的问题。

“根据镇党委肖书记的提议，我们今天召开京铺镇促进经济发展座谈会，受邀参加会议的有部分村党支部书记、镇里相关单位负责人、镇里有关企业法人代表、个体经营者中的缴税大户。这次会议是请大家来为全镇的经济发展献计献策。会议只有两项议程：一是请大家发言，二是请肖书记讲话。下面开始第一项议程，请大家发言。”汤镇长主持会议，告知了开会的目的。

“全镇经济要发展，生猪养殖是关键。我是从事生猪销售的，每一年要向外销售8000至1万头肥猪。从目前的市场需求看，我完全可以销售更多头，但全镇肥猪出栏的数量跟不上，有时可装载100头的大卡车，因为收购不了那么多，只好60头、70头一趟地往广州运。相邻乡镇做我这行生意的人，情况和我差不多。如果我们动员群众多养猪，既能解决我的收购难题，也能增加群众的收入。”生猪销售大户汤老板率先发表了看法。

“我认为全镇要高度重视柑橘生产，在扩大面积的同时，立即着手品种改良、病虫防治及培育管理工作。我每一年要向外销售20万斤以上的柑橘。外观好、口感好的，价格就高，销售也快；外观不好看的、口感差的，价格就低，销售就慢，甚至亏本销售。”柑橘销售大户卓老板发表了个人的看法。

“我认为政府要高度重视养鸡，现在城里人最爱吃土鸡、乌鸡之类。我自己家里一年可以养近1000只土鸡，直接销售给几家酒店，根本满足不了市场需求，每逢赶集还要到集市上收购一部分进行补充。”养鸡和销售大户李老板发表了看法。

“我认为镇里经济要发展，主要是靠发展企业。发展企业，才能解决农产品销售难的问题，才能解决镇里的税收和财政问题，才能解决剩余劳动力就业问题，才能真正增加老百姓的收入。”镇植物油厂的宋厂长发表了自己的高见。

“我认为镇里要注重抓好建筑材料企业的建设，如水泥预制件、水泥砖、红砖厂等。这几年，农村已进入建房高峰期。凡外出务工挣了钱的、凡做生意赚了钱的，都在把家里的土砖房改建成砖混楼房。”镇建筑公司张老板发表了自己的看法。

“我认为前面几位发言的老板讲的都正确，我们也想带领群众去这样做，甚至自己都想先这样干，先富起来。但农村面临最大的问题是缺乏资金。各位领导不知道，现在是越有钱的人越容易贷到款，越没有钱的人、越需要钱的人，越难得到贷款，因为信用部门的人怕你还不起。”大峪村的村党支部书记蒋英成发表了看法。

“我认为镇党委镇政府要下大力气打造几个主导产业，如茶叶、水果、中药材、牲畜及家禽养殖。”月亮岩村的党支部书记发表了看法，同时还介绍了本村茶叶生产、制作及销售情况。

“我认为镇党委镇政府要将增加地方财税收入作为工作重点去抓，如发展烤烟、发展生猪、发展企业、发展个体工商户。否则，就无法摆脱财政困难的状况。”地税所的莫所长发表了看法。

“我们镇里的经济要发展，除了发展农业、养殖业、工商业，还要注重向上争取项目投资和资金支持。现在有句流行话，叫‘出路出路，走出去就有路’。有些部门的领导手中，有项目、有资金，给你也是给，给他也是给，关键看谁能说服这些领导。”镇财政所伍所长发表了自己的高见。

从吴家湾乡街道建设的资金筹措中，肖海受到了很大的启发。只要乡镇的头头们放下架子，愿意走出去，找准门路，还是能够得到一些资金支持的。

肖海想，京铺镇由3个乡镇合并而成，在外工作的人员多，在市县部门当头头的不少，将这一资源利用好了，更有利于京铺镇今后的长远发展。

大家踊跃发言，献计献策，会场气氛很热烈。

下午的座谈会很快过去了2个小时。

考虑到较远地方的村党支部书记要返回去，汤镇长在征求肖海的意见后，准备结束讨论。

“刚才大家的发言很积极，各自联系实际，围绕怎样促进全镇经济发展谈了很好的建议，对我这个当镇长的启发很大。下面请肖书记讲话。”

肖海记录完了最后一位同志的发言内容，抬头看了看大家，真诚地说：“我没有想到今天的座谈会能有这样好的效果，大家紧密联系实际，对全镇经济发展提出了非常好的建议，也让我这个党委书记的思路更开阔、目标更明确、责任更强烈。座谈会议结束后，针对大家的意见和建议，镇党委镇政府将进一步研究落实。”

肖海看了看自己的记录本，继续说：“前几天，我和东辉副镇长对全镇的企业进行了调研，根据调研了解的情况，结合刚才大家的发言，就全镇的经济发展，我谈几点看法。第一，要坚持市场导向。市场需要什么，我们就种什么、养什么、生产什么。只有这样，我们生产的东西才能卖得出去，老百姓口袋里才有钱。第二，要坚持因地制宜。比如烤烟、柑橘、药材、茶叶的种植，对土壤、气候、水利就有不同的要求，我们必须坚持从实际出发。可以坚持一村一品，但不能千篇一律。第三，要坚持效益优先。什么赚钱就干什么，当然，要在国家政策允许的范围内，我们不能搞黄、赌、毒，不能搞打、砸、抢，只能诚实合法生产经营。第四，要坚持规模发展。大家发言中提到的生猪销售、土鸡销售、优质柑橘销售、茶叶销售、菜籽油销售，都说明我们还没有达到应有的规模。各个村要想办法扩大生产规模，规模上去了，效益就出来了。第五，要坚持解放思想。财政所长提到的跑上面争取项目和资金支持的问题，我看值得大家思考。财政所长的建议，让我受到了一些启发。我们不仅需要走出去找领导、找部门要项目，要资金，我们还可以将工作做到前面，将部门领导接到我们京铺镇来，逐步建立良好的关系。”

肖海有条不紊地发表自己的看法，与会的人员听得很认真，不时地点头表示赞同。

当讲到第五个问题时，会场人员开始了小小的议论。

肖海意识到，大家对于这个问题的认识，暂时不会统一，还有待实践证明。

肖海用手势制止了大家的议论，继续说：“第六，要坚持做好服务。大家反映的品种改良、扩大规模、开辟新的项目，都离不开资金、技术。信用部门、财税部门、相关职能部门，要在政策允许的范围内，尽最大的可能给予支持。其他部门也要在技术上提供服务。”

肖海的总结性发言，很有感染力，大家用热烈的掌声给予了充分肯定。

经济发展座谈会结束后，全镇上下基本统一了认识，进一步掀起了大力发展经济的热潮。

在争取相关部门资金支持方面也有了新的进展。

一天下午，肖海正在县城参加会议，会间休息时，县委组织部副部长郑坚信告诉他说：“我邀请了县直几个科局的局长在福满楼酒店吃晚饭，你一起参加，有什么需要科局长们支持的，到时你尽管提出来，我会给他们做做工作。”

肖海非常感激地说：“我先谢谢郑部长，到时我一定准时参加。”

肖海正愁有关项目的资金缺口没有来源，真是天赐良机啊！

县委组织部副部长邀请吃饭，科局长们求之不得。散会后，受邀的科局长们先后来到了酒店二楼的大包厢。

菜还没有上齐，就餐需要等一会儿。郑副部长抓住机会，开门见山地说出了邀请大家吃饭的目的：“今天的东道主是我们建设局的莫局长，所请的主客，是他和我家乡的父母官肖海书记，我想到了请你们几位科局长们作陪。肖海去京铺镇工作的时间不长，工作中遇到了一些难题，请大家尽力支持。”

“略备薄酒，多多包涵。”建设局莫局长起身向大家示意。

这些科局长们，肖海大都认识，有的是多年的好朋友，其中有几位局长还专程去京铺镇的一座水库钓过鱼。

“谢谢郑部长，谢谢各位局长们，诚邀大家去京铺镇指导工作。目前，我们京铺镇的确遇到了一些困难，恳请各位大力支持。”肖海站起身向大家拱手致谢。

“是郑部长和莫局长的家乡，我们一定给予支持。再说，你肖海已经是乡镇的老革命了，我们都是老熟人，不必客气。”几位科局长表明了自己的态度。

“肖书记你照直说，有哪些方面的困难，需要大家怎么帮。”郑副部长催促肖海。

“现在主要是3个方面遇到了资金困难。一是水利建设任务重，资金缺口大；二是镇中学扩建即将完成，但还有一定的资金缺口；三是合并后，摊子大，人员多，企业效益不理想，镇里财政不景气，正常运转有一些困难。”肖海如实说。

“水利建设的资金缺口，你不用担心，我们县水利局将按照以奖代投的形式给予支持，只要你们镇里工作任务完成得好，安排资金时，我再倾斜一下。”县水利局局长率先表了态。

“镇财政困难的问题不好解决，现在不仅你们镇有困难，其他乡镇也是如此，县里财政更不用说。不过，你可以要镇财政所再向县财政局借5万元，到了年底结算时，如果县财政局能调剂过来，就不用你们还了。”县财政局局长也表示了支持。

“镇中学扩建的资金缺口问题怎么解决，教育局杨局长你表一个态。”郑副部长提示县教育局局长。

“现在不少乡镇都在搞集资办校，乡镇的党委书记乡镇长们成天围着我这个教育局局长要资金支持，县教育局的压力太大了。你郑部长开口了，肖书记又是尊师重教的典型，我们教育局再支持京铺镇中学3万元。”

“3万元也太少了吧！”建设局的莫局长笑着说。

“京铺镇是你的家乡，你准备支持多少？”教育局杨局长反将一军。

“我们建设局肯定不会低于你讲的这个数。”莫局长毫不示弱。

“镇中学扩建项目的资金缺口问题，我建议这样解决。扩建工程项目竣工后，镇中学以建校40年的名义，搞一次较大规模的校庆活动。邀请京铺镇在外工作的所有人员，原在京铺工作过、现已调任其他单位担任领导职务的同志，京铺镇中学毕业的社会各界名流，县直各个科局等人员和部门的领导参加。只要认真组织，资金缺口问题就有可能得到解决，至少能够减轻一些压力。”郑副部长出了个主意。

“这个办法好，我们接到请柬，多支持一点资金，就名正言顺了。”大家表示赞同。

菜已上齐，大家开心地开始了吃饭、喝酒。

饭桌上大家一路打趣，将气氛推向了高潮。

第三十四章　校庆活动迎贵客

各项工作顺利推进的同时，京铺镇中学扩建工程终于竣工验收，学校开始做着校庆活动的各种准备。

京铺镇中学40周年校庆这天，阳光灿烂，整齐的教学楼前面宽阔的操场上，从校门口至庆典主席台前，上百名学生分列两队，高举五颜六色的纸花，跳跃着、欢呼着。

“欢迎，欢迎，欢迎，欢迎……”的口号声不绝于耳，响彻校园，迎接着前来参加校庆活动的各位来宾。

按照事先的分工，镇长、分管教育的副镇长及中学校长和教务主任，负责在庆典现场进行接待，并根据来宾的身份，分别安排到来宾休息室、贵宾接待室。来宾接待室的客人，由镇党委副书记、中学校长及相关人员接待；贵宾接待室的客人，由肖海、另一位党委副书记和镇联校校长等人员接待。

上午10点，肖海准时来到了贵宾接待室。

不一会儿，县政府分管教育的汪副县长、县委组织部郑副部长、县教育局杨局长一行，在镇长的陪同下，向贵宾接待室走来。

“汪县长好！”

“郑部长好！”

“杨局长好！”

“欢迎领导前来指导工作！”

肖海笑容满面迎上前去，与领导们一一握手、问好。

“不错，走进校门，操场、教学楼显得很有气派，像个大镇中学的样子了。”汪副县长人未坐下，就开始夸赞。

“要不，我们到校园去转一转、看一看？”教育局杨局长提议。

肖海准备陪同汪副县长一同前往，刚出接待室的门，看到县发展改革局主任等人，在有关人员的引导下，向贵宾接待室走了过来。

“肖书记，你就不用去了，邹副书记陪我们去就行了。”汪副县长知道肖海此时不便离开，未等回应，就随着陪同的几个人离开了贵宾接待室，去了校园其他地方。

“肖书记，你看我带来了哪一位贵宾？”汪副县长走出贵宾接待室不到一分钟，县发展改革局胡主任就主动向迎接他的肖海打招呼，同时用手指向身边一位穿着华丽、戴着墨镜、风姿绰约的年轻女同志说。

“这位领导是……”肖海看了对方一眼，感觉有些眼熟，但一时未能想起是谁，正在仔细回想。

“好好想想，看是否认识？”胡主任只顾笑，未对女士进行介绍。

“你真的不认识我了？我们还在省城共同学习过两年呢！”女士直视肖海，提示说。

“覃怡琼！”对方一说和自己在省城一起学习过两年，肖海马上想了起来，迅速说出了名字。

“好你个肖海，书记官当长了，连我都不认识了！”说话间，覃怡琼做出了一个想打一下肖海的滑稽动作，并随即摘下了自己的墨镜，开心的笑容中带着一丝嗔怪。

“我是在乡里待久了，变傻了，加之你打扮得像个女明星，已经和省城学习时判若两人，我真的没认出你来。”

“没想到吧！怎么，我来了你不欢迎啊？”

肖海没想到，覃怡琼穿着的变化如此之大，省城学习时的青春少女，现在看上去就像一个洋气的贵夫人。

肖海更想不到的是，覃怡琼竟然从省城赶来京铺镇参加学校的庆典活动。

省行政干部管理学院毕业后，两人仅仅电话联系过几次，但从未见过面，距今已有10年。

今天相见，实属意外。

此时的覃怡琼，气质优雅、身段苗条、漂亮时髦，且成熟稳重，仔细一看，面貌与10年前省会学习时没有什么变化。

肖海急忙热情地说："真没想到，你也会来。欢迎，欢迎！"

随后握着她的手，看着她笑。

"哟，只顾着省里的美女处长，不管我们啦！"看到肖海握着覃怡琼的手迟迟没有松开，胡主任立马开起了他的玩笑。

肖海迅速松开覃怡琼的手，继而握着胡主任的手笑着说："既要对省里的覃处长热情，也绝不会冷落县里的胡主任。我代表京铺全镇人民和广大师生，对领导的到来表示最热烈的欢迎，感谢你们对京铺镇教育工作的大力支持！"

随后，肖海陪着两人坐在了贵宾接待室。

"时间过得真快，一转眼，我离开京铺镇已经10多年了。现在学校的条件比我在这里教书时好多了。"刚坐下，覃怡琼发出了感慨。

"肖书记是一位肯办实事的领导，每调到一个乡镇，总是要为当地的老百姓办几件实事，深得当地群众的拥护。"胡主任对肖海做出了评价。

"毕业10年了，你们的肖书记还在为自己豪迈的毕业志向而奋斗啊！"覃怡琼若有所思地对胡主任说，不仅是对肖海的夸奖，更有一种说不出的敬佩。

肖海正准备问一下覃怡琼的详细情况，中学校长急急忙忙地跑来告诉肖海：庆典活动马上要开始了，请肖书记带贵宾到会场的主席台就座。

上午11点18分，庆典活动准时开始。

覃怡琼、汪副县长、县委组织部郑副部长、县教育局杨局长、镇联校校长、中学校长、肖海等7位同志坐在了主席台上。

先前安排议程时，肖海没有想到覃怡琼会到场。在征得覃怡琼的同意后，肖海临时安排了她讲话的议程。

覃怡琼不愧为学习中文的，加之经过省直单位副处长职位的历练，又是从京铺走出去的领导，讲话不仅有很高的政策水平和语言感召力，而且联系了京铺教育工作的实际，反映出了与会者的心声。她饱含激情的10分钟讲话结束时，台上台下报以了最热烈的掌声。

整个庆典活动进行了不到80分钟，全部议程已告结束。

午宴时，中学校长特意将覃怡琼、汪副县长、县委组织部郑副部长、县发展改革局胡主任、县教育局杨局长、肖海及镇联校长、中学校长等人安排在了同一桌吃饭。

考虑到下午有工作，大家没有喝酒，轻松吃了饭，相互祝福，很快下了饭桌。

出于礼貌，肖海和汤镇长、联校校长及镇中学校长几个人，分列宴会门口，与领导们握手，为返程嘉宾送行。

此时，覃怡琼叮嘱肖海：“到了省城，一定要主动与我联系。”

“你不打算在京铺住一晚，和学校的老朋友多聚一会儿？”肖海真诚相约。

“去县城住方便一些。”覃怡琼笑了笑，然后同大家一起离开。

终于送走了最后一批来宾，肖海已感到十分疲惫，回到镇政府自己的房间，准备美美睡上一觉。

此时，手机铃声不适时地响起。

“今天晚上6点钟，我约了当时在京铺镇中学教书时的几位好朋友在县城聚一下，吃个晚饭。用餐的具体地点，胡主任再告诉你。你必须参加哟！”

打开手机，传出了覃怡琼亲切的声音。

“好的，好的，我一定参加。”

抬手一看手表，离约定的晚餐时间实际只有2个小时。正准备叫上司机出发，镇党政办公室主任急匆匆跑来，将一份传真电报递给肖海，说：“县委办刚刚下发了一份传真电报，需要肖书记你及时处理。”

接过传真电报一看，原来是县里有一个乡的山林着火，由于乡政府扑救处置不当，不仅造成大片森林被烧毁，还导致参加灭火的人员中有3人被严重烧伤。因此，县委要求，各个乡镇要迅速研究出应对策略，举一反三，既要认真做好森林防火工作，又要确保灭火人员的安全。

不得已，肖海只得改变原定计划，安排办公室主任立马通知班子成员和相关部门负责同志，到镇政府会议室开会，对森林防火工作进行紧急部署。

做完这一切，已经快到晚上6点了。

“肖书记，你动身了吗？给你发信息你不回。其他人员都来了，就差你没到。”县发展改革局胡主任打电话急促地问。

“镇里有点急事刚刚处理完，我还在京铺镇。要不，我今天晚上就不来县城陪你们吃饭了，麻烦你给覃处长说一声。”肖海向胡主任解释，考虑到太晚了，不想让大家继续等着自己。

“肖海，你什么意思？我和学校的几个好朋友等了你半天，饭菜都上桌了，你突然说不参加，也太不给我面子了吧！”听说肖海不想来吃晚饭，覃怡琼心里来了火，一把抢过胡主任的手机，发泄了一通。

“好，好，好，我马上出发。如果你们饿了的话，可以先吃。”发现覃怡琼生了气，肖海只好改变主意，迅速要求司机奔县城而去。

一个小时后，车辆终于开到了所在的酒店。

“不好意思，让大家久等了。”一进门，肖海先向大家表示歉意。

“来，你就挨着美女处长坐。这个位置她谁都不允许坐，说是专门留给我们肖书记的。”发改委胡主任又一次开起了肖海的玩笑。

覃怡琼并不反驳，只是和在场的其他人员一起开心笑。

按照胡主任的安排，肖海坐在了覃怡琼左边的座位上。

肖海看了看在座的人员：覃怡琼、京铺镇中学的教务主任李小云、胡主任及县发展改革局办公室王主任、与覃怡琼过去相好的两男三女的5位老师，再加上自己，刚好10个人。其他的人员，则被安排在了另一间小包厢。

“我先开个头。感谢美女处长对我们县发展改革局工作的大力支持，也感谢各位前来作陪。大家一起举杯，共同敬美女处长一杯酒。”胡主任端起酒杯完成了开场白。

大家立即响应，一齐起身，将酒杯举向了覃怡琼，一饮而尽。

“我也借胡主任的酒，敬各位一杯。我离开京铺镇中学10多年了，没想到今天有机会与在座的各位朋友相聚，非常高兴。”

看得出，覃怡琼特别开心，刚喝完胡主任敬的酒，又主动要求敬大家一杯。

“我看你还是先给李主任敬一杯，要不是李主任提供这样的机会，我们怎么能在今天相聚呢？”和覃怡琼要好的一位女老师柴娟建议。

“要这样说的话，最先敬的应该是我们肖书记。没有肖书记的高度重视和大力支持，京铺镇中学不可能有今天的建设成就，也不会搞这次校庆活动。没有校庆活动，你覃大处长还会来这里吗？”教务主任李小云先看了一眼覃怡琼，然后将目光投向肖海。

“对，你还是单独敬肖书记一杯。不是你向我打听肖海的消息，并得知他在京铺镇任党委书记后，你这个美女处长才决定来参加校庆活动的吗！”胡主任不仅揭开了覃怡琼的小秘密，同时还劝她单独敬肖海一杯酒。

“好，今天喝的是你胡主任的酒，我恭敬不如从命，就单独敬肖海一杯。但我有一个小小的要求，就是请我们京铺镇中学教务主任作陪。”覃怡琼答应了胡主任的要求，但拉上了李小云。

“为什么呀？”李小云没想到覃怡琼会拉上自己一起敬肖海。

“因为没有你李主任的牵线搭桥，当时怡琼和我们肖书记就不会认识！”覃怡琼的几个好朋友，同时笑着说。

肖海、覃怡琼、李小云相互看了一眼，笑了起来。

李小云端着酒杯，主动来到两人中间，看着两人说：“我为当时没有很好地完成使命而愧疚。现在，看到你们事业有成，我也感到很高兴。这杯酒，我陪你们喝，祝你们事业有成、家庭幸福！你们今后要多多联系，继续做好朋友！”

三人同时举杯仰头，一口喝完。

随后，县发展改革局办公室王主任、覃怡琼的几位好朋友，又各自敬了覃怡琼一杯。

县发展改革局胡主任正想单独再敬覃怡琼一杯，此时，手机铃声响了，他跑出去接听了一会儿，随即连忙跑进来对覃怡琼说：“美女处长，不好意思，县长要我马上去他办公室，有事找我。这里就由办公室王主任作陪，我先告辞。”

说完，向大家示意，准备离开。

“胡主任，你别急着走。我有一件事交代你，下一次向省里申报项目时，多关照一下京铺镇。如果县里领导问起来，你就说是省发改委领导特意打的招呼。”覃怡琼看着胡主任的眼睛，一本正经地说。

“美女处长的指示，我坚决照办。我再敬美女处长一杯，请肖书记作陪。”肖海连声“谢谢”，高兴地与二人碰杯。

胡主任离开后，王主任还要敬大家的酒。覃怡琼摆了摆手，说：“王主任，你去另外一桌敬酒，让我和几位老朋友说说悄悄话。”

王主任知趣地离开了。

“好了，现在包厢里就剩下我们8位，你们是我在京铺镇工作时认识的好朋友，分开多年，难得今日相见，我们随便一些，想说什么就说什么。”覃怡琼若有所思地对大家说。

“怡琼，我就想问你一个问题，你别见怪。肖书记当时表现那么优秀，你们两人感情很好，怎么就舍得分手了呢？”黎小梅直接问起了这个大家都感兴趣的话题。

“还是不谈这个话题为好，我建议让美女处长给我们多讲一些省会城市的故事，让大家长长见识。”肖海不想在众人面前提及这个问题。再说，事情已过去了10多年，在省行政干部管理学院学习时，分手的原因已经知晓，没有必要在这种场合旧事重提。

“李主任介绍我和肖海认识时，他只是一个区农业技术站的普通技术员，没想到，几个月后，他当上了乡政府副乡长。人家当了官，怎么瞧得起我这个普普通通的中学老师呢？”肖海本不想说，没想到覃怡琼倒不在乎，一边看着肖海笑，一边故意说是肖海瞧不上她而提出的分手。

好你个覃怡琼，明明是你不理我，无缘无故与我分了手，还倒打一耙，说是我当了官才瞧不起你。

肖海虽然知道覃怡琼是在开玩笑，当着这么多人的面拿自己取乐，但想起当年她不闻不问给自己带来的痛苦，仍心有不甘。于是略带挖苦地道：“她瞧不上我的地方可多了。一是我家里太穷，怕跟着我没有好日子过；二是认为我太老实，和她认识了几个月，还没有与她接过吻。”

肖海如此一说，弄得覃怡琼窘迫难堪，脸更红了。

“只怕你们是口不惠而实已至吧。不管以前吻没吻，现在也必须当着大家的面吻一次。”在座的几位老师起了哄，有的开始将覃怡琼的身体推向肖海。

肖海笑容满面，覃怡琼不知所措。

肖海站起身说：“覃怡琼从骨子里就瞧不起我这个乡巴佬，当时在京铺镇中学教书时同意与我交往，是因为她年轻不懂事。调出京铺镇中学转行政部门工作后，她就立下了调到省里工作的志向。”

肖海想起了覃怡琼在省城学习快要毕业时说过的话，当着大家的面添油加醋地揭了她的底。

“毕业我要回家乡，放开手脚干一场，10年以后再相会，不负青春好时光。”覃怡琼扭过头，看向肖海，念出了他在省行政干部管理学院毕业前，参加班级活动时说过的话，深有感触地说：“肖海，我真是佩服你，10年了，还在坚持自己的志向。”

在座的人被肖海和覃怡琼的话给弄糊涂了，一齐将异样的目光投向了两人。

覃怡琼看向肖海，又看了看大家的表情，干脆将两人邂逅在省行政干部管理学院的情况和盘托出。

大家更感到惊讶，甚至不可思议，如此美好的一对，竟然未能走到一起。

看到覃怡琼当着大家的面说出了两人的秘密，肖海开心地笑了笑，同时想拿覃怡琼取乐，随即站直身子，有意识地紧挨着她，对大家说：“你们看看，我们像吗？”

覃怡琼侧过脸，大大方方地看着肖海。

“我觉得挺像的，大家说，是不是？”李小云看着肖海与覃怡琼，随口说道。

“像，太像了。看你们深情款款、郎才女貌，多像一对恩爱的夫妻。可惜，老天爷太不公平了，怎么忍心将如此般配的一对拆散了呢？”几位女老师看着肖海和覃怡琼，为之惋惜地说。

“不是郎才女貌，而是覃怡琼才貌双全，我这个土包子怎么配得上她？”肖海继续开玩笑。

“我明天就把你带去省城，你敢吗？”覃怡琼当着大家的面，问肖海。

是的，肖海是不可能跟她一起去省城的，他有放不下的事业，有恩爱的妻子和贴心的女儿。覃怡琼也有她自己的家庭。

“如果你能调我到省城去工作，我当然愿意。”肖海言不由衷地说。

“怡琼，你干脆将肖书记调到省城去，两人结合在一起好了。”金花开起了玩笑。

“不行吧，这样就拆散了两个家庭啊！”雷明老师显得很认真地说。

“覃怡琼，你绝不能把肖书记调走，肖书记调走了，我们镇就缺少了一位重视教育的好书记。”黎小梅老师看了看覃怡琼，说。

“要不，你调到我们县里来当县长，这样同肖书记见面的机会就更多一些，我们也顺便沾沾你的光。”李小云拉了一下覃怡琼的手说。

“你们别说，我就是佩服覃怡琼老师有远见。如果她不随着父母调走，说不定现在也和我们一样，继续当一名普通的中学老师，哪能当上省发改委的处长哟。”金花老师又说。

“我看，还是我们肖书记有自知之明。大家想一想，如果他们两人成了家，覃怡琼在省里当处长，肖书记还在乡下当书记，如此大的差距，两人早就分了手。即便两人没有分手，说不定覃大美女处长也不会把我们肖书记放在眼里，肖书记哪有好日子过哟！”男老师宋小波开起了玩笑。

“近是瘟，远是亲，距离产生美。如果他们成家了，一个在省城，一个在乡下，说不定能催生出更美好的爱情故事！”李小云进行着美好的假设。

"我看不一定，如果是那样，覃怡琼肯定首先提出了分手。"宋老师像是要惹覃怡琼生气似的说。

"宋小波，你还是我的好朋友吗？有你这么损我的吗？我是那样一个对感情不专一、不负责的女人吗？"覃怡琼立刻拉下脸，生气地看着宋小波，埋怨说。

"别生气，别生气，大家到一起了很开心，随便说说而已。"李小云急忙站出来打圆场。

"好，大家既然是好朋友，我也就不生你的气。我看这样，宋小波，你先自罚一杯酒，然后陪大家共同干一杯。散席后，接大家到我住的房间继续聊。"

其他人积极响应。

肖海看了看时间，已是晚上8点半了。想到县委传真电报的事情，着实有点担心出现意外，遂向覃怡琼提出，不和大家一起去她的房间了，直接回京铺镇政府去。

谁知，覃怡琼一听肖海又想一走了之便来了气，赌气地对大家说："散了，散了。我们喝完这杯酒，大家都回去，免得耽误肖大书记的重要工作。"

肖海感到很为难，也有一些不舍。

就此离开吧，覃怡琼肯定会生气，今后想通过她为镇里多争取一些资金就有可能不好办；不回镇政府去吧，心里又放心不下，一旦森林防火方面出了问题，自己不在岗位，那是要承担责任的。

与覃怡琼相聚是一种缘分，机会难得，下一次见面不知等到何时，甚至是否还有机会见面都说不准。

权衡再三，为了镇里今后的长远发展，肖海下了决心，和大家一起多陪一会儿覃怡琼。

随后，当着大家的面，拨通了镇政府汤镇长的手机，说："我正在和县发展改革局胡主任、省发改委覃处长一起，商量京铺镇申报项目的事，今天晚上我就不回京铺了。你多辛苦一下，一定要安排好值班人员，加强对几个观测点的观察，确保不出问题。"

"请书记放心，你安心和他们谈项目。今天晚上我值班，有什么事情第一时间向你报告。"听了汤镇长的表态，肖海吃下了定心丸。

"我要司机开车回京铺，怕你们晚上要用车。明天早上再让司机开车来县城接我。”

肖海能够留下来，覃怡琼立马转怒为喜，说：“这还差不多，今天，大家一起再喝一杯，然后，到我住的宾馆房间去聊天。”

不大一会儿，几个人在覃怡琼的带领下，去了她住的宾馆房间，一起聊到了大半夜，然后各自散去。

第三十五章　重点工程开了工

一觉醒来，已经第二天早上7点。

送覃怡琼去省城的小车已经到了楼下。

接肖海回镇里的车辆也已到了宾馆。

两人握手道别。

县发展改革局的小车载着覃怡琼出了县宾馆，朝省城方向驶去。

肖海坐上车，开始返回京铺。

车辆驶出县城不久，肖海的手机就响起了来电的铃声。

“喂，是肖海书记吗？”

“是的，请问你是哪一位，有什么事吗？”

“我是县委组织部的小张，肖书记，请你今天上午到组织部来一下，县委领导找你有事。”

“好的！”

肖海叫司机调转车头，迅速朝县委组织部开去。

肖海被工作人员引进县委组织部部长的办公室。

县委汤副书记和组织部邢部长在等候。

相互打了个招呼，稍微寒暄几句后，县委汤副书记一本正经地对肖海说：“根据工作需要，县委决定，自即日起你不再担任京铺镇的党委书记，改任县政府派驻鲁垭水库后靠库区移民搬迁安置工作组的常务副组长。”

面对突如其来的工作变故，肖海很惊讶，随即向二位领导谈了自己的看法："可我从来没有想到过要做水库移民工作。我的老家又不在鲁垭水库淹没区，我也没有从事水库移民工作的经验啊。"

"移民工作主要是做群众的思想工作，与乡镇的工作区别不大。老家不在水库淹没区，没有亲戚需要移民搬迁、安置，不是更方便你开展工作吗？再说，领导干部调动工作是常有之事，调往哪里，做什么工作，都是组织决定的，依不了个人的想法。"组织部邢部长看了看肖海，说。

"没有相关工作经验可以在实践中学习，你已经先后在3个乡镇任过党委书记，经验丰富，年富力强，相信能尽快进入角色。"县委汤副书记吸了一口烟，继续说，"不熟悉水库移民工作可以学嘛！工作组长由县委常委、常务副县长焦成国担任，他分管这项工作已经几年了，情况熟悉，是你的直接领导，大的事情多向他请示汇报。同时，县里还明确了县移民局局长任副组长，配合你的工作，县里相关部门也安排了一名得力的工作人员，组成7人工作组。工作组的主要任务是：宣传水库移民政策，做好基层干部的思想工作，确保库区社会大局稳定和移民搬迁安置工作顺利进行。"

听到这一安排，肖海的心凉了半截。

虽然之前未亲身经历鲁垭水库移民搬迁安置工作，但从县委多次召开的乡镇党委书记工作汇报会上，已对鲁垭水库移民搬迁安置工作面临的困难和问题略知一二。现在，自己在京铺镇的工作干得好好的，怎么突然要我去任什么常务副组长？再说，鲁垭水库库区办事处较京铺镇距县城的距离远多了，别人是往县城调，而我却越调离县城越远。与其这样，还不如继续在京铺镇工作。

"只怕我的能力胜任不了，建议领导还是另请高明吧。"

想到移民搬迁安置工作的难度，想到距离县城越来越远，肖海着实不高兴，向县委汤副书记和组织部邢部长当面进行了推辞。

"服从组织安排，是党员干部首先应该做到的，你是10多年的乡镇党委书记了，难道还不懂这些？"组织部邢部长对肖海提出了批评。

"让你去当常务副组长，是县委书记点的名，说明他对你是非常信任的。再说，组长是常务副县长，大的问题你多向他请示，具体的工作，由你和相关部门抽调的人员去做。我相信你有能力将工作组的任务完成好。"县委汤副书记温和地对肖海说。

随后，两位领导给肖海讲了一通大道理，又对肖海过去工作中表现出来的能力给予了充分肯定，并向肖海表明了服从也要干，不服从也要干的坚定态度。

此时，鲁垭水库常利县移民工作正处于非常困难的时期，肖海就在这时由京铺镇的党委书记，临时调任常利县人民政府驻鲁垭水库库区工作组常务副组长。

对组织的这种安排，从内心来讲，肖海极不情愿，但又无可奈何。

肖海将承担什么样的具体工作任务，又会面对怎样的工作环境呢?

鲁垭水库属国家水利部和省人民政府联合建设的国家重点水利枢纽工程，兼顾防洪和发电。

水库淹没区涉及2省3县的7个乡镇，需要搬迁安置3万多人。由于该工程系国家争取的世界银行贷款项目，所以，其工程进度、质量，特别是移民搬迁安置情况备受多方关注。水库大坝建在常利县的泸溪镇，涉及该镇搬迁安置移民1万多人。其中，第一期工程需要搬迁安置接近4000人。因此，常利县的泸溪镇不仅是鲁垭水库移民搬迁安置的试验区，同时也是整个水库移民搬迁安置工作的主战场。

金窝银窝，不如自家草窝。

让农民举家离开自己熟悉的故乡热土，在20世纪90年代初期的中国可以说是难题之一。水库移民的特殊性在于涉及的面比较宽，水库蓄水后，淹没的不仅仅是农民的房屋、田地、山林等生产生活资源和道路、水利、电力、通信等基础设施。同时，随着淹没区内乡村、学校、医院等机构的搬迁而带来了行政区划的变更，更为关键的还在于移民出乡、出县甚至出省的异地安置问题，导致长期形成的相对稳固的社会关系受到不同程度的影响。不少大家庭成员也因为后靠或外迁的不同选择而各奔东西，有的老年人舍不得自己的老家要求后靠，儿女们却想外迁安置，因此闹起了家庭矛盾。

谢富成，一家老少7口人，当年他的爷爷能选中这个屋场，就是看中了前有清澈的河流，后有巍巍青山，周围有肥沃的田土。当县移民局和镇上的工作人员上门做工作，说因修建水库要淹没房屋和田土，他们必须进行移民搬迁时，老谢从此寝食难安。

在决定是外迁还是后靠、是实行有土安置还是搞自谋职业安置的家庭成员会议上，几个人的观点完全对立起来。

大儿子谢福首先发了言："我干木工活已10年了，开始是上门入户找活干，慢慢地干到去镇上租房开店子，现在已到县城入住家具木材市场，我终于知道哪里的生意好，哪里挣钱的机会多，哪里对孩子的教育更有利。我早就和爱人商量好，再干2~3年，我们就把家搬迁到县城去。这次有了水库移民搬迁的机会，还允许拿钱搞自谋职业，我建议全家都搬迁到县城进行自谋职业安置。”

小儿子谢强15岁，正在距家20多公里的卢溪镇中学寄读，听了大哥的话，平时少言寡语的他接过话说：“我上学往返既要乘船，又要走路，风里来雨里去，很不方便。特别是在学校经常受到家住集镇的同学欺负，与他们发生争吵，就被骂为苞谷佬。那种受嘲弄的滋味实在让人难以承受。这次有机会了，我要和大哥一起进县城去读书。”

“我和你们娘在这里辛苦了一辈子，不仅建起了楼房，还娶了儿媳妇，添了孙子。后山开垦的30多亩果园，才刚刚有收入。全家人都迁到县城去了，这几十亩果园咋办？”

谢富成对生产生活了几十年的老地方已有很深的感情，特别看到自己和老伴多年辛苦开垦出来的几十亩果园，还真有些不愿意离开。

“几十亩果园能值几个钱？我在县城一年的收入少说也有十几万元。”谢福一心想将全家迁入县城，继续劝说着父亲。

“你想过吗，我们住在这里，大伙都围着果园做事，老的小的还可以养猪、养羊、养牛、养鸡、养鸭，收入来源多，而且，用水不用花钱，烧柴不用花钱。可是，一家子全部搬进了县城，用水、用电、买米买菜，外出坐车，甚至出门上厕所，什么都要花钱，开支要比这里大得多。一家人，除了你能干木匠活，其他人能干什么呢？”谢富成想尽最大努力说服大儿子留下来就地后靠。

“我家具厂要的是人做事，只要大家愿意进城，我会根据大家的实际情况，安排你们做些力所能及的事。”谢福铁了心要搬进县城。

“要不这样，我们带着你的两个孙子先进城，你们二老和小弟弟暂时留在这里，等到你们想好了，再将你们接进县城。”谢福的爱人发表了自己的看法。

“不，我要和你们一起进县城住，要到县城去读书。”谢强坚持要和哥哥嫂嫂一起进县城。

听了儿媳妇的方案，一向火暴脾气的老谢再也沉不住气了，但又不好直接对着儿媳妇发火，只得指着谢福骂着：“你个没良心的东西，你们长大了，不仅瞧不起自己的老窝了，连你们的爹和娘都不想要了。你们都搬出去，家业我来守，老祖宗我来祭，老子和你们的娘今后也不用你们管，你们出去了就别再回来！”

“老头子，你别发火，他们不是在和我们商量吗？”谢富成的老伴劝说着。

“他们这是和我们商量吗？他们是早就商量好了，要借水库移民搬迁的机会甩掉我们两个老人，减轻他们的负担。谢福，你这个没良心的东西。”

谢富成骂完了还不解气，突然用手啪地一拍桌子，猛地提起小木椅狠狠地向大儿子谢福的头上砸去。幸亏谢福躲闪及时才没被打中，小木椅重重地砸在地上摔得七零八落。

谢家第一次关于移民搬迁去向选择的家庭会议就这样不欢而散。

不少家庭和谢家一样，在外迁还是后靠的选择上，父母子女之间甚至夫妻之间都产生了很大分歧。迁出地与迁入地的基层干部也围绕移民去向问题展开了博弈。

刘某某任村支部书记多年，工作能力较强，颇得镇干部喜欢，在群众中拥有一定的威信，小家庭也经营得有模有样。水库蓄水后其所在村的房屋、耕地将被全部淹没，全村760人都是搬迁对象，根据资源占有量计算，70%以上的人口需要外迁。

是外迁还是后靠？是迁出村还是迁出乡？

刘支书很是纠结。

“按照政府的规定，村干部应该带头外迁，为子孙后代着想，外迁也是利多弊少。”刘支书用商量的语气对老婆说。

“那你和父母商量了吗？他们的意见如何？”刘支书老婆是当地有名的“阿庆嫂”，能说会道的。她内心是不愿意外迁的，但先不明说，而是搬出公公婆婆来说事。她知道，丈夫是大孝子，最听父母的话，而80多岁的老两口从没有走出过村子，没有坐过汽车，一生就围绕家里的柴米油盐、猪牛羊鸡等家务事转，是不可能愿意外迁的。

果真，当刘支书征求二位老人的意见时，二老坚定地说：“我们哪里都不去，房子要搬就往后靠，政府不是也允许后靠安置吗？”

老大爷越说越激动：“我们在这里都生活了80多年了，旮旮旯旯都熟悉了，一草一木都有感情了，我们也是快要入土的人了，难道还要我们二位老人迁到一个陌生的地方重新开始生活？”

村支书老婆看时机已到，便在一旁趁热打铁地对丈夫说：“你自己也不好好想一想，都50岁出头的人了，在当地是村支书，大家都尊重你，有头有脸，感到风光，一年也还有几千块钱的工资收入。而迁到一个新的地方，搞的是‘小集中、大分散’的安置，人生地不熟，原住地居民不欺负你已经很不错了，还能选你当村支部书记？”

村支书何不是这样认为呢！从30多岁开始当村干部，村里的每一寸土地都留下了自己的脚印，村里的每一点变化都包含自己的汗水，村里家家户户门朝哪方开，收入从何来都心中有数，不仅村里的男女老少和自己很熟悉，就连村民家养的狗见到了也很亲热。要离开这样的生活工作环境去一个新的地方，的确难以割舍。

对鲁垭水库移民搬迁安置问题，可以说是智者见智，仁者见仁，不同部门的领导站在不同的角度，其看法不一样，结论也各不相同。

在一次由水库业主、规划设计部门、地方政府、移民部门参加的座谈会上，当地镇党委书记张有欣信心十足地提出了自己的看法：“我们这里有丰富的山林资源，水库蓄水后还有丰富的水资源。俗话说，靠山吃山，靠水吃水。水库建成后，这里是既有山又有水，养活10000人没有问题。目前，村民都不愿意外迁，许多村干部本身是移民，他们也不愿意外迁。听说移民搬迁后乡政府都要撤销，干部的思想波动很大，哪有心思去做群众的思想工作？因此，我们建议移民搬迁安置方案以后靠为主、外迁为辅。”

镇党委张书记的发言，不能说完全没有道理。移民大多不愿意外迁是事实，井里的鱼儿井里好嘛，谁愿意背井离乡？何况，少外迁，就可以少给移民重新征地，既减少移民投资，还可以加快移民搬迁安置进程。

多次深入库区进行调研，具体负责编制移民安置规划报告的水电勘测设计院的卢总工，听了镇党委书记的发言，早已坐不住了。他激动地站起身，习惯性地扶了一下自己的眼镜，说：“我对这里的情况调查是比较细致认真的，对提供的资料也是可以负责任的。水库蓄水后，整个库区已没有一分面积的水田，甚至是没有旱涝保收的旱地，即便是改土造地，周围都是岩石，取土非常困难，根本改造不出多少耕地。更何况，移民都只能居住在半山坡上，吃水都有一定的困难，更不用说脱贫致富。所以，后靠为主、外迁为辅的方案行不通。我个人的意见是外迁为主、后靠为辅。”

水库业主负责移民工作的黄部长也有一些为难：移民人口外迁多了，投资必然加大，现在公司正是资金困难时期；后靠移民人口多了，水库周围的资源有限，移民为了生存，就有可能垦荒开田种地，环境破坏，水土流失，对公司的长远发展是非常不利的。

正在他举棋不定之时，公司老总给他打来了电话，说是世界银行派出的几位专家，最近几天要来鲁垭库区实地考察，请他抓紧做好相关准备工作。

公司老总的电话提醒了黄部长：是啊，鲁垭水库是世界银行贷款项目，移民搬迁安置方案，不仅县乡的领导不能擅自决定，省市移民部门的领导也不能自作主张，必须经过严格的规划设计，并经评审后报国家发改委批准，世界银行的专家们还会参与监督实施。

想到此，黄部长终于有了退路，站起身对与会者说："我们今天来主要是征求各方面的意见，最终的移民搬迁安置方案，还要在反复征求意见的基础上组织专家评审，并按规定程序批准后方可实施。"

按照镇党委张书记的设想：将一部分淹没区的移民从海拔200米左右的原居住地，搬迁至海拔1000米以上的茅花台山上，并形成一个相对独立的水库移民安置点。既解决了后靠移民的去向，又充分利用了茅花台丰富的土地资源，还可以借机修通茅花台的公路，解决安置点的用电难题，真是一举多得的好事。

茅花台能否安置移民，大家心中都没有底。

在县乡政府领导和县移民局干部的陪同下，由世界银行派出的专家组长某某某某小姐一行10多人组成的考察组，开始了对茅花台的实地考察。

走了近两个小时的山路，考察组的人员已是汗流浃背，气喘吁吁，好不容易登上了茅花台山顶。

让考察组一行人意想不到的是，茅花台山顶地势平坦，面积开阔，土地肥沃，人户稀少。当地村民还告诉考察组一行：当地人依托有利的地理和气候条件，在自家的房前屋后种植了木瓜、杜仲、厚朴、黄柏等中药材卖钱来维持生计，以考察组现在所站立的地方为中心，方圆4000亩面积都可开发利用。

此时此刻，微风已吹干了大家身上的汗水，新鲜的空气滋润着大家的心肺，茅花台山顶的美景驱散了考察组每一位同志的疲劳，大家如同身临仙境，心情十分舒畅。个子高挑、面容姣好的洋美女专家组长，早已忘却了爬山的疲劳，连声说："美极了！美极了！"

随行的省移民局处室领导、公司移民部负责人、县移民局领导和镇政府负责人也被眼前这美丽的自然风景所吸引，被洋美女组长高兴的情绪所感染。大家不约而同地认定：从土地资源量和环境条件来看，如果能很好地实施生产开发，并修通此处连接山下的公路，这里的确是比较理想的移民安置备选点之一。

这次考察对移民安置去向产生了很大的影响，一些领导的心目中初步形成了“后靠为主、外迁为辅”的实施方案。

第三十六章　汛期提前一个月

按照初步设计，鲁垭水库工程总投资超过30亿元人民币。

投资，是拉动地方经济增长的重要手段，投资几十亿元的国家重点建设工程能够落地地方政府辖区，对于促进当地经济发展、增加地方财税收入意义重大，地方领导自然高兴，重视程度、支持力度更不用说。

各级领导小组、指挥部成立了，移民机构设立了，工作人员到位了，各种配套政策措施出台了……

一切好似有条不紊地进行。

按照水库业主的要求，省政府领导同意，坝区的移民搬迁安置工作由业主负责，库区由各级移民管理部门负责。

地方政府与移民签订搬迁安置协议，是做好移民搬迁安置工作的第一步，也是最关键、最困难的一步。

签订搬迁安置协议之前，移民思想极为活跃，也很矛盾，他们非常现实地围绕“房屋能补多少钱”“安置费用是多少”“迁入地好不好”“生存发展靠什么”等问题，艰难而又痛苦地思考着。他们清楚，一旦签订了搬迁安置协议，不仅直接决定了自己今后在哪里居住，能过上什么样的生活，甚至影响着子孙后代的发展和前途。

为尽快促成移民搬迁，地方政府对移民搬迁去向和安置方式做了灵活处理。

对于迁入地的选择，可以说是比较宽松的。

只要村里干部愿意接收，只要能够给移民调剂出一定的耕地面积，只要移民愿意迁入，政府就认定为移民安置地。

对移民而言，选择方式也有多种。

既能选择就近后靠安置，也可以选择外迁安置。

既能在本乡安置，也可以出乡出县安置。

既允许实行有土安置，也可以实施农转非安置。

既可以选择分散安置，也可以选择到政府统一规划的集中安置点，实行集中安置。

由于条件比较宽松，加之干部力量集中，工作方法得当，138米高程水位线以下需要搬迁的移民比较顺利地签订了搬迁安置协议。

为了在新迁入的地方找到比较满意的建房场地，搬迁比较积极的移民在签订协议后不久就开始了建房。至年底时，已有一部分移民基本建起了新房，只待在老家过完最后一个春节，就准备举家迁入新居。

一切都在计划之中，无论是水库业主还是移民干部，无论是省市县领导还是基层工作人员，大家对汛期前完成138米高程水位线以下的移民搬迁工作充满了信心。

过完春节，离汛期越来越近了，需要搬迁的移民仍沉浸在浓浓的传统节日氛围中。

正当大家认为138米高程水位线以下的移民能够顺利完成搬迁之时，老天爷却给大家出了一道很大的难题。

鲁垭流域阳历5月上旬才进入汛期的定律，恰巧当年被打破。

3月上旬，雨已开始下个不停，部分小溪已经在涨水。

市防汛部门根据气象预报预测："4月上旬，鲁垭将迎来今年的首次洪峰。"

此时的水库大坝施工现场，导流洞虽已开始泄洪，可蓄水至138米高程的拦洪坝也已经完工。显然，一旦洪水到来，仅靠导流洞是不能满足泄洪的，洪水必然要超过138米，这也意味着居住在库区138米高程水位线以下的几千移民的生命财产安全正受到严重威胁。

情况十分紧急！

根据汛情，省政府给市县政府下达了“鲁垭水库138米高程水位线以下的移民，必须在洪水到来之前搬迁完毕”的死命令。

而在鲁垭水库库区，移民搬迁进程却因连续下雨受到严重影响。

有的移民，新房虽已建成，但许多物品还留在老家，因为下雨无法运到新建的房屋去，他们只好继续留在库区的老房子里。

有的移民，不仅新房没有全部竣工，而且为了满足新建房屋所需要的材料，老房子已经拆除了大部分，一家子只好暂时挤在破旧的老房子里避雨，给生活造成了极大影响，哪还顾得上搬迁！

有的移民，拆迁的各种材料已经装上了汽车，因雨天路滑无法及时运输到迁入地，所有的物品全部被雨水淋透。

更有少数移民，原本就对移民搬迁抱有抵触情绪，总是以各种借口不主动搬迁，遇上如此恶劣的天气，干脆下定了等待观望、暂缓搬迁的决心。

连绵不断的春雨仍然没有停下的迹象。

鲁垭库区的水位在慢慢上涨，地势低洼的田地已被洪水淹没，洪水离最低处的移民户房屋已只有1米多的距离了。

雨在继续下，水位在慢慢地涨，位置比较低、离河比较近的移民在担惊受怕。

地方政府领导、水库移民主管部门的同志、水库业主，大家心急如焚。

雨水再不停下来，居住在138米高程水位线以下的移民，如果不能在洪水到来之前搬迁完毕，后果不堪设想！

县委常委、分管移民工作的常务副县长焦成国，理所当然地挑起了在洪水来临之前，负责组织人员将138米高程以下的居民全部搬离的这副重担。

焦成国连夜召集水库业主、乡镇政府、移民机构、水利部、气象部等部门的负责同志开会，听取汇报，掌握情况，分析形势，研究对策。

大家一致认为，如果没有超常规的手段，要在较短时间内，且在阴雨连绵的情况下，将库区138米高程以下几千移民搬离，几乎是不可能完成的任务！

恰在此时，市委常委、市政府分管移民工作的谢副市长给焦成国打来电话，传达了省政府分管领导邹副省长关于在洪峰来临之前，必须将鲁垭水库库区138米高程以下的移民全部搬迁出，并确保移民生命财产安全的命令。

怎么办？

有人建议：动员泸溪镇所有的干部和县移民局的同志，分户包干，上门做移民的工作，动员他们尽快搬迁。

有人提出：提高奖励标准，只要在规定的时间里完成了搬迁任务的，按移民家庭人口数，给予一定的资金奖励，以此激发移民搬迁的热情，加快移民搬迁的进度。

有人出主意：从县里各部门抽调人员，协助乡镇政府和县移民部门的同志，进村入户，帮助移民搬迁。大家一合计，觉得只能采用这种办法较为稳妥。

为了有序开展移民搬迁工作，县政府迅速召开县直单位及有关乡镇负责人会议，落实各单位抽调的具体人员，明确责任区域和工作负责人。

3月15日，200多名县镇干部，10辆大卡车、20多辆手扶拖拉机，冒雨开进了鲁垭水库库区，开始帮助移民搬迁。

这是一场硬仗、恶仗！

为确保移民搬迁有序推进，县委县政府成立了鲁垭水库移民搬迁指挥部，具体负责库区的移民搬迁安置工作。指挥部设立了宣传、综合、财务、运输、后勤等6个工作组，大家分工协作，按照现场的实际需要尽职尽责地工作。

宣传组负责在主要拆迁区架设高音喇叭，一天10多个小时不间断地宣传移民政策。

综合组负责编印移民政策问答的小册子并分发给每一个移民户，有针对性地解答移民提出的不同问题。

财务组负责按照各移民户协议上的补偿补助金额，分户将钱款装入了信封，移民户持房屋拆迁完成的有效证明即可领取现金。

运输组负责协助将移民需要搬迁的各种物资装入卡车，及时地运往目的地。

后勤组负责因地制宜、就地取材，克服各种困难，尽可能地保证所有工作人员吃住的基本要求。

焦成国已将自己的办公地点临时设在了鲁垭水库库区指挥部，全身心地投入到这场战斗中去。

白天，他穿着雨衣雨靴，裹着泥水，穿梭在各拆迁点实地掌握情况，协助各个组及时处理突发事情，甚至忍受着不情愿搬迁移民的问询。

晚上，在指挥部听取各个组的情况汇报，总结当天成绩，分析查找工作中遇到的难题，研究第二天的工作重点，常常是忙到深夜才能上床睡觉。

市委常委、分管移民工作的副市长也是隔三岔五深入移民搬迁现场听取汇报，了解情况，慰问移民，协调解决移民搬迁安置中的重大问题。

移民搬迁毕竟是移民工作的首要难题。在早春的雨季，由政府组织开展移民集中突击搬迁，困难可想而知。

风雨、低温、湿滑是整个集中搬迁面临的最大难题。

冷风夹着雨水，让房屋拆迁和搬迁运输十分不便。

极少部分移民已在下雨前将屋顶防水的瓦面拆除，本想在下雨前就搬进新家，没想到不期而至的雨水打乱了整个计划。

由于拆迁户对低温、下雨的天气形势估计不足，没有储备足够的挡风遮雨的物品，帮助拆迁的同志只好就地取材，动员移民将家里能够临时用上的竹垫子、木板、塑料布、编织袋等物品全都派上了用场。

为了保证棉衣棉被不被淋湿，他们将其装进了大瓦缸中。

然而，大家的努力和辛苦全然没有感动上帝，也许是老天爷有意识地要留移民在老家多住几天，也许是故意考验干部们的耐心。

雨仍然在不停地下，冷风在不停地刮。

往往工作人员费了九牛二虎之力，为移民搭建的临时挡风遮雨的场所刚刚完工，其防雨布就被一阵阵大风掀走了。

移民家中的老人、小孩，有的因全身被雨水淋湿受冷而瑟瑟发抖，极少数体质弱、抵抗力差的人已开始感冒咳嗽。

风在刮，雨在下，小孩在哭喊，大人在埋怨，就连移民家中没来得及处理的猪、狗、鸡、羊，因被雨水淋透而一声声地叫个不停。

看到这场景，指挥部的领导左右为难。

不突击搬迁吧，洪水来了给移民造成的损失更大。

突击搬迁吧，雨下个不停，不仅给搬迁的工作人员带来了许多不便，更重要的是老弱病残的移民有因被冻、被淋而病倒的危险，甚至健康的移民也会因雨水、低温而生病。一旦出现这种情况，局面将难以控制。

焦成国当机立断，一方面指示后勤组送感冒药到每一个拆迁点，免费分发给每户移民和全体工作人员；一方面号召在有条件的移民家中或在就近的世居户家中，熬煮姜汤给移民和工作人员喝，用于御寒保暖。

与此同时，焦成国还召集各拆迁点负责人开会，要求在确保安全的前提下，发扬不怕疲劳、连续作战的精神，克服困难，加快进度。

干部们顾不上已被汗水湿透数次的衣裤鞋帽，顾不上被移民家中的灰尘和泥水弄成花白的脸，继续顶风冒雨投入了新的战斗。

经过多次的反反复复，大家终于通过增加固定点等办法，为无处躲雨的移民搭建了临时的场所，给下一步的搬迁创造了有利条件。

房屋拆迁的问题解决了，但运输的难题又随之而来。

由于连续下雨，临时修建的泥土路面变得十分湿滑，不说车辆通过难，就是人走在上面也像滑冰一样，稍有不慎，就会摔得满身泥巴。

怎么办？

想到这些，已经几天几夜没有好好休息的常务副县长焦成国，拖着十分疲惫的身子，眼神坚毅，召集大家一起商量应对的办法。

“我们能否动员移民带上值钱的东西先走，大件物品待天气好转了再来运输？”有的干部建议。

“现在，对于搬迁的移民而言，每一件东西都值钱，东西不搬走，移民是舍不得离开的。”有的干部提出了不同的看法。

“东西必须与移民一起运走，如果实行人物分离，移民是绝不会同意的。再说，即便是移民同意了，移民相互之间的东西弄混了，谁能分得清？这将给我们今后的工作增添更多的麻烦。”有的干部分析得很有道理。

“是的，移民拆下来的东西如果不及时运往新的安置点，移民是不会离开的，他们不仅仅是对自己留下来的东西不放心，主要的是新安置点的在建房屋也正等着这些东西用。况且，房屋拆迁了，东西不运走，人不离开，洪水对移民生命财产的威胁不同样存在吗！因此，我们要克服一切困难，想尽一切办法，确保移民要带走的东西全部运往新的安置点。”焦成国又一次拍板了。

然后，他顾不了连日来的疲劳，裹着雨衣，穿着雨靴，踩着泥泞的道路，带着指挥部的有关人员，奔跑在各个拆迁运输点之间，实地察看道路情况，研究应对措施。

有的提出用挖土机开路。可是，现场并没有挖土机，要将挖土机临时调进库区已是十分困难的事情。

有的提出在打滑的路面铺上小石子。由于下雨时间过长，路面泥土已被雨水冲走，填充的小石子无法与坚硬的岩石路面有效粘连，载重的汽车一经过就被挤走，根本起不了防滑的作用。

有的提出给汽车轮胎装上防滑链。经实践，在有泥土的路段适用，而在坚硬的岩石路面，同样失灵。

试来试去，一时还很难找到有效的办法。

焦成国干脆将司机们带到现场，共同想办法。大家你一言我一语，意见也很难统一。

看到这种情况，焦成国干脆决定：针对各搬迁点的具体情况，由各组的负责人和司机们自己想办法，不论采取哪种措施，只要移民愿意带走的，哪怕是一草一木也要帮移民运到新的安置点！

大家分头行动，各显神通。

除所有运输车辆都装上防滑链外，工作人员还和移民一起，有的给低洼和软基的路段填石块，有的将废旧的木板放在打滑的泥土路面，遇到坚硬的岩石上坡路面，大家就铺上稻草及其他农作物秸秆。

实在不行，大家就前面拉后面推，让汽车通过打滑的路面。每运送完一户移民的东西，大家就成了泥巴人，但心里却特别舒坦。

在大家的共同努力下，运输的难题终于解决了。

依靠各级领导的高度重视，依靠所在地乡镇干部的大力支持，依靠县直部门及移民局干部的积极参与，依靠广大水库移民的理解配合，此次集中移民搬迁虽然遇到了许多意想不到的困难，但终于在洪峰到来的前两天，将1260户4300人，全部搬出了138米水位线以下的淹没区，确保了移民生命财产的安全。

第三十七章　搬迁安置遇难题

县政府驻鲁垭水库库区工作组，名义上有7个人，实际能够经常在库区现场开展工作的只有5个人。

身为县委常委、县政府常务副县长的焦成国，分管的工作多，不可能住在鲁垭水库库区坐镇办公，只能进行远程指挥，由肖海将工作组开展工作的情况及时向他请示汇报。

县移民局局长年近50岁，在他的任期内，具体负责了鲁垭水库大部分的移民搬迁安置工作，移民将所有的不满都集中向他发泄，只要他到了库区和移民安置区，移民就要责骂他，甚至长时间围攻他，不让他按时吃饭，不让他及时休息。他名义上是工作组的副组长，但已经害怕到库区与移民面对面地开展工作，只能坐在县移民局办公室负责处理日常工作，同时为库区工作组提供后勤保障。

在工作组的3位正副组长中，只有肖海这位常务副组长能够住在库区，直接与移民打交道。

赴鲁垭水库库区工作组的5人中，除肖海之外，还有县公安局治安大队的袁某某、县移民局的唐副局长、县国土局的任某某、县林业局的唐某某。其中，县林业局的唐某某与肖海一起在吴家湾乡政府工作过，曾担任乡党委副书记。

经过近3个小时的颠簸，工作组一行5人终于乘车来到了鲁垭水库库区移民办事处。

当得知县人民政府派出的工作组来到鲁垭水库库区移民办事处的消息，附近的几十位移民不顾工作组人员乘车的劳顿，就迫不及待地围着工作组的人员，你一言我一语地反映方方面面的困难和问题。

工作组成员中，林业局的唐某某性子比较急，坐了几个小时的车，道路狭窄、七弯八拐、上坡下坡，虽未呕吐，但头已是晕乎乎的。好不容易到了目的地，真想好好休息一下。没想到，工作组的人员刚下车，移民就围了上来说个不停。唐某某难免不高兴，很不耐烦地对移民说："我们刚下车，水都还没有喝上一口，能不能让我们休息一下，明天再来反映情况？"

一位年近60岁的移民大叔，看到工作组的成员中有人态度不好，马上不高兴地说："工作组是来工作的，是来为我们解决困难和问题的，难道是来休息的？"

"是啊，我们移民搬来这一年多了，吃的粮食全靠买，喝的、用的水要下水库挑，听说你们是县政府派来的工作组，我们的困难不找你们找谁去？"在场的移民异口同声，脸上明显流露出对工作组唐同志说话态度的不满情绪。

看到情况不妙，肖海随即主动亮明身份，并非常友善地对移民说："我们工作组刚到，大家就来向我们反映情况，说明你们对工作组是抱有希望的。首先，我代表工作组向大家表示感谢。同时，我也向大家郑重承诺，我们工作组一定尽快下去开展调查，并及时如实向上反映情况，尽可能帮助大家解决最现实、最迫切的困难！”

肖海看到移民对自己的发言并无抵触情绪，紧接着说：“我们工作组的成员刚到，情况也不了解，等我们今天安顿好住处，从明天开始，我们再分头下去了解大家的情况，好吗？”

同时笑着劝导大家：“我们工作组准备在鲁垭水库库区移民办事处工作一段时间，我们有的是见面的机会，你们的困难和问题，我们也会慢慢帮助大家想办法解决的。”

“我们的问题不解决，我们就天天来，你们工作组解决不了，我们就到镇政府去；镇政府解决不了，我们就到县政府去！”一位带头的移民充满火气地说。

“工作组受县政府的委派，就是来为大家解决困难和问题的，大家的困难和问题不解决，县政府派出的工作组就不会撤；如果我们这批人员没有能力解决，县政府还会安排另外的人来解决。但我坚信，我们工作组的这批人是能够解决问题的，也请大家给我们一定的时间和信心。”肖海给在场的移民交了底，自己也充满了信心。

已先后担任了3个乡镇的党委书记，对于如何做好群众工作，如何靠自己的解释尽快取得群众的信任，最终让围困自己的群众解散，肖海积累了丰富的经验。

或许是移民从肖海的发言中，听出了工作组帮助他们解决困难和问题的诚意及决心，随后陆续各自返回了家中。

离开饭还有一点时间，肖海提出要办事处安排一名工作人员带路，抓紧熟悉工作组住地周围的环境。

在办事处小王的带领下，肖海在附近走着，一边听小王介绍移民搬迁以来发生的一切，一边呼吸库区清新的空气，同时思考着工作组眼下的工作。

小王介绍着水库移民搬迁以来，移民面临的主要困难、移民的思想动态、移民干部与移民之间不太融洽的关系、移民工作面临的主要难题等情况。

听了小王的一些介绍，肖海不由得担心起来。

移民会支持配合工作组的工作吗？移民能认可我这个工作组的副组长

吗？工作组能尽快打开工作局面吗？工作组的重点任务是什么？短时间里，工作组能够完成任务吗？

办事处传来了喊吃饭的声音，打断了肖海的沉思。

下午，工作组的成员开会进行了职责分工，明确了工作方法、步骤、阶段性目标任务和纪律要求。

然后，工作组又与泸溪镇政府驻鲁垭水库库区移民办事处的同志进行了工作衔接和交流，形成了统一的工作方案。

第二天，工作组成员与办事处的同志合理搭配后，分成3个组，开赴各个村开始了入户调查走访。

冰冻三尺，非一日之寒。不少移民对乡镇政府干部和县移民局干部的成见很深，对此次县政府派来的工作组也并不抱多大的希望，甚至认为是继续糊弄移民的缓兵之计。

“干部又来了，是看我们饿死了没有吧？”刚听到有人喊自己的名字，看到有人向自己家里走来，一位40多岁的女同志，一手扶着门框，一手叉着腰，挡在了大门口。不仅没有请大家进屋坐一会儿的意思，反倒先狠狠地呛了大家一口，让大家感到进退两难。

“这不是还活得好好的吗？”小文顺着女户主的话笑着说。

小文是本地人，虽在镇政府部门工作，但自移民工作开始就在库区做移民的工作，遇到这种情况早已见怪不怪、应对自如。小文同时告诉肖海，这位大姐名叫向玉萍。

“向大姐，今天我是陪县政府工作组的肖组长专程来你家里了解情况的，看来很不受欢迎啊。你挡在门口，既不喊我们坐，也不喊我们站，你是打算让我们进屋内坐还是准备就让我们一直站在外面？”小文一方面说明了来意，一方面对向玉萍问道。

“屋内没有什么看的，房屋的壳都还没有搞完工，里面摆得乱七八糟。”看来，向玉萍不打算请大家进屋内去看。

“你也不能让大家都这样站着说话，总得找个地方让我们坐下来吧。”小文继续提出了要求。

“站着说话才不会腰痛。”向玉萍回敬了一句，表达了对干部平时工作的不满。

“虽说站着说话不腰痛，但你总是让我们这样站着，我们会感到腿痛、心痛。”肖海接过向玉萍的话，轻松地开起了玩笑。

看到大家并无恶意，也没有马上离开的想法，向玉萍终于松开了扶着门框的手，略显不好意思地说：“屋内实在太乱了，就搬几把椅子在外面坐一坐吧。”

得到了向玉萍的允许，大家各自进屋搬了把小木椅坐在了外面的晒坪，与她聊起了家常。

肖海详细地问了一些家里人口、搬迁前后的房屋面积对比、房屋和林果木的补偿款是否全部到位、全家领了多少补助款、建新房子花了多少钱、建新房欠账没有、现在的主要困难是什么、对政府和移民部门有何要求、现阶段有怎样的打算等情况，并不时地在笔记本上做记录。

“这些情况，我向你们县镇干部反映过多少次了，有么子用哟，现在不还是这个样子吗？”向玉萍一方面回答肖海提出的问题，一方面发泄对干部们工作效率低的不满。

“你反映的问题是事实，但我们也没有能力解决。现在，县政府专门派出了工作组，由肖组长带队到你家里了解情况，相信能够产生一些效果的。”小文耐心地解释。

“没有修建水库前，我们住得好好的。自从修建水库逼着我们搬迁后，现在吃的、住的、用的都比从前差多了，而且没有一定生活来源，今后的日子怎么过呀？”看得出，向玉萍对移民搬迁意见很大。

“我们能进你屋内参观一下吗？”肖海想进她家里看一看，进一步了解家里是个什么情况，有些什么生活物资。

“有什么好看的哟，房屋还没完工，家里也没啥东西。”向玉萍边说边领大家走进了屋内。

这是一栋农村传统式的三正三退的两层水泥砖瓦楼房，占地面积约130平方米，建筑面积约260平方米。虽然外壳已基本完工，但外墙没有粉刷，内墙没有装修。一层为土层地面，二层为现浇水泥地面，楼梯只有台阶，没有安装扶栏。除了一楼三处进出的房门及主卧室的门能够正常开关，其余的门就只有门框，没有安装门板。一楼的窗户用几根木板横封着，二楼的窗户用塑料封了个严严实实。屋内家私十分简陋，木床、木椅、木桌、木柜子，全部都是旧的，甚至没有发现新床单或新棉絮。

再翻看家里的坛坛罐罐，除了能维持一家4口几天基本生活的粮食，没有多余的储存。

看到这番情况，肖海震惊了。

向玉萍家里是这么一种情况，屋外也没有多大的发展空间，不仅没有耕地种粮食、栽种经济作物，甚至，种菜的地方都很难找。

“你放心，移民的困难是暂时的，我一定迅速向县委县政府反映你们的情况，逐步解决你们的现实问题。”握住向玉萍的手，肖海坚定地说。

在小文的引导下，肖海又去了另几家移民户。

肖海边走边想：搬迁后靠的移民难道都是这种情况？导致这种情况的原因是什么？他们眼前的困难怎么解决？他们今后的出路在哪里？

走访一天后，3个组的同志碰了头，汇报了各个组调查了解的情况，基本上和肖海看到的向玉萍家里的情况大同小异。

肖海的心更加震撼和沉重：自己当乡镇党委书记多年，走访慰问过不少困难家庭，但困难的面如此之大、困难的程度如此之深、生产生存环境如此恶劣，实属罕见。

肖海当即决定：工作组和办事处的同志要进行全面走访，深入到每一个移民家庭，了解真实情况，耐心听取意见和建议；然后对移民反映的问题及时进行分析整理，并对涉及移民政策的有关问题，统一口径后形成文字材料，报经县政府分管移民工作的常务副县长焦成国审核同意后，再给移民书面回复。

工作组在开展一个星期的调查走访后发现，移民反映的诸如生活没着落、交通不方便、饮水很困难、没有生产资源、发展无前景等问题的确存在，而且比较普遍。问题的关键又在于，随着水库移民的搬迁，原有的村级行政区划被打乱，少数村甚至因为整村被淹没，村民已分散迁往各地，不少原来的村干部也随之成了普普通通的动迁移民，面临着与其他水库移民同样的困难和问题。没了村干部的头衔，谁还愿意去做群众的工作？又怎么去做群众的工作？

针对调查走访掌握的情况，工作组积极做好相关协调工作。

首先与泸溪镇党委及时进行沟通，要求高度重视鲁垭水库库区移民村基层组织建设，抓紧组建了库区村党支部和村民委员会，将少数留在库区想干事、会干事而又公道正派的中青年移民充实到村级班子，确保移民一般性的问题在村里就有干部负责处理。

紧接着与县移民局进行协调，及时发放移民搬迁建房这一过渡期的生活费，安排移民局的干部赶赴现场，解决移民饮水难、出行难的问题。

工作组成员走遍了库区移民村的每一个角落，帮助各个村因地制宜制定改土造地、发展经济作物和庭园经济的规划。对于移民中的病困对象，要求移民部门拿钱进行慰问。

县政府工作组进驻库区后开展的一系列工作，广大移民看在眼里、乐在心中、支持在行动上。

移民突击搬迁时，对政府干部意见比较大的极少数移民，开始主动找镇干部反映困难，寻求帮助。

之前对政府工作组进驻非常反感的极个别移民，现在见面后主动地与工作组成员打起了招呼。工作组的干部进了家门，他们就让座、倒茶，有的甚至要求工作组的干部吃饭后再离开。

移民中的部分共产党员开始带头开荒造地，开始稍稍向工作组的干部传递移民中的真实信息。

基层干部也开始尝试深入移民中间开展工作，分组召开会议，商量发展对策。

通过工作组成员一个多月的艰辛工作，库区逐渐恢复了往日正常的生活秩序。

工作组在年底前顺利地完成了使命，其他成员回到了原单位。肖海被通知到县组织部谈话。

接到通知的那一刻，肖海已经猜到了结果。

县委组织部杨秘书很快将肖海带到部长办公室。

刚进门，组织部邢部长就给肖海递上一杯热茶，并做了一个请坐的手势。

一个多月前，还是以县委副书记身份跟肖海谈话的汤新明，如今已担任了县人民政府的县长。肖海刚坐下，汤县长便和蔼地笑着对肖海说：“最近辛苦了，不错，工作很有成效，县委县政府对你在工作组这段时间的表现给予了充分肯定。”

为了让氛围更轻松，汤县长自己端起茶杯喝了口茶，又指着肖海的茶杯说：“我们边喝茶边谈谈吧。”

“根据工作需要，结合你近期在工作组的表现，县委决定任命你为县人民政府办公室副主任兼县移民局局长。看看你有什么想法？”

汤县长直接告知了县委对肖海的工作安排，并明确其主要职责是继续做好水库移民工作。

对于多年在乡镇工作的党委书记的肖海来说，能调进县城工作，且任县直单位的一把手，的确是当时的梦想。但肖海对县委决定将自己安排在县移民局，又心有不甘。

肖海半开玩笑半当真地对县长和组织部部长说：“如果县移民局是一个好单位，如果有其他的干部争着来当这个移民局局长，县委领导还会考虑我吗？”

两位县委领导相互对视着笑了笑，没有立即正面回答。

稍过一会儿，组织部邢部长挪了一下身子，面向肖海说：“正是考虑到县移民局局长不好当，维稳压力大，协调任务重，县委才决定你任县移民局局长的同时，担任县政府办公室副主任，这样有利于你开展工作。县委对移民局局长的人选的确经过了慎重考虑，县委常委们一致认为，你肖海是县移民局局长的合适人选。这既是县委对你过去工作的充分肯定，更是县委对你做好移民工作的信任和期待。”

汤县长接过邢部长的话又说了几句，再次表明了县委的态度。

肖海还能说什么呢？肖海深深懂得，对于组织的安排，自己再不情愿也已无法改变，只有无可奈何地服从。

肖海已经预知，从县委安排自己担任县移民局局长的那一刻起，自己就踏上了看似阳光灿烂、实则风雨坎坷甚至急流险滩的人生旅程。

第三十八章　进村入户查实情

就在肖海调进县城的同时，秋婉生病的姐姐，尽管得到了秋婉的精心陪伴和照顾，接受了上海、北京等地几位著名专家的治疗，在顽强地与病魔抗争了5年后，最终还是被无情的癌症夺走了42岁的年轻生命，给亲人们留下了无尽的悲痛。

随着姐姐的离去，在肖海的强烈要求下，经过慎重考虑，李秋婉最终决定，离开父母、离开弟弟弟媳等亲人，离开工作了5年的云阳市，带着女儿，重新回到了常利县工作，回到了肖海的身边。让肖海再次有了家的幸福和快乐。

虽然库区工作组常务副组长的工作经历，让肖海对库区后靠移民的状况有了比较充分的了解，但库区后靠移民表现出来的问题与整个水库移民工作所面临的困难和矛盾相比，仅仅是冰山一角。

当时，全县移民工作处于最艰难的时期，移民工作也成了县委县政府领导最头疼的事情。

后靠移民资源匮乏，人均不足1分面积的山地，没有一丁点水田，生产性收入无从谈起。

接受有土安置，集中外迁至县城附近星旗镇几个村的5000多移民，对有偿划拨的耕地以质量差、地理位置不好、数量不足为由不接受，拒不将田土分配到户进行耕种。

选择农转非，集中安置在泸溪镇农贸市场的400多移民，以安置费没有全部到位、收取的摊位费偏高、生意差、生活无着落等借口，时不时地到当地政府和县移民局反映问题。

其他出县出市投亲靠友，选择分散安置的移民，也隔三岔五地到县移民局反映房屋面积算少了、人口漏掉了、淹没线以上的林果木补偿少了等问题。

县移民局的干部，工作无所适从、左右为难。

待在办公室吧，移民三五成群几乎天天来上访，根本没法正常办公。

深入到库区和移民安置区去吧，移民立刻成群结队地将你团团围住。有事干不成，想走走不了，稍有说错话，移民就不接受，就情绪激动。

问题的症结在哪里？努力的方向在何方？混乱的局面能否尽快扭转？

肖海这位新上任的移民局局长反复思考着，县委县政府领导期待着，县移民局的其他干部职工也在观望着。

多年乡镇一把手的工作经验告诉肖海，要开创新的工作局面，一把手除了要全面掌握情况、厘清工作思路、树立人格魅力，还必须调动全体干部职工的积极性，让大家围绕共同的目标去团结奋斗。

说起来容易做起来难。

当肖海将“移民工作的现状、问题、原因及对策建议”这一主题，提交移民局工作例会进行讨论时，会议几乎成了移民干部的诉苦专场会议。

“我们动员移民搬迁时，常常是一个户要做几天的工作，有时候刚将工作做好，户主已同意搬迁，但到了正式签订搬迁协议时，他们又以各种理由反悔不签协议了，真是气死个人。”搬迁股李股长率先说出了移民工作中遇到的烦心事儿。

“有的移民户，外迁的地方也确定了，房屋地基都给划好了，不知何种原因却又不同意外迁，非要改为后靠安置，移民部门拿这种人一点办法都没有。”唐副局长也深感移民工作难做。

“有些外迁了的移民户也往往以划拨的田土太偏僻、排水条件差等理由，不接受划分的责任田土，并找到移民部门吵闹。”严副局长多次被移民纠缠而伤透了脑筋。

“有一次，领导安排我去移民外迁集中安置点，协助村干部工作，动员移民认领有偿划拨给他们的田土。我和小张刚进移民安置点，便被几十个移民围住，向我们提出了一些不符合政策的要求，我们自然不能答复。我们向移民提出，要他们派几个代表到村部会议室进行座谈，移民不听，继续将我们围在安置点的公路上，并对我们进行谩骂。我们将安置点的村干部喊来做移民的工作，移民不但不听，还把同村干部给骂得灰溜溜地走了。我们想喝水，移民不给；我们想上卫生间，移民都要派人跟着，怕我们悄悄溜走；我们说回去给领导汇报后，再答复他们的问题，移民要求先将领导叫来，现场给予答复。后来，聚集的移民越来越多，采取轮换方式，向我们提出了许多问题。直到天快黑了，我们才得以离开。肖局长你说，外迁集中安置点，移民的责任田土没有及时划分到户，难道是我们的错？我们移民干部谁还愿意到移民安置点去做工作呢？”40岁的大男人、党支部成员、安置股伍股长，流着眼泪说出了从事移民工作时受到的委屈。

“集中搬迁时，为了及时将房屋拆迁补助费发放给移民户，我们财务的两个女同志，守着几百万元的现金，住在库区村干部家简易的房间里，既担心资金被盗、被抢，又害怕给移民发放现金时出现差错。白天，我们给移民发钱时，速度稍慢了点，排队的移民就会围着我们吵；晚上，我们核表格、对数据，往往因为几毛钱的差错，而反复核对至后半夜，然后，还要轮流看守现金。就这样，我们担惊受怕、累死累活，连续在库区干了20多天。结果，不仅两个人身体变瘦了，皮肤变黑了，连女人正常的生理周期都紊乱了。”财务股30来岁漂亮的女出纳楚玉婷，说着说着也掉起了眼泪。

整个干部例会，大家要么是在诉说动员移民搬迁时遇到的困难、阻力，遭遇移民围堵、谩骂时的委屈，要么是讲移民如何如何不讲道理、故意刁难移民干部、移民村的干部不配合工作等，要么是推脱责任。有的认为是水库业主花钱少，补偿补助和安置标准低，导致的矛盾；有的认为是移民安置方案不科学、不合理，导致安置区基础设施不到位，移民生产生活不方便；有的认为是移民安置地乡镇政府领导，对移民工作不重视；有的认为是政法部门的同志心慈手软，对上访闹事的移民打击不力，助长了移民的歪风邪气，造成了移民工作被动难做的局面。

关于今后的工作建议，更多的干部希望新来的领导，及时给县委县政府汇报，要求政法部门迅速组织力量，对带头闹事的移民实行坚决打击，让移民不敢随意上访闹事。

听了大家的发言，肖海如同在寒冷的冬天，被人当头淋了一桶冰水，原想在县移民局好好干一场的热情被瞬间浇灭。

片刻过后，肖海清醒地意识到：看来，解决鲁垭水库移民的问题，首先要从解决县移民局干部职工的思想认识开始！

在如何做好移民工作的问题上，肖海虽有县政府驻鲁垭水库库区工作组常务副组长的短暂经历，对库区后靠移民的情况有了一些了解，但与早期就从事移民工作的其他同志比较，算是一个新兵，需要学习的地方还很多。

正因为如此，肖海刚调进县移民局时，工作遇到了不小的阻力。

一次召开班子会议，在研究工作时，肖海提出要尽快在后靠移民安置区实施生产开发的建议。班子成员中的个别同志，当场便以“你还不完全了解库区的情况，移民屋前是水库，屋后是高高的石头山，生产开发怎么搞？”提出了反对意见。

个别股室负责人对肖海交办的工作也是消极应付。

一次，肖海安排向股长去一个移民安置点，就解决移民饮水困难的问题拿出一个方案，向股长满口答应：马上去办。半个月后，安置点的移民组长直接找到肖海办公室，说县移民局根本就没有去人落实此事。

更有一位长期在县直单位、从未到乡镇工作过的53岁的老同志马某某，把自己看成是高高在上的城里人，而将肖海这位刚从乡镇调进县城的单位领导，视为乡巴佬而不屑一顾。

面对这些，肖海看在眼里，不去计较，只想着如何打开工作局面。

深思熟虑后，肖海不顾个别班子成员的反对，成立了一个由班子成员分别带队、股室负责人参加的调研组，深入库区和外迁移民集中安置区，以移民村为单位，围绕移民生产生活现状、移民反映的突出问题、移民部门重点工作方向等内容，开展为期一个星期的调研。他要求每个组至少调查两个移民村，调查结束后要形成文字版汇报提纲，并由班子成员负责汇报。

有压力才能产生动力，有压力才能体现能力。

工作态度决定调研成果，调研成果反映工作态度。

一个星期后的调研情况汇报会上，大家的工作态度、能力水平、组织观念得到了初步体现。

有的组，准备工作充分，入户调查细致，情况掌握全面，问题分析准确，建议合情合理，汇报简明扼要；而有的组，准备工作马虎，入户调查很少，情况掌握不全面，建议老生常谈，汇报空洞无物。

支部委员颜某某带领的一个组，自己以工作多为由，仅象征性地带领相关人员花了一天多时间，对一个村开展了简单的调研，汇报也是应付了事。

听了大家的汇报，肖海对县移民局干部职工的精神状态、业务能力、工作态度有了进一步了解，对每一位班子成员有了第一印象，对下一步的工作有了更清晰的思路。

在对调研情况进行简要讲评后，肖海对下一步的工作进行了具体安排。明确了“深入开展下访、维护稳定大局，加大资金投入、解决移民困难，转变工作作风、密切干群关系”的目标任务。

对干部职工如何做好移民工作，肖海提了“四带”的要求。即：

带着感情做移民工作。就是要把移民当亲人，当作自己的父母、兄弟姊妹看待。这样，我们移民干部，就不会讨厌移民、害怕移民、躲避移民。

带着责任做移民工作。就是要把维护移民大局稳定、帮助移民脱贫致富，当作移民干部的第一责任。

带着本领做移民工作。就是要多学习政策法规，多学业务技能，多学做群众工作的方法。移民上访要用政策解释明白，移民产业开发中的技术难题要帮得上忙，移民之间的一般民事纠纷要解决好。

带着信心做移民工作。就是要看到党和政府出台的一系列有利于移民发展稳定的优惠政策，看到地方党委政府重视移民工作的坚定态度，看到广大移民期待稳定富裕的迫切愿望，从而树立移民干部做好工作的坚定信心。

在移民部门工作步入正轨、绝大多数移民干部职工积极工作的同时，肖海及时向县政府领导请示汇报，从相关县直部门抽调人员，配合移民乡镇、村，加大对移民集中外迁安置区有偿划拨田土到户的工作力度，让大多数外迁移民有了田土耕种。

在库区后靠移民村，针对人多地少生存困难的问题。肖海一方面安排移民干部进村入户开展详细调研，并及时向上级移民部门汇报情况，争取政策支持。另一方面，县移民局安排专人在库区选择了一个村干部比较得力的移民村，进行改土造地的试点，不仅为富余劳动力找到了出路，还有效地增加了移民的生产面积。在其他后靠移民村，则指导、动员和扶持移民因地制宜发展干果、水果、药材、畜禽和水产养殖。在基础设施建设方面，坚持以移民村为单位，重点改造道路和饮水问题，实行统一规划、量力而行、分步实施的方案。

通过一系列综合措施的实施，大多数移民将主要精力放在了发展生产、增加收入、修路引水和改善生产生活环境上。移民与移民干部的关系改善了，移民干部重新树立起了做好移民工作的信心。

第三十九章　补充安置惹事端

移民搬迁之初，由于地方乡镇政府领导只考虑到眼前的利益，对移民进行了某些误导性的宣传，在“政府允许后靠”“后靠有资源”“后靠省运费”“移民不愿意外迁”“外迁麻烦多”等一系列宣传内容的影响下，鲁垭水库移民最初按照“后靠为主、外迁为辅”的移民搬迁安置方案来执行。

特别是如何充分利用茅花台的土地资源、尽可能更多地安置移民方面，决策者们也费了一番心思。

考虑到海拔、交通、水源及气候条件，为降低移民安置的风险，领导反复商量，同意先将茅花台定为库区后靠移民的生产开发试点区，由业主拿钱、县移民局和泸溪镇政府负责组织劳力进行开发。按照统一规划、连片开发、集中管理、先行试点、收益归移民的原则，在茅花台扩大木瓜、杜仲、厚朴、黄柏等中药材的种植面积。试点成功了，就算作后靠移民的安置项目；失败了，就权当交了学费。

领导们曾设想，茅花台的生产开发试点若能够成功，移民部门再分步架电、引水、修通与库区集镇相连的公路，完善生产管理所需的住房及生产生活设施。到那时，后靠移民就像是农场工人，只需要安排劳动力坐车上茅花台对中药材进行生产管理、加工，不需要举家迁往茅花台居住。

一幅多么美好的鲁垭水库后靠移民安置蓝图！

然而，移民本就是农民。农民最讲实惠，他们需要的是看得见、摸得着的东西；他们不是空想主义者，未来再美好的愿望也没有眼前的利益吸引人。

当时的茅花台，条件差、人口少，本地的年轻姑娘全到山下找婆家，外村的女孩子更不愿意嫁上山来，男青年就只好下山入赘，留在山上的要么是老弱病残，要么是因家里有老人而无法离开。

“茅花台、茅花台，不产稻米不产菜，吃饭需要骡马运，喝水全靠天上来。”

当地民谣这样评价茅花台。

后来，尽管利用业主的投资，依靠地方政府、基层组织和县移民部门的积极工作，先后开辟了1000亩耕地，并栽植了杜仲、黄柏、厚朴这“三木”药材，但因条件太差，修公路、引水的投资太大，加之市场变化等多种因素影响，茅花台生产开发区成为后靠移民安置项目的计划完全落空了。

移民搬迁基本结束后，围绕库区后靠移民的生产生活和长远发展问题，各级党委政府高度重视，省市移民部门给予了极大关注，水库业主也并没有因为移民已搬出淹没区、电站已蓄水发电而放弃不管，反而是积极配合相关部门给予必要的支持。县移民部门想尽了一切办法，身为县移民局局长的肖海更是倾注了不少心血和汗水。

为了因地制宜发展库区山地经济，肖海从省农科院请来专家，深入库区进行科学规划和技术指导，先后栽种了板栗、核桃、椪柑、橙子等干果、水果。聘请县里的畜牧水产专家，深入库区指导移民开展深水网箱养鱼和畜禽养殖。聘请镇农业技术员，指导移民种植优质旱粮。

为消除60岁以上移民的后顾之忧，县移民局多次与县人寿保险公司进行协商，最终达成了由县移民局出钱，为库区60岁以上老人一次性缴纳保险费，65岁以后再从保险公司分年领取养老金至领取人死亡为止的协议。

上述措施，虽然有个别项目因各种原因而失败，甚至引发了少数移民的担忧和不满，但从总体看，效果还是不错的。

大多数移民的生产积极性得到了充分调动，人心思变、思稳、思富。玉米等旱粮作物长势喜人，丰收有望。栽种的干果水果苗成活率较高，前景看好。

然而，库区后靠移民在生产开发中所焕发出来的暂时的热情，却无法掩盖库区人多地少、资源匮乏、致富无门的客观事实，后靠安置移民与集中外迁安置移民的差距已经从方方面面表现出来了。

不少后靠安置的移民已经后悔当初没有选择外迁。

此时，在整个鲁垭库区，后靠搬迁安置的移民有2800户7800多人，算上原住居民，住在库区后靠区域的总人口实际超过了12000人。

刚开始搬迁时，后靠移民将主要精力都用在建设新房上，政府在移民建房期间还安排了一定的过渡时期生活补贴，暂时掩盖了人多资源少、生活无着落、发展没门路的矛盾。后靠移民搬迁结束，住进新房，开始谋划今后生活时才发现，后靠移民和集中外迁有土安置的移民相比，不仅交通、饮水、子女就读、医疗等各方面条件相差很远，绝大多数后靠移民没有赖以养家糊口的土地资源，甚至有相当一部分移民连种菜的地方都没有。

后靠移民今后的出路在哪里？

后靠移民中一些有责任担当的中青年人开始了思考。

“后靠人太多、田土资源少、自然条件差、今后没出路”的严重问题，在移民搬迁刚刚结束之时就暴露无遗。

后靠移民开始陆续向地方政府和县移民部门反映“没饭吃、没钱用，喝水、走路、就医、子女上学、用电不方便”等一系列困难。

还有外迁的机会吗？人往哪里迁？须迁多少人？标准怎么定？钱从哪里来？哪些人迁走？一系列的问题，再次被提上了各级政府和相关部门的议事日程。

省移民局二处李玉初处长、严楷富副处长，在深入库区检查指导工作、与移民面对面座谈中，对鲁垭水库后靠移民的生活出路表示了担忧。

电站业主方负责移民搬迁安置工作的黄昌云部长一行，在全面了解后靠移民与外迁移民的生产生活状况后，不仅发出了“后靠移民条件太差”的感叹，并对自己在审核移民安置规划大纲时，未能充分考虑后靠区域资源匮乏的情况感到自责。

由于后靠移民太多，人均资源严重不足，靠什么解决吃饭问题成了当时最为迫切的难题。

如果后靠移民不能通过种植农作物获得收入，那么他们不仅生活没有着落，还有可能成为造成库区不稳定的重要因素。

为了渡过这一难关，县移民局的同志商量，必须迅速请省农科院的专家来库区进行考察，根据地理环境和气候条件，拿出科学的生产开发规划。

在规划的同时，县移民局一班人和镇政府驻库区办事处的干部一起，深入村组户，动员移民因地制宜，尽一切可能在房前屋后开垦耕地，确保有栽种蔬菜的面积。

之后，又动员有关村组，选择坡度较缓、有一定开垦价值的山坡开荒造地。

选择条件比较合适的水库水面实施网箱养鱼试点。

这些措施，不仅让移民从劳动中获得了一定的经济收入，缓解了暂时的困难，也让后靠移民看到了今后的一线希望。

经过几个月的艰苦努力，库区已基本形成了“水面有网箱养鱼，房前屋后的旱地种上了蔬菜，较近的缓坡地种上了玉米、柑橘，较远的山坡地栽种了板栗”的立体开发格局。

然而，人是财富的创造者，也是资源的消耗者，过度的使用和开发资源必然对生态形成破坏。

由于库区四周多为石灰岩区域，土层较浅，岩石多，土壤少，植被脆弱，加之在移民搬迁时，凡是能派上用场的大小树木基本都被砍掉了。大面积开垦后，山上植被的蓄水防洪能力进一步削弱。几场雨水下来，开挖后松散的土壤已被雨水冲走不少。在库区水面乘船向两岸的开发区观望，除了白色的石头还是白色的石头，几乎看不到生长的玉米苗和栽植的干果水果苗。

在一次国家发展和改革委员会、国家水利部的有关领导深入库区检查移民搬迁后的生产开发情况时，前往陪同的肖海，站在公路上指着不远处的玉米苗介绍：这就是库区后靠移民的生产用地和今后的主要生活来源。

听了介绍，有的领导询问共开垦了多少面积，移民人均能分配多少面积，亩产有多少公斤；有的领导担心是否会因干旱而影响产量；还有的领导认为开发区域坡度偏大，是否会造成水土流失。

大家你一言我一语，总的看法是，搞库区开发有利于移民增收，有利于维护库区稳定。总的要求是，要注意保护库区生态，防止过度开发。

大家正说着，随行的国家发改委的两位年轻的女同志，不知是出于好奇还是故意开了个玩笑，突然随口问："怎么，你们这里的玉米都是从石缝里面长出来的？"

在场的所有人员，不约而同地将目光转向这两位女同志，然后，再仔细地观察着玉米地。的确，朝玉米地里看去，除了绿色的禾苗，就是灰色的石头，根本看不到下面的土层，玉米苗还真的像从石缝中长出来的。

看到大家惊讶的样子，在场的当地党支部书记连忙介绍说："是啊，水库蓄水后，大片的水田旱地都被淹没了，我们后靠的移民不仅没有一分面积的水田，就连坡度较小的旱地也很少。移民为了生存，只好垦荒种地。由于这里是石灰岩地区，所以就形成了岩壳地，我们这里又称'猪脑壳土'，也就是石头多，土层少，一遇下雨，水土流失就严重，遇到长时间干旱，也基本上没有多少收成。"

一行人在支部书记的引导下，继续沿着新开发的土地边走边看边议论，也有几个移民自愿加入到考察队伍中，并不时表达一些"后靠条件差、没有耕种面积、看不到发展前途"等不满情绪。

国家发展和改革委员会、国家水利部及长江委员会的有关专家，省市移民部门陪同的有关负责同志，认真听着移民的议论，看到移民搬迁后建成的新房基本上都坐落在岩石丛中，房屋周围几乎看不到像样的耕种田地，甚至连稍大一块的菜园地都没有，大家的心情也随之变得沉重起来，都在为鲁垭水库后靠移民今后的生存和发展担忧。

由国家发展和改革委员会牵头组织有关部门专家参加的此次实地考察，原本是对鲁垭水库淹没区移民搬迁完成情况的一次检查。没想到深入库区调研后，大家却形成了"鲁垭水库后靠移民安置过多，不仅移民生存发展困难，库区生态也将难以承载"的共识。

为此，省移民局二处的严楷富副处长，敏锐地意识到：国家发展和改革委员会这次来的有关领导，已有解决这一问题的意向。

检查组刚返回省城，严副处长就给相关县的移民部门布置了任务：“抓紧摸清底子，及时给当地政府汇报，拟订初步方案，准备前期工作，考虑再次移民。”

按照省移民局严副处长的要求，肖海迅速给县政府领导做了汇报，获得同意后，及时组织力量深入鲁垭水库后靠移民安置区的村组，对居住的移民人口，现有及今后可开发利用的土地、山林、水面等资源进行详细的调查统计。

按照后靠移民人均确保0.3亩耕地、0.5亩水面、1.0亩山林的资源占有量进行概算，计算出各村组能够容纳的居住人数，从而反推出各村组实际需要重新外迁出库区的人口数量。

经过移民干部的细致工作，很快，鲁垭水库库区需要重新搬迁安置的人数如实地统计出来，达到了730户2700人的规模。

按照相关程序报批，经省移民局、电站业主共同做工作，国家发展和改革委员会终于打破常规，在鲁垭水库移民搬迁结束仅一年多时间的情况下，同意对该水库的后靠移民实行补充搬迁2000人，并重新增加投资4000万元。

有了第一次移民搬迁安置工作的经验和教训，按理，这一次的移民补充安置应该非常顺利。的确，从县移民部门来看，整个移民补充安置方案是比较科学严谨的。从搬迁对象确定、补偿补助标准、安置点选择、生产安置方式、工作人员、部门职责、领导班子到资金兑付及监管等各个环节，都有完整的方案，并提交了县政府常务会议研究，形成了会议纪要。

令人万万没有想到的是，在移民集中安置点的选择上却半路杀出个程咬金。

按照县政府常务会议纪要明确的职责，这次移民集中安置点的选择，由国土部门配合、县移民局落实。实施过程中，县移民部门依靠安置点所在的乡镇移民专干与国土部门及相关的村组联系具体的安置点。

但在其中一处有30户的移民集中安置点，在移民已全部完成了房屋基脚，有的移民房屋甚至已完成一半以上工程量的情况下，国土管理部门却突然下达了停工通知。其理由是移民建房的地方是基本农田保护区，不允许建房。不仅如此，此事还由好事者直接反映到了上级国土部门。

一时间，县移民局又成了热闹的场所。

有的移民，正在建房时，收到了国土部门下达的停工通知书，不允许继续施工。

有的移民，库区房屋已拆除，外迁安置地主体工程快要完工的房屋被要求停止施工，家里人没处居住，要求移民部门想办法。

还有的移民，为了支持鲁垭水库建设，3年拆迁了两次房屋，心里的火气正没处发泄，现在眼见新房快要落成，国土部门又强行停了工。移民满肚子委屈没处说。

不仅如此，国土部门负责稽查的同志死死抓住不放，一再要求追究县移民局负责人的责任。

县移民局的同志不仅觉得很委屈，而且是吃亏不讨好。

肖海给分管移民工作的副县长、县委书记汇报情况，要求将鲁垭水库移民补充安置做特殊情况看待，该补办手续的由国土部门补办手续，尽可能不给县移民局的同志处分。

县委书记同时安排分管国土工作的副县长，带着县移民局局长分别到市、省国土部门做专题汇报，争取他们的理解与支持。

“杨局长，能否给省国土厅的相关领导先做做工作，尽量补办相关手续，不处分干部。”副县长对县国土局的杨局长说。

“我到县国土局工作的时间不长，省国土厅还真没有关系很好的领导，怕是难以达到效果。”杨局长直接进行了推辞。

“肖局长，你能否找省移民局的领导，要求他们给国土厅的相关领导做做工作，毕竟水库移民搬迁安置有它的特殊性。况且，这次鲁垭水库移民的补充安置规划报告，也得到了省里相关部门的批准。”看到杨局长推辞了，副县长对肖海说。

“我尽量去给移民局的领导汇报，争取他们的理解和支持。但不一定有效果，因为省国土厅太强势了。”考虑到这次的麻烦是因移民补充安置而起，身为县移民局局长，有不可推卸的责任，明知难度不小，但还是答应试一试。

“那好，你抓紧联系。我们要尽可能早点去省国土厅，尽量在他们做出处罚决定之前做好相关工作。一旦做出了处罚决定，就没办法改变了。”副县长叮嘱肖海。

肖海一方面想着找省移民局哪位领导汇报更合适，一方面回想着在省行政干部管理学院学习的那些同学们，希望能找到能说上话的领导，最好能找到在省国土厅工作的同学。

经过多方打听，终于得知：原来，在省里学习时，与自己关系不错的覃怡琼同学，她的老公张某某在省国土厅政策法规处任处长，正好具体负责这项工作。

得知消息，肖海喜出望外，第一时间来到省发改委找到覃怡琼，求她帮忙说说情。

“肖海，你真是一个大忙人，几年没有你的音讯了，今天是哪一阵子风把你给吹来了？”刚跨进她办公室的门，覃怡琼就边倒茶，边问肖海。

“我是想来看你，可你又不欢迎，我哪能一厢情愿呢！”肖海开起了玩笑。

“几次都是你不辞而别，害得我好伤心，你还好意思说。”看来，覃怡琼对于肖海的不近人情仍然有点不满。

“这次你肯定是有事求我，不然你是不会主动来找我的。说，有什么事，只要我能帮忙的，绝对不推辞。”不待肖海再说什么，覃怡琼摆出一副公干的样子。于是，肖海如实告知了此次来的意图。

听肖海说完了情况，覃怡琼皱起了眉头，有点为难地说：“我可以帮你说一说，但不一定有好的效果。我家里的那一位现在轴得很，别的本事没有，就是两大长处：一是好喝酒，且酒量大；二是派头足，原则性强，认准的事，谁劝都没用。”

“我这一次真的是遇到难题了，你一定得想办法帮帮我。相信我们美女处长是能够想出好法子的。”肖海期待能有一个好的结果。

“我一定尽力，但不能保证说服他。今天晚餐我请客，再请省城的几位同学来陪你，行不？”覃怡琼看向肖海问。

来之前，县政府的副县长已经交代，晚上几个人吃饭时，再商量第二天汇报的事，肖海不得已进行了推辞。

根据县国土部门工作人员与张处长的约定，第二天下午三点，副县长和肖海等几位同志来到了张处长的办公室。张处长斜靠在自己高大的真皮老板椅上，办公室弥漫着浓浓的烟味。

“说说看，有什么想法？”接过县国土局的同志递上的一支香烟，点燃火，吸上一口，胖胖的处长终于发话了。

副县长简单地汇报了一下，恳请处长看在鲁垭水库是国家重点工程、省里高度重视这一情况，对移民补充安置带来的问题给予宽容，该交罚款的交罚款，然后补办手续，尽可能不处分干部。

“你们知道什么叫基本国策吗？你们知道为什么要划分基本农田保护区吗？你们知道破坏或侵占基本农田保护区必须承担的责任吗？你们认为搞水库移民安置就可以不按规定程序来吗？你们不去从自己身上找原因，还跑来向我求情，甚至想利用我老婆在你们县里工作过的关系，让我老婆叫我网开一面。我看你们一点原则性都没有。回去后，应该好好反思，对相关责任人进行严肃处理。对于处理结果，省国土部门还要进行督察。”

张处长既没有听老婆的劝，也没有给副县长面子，而是用了一副训人的口气，给基层来的同志上了一堂生动的土地政策法规课。

大家满怀希望而来，没想到讨了个没趣，每一个人都窝了一肚子火，带队的副县长更是觉得很没面子。

肖海没有想到会是这样一种结果，不由产生一丝怀疑：覃怡琼在家里有地位吗？

埋怨过后，肖海立即替覃怡琼鸣不平：如此优秀的女人，咋会嫁给了这么一个货色？

事后，县移民局以接受罚款、补办手续、直接负责该项工作的副局长受到党内处分的代价，总算解决了鲁垭水库移民补充安置占用基本农田所引发的问题。

第四十章　历经波折上台阶

不想当将军的士兵不是好士兵。

不追求进步的干部不是好干部。

肖海在行政干部队伍中已经摸爬滚打了近20年，科级干部当了10多年，想进步，希望有施展才能的更宽广的舞台。

肖海在积蓄力量，等待时机。

没过多久，原县委书记被调到市里委以重任。

新任县委王书记刚上任，对常利县的情况并不熟悉，对干部的状况也不十分了解。深入基层调查研究、经常找干部谈话，成了王书记迅速熟悉情况的重要手段。

王书记上任没几天，肖海接到通知：王书记要去泸溪镇移民安置区了解情况，请移民局局长作陪。

县委书记到移民安置区调研，说明他对水库移民工作的重视，更是向书记汇报移民工作的好机会，移民局局长作陪天经地义，求之不得。

一个多小时后，王书记一行来到了泸溪镇政府，听完了镇党委书记金楚的汇报，立即点名要去镇农贸市场移民安置区看看。

听说书记要去农贸市场，镇党委金书记和肖海有了一丝担忧，同时向王书记提议说："农贸市场安置的移民不太稳定，能否到另一个移民安置区去？"

"怎么啦，一个是镇党委书记，一个是县移民局局长，竟然不敢陪我到移民安置区？我就是要去实地看看，既了解移民的真实情况，也检验一下你们的工作成效。"王书记坚持要到农贸市场移民安置区。

镇党委金书记和肖海对视了一下，苦笑着摇了摇头。

县委书记来到了移民安置区，移民奔走相告。

不一会儿，王书记身边已围满了移民，未待王书记说话，大家已经开始七嘴八舌地向他反映搬迁安置以来的情况和困难。

看到这个场景，肖海开始担心：王书记能在这里顺利开展调研吗？这里的移民是否会把他围上几个小时不允许他离开呢？

"你们不用着急，一个一个地说。我既然来了，就是想了解你们真实的情况。"面对移民争先恐后的发言，王书记不慌不忙，大声地对围在他身边的人说。

"书记你是不知道，我们水库移民搬迁来这里3年时间了，还有许多实际困难呢。"农贸市场的张子庆书记终于找准时机，向县委王书记汇报说。

"张子庆也是移民过来的，他是这个安置区的党支部书记。"镇党委金书记向王书记介绍说。

"书记你看这样行不行，你动员移民都回到各自家里去，由你带着我们在整个安置区走一走，了解一下情况，顺便到几个移民户家里看一看，然后你再到镇政府去单独给我详细汇报。"王书记心想，这么多移民围在一起，你一言，我一语，不知听哪一个说，也掌握不到全面的情况。

“要得，我马上动员大家都回去。”张子庆听了书记的安排，心里很开心。

回完王书记的话，又对围在他身边的移民大声说：“王书记看完了安置区外貌后，还要到大家家里去看看，你们马上回去，把家里卫生打扫一下。”

听说县委书记要到自己家里去看看，移民很开心，大部分围观的移民返回了家里，准备迎接县委书记的到来。但仍有四五个热心的移民，不肯离去，继续留下来跟在王书记的身后。

“我看这个移民安置点还不错嘛！移民全部住的是两层以上的砖混楼房。”王书记边走边看，并对移民住房的外部条件做出了评价。

“别看我们住的都是砖混楼房，但这里移民的房屋没有办到房产证，想用房屋办抵押贷款都不行。”张子庆介绍说。

“为什么不给移民办房产证？”王书记问镇党委金书记。

“我也弄不太清楚。可能肖局长知道其中的原因。”镇党委金书记将皮球踢给了肖海。

“移民房屋产权证的问题，说来话长，一时讲不清楚。以后，我找机会专门向您王书记汇报。”肖海勉强笑了笑，说。

农贸市场占地面积不大，周围是移民的房屋。

看完了农贸市场，王书记先后走进了几户移民房屋，察看了生活设施，问询了移民的困难和想法。

随后，王书记来到镇政府的会议室，在听取了镇党委金书记和肖海的工作汇报，又向张子庆详细了解了农贸市场移民安置区的情况后，指出：

“水库移民舍小家、为大家，离开长期居住的故乡热土，搬迁安置到一个新的地方，无论从新的社会关系的建立，还是生产生活条件方面的适应，都需要一个较长的时间，也会面临着不少的困难。今天，我和大家一起看了农贸市场的移民安置情况，上门听取了部分移民的意见，如移民反映的‘没有办理房屋产权证、收入来源单一、缺少致富技能、基础设施需要维护更新、管理人员工资待遇低’等问题。这些问题，地方政府和移民部门必须高度重视，立即着手解决。肖海局长，我建议你不仅要着手解决农贸市场移民的问题，还要有针对性地对全县移民情况进行全面调查了解，看有一些什么突出的问题。如果有必要，不仅可以提交政府常务会议研究，还可以提交县委常委会议研究。对待水库移民的问题，千万不能掉以轻心，我们一定要从‘讲清政策暖人心、求真务实解难题’这两方面入手，加快库区和移民安置区的经济社会发展，确保移民大局的稳定。”

陪同王书记搞了一次调研，听了他关于移民工作的指示，肖海对王书记肃然起敬，不仅增添了做好移民工作的信心，同时也有了明确而清晰的工作思路。

通过与县委王书记的几次接触，肖海发现这位书记平易近人，给他汇报没有任何思想压力。

此后，肖海只要有时间，就主动给他去汇报，王书记也常常要求肖海前去他的办公室汇报情况。

接触多了，彼此熟悉了解了，话题也就更广泛。

不仅有工作上的内容，肖海个人的想法也就自然地流露出来。

“王书记，我已担任了10多年的正科（乡）级职务，但组织上还从未安排我参加市委党校中青年干部的学习。如果有机会，我希望能去参加学习，再充实下自己的理论知识。”一次，肖海汇报完工作之后，鼓足勇气向县委书记提出了自己的想法。

“什么，你还没有到市委党校中青班学习过？”县委书记看了看肖海，感到有些惊讶。

“平时只顾干工作，从来没有向组织提出过要求，组织上可能也忘记了我。”肖海带着一丝苦笑地回答。

“年轻干部，想学习、想提高是好事，组织上也应该给你一次学习培训的机会。你连续任正科（乡）级一把手10多年了，积累了比较丰富的实际工作经验，再到市委党校中青年干部培训班学习几个月，对你的成长会更有好处。你放心，今年就安排你去学习。”

县委书记没有食言，事隔不久，肖海同本县的另外4名青年干部一道，被县委组织部门安排到市委党校中青年干部培训班学习，时间3个月。

进中青班学习不久，市委组织部发出了面向全市公开选拔一批市管领导干部的公告。

对照公告内容，肖海自认为符合某公选岗位的报考条件。便抓住已经脱产在中青班学习、有时间复习迎考的有利时机，决定报考，并立马找来相关复习资料进行准备，除应付性地完成中青班学习课程外，将时间和主要精力放在看公选笔试的相关资料上。

功夫不负有心人。中青干部班学习结业的前几天，笔试成绩出来了，肖海获得了理想的成绩，进入了3 ∶ 1的面试名单。

在之后的面试中，肖海又获得了同一组的最高分。

综合笔试面试成绩，肖海在参加同职位竞选的考生中排名第一，眼看就要得到提拔了。

然而，人生从来就没有一帆风顺。

“肖海，你怎么搞的，公示期间，有人举报你，并且已经证实：你在担任县政府办公室副主任兼任县移民局局长期间，节假日领取了双份补贴。所以，你这次不能被提拔。”组织部部长电话告知了最后的结果。

公开选拔是残酷的，领取补助之事，虽有领导表态同意，但也于事无补。

就这样，煮熟的鸭子飞走了。

有道是：福无双至，祸不单行。

公选落败没几天，肖海接到了母亲离开人世的噩耗。

肖海非常悲痛。

从此以后，再也没有母亲了，再也得不到母亲的问候和关爱了。

更不可思议的是，母亲逝世后不到一个月，连续两天的一场大雨引发的洪水，不仅淹没了农田、道路，给家乡父老乡亲造成了很大的损失，而且，将肖家50多年的土砖房给淹塌了。

肖海想，这栋房子，饱含了父母的无限辛劳、延续了肖家的子孙后代，带给了肖家人欢乐、幸福，也是肖家人一次又一次避风遮雨的港湾。今天，它终于完成了自己光荣的使命，它有理由作为母亲的一份陪葬品，也只有母亲才有资格享受肖家这份最贵的陪葬。

有妈才有家，回到家能叫上一声妈，听到妈的应声，看到妈的笑脸，那才叫幸福，那才叫温暖。

肖海感觉到了从未有过的失落、迷茫。

第二年，市里再次下发了公开选拔领导干部的通知，本不想再参加考试的肖海，在县里领导和妻子的动员下，又一次参加了考试。笔试、面试和考察一路绿灯。

同年5月，肖海终于得到了组织部门的通知：任市直某部门的党组成员、纪检组长，成为一名市管副处级干部。

肖海当了副处级干部，被调到了市里工作。这个消息在肖海夫妻两人的老家再一次成为村民们的热门话题。

“肖家的祖坟冒青烟了，要不，肖海怎么就当上了副处级干部！”

“我看还是李卫成二老有福气，两个女婿都是处级干部。”

“李秋婉有眼光，当初，亲戚们反对她嫁给肖海。你看，肖海现在已调到市里当了处级干部。”

有的人羡慕。

“听我儿子说，肖海是凭自己的真本事考上副处级干部的呢！”自己的儿子在乡镇任党委书记的杨某某，告诉大家说。

“只有考高中、考大学的，难道现在还提倡考官了吗？我看肖海就是花钱买来的官。”农村终究有不关心时事的人，始终不相信肖海是凭本事考上的副处级干部。

“田要靠我们自己种，钱要靠我们自己赚。肖海官当得再大，也与我们没关系。”有的村民一副无所谓的神情。

到新的单位报到后，肖海大失所望。

虽为市直正处级单位，但没有独立的办公场所，10多个人拥挤在市政府办提供的两间办公用房里。5位处级干部拥挤在同一间办公室办公，没有一个自由活动的空间；其余10来个人挤在另一间办公室。

不仅办公条件相当差，单位的社会地位和工作性质，也正如当时分管的副市长所总结的那样：“上无天线，下无地线，全靠一班人蛮干；管严了，市民不喜欢；管松了，领导不喜欢；没人管，大家都不喜欢。”

肖海在这个单位工作了一年多时间，日复一日地重复着同样的事情，感觉不到一点人生的价值。

经过深思熟虑，肖海向市委有关领导书面汇报了自己的想法，提出了回到自己曾经熟悉的水库移民部门任职的要求。

不久，原市水库移民管理局局长得到提拔，市委领导满足了肖海的愿望，将他调到了副处级单位的市移民局主持工作。

第四十一章　后扶政策有调整

在一部分人的心目中，市水库移民管理局是一个好单位，虽然级别只是个副处级，人员也不多，但掌握的资金量不少，工作相对清闲。

然而，肖海刚调入市移民局不久，这种局面就因为国家移民后期扶持政策的调整而改变。

2006年，为了进一步促进国家水利水电事业的健康发展，为了感谢2000多万大中型水库移民对国家水利水电事业做出的牺牲和奉献，在总结过去移民后期扶持政策的基础上，国务院出台了新的大中型水库移民后期扶持政策。

新政策规定：国家对中华人民共和国成立以来的所有大中型水库的农村移民，自2006年7月1日起给予每人每年几百元的扶持，连续扶持20年。扶持方式是：后期扶持资金能够直接发放给移民个人的应尽量发放到移民个人，用于移民生产生活补助；也可以实行项目扶持，用于解决移民村群众生产生活中存在的突出问题；还可以采取两者结合的方式。

一石激起千层浪。

由于移民后期扶持资金来源于水电站的发电收入，实行的是全部由国家统筹，不需要地方配套资金，且资金由国家财政部原则上按最终核定的移民人数分配。

由于是国家按移民人数给的钱，不仅有直接发放到移民个人的资金，还有非常可观的用于库区和移民安置区的项目配套资金；移民后期扶持资金不是只扶持一年，而是连续扶持20年。

国家无偿给的资金，不要白不要，要了也白要，白要谁不要，最好是多要！

既然移民人数是移民资金分配的决定因素，那就想办法增加移民人数。

既然上面对老水库移民人数的认定，以地方自己申报的人数和当地发改、水利等部门的档案资料为准，那就尽量多申报人数，同时在档案资料上下功夫。

通过层层“移民后期扶持人口审定领导小组”的审核，各地的移民人数终于尘埃落定。

上面的移民人数确定了，但移民身份的核定和后期扶持方式的确定，却成了地方政府和基层移民工作者最大的难题。

为了做好庸城市的移民后期扶持工作，分管的市委常委、副市长夏明佳，在听取了市移民局局长肖海的情况汇报后，认为必须将此项工作提交给市政府常务会议进行研究，并指示肖海，要认真准备好市政府常务会议上的汇报材料。

一个星期后，移民后期扶持工作终于被列入了市政府常务会议的第4个议题。

“下面进行第4个议题，研究移民后期扶持工作。请市移民局肖海局长汇报。”主持会议的市长白俊说。

夏明佳副市长当过省委主要领导的秘书，对汇报材料的要求比较高，认真看了肖海送来的材料后，觉得很不错，仅对三四处进行了小的修改。

肖海早已坐在了汇报席位，市长的话音刚落，随即起身向参加会议的各位领导鞠躬致谢。

然后，肖海从容不迫地围绕“国务院相关文件的主要精神及省移民局对贯彻文件的要求”“全市移民工作的基本现状”“移民人口身份核定和后期扶持方式确定面临的主要困难”“下步工作打算和需要市政府解决的有关问题”等内容，进行了简明扼要的汇报。

肖海抬手看了看手表，心里一阵轻松，比规定的汇报时间节约了5分钟。

“刚才，肖海同志进行了汇报，我认为很好。他将移民后期扶持政策这个比较复杂的问题，说得如此条理清楚，并提出了解决问题的建议。今后，市政府常务会议上的汇报材料，市直相关部门的负责同志要向肖海学习，抓住关键问题，有针对性地提出解决问题的办法。”肖海没有想到，市长对自己的汇报给予了如此高的评价。

肖海环顾了一下会场发现，夏明佳副市长脸上露出了满意的笑容，其他与会人员也向自己投来了赞许的目光。

市长对肖海汇报的肯定，让会场气氛很轻松，各位与会的副市长随后发表了很好的意见，认为借助如此好的政策，不仅能确保移民尽快解决温饱，还能有力促进库区和移民安置区的发展、稳定。

最后，市长针对市移民局提出的有关要求进行了表态：该增加工作经费的增加工作经费，机构升格问题与其他市州保持一致。

这次常务会议，不仅使各位副市长对水库移民工作有了比较全面的了解和新的认识，也让全市水库移民工作迎来了一次新的发展机遇。

按照国务院17号文件关于“各级人民政府可结合本地实际，因地制宜地明确负责移民工作的机构”的要求，省委省政府高度重视移民机构建设，除省水库移民管理局升格为正厅级机构外，同意将市州水库移民管理机构升格为正处级单位。相关市州抓住机遇，全省10多个市州，除2~3个水库移民管理机构继续保持副处级外，其他市州的水库移民管理局已先后升格为正处级单位。甚至少数移民人数比较多的县，水库移民管理局也借机升格为副处级单位。

庸城市是全省人口最少的地级市，总人口不到200万人，上级核定的全市水库移民人数只有6万余人，不及其他市州一个中等县的移民人数。

庸城市的水库移民管理局有必要升格吗？收到“关于市水库移民管理局升格的报告”后，市编委办公室的有关领导随即产生了疑问。

看到他们的表情，肖海不由心里有了几分担忧：市水库移民管理局的升格能够成功吗？

成事在天，谋事在人。

只要努力争取，事情必然能成。

市水库移民管理局在积极争取机构升格的同时，对县区移民身份核定和后期扶持方式确定的工作指导，也在抓紧进行。

然而，对于国务院17号文件精神的理解，特别是扶持方式中关于“后期扶持资金能够直接发放给移民个人的应尽量发放到移民个人，用于移民生产生活补助；也可以实行项目扶持，用于解决移民村群众生产生活中存在的突出问题；还可以采取两者结合的方式。具体方式由地方各级人民政府在充分尊重移民意愿并听取移民村群众意见的基础上确定”的表述，站在不同的角度，则有不同的理解。

有的地方政府领导认为：水库移民的确为水利水电事业的发展做出了贡献，他们中的大多数还比较困难，得到的扶持资金也不多，人均一年只有几百元，应该直接发给移民。

也有个别地方政府领导认为：水库移民跨度时间长，情况比较复杂。农村田土责任制到户之前的水库移民，他们现在的田土、山林面积同当地的原住居民一样，居住条件、生产条件、经济状况没有多大差别；而责任制到户以后的水库移民，他们的房屋补偿、生产安置费都相对比较高，虽然田土山林面积比原住居民少一点，但他们的住房条件还要好一些。因此，移民后期扶持资金不能发放给移民个人，只能搞项目扶持。

还有个别地方政府领导认为：凡接收了水库移民安置的地方，原住居民也做出了贡献。大集体时，田土山林资源无偿划拨给了移民；责任制到户以后，虽然是有偿划拨，但也很便宜。所以，原住居民也要享受后扶资金，有钱大家一起分。

正是有了不同的认识和理解，全市移民身份的确认和后期扶持方式的确定，遇到了不少的难题。

云市水库，是一座50年代末开始修建、60年代中期才基本完工的中型水库，淹没区涉及两个县的部分乡镇。

受当时政策的影响，移民搬迁安置没有进行科学规划，在云市水库实际外迁的移民中，既包含了水淹线以下必须搬迁的移民，也包含了水淹线以上少数不需要搬迁的人口。还有极少数村民的房屋紧靠水淹线，却没有及时被纳入移民搬迁范围。

事情过去了几十年，有的当事人已经过世，而不少的年轻人当时还没有出生，现在要进行移民身份认定，的确有一定的难度。

在一次县移民局召开的云市水库移民身份认定的座谈会上，大家就遇到了不少的难题。

“我今年快80岁了，修建云市水库时，我任村党支部书记，自始至终参与了移民搬迁，对情况是比较了解的。”主持座谈会的移民局干部刚刚说明来意，老村干部彭大爷就接上话说。

“对，彭书记是一本清官册，他最了解情况，我们先请他说。”参加座谈会的村民看彭大爷先发了言，一齐投去信任的目光。

看到大家如此信任自己，彭大爷本来比较虚弱的身子顿感精神倍增，将刚丢在地上的烟蒂用脚踩了一下继续说：“修建云市水库时，地委和县里的决定是：将3500多人迁入外区的某某国营农场，并将名额分配给了受到水库影响的几个村，具体的搬迁对象由各村确定，然后将花名册上报给当时的会社。

如有可能，应该找得到原始的花名册。”

彭大爷的一席话让移民干部感到极大的振奋。按照这样的思路，云市水库移民身份认定难的问题将很快得到解决。

然而，彭大爷的话却开启了云市水库移民尘封已久的辛酸记忆，座谈会近乎成了移民对云市水库移民搬迁的声讨大会。

“我们家根本就不想去某某农场，是你老书记硬逼着我们去。在去农场的车上，我爱人因晕车厉害无法继续坐车，然后，我们一家子就中途下了车，再走路返回了原籍。我们虽没有去某某农场居住，但老家的房子已被拆迁，只得重新建房子。因此，我们也应该是水库移民。”李大爷有点激动地说。

“我们是在农场生活了半年多时间，对湖区农场的生活太不适应了，吃也不习惯，住也不习惯，大冬天的火都没得烤。湖区的生活实在太苦了，我们没法再坚持下去，只好又举家返迁。”高大爷接过李大爷的话头，回忆起当时的情景。

“我们老家住在水淹线以上一丈几尺高的地方，修水库根本影响不了我们的房屋，也就不存在要搬迁。但由于我们是地主分子，村里就硬将我们一家列入了迁入农场的名单。我们迁入农场时一家5口，小儿子才刚满两岁。不想在农场仅住了一年多时间，小儿子就患病死亡，其他两个孩子也先后生了病。我们实在没有办法，当时我就同爱人商量，还是返回老家好。于是，爱人挑着家当，我就一头装着活人，一头装着死人，挑着担子返回了家乡。”说到这里，胡大爷已是泣不成声。

“我们虽没有去农场，但我们的房屋也是因修建水库而拆迁的，应该属于移民。”张某某发表了自己的看法。

“我们的房屋原就在水库淹没范围内，不能因为是在修水库前一年主动搬出了淹没区，就不把我们登记为移民。”李某某提出了自己的要求。

“我们的房屋还来不及拆迁就因水库蓄水而淹垮了，没办法，我们一家临时住在了我舅舅家。后因没有能力在别处建房，就在舅舅家旁边搭建了几间简易房子住了下来。我们为什么不能登记为移民？”姓陈的一位大娘也有自己的想法。

“我们是前几年从移民区嫁到非移民区的，按照移民人口核定的时间规定，我们不能登记为移民，这不明显是对我们女同志的歧视吗？”一部分出嫁女发表了自己的意见。

大家你一言我一语，会场气氛十分热烈。虽有一部分问题比较容易答复，但也有极少数问题，是基层干部和市县移民部门的同志闻所未闻的，与会的干部已感觉到：移民身份认定工作比原来想象的更加有难度。

镇长看时间不早了，而与会的村民仍是意犹未尽，继续讨论下去也难有结果。在征求县移民局干部意见后，镇长发表了看法："因为时间跨度太长了，移民身份确认的确难度不小，今天不可能出结果。为了慎重，事后，我们镇里继续查找当时的档案资料。在座的各位老同志，特别是当时的老村干部、老队长，你们回家后也再仔细找一找，看能否找到当时的原始资料。有了原始资料，一切问题就能迎刃而解。"

这次座谈会，让县移民局的同志感受到了老水库移民身份确认工作的难度。

不仅移民身份确认难，后期扶持资金发放方式的确定，同样遇到了不少的难题。

农村移民与原住居民、淹地不淹房人口、非农户口移民、小水库移民，均站在自身的角度提出了不同的利益诉求。

在移民后期扶持政策实施的初始阶段，市移民局的干部经常深入移民安置区，参加乡镇召开的后期扶持方式座谈会，宣讲移民后期扶持政策，听取基层干部、原住居民和水库移民的意见。市移民局的同志在帮助基层化解一些矛盾纠纷的同时，真实地掌握了全市开展此项工作引发的一系列问题及其原因，为市政府领导科学决策提供了重要的参考依据。

在市移民局同志参加的多次座谈会中，移民插花安置村的座谈会使人至今难忘。

"我是原住居民代表杜某某，我想问一下在座的各位领导，近300移民迁来我们村时正是大集体时代，国家没有给我们一分钱的补偿，没有给我们减免任何税费，我们二话没说就接受了。田土责任制到户时，我们原住居民又为迁来的这些移民无偿划拨了田土、山林等资源。现在，移民与原住居民的田地山林面积一样多，生产、生活、生存环境相同，居住条件、收入来源和生活水平相差无几。如果将每人每年扶持资金几百元全部发给移民，我们原住居民想不通。"

"是啊，我们村民小组接受移民之前，人均有2亩面积的耕地，近3亩面积的山林。接受了移民后，现在人均已不足1.5亩耕地，不到2亩山林。以前无偿划拨给移民的田土、山林面积不讲，现在国家给老百姓的不少惠民政策都是按面积分配的，同没有接受移民的地方比，我们已是两头吃了亏。这次的移民后期扶持资金，我们坚决不同意全部直接发给移民，一定要搞项目扶持。”人称老队长的高大爷态度坚定地说。

“要是将几百元扶持资金直接发给了移民个人，那么，移民就将分得的田地和山林退给我们世居户。”

“国家给移民补了钱，移民也应该按现在的价格对占用我们的田地山林给予补偿。”

“责任田土到户时，是人均分配的；国家给我们农民的好处是平均分配的；今天的移民后期扶持资金的发放在我们村组也要平均分配。”

“现在国家给我们的各种惠农资金每亩平均近200元，我们组安置移民后，世居户人均减少了1亩多耕地，测算下来，相当于每个世居户人均少了近300元的惠农补贴。”

“对，我们不讲分移民后扶资金，只要把我们世居户因安置移民而减少了的惠农补贴款给我们人均再补300元后，你们移民再去分钱。”

原住居民的发言一个比一个尖锐，移民听起来很不是滋味，几位心急的移民欲起身与之争论，都被主持会议的副镇长劝了下去。

副镇长看到原住居民的意见比较一致，站起身对与会的人说：“归纳原住居民的意见，最集中的一点就是不同意将移民后期扶持资金全部发放给移民个人。移民有什么看法呢，请移民代表发表自己的意见。”

副镇长的话音刚落，一张姓移民就迫不及待地说：“我们移民占用了当地世居户的田地山林是不错，但我们原先也是有田地山林的，是国家修水库把我们占用了。这次国家给移民一点后期扶持，是对我们搬迁建房的补助，而不是对田地山林的补助。我认为只能将钱发给移民个人。”

“我们原先住的房子虽不怎么好，但地方很好，房前屋后不是菜园就是果林，要不是建水库，我们根本就不会搬迁。现在住的地方和从前的屋场简直没法比。”移民易某某迁出30多年了，仍然深深地眷恋着从前的老家。

“国家给的钱的名称是移民后期扶持补助款，理所当然是移民享受。民政救灾款、无房户补助款，其他人怎么不平均分？”移民莫某某理直气壮地阐明了自己的观点。

“移民资金是国务院总理给我们的，世居户想要，你们找总理去！”

“没修水库之前，我们的生产面积比现在大很多。移民搬迁后，我们的人均面积不到从前的一半，讲起国家的惠农补贴，我们移民更是有苦说不出。”

“人均几百元的移民后期扶持款，我们移民要全部发放到个人，谁都别想分我们的。”

移民要全额直补到个人的观点也非常明确。

副镇长看了一眼县移民局的陈副局长，想他从移民政策的角度给与会的村民讲几句话。

陈副局长从事移民工作多年，熟知基层工作之重要，笑着对村支部书记说：“我们想听一听支部书记的意见，赵书记你谈谈看法。”

赵书记任职多年，处理事情很滑头，一般不会得罪人，对问题的分析入木三分。这个村的移民后期扶持方式迟迟难以确定，在很大程度上与支部书记有关。

就移民后期扶持资金发放方式而言，自己是原住居民，也不愿意将钱全部发给移民。从出政绩考虑，村里的移民有300多人，每年的直补款近20万元，如果用于项目扶持，修路、改水、架电能办不少事。从村里移民与原住居民的人口比例构成看，原住居民占到三分之二以上，移民不到三分之一，自己党支部书记的位置要坐稳，原住居民是不能得罪的。

思前想后，赵支书言不由衷地说：“为一点移民资金，我们村干部是多头遭骂。当地原住居民说我们偏袒移民，移民说我们偏袒当地居民，镇领导说我们办事不力，家里人说我们多管闲事。怎么发放，你们领导确定为好，今天正好还有市移民局的领导在此。”

本想听听党支部书记的意见，没想到他又将皮球踢了回来。

陈副局长对移民后期扶持政策相关条款进行了重点解读，并简要介绍了其他地方确定后扶方式的情况，然后向大家建议道：“国务院文件对后期扶持资金的发放方式没有做具体的规定，只提出了‘一个尽量、两个可以’的发放原则。根据你们这里的情况，我个人认为以二者结合的方式为好，即拿出一部分钱发放给移民个人，一部分钱用于搞项目。”

陈副局长的话音刚落，姓周的原住居民就抢先发言反对说：“凭什么只给移民发钱？我认为要先拿出一部分钱来大家平分，余下的钱再搞项目。”

“对，我们都是这个意见。”原住居民代表异口同声。

“几百元钱是给移民的，我们一分钱都不能少。”移民毫不示弱。

“移民要得那几百元后扶资金，就退田地给我们世居户。”

“退田地可以，请政府领导将水库的水放掉后，我们移民继续回到原来的地方居住。”

原住居民与移民代表争论越来越激烈，有的还相互拍起了桌子对骂起来。

看到这架势，副镇长发火了：“为了这点钱，我们今天开的是第五次协调会议。前四次，你们都是争争吵吵，不欢而散。这次我们请来了市县移民局的领导，他们的政策水平比我们要高，大家有什么搞不懂的、想不通的，可以请教他们。就你们这样争来吵去，能解决什么问题？”

副镇长喝了口水，继续说：“我们镇其他安置了移民的村，后期扶持资金的发放方式早已确定，而你们这个村迟迟确定不了，这说明了什么呢？说明基层干部的管控能力差，说明这里的民风差，原住居民和移民都不太讲道理。”

副镇长的话让与会的代表都觉得很没有面子，大家再也没有说什么，吵闹的会场顿时沉寂起来。副镇长看到时机已到，话锋一转地对与会人员说：“我们还是请市移民局的李副局长给大家讲话。”

李副局长简要介绍了其他地方落实移民后期扶持政策的进展情况，对该村迟迟确定不了后期扶持方式表示了理解，然后严肃地说：“移民后期扶持政策的调整，体现了党和政府对广大水库移民的关心，对于老水库移民可以说是一份迟到的补偿。”

李副局长边说边环顾了一下会场，发现移民对自己的发言比较关注，而原住居民已经流露出某种不满。

“怎么去发放移民后期扶持资金，国务院文件没有明确规定，其他市州及我市的有关区县也不尽相同。甚至是同一水库的移民，因安置点不同，其后扶资金的发放方式也不一样。”

李副局长习惯性地停了停，喝了口水，继续说：“但有一点大家必须明确，既然是移民后期扶持资金，是为解决移民的现实困难而出台的政策，天经地义，移民应该是政策的主要受益者。用我们通俗的话说，如果实行二者结合的方式，大头要给移民，只能拿出少部分钱来搞项目。”

听了市移民局李副局长的发言，移民表示赞同，而原住居民则明确反对，认为市移民局的同志是在为移民说话。

有一位原住居民情绪激动地说："几百元钱全部给移民也可以，但我们原住居民修的路移民不要走，我们原住居民打的水井移民别想使用。"

移民也毫不示弱地与之争议道："不是修水库，我们会搬迁到你们这儿来居住吗？需要走你们修的路、用你们的水井、占你们的田土吗？"

眼看矛盾又有激化的可能，李副局长站起身用略带责备的语气大声说："国家出台新的移民后期扶持政策，是希望移民生活得好一点的同时，实现库区和移民安置区的和谐发展。没想到大家为了区区几百元钱的分配，就不顾过去熟人、邻居、兄弟、亲友，有的甚至是亲家的情面，难道大家会因此而成仇人？我们为什么不能相互退让一步？"

移民和原住居民都低头不语。

李副局长猜想，只要引导得当，估计双方能够达成协议，于是进一步建议道："我看这里普遍比较贫困落后，想发展、想致富是大家的共同心愿。可以考虑将移民资金实行二者结合，即百分之六十直接发放给移民个人，余下的百分之四十用于村里的项目建设，改善这里的交通水利条件，让大家都能得到移民后期扶持政策的好处。"

李副局长说完，移民和原住居民沉默不语，既没有人表示赞成，也没有人表示反对。

"你们都表个态呀，按市移民局领导的意见，大家是否愿意？"党支部书记看到冷了场，提醒大家说。

"要得，我们移民吃点亏算了，少得几个钱也无所谓。"移民表了态。

"每年拿点钱出来搞项目是对的，公路修好了、渠道建成了，我们村里的人都能受益。"原住居民也接受了二者结合的方式。

问题得到了解决，村里有钱搞项目建设，党支部书记自然高兴，忙向大家表态说："感谢各位领导对我们村的关心。我们一定按照上面的要求管好用好移民项目资金，将村里建设得更好！"

这个插花安置移民村的后期扶持方式，经过多次开会协商后终于得到了落实。

第四十二章　常务会议提意见

试点工作的成功，既让市移民局的同志积累了宝贵的经验，同时也坚定了大家做好移民后期扶持工作的信心。

与此同时，市水库移民管理局升格的工作也正式提上了议事日程，并引起了较为广泛的关注。

后来，经过多方努力，市水库移民管理局终于由副处级升格为正处级，肖海也由副转正。看到自己丈夫的努力有了回报，李秋婉感到很开心，真心希望一大家子更加和睦相处。

或许是看到肖海的工作更忙了，照顾老人的时间比从前要少，肖海任职两个月后，岳父坚持要去云阳儿子家住一段时间。谁知，肖海的升职，既没有让岳父变得健康，更没有让他延长寿命，在云阳的儿子家里住了不到3个月，老人突发脑梗离世，极不情愿而又带着无尽的遗憾，走完了他自认为光辉的一生，也未能在生命的最后时刻，给肖海夫妻留下只言片语。

遵照老人生前的意愿，为了儿子、孙子祭奠的方便，老人的骨灰安放在了云阳的公墓。

单位升格了，人员增加了，思考的问题、工作的格局就完全不一样了。

全市的水库移民身份确认和后期扶持方式确定完成后，肖海和他的团队开始了“加快移民产业发展、实现移民增收致富”的思考和实践。

靠山吃山，靠水吃水。

唱山歌，走水路，是水库移民多年形成的传统收入来源。但往往是山歌唱得顺溜溜，水路走得慢悠悠。

如何利用水库蓄水后形成的充裕水面资源，将资源优势转变为产业优势、资金优势，更好地服务水库管理部门或广大水库移民，不同的部门站在不同的角度，有着自己不同的认识。

鲁垭水库建于某河流的中游，最高蓄水位达海拔236米，最低水位仅海拔

138米，水位最大落差近100米，库水最深处达150米以上。库周两岸多为石灰岩形成的高山峻岭，植被葱绿，奇山异石，峡谷独特。

水库蓄水后，形成了5万多亩的有效水面，在长达75公里的库区流域内，不仅没有任何工矿企业污染，且连县城级别的城市生活垃圾污染都没有。库周居民较少，库水的质量经多次检验均达到了可直接饮用的优质水标准。

鲁垭水库蓄水后，由于水位提高、水流速度减缓、透明度增加、营养盐类在库区滞留、库水温度变化小等多种因素的影响，水面浮游生物生长发育快且种类丰富，使水库成为天然的淡水鱼养殖场所。

据调查，鲁垭水库共发现各类水生物种70多种，其中经济鱼类40余种。

水库周边独特的自然风景和可开发利用的宽阔水面蕴含着巨大的商机，不少投资者对库区的旅游和水面养殖开发跃跃欲试。

水库管理处通过市法制办的具体操作，由市人民政府出台了《鲁垭水库管理暂行办法》。不仅在相关条款中明确“鲁垭水库管理范围内的土地、水面所有权属于国家，使用权属于水库管理处，其使用权受法律保护，任何单位和个人不得侵犯”，更是在有关条款中规定，“任何单位和个人利用管理范围内的土地、水面从事养殖、捕捞等经营活动，须经水库管理处同意，报有关主管部门许可，并与水库管理处签订协议，缴纳有关费用”。

水库管理处以上述管理办法为依据，将水库的水面养殖权承包给了某投资开发商。

从此，在鲁垭水库宽阔的水面，以众多的后靠移民及水面承包商为主要演员，围绕水面开发利用权的问题，地方政府、水库管理处和相关部门导演了一部精彩的大片。

“政府常务会议的下一个议题是：研究《鲁垭水库管理办法》，请市水利局的同志汇报。”市长看了看会议议题，对与会的同志说。

市水利局局长就《鲁垭水库管理办法》与原《鲁垭水库管理暂行办法》的主要异同处，为什么要制定现在的管理办法，修订的主要过程等内容进行了简要的介绍。

按照市政府常务会议的一般程序，部门的负责人汇报结束后，由分管的副市长发言，参加会议的相关部门负责人表个态，市长再象征性地征求一下到会的其他副市长的意见，没有不同意见后，市长会简单地归纳，最后表态通过。

像这样的政府常务会议，列席人员往往是不会发言的。

然而，市长“其他部门的同志还有什么意见”的话音刚落，肖海就迫不及待地接上了话题：“移民部门想谈点看法。”

会场上所有的人都朝肖海投来了异样的目光。

肖海已顾不了这些，心想，此时再不阐明观点，一旦政府常务会议通过，今后就更难改变了。

“从依法行政的角度看，市里制定的《鲁垭水库管理办法》，将水库蓄水后形成的水面的使用权明确给水库管理处，不符合国务院《大中型水库移民条例》的相关规定。”

肖海发现市长在认真地听，并没有对自己的发言表示反感，于是继续说：“从实践效果看，国家发改委原批准的鲁垭水库移民安置方案已明确：通过在库区水面开展养殖安置移民800人。目前，水面开发的各种收入已成为库区后靠移民收入的主要来源。”

肖海越说越激动。

“从发展趋势看，水面使用权明确给水库管理处后，水库管理处就将其承包给外地投资开发商，不再允许后靠移民在库区水面捕鱼，不仅严重影响到了库区后靠移民的收入，同时加剧了库区后靠移民与承包管理者的矛盾纠纷，移民被打伤的事件时有发生，且得不到及时处理。移民情绪很不稳定，有可能诱发群体性围堵水库管理处和越级上访事件。”

听了肖海的发言，市长当即拍板：“市移民局都有不同意见，此办法暂缓通过。请分管的副市长牵头，组织市直有关部门进一步搞好调研，加强协调，修改完善后再提交下一次市政府常务会议讨论。”

因个别列席会议人员有不同的看法，导致研究的某个议题没有通过，在市政府常务会议历史上实属罕见。

一时间，肖海在市政府常务会议上放大炮，导致议题没有通过的各种议论成了热门话题。

有人指责：会议上发表不同意见，是给市政府分管的领导难堪，是政治上不成熟的表现。

有人认为：讨论稿征求意见时，肖海就有不同看法，在政府常务会议上放大炮，是想出风头，搞个人英雄主义。

有人劝说：水面使用权明确给水库管理处，其他领导和部门负责人都同意了，你肖海局长何苦要坚持不同的意见？后靠移民生存发展难、不稳定，又不是移民局一个单位的事，更不是你肖海局长一个人的事。

市政府常务会议因水面使用权的确定有异议，未能通过《鲁垭水库管理办法》的信息传到某某省厅后，省厅随即采取了措施。

一方面致函市人民政府，措辞强硬地要求将鲁垭水面的使用权明确给水库管理处。

一方面安排法规处处长迅速下到市里召开座谈会。

“受某某厅长的委托，我今天来主要就鲁垭水库水面使用权的问题召开座谈会。市人民政府原出台的《鲁垭水库管理暂行办法》已经明确规定：水库水面的使用权属于水库管理处，管理处也已经行使了管理职能。这次，市政府修订完善《鲁垭水库管理办法》时，有关部门为何又对此条款提出了不同意见？其理由何在？我想听听。”法规处处长发话了。

市政府副秘书长环顾了一下参加会议的部门负责人，将目光定格在肖海的身上，笑着说：“是不是请市移民局局长先谈一谈。”

“我想先听一听将鲁垭水库水面使用权明确给水库管理处的政策依据是什么，我再谈自己的看法。”

肖海一改在政府常务会议上的激动情绪，以退为进地推让着。

“也行，那就请有关部门的同志先介绍介绍情况。”

市法制办、市水务局、电站业主等部门参加会议的同志，先后围绕《鲁垭水库管理暂行办法》出台的过程、政策依据、执行效果，以及为何要去掉“暂行”二字，修订出台《鲁垭水库管理办法》介绍了情况。

法规处处长听了他们的发言，脸上洋溢着满意的笑容。

“他们都说了，请移民局局长谈一谈看法。”副秘书长对肖海打了一下手势说。

“我有几个问题没有弄清楚，想请教各位领导。”肖海不慌不忙地说，“第一，制定地方性法规时，是以国务院的条例为依据还是以省里的条例为依据？国务院令第×××号明确规定：‘大中型水利水电工程建成后形成的水面和水库消落区土地属于国家所有，由该工程管理单位负责管理，并可以在服从水库统一调度和保证工程安全、符合水土保持和水质保护要求的前提下，通过当地县级人民政府优先安排给当地农村移民使用。’我们制定《鲁垭水库管理办法》的过程中，不依照国务院条例，而是依照《省水库和灌区工程管理办法》中关于‘水库管理范围内水土资源的开发利用由水库管理单位负责’的规定，将水库水面的使用权明确给水库管理处。”

肖海看了一眼法规处处长继续说：“第二，移民安置规划该不该执行？经国家发改委批准的《鲁垭水库移民安置规划报告》中，已将鲁垭库区水面作为资源安置了800人。靠山吃山，靠水吃水，后靠移民的资源主要是山、是水，你们将库区的水面使用权明确给水库管理处，库区后靠移民从事养殖捕捞，还须向业主缴纳费用，这800人的生活出路在哪里？”

肖海从事水库移民工作10多年，不仅对移民情况非常熟悉，对移民有了深厚的感情，对移民的发展未来、对社会稳定也有更多的担忧。

“第三，引起的库区移民不稳定谁负责？《鲁垭水库管理暂行办法》实施几年来，水面承包开发商为了垄断库区渔业资源，禁止移民在库区开展网箱养殖和捕捞，招募社会上的闲散人员没收移民的渔具，打伤移民多人，在库区激起了民愤，移民已经扬言，准备找水库管理处说理去。”

停了停，肖海更严肃地说：“我们移民部门反映的情况你们不听，难道非要移民找了水库管理处才重视吗？”

显然，对于肖海的发言，法规处处长已经强烈不满。

“你是共产党员吗？你是国家公务员吗？还扬言组织移民围堵水库管理处！”法规处处长近呼咆哮地质询肖海。

为了顾及处长的面子，肖海忍了忍，换了个话题理直气壮地说：“我是移民局局长，应该维护移民的合法权利。”

会场气氛陡然紧张起来。主持会议的副秘书长一方面打圆场：“大家都不要激动，有话好好说。”一方面打手势制止肖海：“不要再说了！”

这次座谈会不欢而散，无果而终。

相关部门在水面使用权文字表述方式上唇枪舌剑的同时，鲁垭水库库区后靠移民与承包开发商为了实现对水面养殖利用的实际控制，分别在想法子怎样让对方软下来。

鲁垭水库形成的水面涉及2省3县，流域长达75公里，开发商要实现对整个水面的有效控制，并非易事。其中，首要的问题是解决好库区后靠移民的生活出路问题。

为了实现开发商与移民的共赢，经请示市政府分管领导的同意后，市移民局主动召开过区县移民局局长、库区后靠区域乡镇村的负责人、电站业主、开发商共同参与的协调会议，要求大家统一思想，形成共识，做好工作，积极探讨公司加基地加农户的产业发展新模式，带动库区移民致富。市县移民局的同志，还及时地化解开发商生产过程中与当地移民发生的各种矛盾纠纷，尽可能为其创造良好的投资和经营环境。

然而，受利益的驱动，开发商在获得其中一个县政府颁发的库区部分水面养殖权后，立即放弃了协调会议上“为移民发展网箱养殖免费提供技术服务，优价提供网箱、鱼苗、饲料，优先收购成鱼，成立库区鱼政协会，聘请库区移民代表共同参与管理”的承诺，不仅将水库大部分的水面养殖权划归了自己，花费上百万元，投放了10多万尾的各种鱼苗，而且从社会上聘请了爱闹事的闲散人员负责维护库区水面的养殖秩序，禁止移民捕捞水库的野生鱼。

移民是弱势群体，也是不稳定群体，当其自身利益受到侵害时，他们想法发泄不满，并施以一定的表达方式。

长期以捕鱼为生的移民，不顾开发商的禁令，继续在库区捕捞，有的移民在晚上利用灯光诱捕银鱼。更有某某县的移民，抓住开发商的养殖证是其他县政府颁发的，管不了另外县的政策性漏洞，坚决不允许开发商进入自己县内的水域开展大面积围捕。当开发商组织捕捞队准备进入其所在县水域时，该县的移民自发地在交界处安排人员，进行阻拦。

此时，投资开发商因经营管理不善和库区秩序混乱而债台高筑，经与水库管理处协商，同意将水面承包经营权以一定的金额转让给他人。

新的投资开发商想尽快建立有效的库区管理秩序，采取了较原开发商更为过激的管理手段，不仅继续聘请社会上的闲散人员管理水库水面，还组织人员强行拆除、损坏移民设立的库叉拦网，打伤捕鱼的移民，没收移民的网具。

终于，库区后靠移民长期压抑的怒火被点燃。

春节前半个月，承包商开始部署在库区大水面捕鱼，并加派了库区管理人员，禁止移民下库捕鱼。

移民的生存是第一位的。

水库蓄水10多年来，后靠移民的收入来源和传统的生活方式发生了一定的改变，不少人在回想移民搬迁前传统生活习惯的同时，对不适应的现状就产生了某种不满甚至抵触。

“春节快要到了，到库里去弄几条过年鱼是再正常不过的事情，现在，竟然会有人不允许我们到水库去捕鱼！”

“大家都下库去捕鱼，谁捕的鱼归谁，看有谁出来阻止我们！”

不用组织号召，不需要干部带头，利益是最大的驱动力。

不到一天的时间，几十公里长的库区水面已是渔船穿梭，渔网交错，人头攒动。鲁垭水库库区后靠移民，凡是能够坐船撒网的劳动力都下库捕鱼去了，不少村组干部也参与其中。

水面承包商再也坐不住了！

他们从别人手中接过经营权就花了300万元，然后又投入了200多万元，本想靠春节前捕一次鱼收回一点成本，移民如此一闹，所有的投入和付出都要打水漂了。

春节将至，常年靠捕鱼为生的移民想多捞点收入，平时基本不下水库捕鱼的移民也想捕几条鱼过年，大家劲头十足。

有的移民全家出动，撒大网忙碌了两天两晚，眼看就要起网见鱼了，心里特别高兴。

有的移民放抬网捕银鱼已有收获。

有的移民得到信息较晚，买来的网，租来的船，刚刚下库作业，正期待着有个好的结果。

面对这样的场面，常年与老百姓打交道的镇干部们也显得束手无策，担心弄不好进一步激化矛盾。

此情此景，开发商急了。

找水库管理处去！

找当地镇政府去！

找县政府去！

只有他们重视，才能解决问题。

“必须尽快制止移民随意下库捕鱼的行为。”县政法委书记给镇党委书记打来电话。

“要想尽一切办法恢复库区正常的管理秩序。”县长开始过问了。

“你要组织镇里的干部全力以赴深入到库区的家家户户和移民的船上，耐心细致地做好库区移民的思想工作，最迟要在腊月二十六以前保证移民上岸。

同时又不能激化矛盾，更不能出安全事故！”县委书记给镇党委书记下达了硬任务。

泸溪镇因为地理位置特殊，修建水库时，是移民搬迁的主战场；水库蓄水后，今天，又成了移民养殖和捕捞的主战场。

春节的气氛越来越浓了，不少镇里的干部都在购买年货，外地的干部已准备提前回家。

当镇党委书记集中镇政府的干部和镇直相关单位的人员开会说明情况，布置任务时，会场上大家议论开了。

“镇干部就不是人，快过年了还要我们去得罪移民。”

“搞水面发包时，怎么不多听听我们镇里的意见，现在出了问题就想到了要镇干部出面解决。”

有的镇干部发着牢骚。

“我们早就向水库管理处和承包商反映过，要求处理好与库区移民的利益关系，他们不理睬。今天闹出问题了，就拿县里领导来压我们。”

有的镇干部感到非常委屈。

“移民本身就困难，都到年边了，让移民捞点过年收入有什么错？”

也有的镇干部同情移民。

“库面宽，库水深，人员多而分散，镇干部在处理问题的过程中难免会与移民发生争执，出了安全问题谁负责？”年纪大一点的镇干部不无担忧地提醒。

“我知道有难度，我也同大家的心情一样，不想到了春节前还去干这种得罪老百姓的活。”党委书记面带难色却又坚定地说，“但问题已经出现，我们必须面对，且县委书记、县长还专门给我打了电话。”

看干部们没有再发牢骚，书记接着安排工作：“我们将镇里的干部分成两个大组。一组由书记镇长带队，租一条大船，赴库区水面给捕鱼的移民面对面地做工作，要求村组干部带头上岸，以此来动员其他移民不再继续捕鱼，直到库区捕鱼的移民全部上岸，这一组的任务就算完成。另一组由镇政协联络组长和党委副书记带队，同镇里年纪大的和妇女干部组成一个组，分赴各个后靠移民村，要求还没有下库的移民不再下库捕鱼。与此同时，镇广播电视台从今天开始连续一个星期播放镇政府关于库区禁止捕鱼的通告。”

老大难，老大难，老大出面就不难。

有县委书记和县长的专门过问，有镇党委书记、镇长的带队参与，加之力量集中，方法对头，措施有力，经过镇干部三天三晚的连续奋战，腊月二十六，库区暂时恢复了正常的管理秩序。

事物总是具有两面性的，春节前库区水面捕捞的乱象让市里领导进一步认识到：市移民局在政府常务会议上的意见是正确的，如果移民的利益得不到保证，水面的开发利用就无从谈起。

为完善《鲁垭水库管理办法》，市政府分管移民工作的副市长在春节过后上班不久，便继续带领相关部门的负责同志到库区开展了实地调研，广泛听取了库区乡镇、村负责人的意见，召开了部分移民村干部座谈会，然后又到省城给相关省厅的有关领导汇报情况，并和他们交流看法。

几经反复，大家最终同意将管理办法原条款中“任何单位和个人利用管理范围内的土地、水面从事养殖、捕捞等经营活动，须经管理处同意，报有关主管部门许可，并与管理处签订协议，缴纳有关费用”的内容，更改为“在服从水库统一调度和保证工程安全、符合水土保持和水质保护要求的前提下，可以通过当地县级人民政府优先安排给当地农村移民使用，并免交管理处收取的有关费用”。

至此，鲁垭水库水面确权，在原有暂行管理办法的基础上进行了完善，保障了库区移民的正当权益。

第四十三章　水库定型藏玄机

按照总库容的大小，水利水电工程分为大、中、小3种类型。为了确保大中型水利水电工程建设中移民利益不受损害，国家除1991年出台《大中型水利水电工程建设征地补偿和移民安置条例》外，国务院、各部委和省、直辖市又相继出台了一系列的政策法规，这些政策法规，主要是围绕工程审批、征地补偿、规划编制、移民安置、后期扶持、监督管理、法律责任等内容，对工程业主、地方政府及其相关部门提出了明确而严格的要求。而对于小型水利水电工程，仅做了“可以参照大中型水库移民条例的有关规定对移民给予适当扶持”的表述。

肖海工作的市县范围内，定型的30多座小型水库中，有4座水库（电站），最大库容实际已经达到了中型水库标准，但地方政府和水库（电站）业主为了简化手续，故意将水库的蓄水量用相对库容来表述，并人为地控制在1000万立方米以内。

兔子溪水电站是最典型的例证。

2007年，达重县人民政府在投资洽谈会上签约了兔子溪水电站项目。电站正常蓄水位为海拔465米，相对库容996万立方米，洪水位469.51米，最大库容1319万立方米。整个工程占地涉及1个乡6个村的土地，须搬迁67户2415人。

因为按相对库容996万立方米向上级主管部门呈报，兔子溪水电站被划归为小型水库，不需要按照《大中型水库移民条例》的相关规定执行，业主和地方政府免去了编制移民安置规划报告这一重要环节，更不需要对移民安置开展竣工验收。

2008年5月，兔子溪水电站蓄水，6月，发电投产。

兔子溪水电站的移民安置，地方政府、电站业主采取了直接发钱给移民个人的简单方式。

几年过后，有的移民已将所有的生产安置经费全部花光，自己却没有找到一份满意的工作，缺少稳定的收入来源，生活陷入了困境。

有的移民，搬迁时地方政府曾承诺：移民的宅基地由移民自己看好选好，政府负责办理手续。但在具体操办过程中，有的移民将宅基地选在了基本农田保护区，房子已开工建设，有的主体工程已基本完工，而国土部门却下发了停建甚至拆除通知。

还有一部分移民，在城市规划区购买了违章房屋，规划部门坚决不办理相关手续。

此时此刻，兔子溪水电站的移民普遍产生了一种被业主和地方政府愚弄了的感觉，对搬迁前稳定生活的怀念和对现在漂浮不定生活状况的不满，终于通过各种各样的方式爆发出来。

2013年8月的一天，兔子溪水电站自谋职业安置后仍未找到理想工作的、在城市规划区购房几年后迟迟不能拿到房屋产权证的、在耕地保护区建房后被强制拆除的、多次向上反映村干部贪污挪用移民资金而得不到处理的，这一部分移民相约到了电站反映问题。并下定了决心：不解决问题不离开。

电站的负责人急了，在安排工作人员给移民做解释工作的同时，自己不停地给地方政府和上级主管部门打去求助电话，要求迅速派人协助处理。

电站所在地乡政府的领导来了。

达重县移民局的局长来了。

达重县政府办分管移民工作的副主任来了。

市移民局局长也受县移民局局长之邀参与了接访。

电站在省城分公司的领导也安排专人急急忙忙赶赴兔子溪水电站。

“电站发电已经5年了，政府和业主对我们移民反映的问题迟迟没有解决。”看到政府和业主对他们的到来给予了重视，其中的一位中年人怨气冲天地率先发言。

“刚开始搞移民搬迁时，我们就要求按大中型水库移民条例进行安置，乡政府不仅不执行政策，反倒给我们每个移民户送了一封公开信，反复强调电站规模未达到中型水库的标准，不须按移民条例相关规定执行，你们这不是愚弄我们吗？”不少移民手中拿着乡政府发给他们的公开信，围着乡政府的领导说。

“省移民局下达的通知书，要求业主在今年的4月份前整改到位。但时至今日，仍没有任何整改的迹象，对我们移民提出的诉求，地方政府、电站业主、移民部门总是以各种借口进行推脱。”

移民不知从何处弄来了省移民局下达给电站业主的整改通知书，理直气壮地质询在场的各方代表。

“今年2月份，市移民局的局长与我们座谈时曾说过：只要是移民的合理合法诉求，市移民局坚决支持，并积极做相关部门的工作，力求尽快解决。县移民局局长也讲会及时给县委县政府汇报，主动与电站业主联系，拿出一个解决问题的方案。但时间已过去半年了，仍然不见任何方案。我们反映的多个问题，一个也没有帮我们解决，这不又是在哄骗我们吗？”

几位经常咨询移民政策的代表，直接对县移民局局长、电站业主代表大声吼叫着。

场面人声鼎沸，移民情绪十分激动，面对移民的指责，各方代表也是无话可说。

当县政府办公室副主任要求移民选出5位代表进行座谈时，在场移民异口同声地拒绝说："我们都是代表，你们有什么安排就当着大家讲！"

"今天必须给我们一个明确答复，否则，我们是不会回家的。"

这样僵持下去不会有任何结果，反倒有进一步激化矛盾的可能。各方人员简单商议后决定，由乡政府领导主持，请市移民局的领导给在场的移民做一次政策解释工作。

"大家已来了几个小时，你们又不同意派代表座谈，那怎么能解决问题呢？"

乡政府领导主动地站出来对移民说："市移民局对兔子溪水电站的事情比较了解，对你们移民也非常关心，怎么解决问题他们最有发言权。下面请市移民局的领导给大家讲话。"

肖海理了理头绪，环顾了一眼现场的人群，发现大家都急切地等待着自己的发言，于是面带微笑地对大家说："兔子溪水电站的移民没有按政策安置好，给大家造成了一定的困难，身为市移民局局长，我有不可推卸的责任。我首先向大家表示歉意。"

原本吵闹的现场，很快安静下来。

肖海喝了口水，继续说："兔子溪水电站的移民问题一定要处理，要给移民一个答复，这是省、市和县政府及各级移民部门都已达成的共识。现在的问题是采用什么方式处理，何时能处理好。为此，我们市移民局正在积极做协调工作。请大家相信我。同时，移民也要理解，移民遗留问题的处理比较复杂，时间肯定会长一些。"

移民听说还要等不少时间，认为肖海在敷衍，未等肖海把话说完，一位大妈就很不耐烦地插话说："我们反映问题已快3年了，至今没有结果，还要求我们理解。我们水库移民，有的租房子住，有的没有稳定的收入来源，有的生产和生活面临不少的困难，你们理解吗？"

水库移民工作真是难做！

工程动工时，受到影响的群众要求按政策办事，而地方政府和电站业主为了赶进度、出政绩，以牺牲淹没区群众的利益为代价简化手续，从而留下后患。

出了问题后，针对群众的合理诉求，地方政府和电站业主没有积极面对，不抓紧解决，反而一再强调客观原因，为自己开脱责任。这样的作为，怎么能得到移民的谅解？

现在闹成这个样子，市水库移民主管部门又能有什么好的办法？

面对情绪激动的上访移民，肖海这位市水库移民局局长还能说些什么呢？

水库移民是可爱的。

水库移民是可怜的。

水库移民是可怕的。

已经从事水库移民工作多年的肖海深深懂得：此时此刻，靠给现场移民的口头许诺，他们是不会答应的；而在水库移民集中反映问题时随意表态，是移民工作之大忌，虽然能暂时平息事态，却可能产生一系列的连锁反应。

肖海感到很为难，但又不可回避，只好满怀委屈地继续说：“是的，在兔子溪水电站移民安置问题上，我们基层移民部门的同志，在水库移民政策的掌握和执行方面的确出了一些偏差，负有一定的责任。但大家也要看到，兔子溪水电站移民安置问题的出现，原因是多方面的，解决的难度比较大，仅靠移民部门的力量是远远不够的。尽管如此，我们还是在想办法，且对此充满信心。”

停了停，肖海略带激动地反问大家：“你们常说水库移民管理部门是你们的娘家，是为广大水库移民服务的。今天，身为市移民局局长的我给大家的承诺，你们都不相信，你们到底要哪个部门来解决问题呢？其他部门会安排人来解决大家所反映的问题吗？你们反映的搬迁安置中的问题不靠水库移民部门做工作，不靠当地政府重视，又怎么能解决呢？”

在场的部分人员，与肖海常有接触。大家很清楚，市水库移民局为他们说了不少话，做了不少工作，更了解肖海的为人。

看到肖海有点生气了，大家不再说什么，安静地听着肖海说：“你们反映的问题是有道理的，已经引起了省、市政府和各级水库移民部门的高度重视，市、县水库移民局正在和有关部门协调解决方案，一旦形成了一致意见，我们会加快工作进程。我相信，有各级领导的重视，有大家的理解支持配合，兔子溪水电站移民安置中的问题一定会得到解决！”

移民知道，市水库移民局局长都这样说了，如果继续闹下去，不仅没有结果，反而会把事情闹僵。

想到此，带头的移民接着肖海的话给自己找台阶下：“我们再相信你们一次，今天到此为止。到了年底，如果问题还没有一个明确的答复，过了年，我们再到省里咨询政策！”

话说完，组织者就带领着大家嘻嘻哈哈地回家了。

此次事态虽暂时得以平息，但对于如何从根本上解决兔子溪水电站移民安置方面遗留下的问题，电站业主、地方政府和移民部门，并没有形成统一的意见，也没有找到有效的解决办法，甚至各有各的考虑。

电站业主认为：自己是从以前的业主手中买下的电站，原业主与地方政府签订了移民搬迁安置和费用包干协议，该给移民的资金全部补给了移民，该给政府的工作经费一分钱不少地给了地方政府。协议中还特别注明：电站蓄水发电后，凡涉及移民搬迁安置的一切费用由地方政府负担。变更电站业主还是地方政府领导牵的线、搭的桥。因此，移民反映的问题无论从政府诚信的角度，还是从法律的角度，都应该由地方政府负责解决，而不应该由现在的电站业主负责。

达重县政府认为：我们是和原业主签订的协议，原业主经营期间，移民没有提出现在这么多的问题；移民是在新的业主经营后提出的问题，解决这些问题所需要的经费，理所当然应该由现在的电站业主拿钱。

省移民局认定：电站属于中型水电工程，依照移民条例应该编制移民安置规划报告并报批，应该对移民安置工作组织验收。由于地方政府和电站业主在项目建设之初，将本属于中型水电工程的定型为小型水电工程，没有编制移民安置规划报告，没有按程序报批，没有组织移民竣工验收，搬迁移民没有按照相关政策进行安置，造成现在移民生产生活中有不少现实的问题，移民的要求是合理的。地方政府和基层移民部门应该尽快解决。同时，省移民局再次将解决兔子溪水电站移民安置遗留问题，纳入了市移民局绩效考核的范围。

通过多次上访，移民对政策更加了解，提出的诉求不仅因各自的利益不同而五花八门，而且理由更加充分，地方政府和电站业主解决问题的难度越来越大。

有的移民提出：实物补偿标准偏低，要求提高补偿标准。

有的移民要求：漏掉了实物指标，需要进行复核。

有的移民上访：自己的补偿补助款被他人冒领了不少，应该帮助追回。

有的移民反映：地方政府答应解决建房手续的，至今没有解决好，政府要帮助解决移民居无定所的问题。

有的移民希望：电站业主在移民没有完全搬迁完毕的情况下就关闸蓄水，涨洪水时又不及时泄洪，结果给不少移民造成了不小的损失，赔偿不到位，要重新给予赔偿。

有的移民建议：修建水库时没有编制移民安置规划报告，现在要按当前的物价水平重新编制规划报告，对所涉及的移民进行重新安置。

经过认真分析和反复思考，市移民局党组认为，兔子溪水电站移民反映的问题是比较客观真实的，他们提出的诉求大部分是合理的，地方政府和基层移民部门应该认真研究，对移民的实际困难给予关照，对移民提出的合理诉求应尽可能给予解决。

而所有问题的起因，都是修建水库时，地方政府和电站业主没有按照移民政策编制移民安置规划报告。

解铃还须系铃人，要最终解决兔子溪水电站移民搬迁安置的遗留问题，唯一的途径是回过头来再补编移民安置规划报告。市移民局与电站业主多次协商，终于形成了补编兔子溪水电站移民安置规划报告的共识。

很快，移民安置规划报告编制出来了，但这并不意味着兔子溪水电站移民问题的根本解决。相反，由于补编的移民安置规划报告是对整个移民搬迁安置过程的复原，一方面是将原有未按程序的做法合法化，另一方面在解决移民搬迁安置后的现实问题，而移民却想通过补编规划报告解决他们的所有诉求，两者差距很大。

补编的规划报告与移民一见面，移民就认为地方政府和电站业主仅仅是用适当提高原房屋补偿价格的办法来敷衍移民，而针对其他诸如洪灾损失、没有合法房产、生活困难、缺少致富技能等问题，规划报告并没有拿出解决办法。移民因此认为，《兔子溪水电站移民安置规划报告》完全是为了让水电站之前的做法合法化，仅对电站业主和地方政府有利，而对移民却没有多大作用。为此，移民对补编的规划报告表示了强烈不满。

对于解决兔子溪水电站移民的相关问题，市移民局的思路和步骤是十分清晰明确的。

先是补编规划报告。对原有已核定的实物指标和移民人口不再进行复核，但对补偿项目和标准则参照同地区相近时间所建的其他水库，项目多了或补偿标准高于其他库区的，业主要承认，且不要求移民退还所领取的资金；少了的项目或补偿标准低于其他库区的，业主要给移民补上来。

再是解决问题。针对规划报告中指出的有关问题，由市移民局指导县移民局拿出具体的解决方案，经过县政府县长办公会议或政府常务会议研究通过后，再去实施。

最后是落实经费。就是按照实事求是的原则，围绕解决兔子溪水电站的移民问题还需要多少钱，市移民局作为县政府与电站业主的中间人进行协调，由县政府与电站业主签订经费包干协议后，由县移民局和乡政府具体组织实施。

经过县政府、县移民局与电站业主反复多次协商，市移民局分头做电站业主和县政府、县移民局的工作，并邀请省移民局搬迁安置处处长出面，直接给兔子溪水电站的主管部门的领导汇报、协商。电站业主和地方政府，终于就省移民局审核通过的规划报告实施过程中需要解决的有关问题，达成了经费包干协议。

为促成问题最终解决，市移民局主动出击，2014年春节过后，由市移民局局长带着市移民局的相关人员，和县移民局的同志一起，先后两次到兔子溪水电站移民所在的乡政府，参加政府召开的移民户长会议，组织移民学习领会补编的规划报告内容，给移民讲清政府和移民部门的工作安排，听取移民的意见建议，解释、解答移民提出的有关问题，消除移民心中的疑惑。

经过多方努力，兔子溪水电站移民反映了多年的问题，在电站蓄水发电6年以后，有了系统的解决方案。

又过了几个月，方案终于得以执行，兔子溪水电站移民开始享受这份迟来的爱。

第四十四章　资金难题得解决

新建水库的移民搬迁安置完成了，老水库移民又出现了这样那样的问题，甚至新老水库移民的问题交织在一起，让基层移民干部无所适从。

这不，20世纪80年代初达重县所建的易坦水库库区两岸，因为受到库水长时间浸泡，加之水位落差达到50多米，给库周的地质条件带来了一定的影响，部分山体出现了裂缝，库岸不少地方开始塌方，对后靠移民的生命财产安全构成了重大威胁。经过有关部门的勘测认定，地方政府、电站业主和移民部门协商，达成了对受到影响的滑坡区移民实行外迁安置的共识。且所需资金1900万元，由地方政府和电站业主平均负担，并计划在两年之内完成滑坡区380位移民的搬迁安置任务。

电站业主的资金已经一次性到位，而地方政府应该负担的部分，计划分两年从市本级财政掌握使用的移民后期扶持资金中解决。

前半年，滑坡区移民搬迁安置工作进展比较顺利，各项工作有序推进。然而，新的移民后期扶持政策的实施，使原本由市本级掌握使用的移民后期扶持资金全部实行了省统筹使用，导致市本级尚未兑付的550万元滑坡区移民搬迁安置资金没有了着落。

怎么办？

经过反复思考，肖海提出了由市政府分管副市长出面，向省政府分管副省长递交报告，再由肖海拿着副省长签字的报告，找省移民局局长要钱的建议。

带着副省长签字的报告，肖海满怀信心地走进了省移民局局长的办公室，客套了几句话，便将报告递给了他。

“这是你们地方政府应该出钱解决的问题呀，怎么跑来找我要钱了呢？”省移民局柳局长接过报告看了看，尽管发现有副省长的签字，但还是心有不悦地说。

“副省长去庸城市视察工作时，市委市政府的领导陪同他到了库区，并给他汇报了滑坡区移民搬迁安置面临的情况。副省长便在报告上进行了批示。”肖海耐心解释。

“全省几百座水库、电站，因出现滑坡、影响移民居住而需要搬迁的情况多了去了，有的问题比你们市要严重得多，资金需求也更大。省里领导签批的条子也很多，我这里就有省长批示，要求为某某县库区修建公路桥，解决资金2000万元的条子。省移民局每一年能够直接安排的资金也就那么多。你说，我能怎么办？”柳局长一副无可奈何的神情。

“我们庸城市的财政实在太困难了，干部职工的工资都不能按月发放，哪里有钱来解决库区移民滑坡区的搬迁安置问题哟。现在，这些滑坡区域的移民，有的在新安置点的房屋已完工了一半，但市政府应该给他们的建房资金却无钱支付，房屋基本上处于停工状态。如果不能及时将这些居住在滑坡区的移民搬迁出来，一旦出了问题，我们也担当不起这个责任。所以，我恳求局长大人开开恩，关照关照我们市。”肖海缠着柳局长说。

“你回去吧，资金问题我再和其他几位局领导商量商量。你回去后要给你们市里的领导汇报讲清楚，这类问题主要靠你们市里自己想办法解决。”肖海还想再向柳局长求求情，想要他多批给一些资金，尽可能减轻地方政府财政的负担。

此时，省移民局办公室主任拿着文件夹走了进来，看着肖海笑了笑，说：“不好意思，有两份文件需要局长马上签字。”

肖海不好再说什么，知趣地离开了柳局长的办公室。心想，有了副省长的签字，省移民局解决的经费一定可观。

一个月后，肖海得知省移民局局长特批了50万元的专项资金后，内心很不是滋味。一方面觉得在市政府副市长面前丢了面子，自己原想，有了副省长的签字，省移民局最少也会解决两三百万元，没想到只解决了50万元；另一方面也担忧着余下的500万元资金缺口的着落。

“肖大局长，最近在忙什么！你是好久没来省城了，还是来了省城故意不想让我知道？”肖海正在为500万元的资金缺口一筹莫展之时，没想到接到了覃怡琼的电话。

“我都不敢给你打电话，每次给你打电话总是给你添麻烦，我怕你一听到我的电话就厌烦呢！”

肖海每次去省城办事，还真想联系一下她，甚至想到她单位去看看。但心里却有一种莫名其妙的担忧，也只好作罢。

“你客气什么。上一次，你求我老公办的事，我没能为你说上话，至今我还过意不去。不过，我现在调到了省财政厅，正好你们那条线的资金由我们处负责，如果在资金方面有什么需要我帮忙的地方，你直接找我就可以了。”

覃怡琼电话中主动提出有什么困难可以直接找她，让肖海茅塞顿开。随即开心地说：“美女处长，你真是我生命中的贵人，我正好有件事情想麻烦你，不方便在电话里说，我干脆到省财政厅来当面向你汇报。可以吗？”

“你来我肯定欢迎，但不要说向我汇报，我又不是你的领导。你何时来，时间确定了就告诉我。”听说肖海要到省财政厅找她，覃怡琼很高兴。

“你始终是我的领导，大事我都要向你汇报，只有向你汇报，才能解决问题。我想明天就到省城找你，你时间安排上有问题吗？”

肖海坚持说是要给覃怡琼汇报，除了开开玩笑、调节气氛，当然是想让覃怡琼更高兴，将资金的问题解决好。

“没问题。你明天来了，我的其他工作都为你让路。”从电话中能听出，覃怡琼有点迫切想见肖海的心情。

第二天上午11点，肖海走进了覃怡琼的办公室。

握手、请坐、倒茶，覃怡琼满面春光，非常热情。

“我是无事不来拜处长，来了就要给你找麻烦。”肖海刚刚坐定，喝了一口茶，就开门见山地说。

“你也不用客气，只要能帮上忙，我一定尽力。”覃怡琼看着肖海说。

“我工作上遇到了一点困难，想求美女处长帮帮忙。”肖海迫不及待地想将工作上遇到的困难告诉她。

“肖海，我们都好长时间没见面了，你见面就想谈工作，也不问一问我的情况，也太不关心我了吧。”覃怡琼坐在肖海的对面，笑着说。

“看到美女处长精神焕发、年轻漂亮，我想日子一定过得很滋润、很美好、很幸福！”

“岁月不饶人，都40多岁了，已是豆腐渣女人的年纪，哪还有什么精神焕发、年轻漂亮哟。就你肖海还在恭维我，哄我开心。”覃怡琼长叹了一口气，看了一眼肖海说。

“说真的，你在我心目中，除了单位和地位有变化，其他的一点都没有改变。”肖海站起身来，真诚地望着覃怡琼。

“好了，等一会儿再找个合适的地方，我们单独多聊一会儿。你今天来，是什么事需要我帮忙？”覃怡琼想先谈完公事，再找时间谈别的事情。

肖海将滑坡区移民搬迁安置的来历、工作进展情况、面临的主要困难、到省移民局争取资金的过程和结果、想要她帮忙解决的问题，详细告诉了覃怡琼。

听完肖海的情况介绍，覃怡琼陷入了短暂的沉思。

然后抬头看着肖海说：“我也不知省移民局领导是怎么想的，分管副省长都签字了，一年安排的项目资金也是几个亿，将550万元全部纳入资金分配计划不就可以解决了吗，还偏偏留个500万元的资金缺口。”

“是啊，现在弄得我很没有面子，分管副市长都认为我在省移民局局长心目中没有啥地位，拿着分管副省长签字的报告都不能很好地解决问题。”

“现在的问题是，滑坡体的移民搬迁已经启动，如果资金不能及时到位，就会引发一系列的矛盾。到时候，你肖海可能更被动。”覃怡琼替肖海担忧着。

“这不，我才专程给美女处长汇报，求你来帮忙了吗？”肖海真的把解决资金缺口的希望寄托在了覃怡琼身上。

“叫你不用说汇报，更不要说求与不求的。你有困难，我肯定会想办法帮你。虽然500万元的资金对财政厅领导来讲，算不了什么，但我一个小小的处长，还没有这个权力做主，一下子给你们解决500万元的资金。”覃怡琼虽然一心想为肖海解决一些难题，但面对500万元这么一大笔资金，也觉得有点为难。

“相信我们的美女处长是有办法解决的。”肖海奉承说。

“你看这样好不好，你回去以后，先和你们市财政局分管移民这条线的科室商量一下，一起再给市政府领导汇报，要求以市人民政府办公室的名义向省财政厅送一份报告。然后，由分管的副市长带着市财政局、市移民局的相关人员，来财政厅给我们厅领导进行专题汇报，要求省财政厅给你们市解决这部分资金缺口。只要有了财政厅领导的签字，我就好操作了。”看得出，覃怡琼是真心想要帮这个忙，不然就不会替肖海出这样的主意。

“我就说，我们美女处长有办法。这不，我们的资金很快就有着落了嘛！”

听了覃怡琼的建议，肖海很是高兴。

“这只是我的建议而已，但愿能够成功。我们中午一起简单吃吃饭，再找个地方去喝茶。”覃怡琼发出了邀请。

“今天我就不请你吃饭了。等事情办好了，我再专程来省城好好感谢你。”离开省财政厅，肖海与司机在外面找了个快餐店，随便吃了点东西，然后，急急忙忙返回了市里。

分管副市长听了肖海的汇报，虽然对事情能否办好有些怀疑，但还是抱着试一试的想法，交代政府秘书科，迅速完成了相关报告，静待赴省财政厅汇报的时机。

没过几天，按照覃怡琼提供的信息，分管副市长、市财政局相关科的科长、肖海等一行三人，如约来到了省财政厅，并及时被安排向财政厅领导进行汇报。

副厅长边听副市长的汇报，边拿着手中的笔，快速浏览着手中报告的内容。

副市长刚汇报完，副厅长就已在报告上签下了相关批示。随后，将报告递给副市长说：“行，你们去找相关处联系。”

看到副厅长在报告上的批示，副市长脸上勉强露出了一丝笑意。

出了副厅长办公室，副市长将报告递给市财政局的随行科长，一脸严肃地说：“剩下的工作就由你和肖海去落实，我再不管了。”

市财政局的科长看了看报告上的批示内容，再将报告递给了肖海。

肖海接过报告一看，只见财政厅副厅长在报告上批示了“请某某处与省移民局商量解决”这几个漂亮的行书字，并签上了自己的大名。

肖海终于明白了副市长看到财政厅副厅长批示后不高兴的原因。

副市长心想，自己上次找到省人民政府分管的副省长签字，省移民局只解决了50万元；这次找财政厅副厅长签字，本想彻底解决问题，没想到，绕来绕去，又签了个“请某某处与省移民局商量解决”。

省移民局能彻底解决吗？

副市长因为担心问题得不到解决，比较生气地离开了省财政厅。

肖海与财政局的科长一起来到了覃怡琼的办公室。

接过报告，看到省厅领导的批示，覃怡琼很平静地说：“这事你们不用再操心了，我负责去和省移民局联系。有了结果会及时告诉你们。”

听了覃怡琼的话，肖海心里根本没有底。

覃怡琼能与省移民局协商好吗？500万元的资金缺口能解决吗？滑坡区移民搬迁能顺利完成吗？

500万元的资金缺口，继续成为肖海的一块心病。

回到庸城10天了，仍然没有传来好消息。

一天上午，肖海打开办公室房门不到5分钟，来自滑坡区的男男女女、老老少少10多位移民，就一起挤进了办公室，不待肖海开口，便你一言我一语地反映起了他们的困难和问题。

“我的房屋已经停工半个多月了，没钱买材料，补给我们的资金什么时候能够到位？”

“为了用上老房子的材料，我已经将老房屋拆了，新房子又没建好，一家五口挤在临时搭建的工棚里，住了快一个月了。你们把应该补给我们的钱，早点补到位，让我们尽快将新房建好，早日搬进新房去住。”

“肖局长，你别不说话。动员我们搬迁前，你不是向我们保证让我们在一年之内住进新房吗？现在都快两年了，如果资金再不到位，恐怕再过两年时间，我们都没法住进新房。”

“肖局长，你给我们一个准确时间，资金到底何时能落实，让我心中有个数。”

“肖局长，我们也理解你的难处。如果上面不尽快拨付资金，我们马上组织几十个移民去省移民局或省政府。”

“是的，再等半个月时间，如果我们还没有领到钱，就组织人员到省里去。”

移民越说越激动。

肖海理解移民的难处，也理解移民此时的心情。可肖海的难处移民能够理解吗？

肖海耐着性子，微笑着正想给移民做一些解释。

手机来电显示：覃怡琼。

“肖大局长，向你报告，你交给我的任务终于完成啦！”肖海刚接听，电话中便传来了覃怡琼的声音。

“美女处长，你真是我的救星啊。现在，我的办公室里就有10多位移民正追问我什么时候给他们钱呢。不给出一个具体的时间，他们连厕所都不允许我上，是你给我解了围！”肖海顾不了许多移民在场，听到资金问题已经解决，激动地在电话中开起了覃怡琼的玩笑。

“那现在就可以到你要去的地方痛痛快快、舒舒服服地解决问题了呀。哈哈，哈哈！”看来，覃怡琼也为资金问题得到解决而开心。

“资金什么时候能到位？移民真的等着钱用。”肖海怕时间拖久了，又生出变故。

“省财政厅的资金计划文件，电子文档明天下午就下发各市州财政局。你们要求的500万元，作为专项资金，一次性到位，你不用再担心了。”听了覃怡琼的回答，肖海心中的一块石头终于落地。

“现在就是省财政厅领导来的电话，说资金已经落实，你们现在可以放心了。回去抓紧时间安排人员建房，争取在年底前全部完工，搬进新房过春节。”肖海没有挂断通话，也忘记了感谢覃怡琼，直接对在场的移民说。

“好的，等我们的新房建成了，就请肖局长到家里去做客。”移民说完，高兴地离开了。

“喂，喂，好你个肖海，你们的问题刚刚解决好，就不理我了。”手机中再次传来了覃怡琼的声音。

“不好意思，我实在是太激动了，还没感谢你，怎么会不理你呢。过几天我就来省城当面感谢你，可以吗？”肖海计划着如何去当面感谢覃怡琼。

“感谢谈不上，你若是来看我，我肯定高兴。只要我没有出差，欢迎你随时来。”覃怡琼表示欢迎，希望肖海早点到省城与自己见面。

第二天下午刚上班，肖海就来到政府分管副市长的办公室，如实告知了资金问题已经得到解决的消息。

副市长感到不可思议，当着肖海的面向市财政局打电话进行了求证。得到了准确信息后，副市长看了一眼肖海，深有感触地说：“上一次找分管副省长签字，省移民局只解决了50万元；这一次找到财政厅副厅长签字，一下子就解决了500万元。我看不仅仅是县官不如现管，就连省部级官也不如现管啊！”

“管钱的部门肯定不一样，不然财政部门的同志有的提拔了都不愿意调出财政系统。”肖海也为问题最终得到了解决而高兴，附和着副市长。

走出副市长的办公室，肖海感到一阵轻松。觉得从此以后，自己在分管副市长甚至是市委其他领导心中的印象将会更好。同时，肖海从心底里对覃怡琼产生了深深的敬意。

资金问题解决了，及时完成滑坡区移民搬迁就更有信心。肖海与达重县移民局的同志一起，深入滑坡区和新的移民安置区，对移民的旧房拆迁和新房建设情况进行了实地查看，发现一切工作进展顺利。

肖海知道，这一切的功劳，在很大程度上要归于覃怡琼。如果不是她出主意，如果没有她出面到省移民局进行协调，500万元的资金根本不可能一次性地到位。

无论如何，我肖海一定要去当面感谢她！

“美女处长，在省城还是在外地？”肖海给覃怡琼打电话。

“怎么，你现在到了省城？”覃怡琼以为肖海到了省城给她打的电话。

“没有，我是想问问你，你明天是否在省城，如果你在省城，我想明天来当面感谢你。”肖海说出了自己的想法。

“你来省城我表示欢迎，见见面，请几个同学陪陪你，一起吃餐饭是可以的，但千万别说当面感谢的话。同学之间帮帮忙，还用得着感谢吗？”覃怡琼表示欢迎的同时，也推辞说。

“好，不说感谢，专程来看看你，总可以吧。”帮了这样大的忙，解决了资金缺口的大问题，肯定应该去当面表示感谢。

“我在省城，那你明天来吧。”覃怡琼愉快地答应。

第二天大清早，肖海和司机一起向省城奔去。

第四十五章　产业试点获成功

国家新的移民后期扶持政策实施以来，省移民局在认真抓好直补到人资金落实的同时，将发展移民产业作为助推移民增收致富的重要举措，提出了通过几年时间的努力，全省基本形成“省里统一部署、市县认真组织、龙头企业参与、相关部门支持、主动做好服务、移民持续增收”的发展移民产业的格局。

为了促进移民产业发展，省政府每一年都要召开一次移民产业开发现场会议，由分管的副省长带队，组织省直部门和各市、州、县政府分管移民工作的领导、移民局局长，到移民产业开发做得好的县进行参观学习。

如何贯彻落实省里的会议精神，进一步促进庸城市移民产业的健康发展，打造出具有鲜明特色的移民产业?

副市长在听取了市移民局的汇报，视察了全市几处好的移民产业开发现场后，不仅提出了“因地制宜、突出特色、企业带动、移民参与、稳步推进、务求实效”的基本思路，同时，要求市移民局进一步做好市场和实地调研，根据市场发展趋势和各库区的不同地理条件、气候特点，“因库制宜”地制订出3~5年的全市发展移民产业的规划。

在对县、区的实地调研中，市移民局首先发现了上址县扶持带动移民产业发展的好典型。

上址县食品有限责任公司，主要从事葛根、山野菜系列产品的生产、加工和销售，产品多次在省农博会上获得金奖。葛根的原料供应是公司能否做大做强的基本决定因素。葛根主要生长在山区，而水库后靠移民大多居住在库区周边的半山坡，大量的山坡地非常适合种植葛根。

如何把公司的发展与水库移民的增收致富有机地结合起来?上址县移民局的同志经过认真思考，并与公司负责人反复协商后，终于达成了一定的共识。

一是搞好示范。公司先在某某乡的两个移民村示范种植了1000亩葛根。示范种植期间，公司对移民的土地实行每亩每年付租金600元、公司请移民管理葛根按实际工日另计报酬的支付方式。两年后，公司示范获得了成功，移民也从示范基地获得了丰厚的报酬。

二是建立基地。示范获得成功后，移民主动找到公司，要求在库区建立葛根种植基地。经过公司技术人员实地考察和县移民局、所在乡镇干部的共同努力，仅两年时间，公司已在库区18个乡镇的30个移民村种植葛根1.3万亩。公司与移民户签订“四包一保”的合同，即公司包提供优质种苗、包技术指导、包贷款担保、包产品回收，移民保证将产品交给公司。葛根种植基地直接受益的移民达3500人，一年仅种植葛根的收入人均达2000元以上。

在总结上址县移民局发展产业成功经验的基础上，为进一步引导全市移民产业的健康发展，市移民局及时选择鲁垭水库库区所在的某某村，利用鲁垭水库1000亩库叉实施拦网养殖试点。

之所以称之为试点，主要是考虑到鲁垭水库虽然水质很好，非常适合各种淡水鱼的生长，但却地形复杂，水位落差近100米，拦网区域的水深达120米以上，选择的拦网点宽度有200米，不仅下网难度很大，能否最终成功还是一个未知数。

肖海带领市移民局党组一班人，经过多次现场考察地形，到其他市州库区参观学习拦网养殖的成功经验，并与养鱼大户和水产品经销商左胜利反复进行效益评估分析，大家初步认为，选择这个区域实施水库拦网养殖试点是可行的。

方案确定后，市移民局立即召开所在村的村组干部及党员代表会议，给村民讲清市移民局为何要选择在此试点、项目准备怎么建设、项目成功后对当地群众有何好处。

与会人员围绕水面资源属于谁、受益后给群众多少好处、拦网后极个别移民坐船出行不方便怎么办、试点项目所需的用工要保证是本村的人员等问题充分发表了意见。

通过市移民局同志反复做工作，与会群众对市移民局办这个试点的认识已从开始时的抵触、反感，到观望、接受，同时也提出了项目受益后要给当地群众一定好处的要求。

为了加强左胜利的责任，市移民局动员他个人投资50万元，并具体负责该项目的管理。刚开始，左胜利并不愿意，他担心：如果项目不能成功，自己投入的50万元有可能打了水漂；如果成功了，管理能否到位，群众是否眼红？

通过反复做工作，左胜利最终答应试试看。

拦网养殖项目总算正式落户在鲁垭水库泸溪镇的某某后靠移民村。

双方资金到位后，左胜利迅速在项目区域内修路、引水、架电、做网箱、购网下网、放鱼苗。

几个月后，看到成群结队的鱼儿在拦网区域内水面畅游时，市移民局一班人和左胜利终于如释重负地感叹道：项目终于成功了一半！

为了确保拦网的收益，也为了让市移民局的同志有更多的时间和精力做好其他工作，项目实施一年后，市移民局党组及时做出决定，将拦网养殖项目承包给左胜利，承包所得收入主要用于扩大库区的水面养殖投入。

有了上址县的经验，加之鲁垭水库水面拦网养殖试验的成功实践，市移民局对全市移民产业发展规划，有了比较全面和清晰的思路。

不久，《庸城市水库移民产业发展五年规划》初稿得以形成，得到了分管副市长的初步认可，并指示对初稿进行进一步修改完善，再组织市直有关专家、相关部门负责人、县区移民局局长共同进行评审。

之后，市政府分管副秘书长主持了评审，副市长到会听取了与会人员的意见，要求市移民局继续完善《规划》。

最终，《庸城市水库移民产业发展五年规划》获得了市人民政府的批准，为全市移民产业健康有序发展提供了指南。

就在肖海为完成了全市移民产业发展五年规划而高兴之时，拦网养殖试点项目却生出了不少麻烦。

左胜利以“拓展了新的业务，没有时间和精力继续经营管理拦网项目”为由，提出退出该项目的要求。

没办法，市移民局只好另行寻找了新的承包者。

新的承包者为了追求利益最大化，没有继续兑现每一年春节前免费送给当地群众每户一条三斤鲜鱼，每年“七一”建党节，对所在村党员进行慰问等承诺。

不仅如此，新的承包者还对负责项目管理的几位人员进行了调整。

左胜利新拓展的项目规模越做越大，生意愈加红火。

他将养殖和收购的鲜鱼，通过客运航班销往北京，鲁垭水库的清水鱼、银鱼成了北京不少酒店的招牌菜。

同时，南方沿海城市及周边3个省会城市的不少酒店也开始争相采购鲁垭水库的水产品。

几年下来，左胜利赚了很多钱，不仅购置了三辆大小汽车，还分别在老家和集镇建起了小楼房，把加工厂房设立到了县城的工业园，成了当地名副其实的富裕户。

当时，中央电视台《致富经》栏目，对左胜利的致富经验做了专题报道。

你有我有，一起喝酒；你无我有，看你出丑；我无你有，要赶你走。

项目所在村的部分村民看到市移民局的拦网养殖项目产生了收益，开始打起了歪主意。

“市移民局无权将水面承包出去。”

“市移民局为什么只扶持左胜利一个移民户？”

“市移民局以办养殖基地的名义向上面要了许多钱，投到基地的钱很少，大部分钱落入了某某个人的腰包。”

一时间，各种议论在项目所在地的村镇传播开来。在极个别人的操纵下，拦网养殖的正常生产秩序受到很大的影响。

为妥善化解这些矛盾，在当地镇党委、镇政府的要求下，肖海带领相关人员，及时同联系该村的镇党委委员、镇综治办主任一起，赴村里与群众座谈。

7月23日，骄阳似火，相关人员上午9点到达村部时，村部已集聚了近40位村民。

人群中，既有上至80多岁的爷爷奶奶，也有1岁多的孩子。由于屋子较小，人员较多，天气太热，电扇没到位，屋子里就像个小火炉，所有的人大汗淋漓。

见此情景，镇干部建议支部书记就近借两台电风扇来降温，让大家能坐得住；肖海给大家递上香烟，想拉近一点与村民的距离，利于问题的解决。

主持会议的镇党委委员向大家说明了领导的来意、会议的程序、会议的纪律后，连续任职近30年、年已65岁的村党支部书记，首先介绍了市移民局办养殖基地的前后经过，村里抓住这一机遇带来的基础设施方面的变化，养殖基地对村民增收的辐射带动作用等情况。

没等党支部书记把话说完，村民甲就急不可耐地插话说：“我们今天来参加会议，不是来听你摆功的，而是来解决问题的。”

一时间，群众代表对党支部书记长期不满的怒火被点燃。

“我家退耕还林的补贴款搞错了。”

“到我们组的公路为什么还不动工？”

“村里这几年的账目为何不公布？”

“你在处理我们家与某某某家的纠纷时，为何偏袒对方？”

“你经常进馆子吃喝，是否花费村里的钱？”

“市移民局在我们村里办点，是富了极个别人，大多数群众没有得到什么好处。”

“我的侄儿高中毕业，30多岁了，积极要求加入党组织，你不培养，却让自己的女儿入了党，是何用心？”

“市移民局办点投入了100多万元，我们怀疑有的干部从中得了好处。”

大家你一言我一语，情绪十分激动，纷纷将矛头指向了村党支部书记，会场顿时乱成了一锅粥。

主持人强压心头之火，站起身大声劝说：“请大家安静，有话一个一个地说。况且，我们今天主要是解决市移民局养殖基地的问题，你们反映的村里的问题，镇党委镇政府已做了安排，会尽快解决。”

市移民局决定在此试点，肖海是主要决策者，没想到刚刚看到一点希望，已引发村民如此多的意见。

肖海自知有责任做好移民的工作，及时引导说：“我今天来，主要想听听大家对养殖基地的意见和要求，只要大家的要求合理，市移民局一定尽最大的努力满足。”

“市移民局无权对拦网养殖项目发包。”一位60来岁的村民率先发难。

“市移民局收取的承包费用，应更多地返回到我们村里。”一名原村干部随机附和。

“市移民局到我们村办点时，没有召开村民大会，只召开村组干部和党员大会，而且是用钱把与会人员买通后才签订的协议，可以说是无效协议。”一位30多岁的年轻人，妄加猜测，极具煽动性地对参加会议的镇干部和市移民局的干部吼叫着。

“市移民局实施拦网后，我们群众出行很不方便，必须给我们一个说法。”公路没有通到家的一位群众代表发言说。

“市移民局的拦网养殖项目，给了外村的人承包，我们本村的人为什么不能承包？”原想承包者直接向肖海提出了问题。

“市移民局没有拦网时，我们天天都能自由地在库叉内捕鱼。而现在，我们捕鱼要到大库去，很不方便。市移民局是否给我们这些人一定的补偿？”原经常在拦网区域捕鱼的人说。

“市移民局投入了多少钱与村里无关。从现在起，拦网项目村里要收回，市移民局走人了事。”有一位村民鼓动说。

这种场面，肖海在乡镇任党委书记时，经常遇到。任县移民局局长时，接待群体上访的移民也是常有的事。今天再次出现这种情况，肖海虽然心不慌、意不乱，但内心却很不是滋味。

肖海有点悔不当初。多少移民村要求市移民局去办点，市移民局都没有去，而是下决心将养殖基地选在了这个村，且已投入资金150多万元。

肖海有点哭笑不得。

当初，正是看好村里移民群众的纯朴善良，才决定在此办点，想以此带动当地移民增收致富。没想到，项目刚有收益，群众就变着法子无情地想将市移民局赶走。

肖海心有不甘。

从前在乡镇工作中遇到多少难题都能化解，难道在市移民局试点创办的移民产业刚刚看到希望的时候，面对群众的误解就无计可施了吗?

肖海坚信当初的决策没有错，群众是受了个别人的唆使才有意见的，只要工作过细，群众会理解支持市移民局继续在村里办点的。

时间已过下午1点，群众代表在不停地数落着村书记“罪过”的同时，对市移民局办点提出了一个又一个的苛刻要求。

主持会议的镇领导看了看阵势，觉得让群众无休止地讲下去也不会有任何好结果，于是，征求肖海的意见，要求肖海讲几句话。

此时的肖海，真是又热又饿又气愤，没有一点心思说话。但考虑到这一切均因市移民局从事养殖试点工作而起，自己既然到场了，就有责任帮助做好群众的工作。

肖海喝了口水，环视会场内的人群，对大家说：“你们发言时，我非常尊重大家，从不插话，还一一做了记录。希望我讲话时，大家也要尊重我，不要插话，先允许我把话说完。”

看到大家表示了默认，肖海继续说：“对于有的同志提出的市移民局无权在这里试点的问题，我非常肯定地告诉大家，我们在这里办养殖试点，得到了市、县政府分管领导的同意，得到了水库管理处的批准。试点之前，我们在村里召开了村组干部党员会议，大家是支持的；由县政府在镇政府召开了相关部门负责人参加的联席会议，与会者也是赞同的。我现在手中就有各种手续可以证明。”

肖海一边说一边看了一下群众的表情，他们似乎已没有刚开会时那样反感了，于是接着说："关于实施拦网后给群众带来的捕鱼不方便、行船不方便等问题。项目开办之初，就对拦网区域内有网箱和抬网的几个农户给予了一定的补偿。对设置拦网的地方，为方便群众进出，我们新建并硬化了下河码头。船只的进出的确没有从前方便，但也仅限于通过拦网时要减速慢行，我相信大家是能够理解的。关于有的同志提出的为何不让本村群众承包拦网养殖项目的问题，我想在座的大多数同志都清楚。"

市水库移民局李副局长插话说："我们多次到村里来开会，与村干部共同研究拦网养殖项目的管理问题。对村干部向市移民局提出的同等条件下本村人优先承包的要求，市移民局局长当场就表态同意。有的村民也找过我们要求承包。直到与他人签订承包合同的前一天，市移民局领导还通过村干部并自己打电话给有关村民，得到了没有人承包的确切回答后，市移民局才最终与现在的承包者签订合同。"

"这个问题，大家再提意见就没有道理了。"村干部和部分党员纷纷站出来证明。

"不管怎么说，市移民局在我们这里办的拦网养殖项目已经产生收益，应该给我们村民一定的好处！"一位老党员反映出了大多数人的心声。

"市移民局办点我们是支持的，但要让我们村的大多数人受益，不能只让个别人得到好处。"村主干的一位直系亲属直言不讳地说。

看着群众意犹未尽的样子，继续讨论不仅不能解决任何问题，反而会加深村干部与群众的误解，为今后解决实质性问题增添难度。

肖海与主持会议的镇领导商量后向群众表示，会各自将群众反映的问题带回去研究，并尽快给群众答复。

此次会议无果而终，在与会群众的一片埋怨声中，大家心事重重地离开了会场。

10月下旬，试点村的部分村民，继续向地方政府和移民部门施压：问题不解决，11月上旬，将派人向省政府反映问题。

市移民局和泸溪镇党委政府的领导意识到：部分移民提出的问题没有及时解决，镇党委镇政府和市移民局有不可推卸的责任。于是，大家共同商议，先召开村干部会议听听他们的意见，看群众有哪些想法，镇村干部和市移民局的人统一思想后，再召开群众大会。

10月28日上午，由镇武装部谭部长主持，项目所在地村推选出的30位移民代表，法律服务所、综合治理办公室、畜牧水产站、移民工作站等部门负责人，市移民局部分领导，共40人集中到镇政府会议室，围绕市移民局的拦网养殖项目进行再次商谈。

由于镇党委镇政府在上次会议上承诺的事项没有给群众兑现，会议刚开始时，极少数群众代表对市移民局和镇党委镇政府的干部有很大的抵触情绪，群众代表发言就火药味十足，让镇政府和市移民局参加会议的干部听起来心里就不舒服；而只要镇干部和移民局的同志发言，群众就千方百计地插话打断。

见此情景，会上宣布过纪律要求的镇党委孙委员发火了，他站起身对挑头的几位移民代表大声说："你们多次要求镇党委镇政府解决问题，没有及时解决，你们有意见，口口声声要上访；今天市移民局的局长到会，和我们一起听听大家的意见，就是想解决问题，你们不听。你们到底想干什么？"喧闹的会场顿时鸦雀无声，大家你看看我，我看看你，一句话也不说。

过了片刻，一名曾竞选村主任不成的中年男人霍地站起身来，冲着孙委员大声怒吼："你们镇领导说话不算数，表态的事3个月了还不落实，有什么资格责怪我们移民？"

"拦网设在我们村的水面范围，你拦你们的网，我们不干涉，但我们捕鱼，别人也不要干涉。"一位几次在拦网养殖区域偷偷捕捞的移民附和着。

"你们上次与村组干部党员协议的事情不能算数，因为是你们市移民局给了每个与会人员300元钱买通的。"

"你们市移民局在拦网项目上投入了多少钱我们不管，你们将添置的东西拿走，项目交我们村群众经营管理。"

又有极少数人提出了无理诉求。

"对，我们今天不和你们谈了，我们明天到县政府去，县里解决不了，我们再到省里去！"一部分群众站起身准备离开会场。

参加会议的综治办唐主任再也坐不住了，起身严肃地对大家说："我听了大家的发言，了解了一些情况，有两点需要给移民讲清楚。第一，市移民局在村里办拦网养殖项目是办理了合法手续的，是得到了村组干部和党员同意的，其财产属于移民资产，应依法受到保护。第二，未经承包者同意，任何擅自进入拦网养殖区域捕鱼，或随意损害养殖基地财产的行为，都将受到处理。”

唐主任拿出随身的《治安管理处罚条例》给与会人员宣读了相关条款后继续说：“移民有的诉求是合理合法的，我希望你们冷静克制，依法行事，不要干出损人不利己的事，更不要干违法的傻事。”

移民是可爱的，他们为国家和地方重点水利工程建设做出了一定的牺牲和奉献。

移民是可敬的，他们能在长期形成的原有的老的社会关系被打破后，在迁入的新地方不断结识新朋友，慢慢适应迁入地的风土人情，开始新的生活。

移民是可畏的，特别是外迁的移民，在融入当地社会的过程中，他们的生产生活必然会遇到许许多多的困难，若不能及时解决，移民就会成为当地不稳定的群体。

想到这些，肖海感到自己肩上的担子更重了，他有责任解决市移民局拦网养殖引发的问题。

肖海站了起来，面带笑容，真诚地对大家说：“首先，我非常感谢移民对市移民局在你们村办点期间给予的支持。”

肖海停了停，环顾了会场上群众的表情，发现他们已没有刚才的那种激动情绪了，有的老党员还不停地点头，便接着说：“我还要向大家表示歉意。市移民局在这里办拦网养殖项目，的确给你们带来了一些不方便，特别是上次群众代表会上反映的问题没有及时解决到位，镇政府承诺的事项没有很好地兑现。”

看到市移民局局长如此真诚地与移民进行沟通，大多数与会代表感动了。

未等肖海把话说完，曾经带头上访的某青年就迫不及待地插话说：“我们移民是听话的，要求也并不高，关键是你们领导要关心我们移民，对于我们的困难要及时解决。”

身材瘦小、年过80岁的原村党支部书记接过话头：“市移民局将养殖项目的试点办在我们村，从内心来讲，我们是支持的。现在养殖项目已经产生收益，希望市移民局从收益中拿出一点钱分给村里的移民，让大家也得到一些好处。”

鲁垭水库蓄水12年，这个村的移民很稳定；市移民局办拦网养殖项目的前两年，没有收益时移民很稳定；唯有拦网养殖项目承包产生收益后，移民开始不稳定了。

利益实在太诱人，移民就是很现实。

就在来村里开会前的夜晚，肖海已与单位的人员商量，拟订出了项目收益部分如何与村民分配的协议草案，于是，接过老支部书记的话说："本村移民也要从拦网养殖项目上受益的要求很合理，辐射带动当地移民致富是我们市移民局办这个拦网养殖项目的初衷。"

肖海连续喝了几口水，湿润了一下喉咙，继续说："为了节省时间，事先也没有同大家商量，我们市移民局准备了一份协议草案，不妨请我们市移民局办公室主任给大家宣读一下，你们听完后如有不同意见再发表。"

移民代表认真仔细地听完了市移民局办公室主任宣读的协议草案后，围绕收益分配比例及资金发放办法、是否允许本村的移民在拦网养殖区域钓野生鱼提出了不同的意见。

会后，通过与承包者协商，考虑到本村的移民人数不多，真正钓鱼的人更少，且通过给本村的钓鱼者发证来带动拦网养殖区域内的垂钓，承包者会获得更多的收益，承包者终于同意本村的移民在拦网区域钓野生鱼。

后来，市移民局将这个拦网养殖项目无偿转让给了所在的村集体。

第四十六章　夕阳晚霞最美丽

半年后的一天晚上，10点钟了，年迈的母亲已经入睡，李秋婉反锁了门，准备洗漱。门口传来了敲门声。

"谁呀？"李秋婉稍显紧张地问。

"是我，请开门。"听出是丈夫的声音，李秋婉迅速开了门，高兴之余也有一丝意外。

"不是说好了明天回来的吗，怎么今天返回了，一天来回坐车，也太辛苦了吧！"李秋婉关心地问。

“事办完了，就连夜返回了。”肖海随便回答。

“看你的表情，今天一定是受了某种委屈。说来听听？”几十年的夫妻，李秋婉太了解自己的丈夫了。肖海是个心里藏不住事的人，喜、怒、哀、乐全都挂在脸上。看到肖海此时的表情，李秋婉递上一杯热茶，说。

“今天坐车有点累了，想洗澡睡觉了。”此时的肖海感到特别累，不仅仅是从庸城市到省城往返坐了800多公里的车，体力消耗之累，更有省移民系统对市州移民局的绩效考核结果不理想的心绪之累。

“你去洗澡，我帮你找衣服去。”李秋婉知道丈夫的性格，不想说事的时候，无论怎么劝，都不会说；想告诉自己的事，你不想听，他也要说。

洗完澡，穿好睡衣，躺在床上的肖海，仍然没有一丝睡意，10多年来，从事移民工作的一幅幅画面，不断地在脑海浮现……

鲁垭水库库区移民工作难做之时，临危受命，由京铺镇党委书记直接派到了县政府库区工作组，带领工作组一班人，深入调研，日夜工作，不负众望，很好地完成了县委县政府交给的任务。

调进县移民局后，大刀阔斧地开展工作，积极探索移民产业开发的路子，不断加大库区和移民安置区的基础设施建设投入，认真做好移民信访维稳工作，实施库区后靠移民二次搬迁，强化移民资金管理，改善机关办公条件。参加公选考试，几经坎坷，不言放弃，终于上了一个新的台阶，有了施展才能的更宽广的舞台。

到了市移民局任职后，没有图安逸，将全部的心血投入到了移民工作中。

有人说，一分耕耘，一分收获；付出总会有回报。对于移民工作，自己已经多年耕耘、倾情付出了。虽然一路走来，自己已收获不少荣誉，职务上也有从正科级到副处级再到正处级的回报，但总觉得心里不踏实。

李秋婉一觉醒来，看了看时间，已经凌晨两点多了，并没有听到丈夫平时睡觉时的鼾声，知道他还没有入睡。

“老公，你怎么还没有睡着？”李秋婉推了推丈夫的肩膀，关心地问。

“也不知怎么搞的，今天总是睡不着。”肖海含含糊糊地说。

“你一定有什么事瞒着我，不敢对我说。是不是爱上了别的女人，想与我离婚？”丈夫深更半夜了还没有入睡，又不愿意向自己讲清原因，一定有事瞒着自己，李秋婉犯起了醋意。

“你才爱上了别人！”肖海最不愿意妻子怀疑自己对她的忠诚，每一次拌嘴时，只要提及此话题，心里就不高兴。

“那你有什么事不能对我说的呢，你说出来，再大的困难我们一起想办法克服。”看到丈夫生了气，李秋婉态度缓和了许多。

“主要是工作上的事，我现在觉得工作越来越难，一把手更不好当了，比如，我们搞的产业开发试点，没有达到理想的效果；还有，去年省里的绩效考核，我们也排名靠后。”肖海终于吐露了真情。

“我说你怎么不高兴，连觉都睡不着了。没有什么想不开的，大不了领导不让你继续担任市移民局局长。我看，不担任局长了，说不准还是一件好事，免得操心，咱们好好过日子。”李秋婉安慰说。

“话虽然这样说，但我从县移民局局长，好不容易干到了市移民局局长，其中所吃的苦，你最清楚。如果就这样退出领导职位，我的脸往哪儿搁？别人对我怎么看？”

“要不，主动向组织部门提出来，要求调换一个单位。”李秋婉帮着出起了主意。

“现在正在进行机构改革，单位在压缩，领导职数更少，调换一个单位，还能让你继续担任一把手？”肖海也曾想过调整单位，但非常担心组织上只给自己安一个副职。

俗话说：“宁为鸡头，不做凤尾。”

既然如此，又何必要求调整单位呢？

夫妻二人商量着，慢慢进入了梦乡。

上班后，肖海仍然为自己未来的选择担忧。

没过几天，肖海接到了市委组织部的电话，通知他去一趟组织部部长的办公室。

组织部部长到任的时间不到一年，对肖海的情况不是很了解。

“部长好，这就是市移民局的局长肖海。”工作人员将肖海领进了部长的办公室，向领导报告说。

“哟，肖局长，我们是第二次相见了。你坐下，我们慢慢聊。”部长看着肖海，笑着说。

的确，肖海几个月前，找新任的组织部部长汇报过一次工作。领导的记性真好，还记得。

“部长好，我还以为领导工作忙，不记得我了呢。”肖海一边说，一边笑着看向部长。

“部门的一把手，我当组织部部长的，怎么能不记得呢？你是公选上来的领导，到市移民局任职10年了，快满55岁了。我说得没错吧？”部长看向肖海，继续笑着。

肖海已经发现，部长眼前的办公桌上放着一本全市在职处级干部名册，且看的正是市移民局的班子情况介绍。

“谢谢部长的关心，看来，我这小小的市移民局局长，在部长的心里还是有位置的。”肖海奉承说。

“这次机构改革，对于市直单位的机构和一把手将进行一些调整。你有什么想法吗？”部长终于转入了正题。

“我一切听从组织的安排。我在移民系统工作了多年，如果有更好的单位，我也愿意交流一下。”肖海试探性地回答。

“如果组织上安排你到市政府任副秘书长，或者是将你调整到市人大、市政协某个委去任职，你接受吗？”部长看着肖海，代表组织征求意见。

“到领导的身边工作，能够为领导服务固然很好，但我年龄偏大了，领导不一定喜欢。再说，我更愿意做些直接服务群众的事情。”肖海说。

“目前正面临着又一轮行政机构改革，单位有所减少，领导干部的职数也相应地要减少，机构改革涉及干部的切身利益，市委领导也难当啊。”组织部部长发出了感叹。

“我今年还不到55岁，干一届没有问题。但总的想法是，服从组织安排，党叫干啥就干啥，绝无怨言。”肖海表明了自己的态度。

“你有这样的态度很好，党的干部就是要服从组织的安排。今天，我也只是征求一下你的意见。最终的人事安排，需要市委常委会集体研究。”

部长完成了征求肖海意见的任务，肖海很知趣地离开了他的办公室。

根据组织部部长找自己谈话的内容分析，肖海意识到，离开市移民局局长的位子是肯定的，至于具体调整到哪个单位，能担任什么样的职务，心中依然没有底。

没过几天，肖海主动找到市委书记，就移民产业发展中的有关问题进行了汇报。

听完肖海的汇报，书记认为，肖海的思路清晰，看问题有自己的独到见解，工作能力还不错，年龄虽然快满55岁，但在市直单位再任一届一把手没有问题。

刚从市委书记的办公室回到单位，肖海立马接到了市委组织部的通知，说是组织部部长再次找自己谈话。

“肖海，市委书记对你的印象很不错嘛。”肖海刚被工作人员领进部长的办公室，部长就笑着说。

很明显，关于肖海的单位及职务安排，市委书记已经与组织部部长进行了沟通。

“谢谢部长的夸奖。”肖海客气地说。

“书记的想法是，要你与某某单位的一把手对调。”部长看着肖海，表情有些严肃，不像是征求意见，而是有点正式谈话的意思。

“能容许我考虑考虑吗？”听说要将自己调整到另一个单位去任一把手，肖海心里咯噔了一下，马上想到了那个单位服务的特殊人群，心里很不情愿。心想，如果去那个单位任一把手，还不如不去！

“怎么，还不愿意？你要知道，机构改革时期，像你这样快满55岁的干部，能够继续任市直单位的一把手，是很不容易的。”部长看着肖海，感到有些惊讶。

“谢谢组织对我的信任。我能否继续在市移民局任职？”

“你在市移民局任职已经10年了，按照规定，必须进行交流。”部长说出了调整的理由。

“我不在市移民局任何职，就在那里任正处级干部，组织上允许吗？”肖海想了想，突然冒出一句。

“怎么会有这样的想法呢？我认为你去的这个单位并不差呀，好几个单位的一把手还想着去，要不是书记点将，还不一定能安排你去呢。你倒好，宁可不要职务，也不去这个单位。是不是移民系统工作人员中有你的老相好，舍不得离开呀！”肖海的话一说完，部长更加感到惊讶，觉得不可思议，也顺便开起了玩笑。

“移民系统老相好没有，倒是在移民系统的工作时间长了，接触移民多了，不仅对移民工作很熟悉，对广大水库移民也有了很深的感情。所以，我不愿意离开移民部门，想继续为水库移民做些力所能及的工作。”肖海解释说。

“从这个角度讲，也能够理解。但突然放弃市直单位的一把手不当，你从内心能接受吗?”部长继续问。

“组织上不是提倡能上能下嘛,何况,我今年也就要满55岁了,最多也就能干一届,最后还是要从一把手岗位上退下来,没有什么接受不了的。”

“你有这样的心态,我很敬佩。但我劝你还是要冷静地想一想,不要草草地做出决定。”部长再次劝说。

“从乡镇党委书记算起,我已连续任一把手27年,实在操心够了,已经身心疲惫,需要休息了。部长你看,我的头发基本上全白了。”肖海一边说,一边用手指着自己的头说。

“这样吧,你回去同你老婆好好商量商量,我也需要给市委书记汇报一下,是否同意你的要求,必须书记拍板才行。”

离开组织部部长的办公室,肖海也对自己的决定进行评估:是对?是错?老婆能理解吗?如果组织同意了,自己今后是否会后悔?到移民局不当一把手了,大家会怎么看?能与新任领导处理好关系吗?

回到家,肖海立即将拒绝组织安排自己去某某单位任职、要求就在市移民局任普通的正处级干部的情况,告诉了妻子。

“你这么突然提出不当一把手了,朋友伙计怎么看?说不定还认为你犯了什么错误,被组织上罢免了呢!”李秋婉也觉得很突然,担心社会上的议论。

“只要自己愿意,管他人怎么说!”

肖海看着妻子,知道她爱面子。丈夫当了20多年的一把手,她觉得很荣光,突然就不当了,她一时半会儿难以接受,也是能够理解的。

“要调你去的那个单位,的确不怎么样。”

“是啊,我从事了10多年的移民工作,整天与水库移民打交道,有时遭群体上访的移民围困时,心里都不免有些不耐烦。如果真的去了,还不成天被围着,要这要那,心情会更糟。弄不好,还有可能将不好的情绪带回家里,影响两人的感情。”肖海进一步分析了去新单位任职的弊端。

“你怎么决定,我都没有意见,但有一点要说清楚,你不当一把手了,肯定有一种失落感,脾气还有可能变坏,甚至长时间难以调整过来。你要保证,不能将这些情绪体现在家里面,更不能冲家人发火。”李秋婉不无担心。

“如果我去了新的单位,脾气倒有可能变坏。我就在市移民局,新来的局长也不会为难我。我甚至还可以上自由班,这样会有更多的时间待在家里做家务,为你减轻一些负担。”肖海向妻子做出了保证。

其实，肖海不愿意去新的单位还有一层因素。

在移民系统工作时间长了，政策、业务、情况、人员都熟悉，处理事情得心应手，不说自己在市里是权威，就是在全省移民系统，也是大家公认的专家型市州局长。而到了新的单位，自己成了新兵，一切都要从头开始，自己50多岁了，何苦还要如此去奋斗？

对于肖海宁可在市移民局当普通的正处级干部，也不愿意去新的单位担任一把手的要求，市委领导开会时，也有不同的看法。

有的猜测：是否移民系统有什么大的问题，怕离开了移民系统后露出马脚，肖海才不愿意离开？

有的不理解：肖海怎么就不愿意调到另外一个单位继续任职？

有的认为：肖海可能是真心想退下来休息。

常务副市长更坚信：肖海虽然不任主头，但继续留在市移民局工作，对全市移民工作的发展是一件好事，毕竟他对移民工作太熟悉了，可以说，是全市移民工作的一部活档案。

市委副书记担心：肖海对移民工作的情况太熟悉了，如果让他继续留在市移民局，新任的局长是否好开展工作呢？

听了大家的发言，组织部部长说："这一点不用担心。我与肖海有过几次接触，他人品很不错。再说，我们跟肖海谈话时跟他讲清楚，必须支持、维护新任局长的工作，一旦出现问题，我们随时把他调离移民局。"

其他常委分别发表了意见，多是同意肖海继续留在市移民局。

最后，市委书记拍了板，同意肖海不调去别的单位，留在市移民局任正处级干部。

新任局长很快赴任了。

办公室主任特意将欢迎新局长的晚宴，安排在了与机场仅围栏之隔的农家餐馆，让大家在用餐的同时，能将500米外飞机起降的过程尽收眼底。

刚刚离开领导岗位的肖海，多少有些失落。

"看，一架飞机又要起飞了。"新局长指向机场对大家说。

是的，一架满载旅客的飞机开始了滑行，慢慢加速，然后突然离开了地面，不断拉升高度，穿过美丽的晚霞，飞向远方。

肖海心想，自己也要在晚霞中开启新的人生。

后　记

人生是一本书，真正读懂的是自己；人生是一首歌，有的唱成了经典，更多的如过眼云烟；人生是一条河，有时风平浪静，时有汹涌波涛；人生是一壶酒，清醒时才能品出度数、香醇和年久；人生是一棵树，要成材，唯经冰雪霜冻、风雨干旱；人生是一株草，虽有枯萎时，春来又发芽；人生是一次长途旅行，结束了，才知道哪里有风景名胜。

工作时，从不要他人代写讲话稿的自己，2020年5月退休了，依然闲不住，想写一本自传。转念一想，一生过于平淡，没有跌宕起伏的感人故事，写出来不会有人感兴趣。考虑再三，尝试文学创作。

想到了文学创作辛苦，没想到如此辛苦；想到了文学创作难，没想到如此之难；更没有预料到，退休老人创作难上加难。

凌晨三四点钟醒来，开始构思。5点半起床，趁着头脑清醒，抓紧创作，两个小时后，暂停下来。早餐过后，在小区散步一个多小时，有时边走路边构思。回到家里，和老伴一起准备中餐。中餐后，午睡一个小时，起床了再继续写。做晚餐的事老伴全包了，不用插手，常常催促了几次才能停下写作。晚餐后，与老伴一起散步一个小时，晚上写到10点半。

如此这般地重复了500多个日夜，好不容易完成了第一稿，定名为《期待》。通过熟人联系了一位年轻的编辑，被无情地当头泼了一盆冷水。

心有不甘！这是一位年过花甲的老人多少个日日夜夜的劳动成果，是汗水、智慧的结晶，是时代的记忆和人生的标签，不想轻言放弃。

又花费半年时间，无数次地修改完善，增加了部分章节及文字，并将书稿更名为《路漫漫》。

托人联系了一家出版社的编辑。针对编辑反馈的意见，马不停蹄地开始对书稿进行大量的删改。

2023年儿童节这天，终于完成了自己比较满意的书稿。

没有刻意追求文字的华丽，没有九曲十八弯的故事情节，但把握了时代的脉搏，反映了农村青年成长的艰辛，宣传了基层干部积极向上、不畏艰难和为民办实事的奋斗精神，散发着泥土的芬芳。

感谢伟大而幸福的新时代，感谢家乡这片红色、美丽的热土，感谢丰富多彩的人生，感谢自己的坚持，感谢帮助、支持、关注我的所有人！

2023年6月于张家界